Friedrich Kalpenstein
Alpengriller

TINTE & FEDER

Das Buch

Spielplatz, Windeln, Hausarbeit. Da muss es doch noch mehr geben! Herbert, mittlerweile stolzer Papa, hat sich die Elternzeit ganz anders vorgestellt. Glücklicherweise braucht ihn sein Kumpel Hans, und er folgt seinem Hilferuf in die Berge. Der hat bei Berchtesgaden eine Art Pension eröffnet und hofft auf Unterstützung.

Die beiden Männer ziehen mit den ersten Gästen den Hauptgewinn: Demotivierte Mitarbeiter einer Werbeagentur samt martialischem Chef stehen vor der Tür. Schnell ist klar, dass das Grillen von Tofu die geringste Herausforderung ist. Denn die reine Idylle der Bergwelt gibt es nun mal nur auf Postkarten …

Ein Roman auch für Stadtmenschen.

Nach »Ich bin Single, Kalimera«, »Wie Champagner« und »Männerferien« der vierte Teil der Herbert-Reihe.

Der Autor

Friedrich Kalpenstein wurde 1971 in Freising bei München geboren und lebt heute in der Nähe von Freising im Ampertal. 2012 veröffentlichte er sein erstes Kinderbuch »Träum' mir einen Freund« mit sieben Kurzgeschichten als E-Book. Seine schriftstellerische Motivation veränderte sich bald, und seinen Kinderbüchern folgten humorvolle Romane für Erwachsene. Darin erzählt Kalpenstein schwungvoll sowie witzig von Situationen, die jeder kennt – vom ganz normalen Wahnsinn des Alltags eben, denn die besten Geschichten schreibt das Leben.

Der erste Roman »Ich bin Single, Kalimera« erschien 2013 als E-Book im Selbstverlag und wurde im März 2015 von Amazon Publishing in einer neuen Version aufgelegt. Daraufhin folgten weitere Romane der Herbert-Reihe sowie »Das Leben ist kein Zweizeiler«.

FRIEDRICH KALPENSTEIN

Alpengriller

ROMAN

TINTE & FEDER

Deutsche Erstveröffentlichung bei
Tinte & Feder, Amazon Media E.U. Sàrl
5 Rue Plaetis, L-2338, Luxembourg
März 2017

Umschlaggestaltung: bürosüd⁰ München, www.buerosued.de
Umschlagmotiv: © www.buerosued.de; © Miloje / Shutterstock;
© Thawornnurak / Shutterstock; © Africa Studio / Shutterstock;
© OLIVER-stockphoto / Shutterstock; © Roman Rybaleov / Shutterstock;
© Jeka / Shutterstock; © Ian MacLellan / Shutterstock; © Evgeny
Bakharev / Shutterstock; © Josep Curto / Shutterstock
Lektorat: Media-Agentur Gaby Hoffmann, www.profi-lektorat.com
Printed in Germany
By Amazon Distribution GmbH
Amazonstraße 1
04347 Leipzig, Germany

ISBN: 978-1-477-82462-7

www.amazon.de/tinteundfeder

Andere Ansichten

»Aber warum denn nicht? Ihr werdet doch wohl ein paar Tage ohne mich auskommen!«

»Wo kämen wir denn da hin? Hans ruft, und du springst?« Anja war empört.

Mist! Wo waren noch gleich diese verdammten Raclette-Pfännchen verstaut? Das kam davon, dass man die Teile so selten benutzte. Ich ja sowieso nie. Da ich keinen Käse esse, mache ich mir die Kartoffelscheibchen samt Mixed Pickles einfach nur in diesen mikroskopisch kleinen Pfännchen warm. Satt werde ich nie. Bis ich die letzte Portion gegessen habe, ist die erste längst verdaut. Genauso gut könnte ich beim Chili con Carne jede Kidneybohne einzeln über der Kerze erwärmen.

»Da oben!« Anja deutete mit dem Finger auf die Klappe über dem Kühlschrank.

»Danke.« Klar. Über dem Kühlschrank.

Dort befand sich alles, was man nie benötigte: Silikonförmchen für Muffins, das Waffeleisen und die Fonduegabeln. Ich mochte es nicht, wenn Anja mit ihrem Tee am Küchentisch saß, während ich den Geschirrspüler ausräumte. Da fühlte ich mich beobachtet. Und ständig dieses verdammte Abtrocknen! Für was hatten wir einen Geschirrspüler, wenn ich jedes zweite

Teil polieren musste? In jeder Scheiß-Espressotasse schimmerte diese kleine Pfütze in der Unterseite.

»Außerdem stimmt das gar nicht, dass ich springe, wenn Hans ruft. Er ist nun mal mein Freund. Wir sind füreinander da.«

»Wie oft habt ihr euch denn seit der Kreuzfahrt gesehen? Fünfmal vielleicht?«

»Es kommt doch nicht darauf an, wie oft man sich sieht. Du siehst deine Eltern auch nicht ständig und bist immer noch ihre Tochter.«

»Echt jetzt?«

»Gut, der Vergleich ist nicht der beste. Was ich damit sagen wollte, ist, dass es nicht darauf ankommt, wie oft man sich sieht. Wenn es darum ginge, hättest du ja überhaupt keine Freunde.«

»Das ist gemein. Du weißt genau, wie sehr ich mir den Hintern aufreiße mit dem Café. Außerdem sind wir seit über einem Jahr Eltern, falls du es noch nicht gemerkt hast.« Anja stand auf und stellte ihre Tasse in die Spüle. »Da ticken die Uhren anders.«

»Da ticken nicht die Uhren anders, die Freunde ohne Kind schauen einfach nicht mehr vorbei, weil sich alles nur noch um Windeln und Bäuerchen dreht.« Ich öffnete nochmals den sauberen Geschirrspüler, um Anjas Tasse hineinzustellen.

»Wir hätten uns ja Freunde mit Kindern suchen können, aber in die Krabbelgruppe wolltest du ja nicht mehr gehen.« Sie verließ die Küche.

Ich folgte ihr. »Da wollte ich nicht mehr hin, weil mir die frischgebackenen Superpapis auf den Zeiger gegangen sind. Fehlt nur noch, dass die ihre Schratzen selbst stillen.«

Ich dackelte Anja ins Wohnzimmer hinterher, wo sie auf den Laufstall zusteuerte und Oskar Herbert herausnahm. Unsere Diskussion verstummte kurz; wir kniffen dem Kleinen gleichzeitig in seine dicken Pausbacken. Dafür ernteten wir einen erschrockenen Blick und einen kurzen Schwall von undefinierbaren Wörtern.

»Es wäre aber gut für Oskar, wenn er regelmäßig mit Kindern in seinem Alter spielen würde.« Sie redete leise, weil wir uns einig waren, dass vor unserem Nachwuchs nicht gestritten wurde.

»Hey! Sag bitte *Oskar Herbert*! Das war so ausgemacht, wenn er schon mit dem ersten Namen nicht wie sein Vater heißen darf. Außerdem hättest du ja auch mal in diese Gruppe gehen können.«

»Und wer kümmert sich ums Café? Ums Catering? Wir hatten vereinbart, dass du die zweite Hälfte der Mama-Zeit übernimmst und ich die Brötchen verdiene. Uns geht es ja mit meinem Café auch nicht so schlecht, oder?«

»Jetzt halte mir bitte nicht vor, dass du die Brötchen verdienen musst. Du hättest ja auch daheimbleiben können und jemanden anstellen, der für dich in der Zeit den Laden schmeißt. Und ich habe die zweite Hälfte der *Elternzeit* übernommen und nicht die *Mama-Zeit*. Das haben die metrosexuellen Typen in der Krabbelgruppe getan, ich sicher nicht.«

Wir marschierten in Oskar Herberts Zimmer, da er gewickelt werden musste.

Anja übernahm das, um ihm auch ein wenig Nähe zu geben, wenn sie schon den ganzen Tag nicht da war.

»Was will Hans eigentlich von dir? Ich meine, der hat doch sonst auch die Zügel in der Hand. Warum benötigt er ausgerechnet deine Hilfe?« Anja öffnete auf dem Wickeltisch die Windel. Uns stiegen Tränen in die Augen. Sie warf das Ding in den Windeleimer, der es hermetisch in eine Tüte einschloss.

Ich sprang zum Fenster und öffnete es. Vorsichtshalber pumpte ich noch am Duftfläschchen, das für diese Notfälle gedacht war. Lavendel!

»Was heißt hier, ausgerechnet mich? Das hört sich so an,

als könne man mich für nichts gebrauchen. Ich hab dir doch erzählt, dass er einen Funpark eröffnet hat. Nun kommen die ersten Gäste früher als erwartet, und es fehlt an allen Ecken. Um die ganze Sache zu meistern, hat er mich um Hilfe gebeten. So einfach ist das.«

Anja verschloss die neue Windel. »Das ist alles andere als einfach. Immerhin wirst du auch hier gebraucht. Und Familie geht schließlich vor. Wo soll denn der Kleine hin, wenn du nicht da bist? Ins Café kann ich ihn sicher nicht mitnehmen. Funpark! Wenn ich das schon höre.«

»Nun komm schon! Da sind diese ganzen Mütter, die dir jeden Vormittag den Laden mit Kinderwagen zuparken. Dort setzt du den Oskar Herbert einfach dazu, das fällt denen überhaupt nicht auf.«

»Du, sag nichts gegen meine Mamis! Die machen mir wenigstens die Hütte voll und lassen gut was da.«

»Ich könnte ihn auch mitnehmen!«

»Ha!«, prustete sie los. »Das wüsste ich aber. Du und Hans alleine mit dem Kleinen. Niemals! Nur über meine Leiche.«

»Was soll das denn bedeuten?«

»Du kennst doch Hans. Der schafft es und bringt unserem Sohn Dinge bei, die wir später nur mit psychologischer Unterstützung wieder wegbekommen.« Anja legte unseren Nachwuchs in sein Bettchen.

»Jetzt mach aber mal halblang! Der Kleine ist gerade vierzehn Monate alt. Was soll Hans ihm denn da schon Schlimmes beibringen?«

»Das weiß ich doch nicht, was in so einem kleinen Kopf gespeichert bleibt. Vielleicht sein lockerer Umgang mit Alkohol? Oder Frauen?« Sie deckte Oskar Herbert zu und zog an der Schnur der Spieluhr, die von der Decke baumelte. Sofort begann sich das Teil zu drehen, und die bunten Fische, die daran hingen, jagten sich im Kreis. Untermalt wurde das Ganze von

»*Somewhere over the Rainbow*«. Da wäre ich in diesem Moment auch gerne gewesen.

»Stimmt, jetzt, wo ich ihn mir so ansehe, denke ich auch, dass er spätestens in der fünften Klasse mit einem Sixpack Bier und der Biologielehrerin im Kopierraum der Gesamtschule verschwinden wird.«

Anja blickte mich mit nach oben gezogenen Augenbrauen an. »Verarschen kann ich mich selbst.« Sie streichelte unserem Kleinen über seine dunklen Haare, stupste seine Nase und lächelte ihn verliebt an. »Gute Nacht, mein Süßer. Schlaf gut, und träum was Schönes.«

Der Bub bekam von alledem nichts mit, weil er wie paralysiert den Fischen folgte. Es war immer wieder erstaunlich, dass er bei so viel Aufregung überhaupt einschlief.

Auch ich beugte mich nun über das Gitter und wiederholte das allabendliche Ritual. Ich wurde ebenfalls keines Blickes gewürdigt. Ich legte ihm seinen Yoda aus Plüsch an die Seite. Als ausgewachsener *Star-Wars*-Fan denke ich, dass es nie zu früh ist, seinem Nachwuchs diese Leidenschaft weiterzuvererben.

Wir schlichen uns aus seinem Zimmer. Bevor ich die Tür anlehnte, steckte ich sein Nachtlicht, einen Marienkäfer, in die Steckdose. Dieses Licht färbte den Raum dunkelrot, was mich jedes Mal an alles andere erinnerte, nur nicht an ein Kinderzimmer. Jede Nacht hoffte ich, dass eine Überspannung diesen Käfer ins Nirwana schickte. Wegwerfen durfte ich ihn nicht, weil er ein Geschenk von Anjas Belegschaft war. Das Teil war wahrscheinlich nicht teurer als ein Latte macchiato gewesen, dafür aber für die Ewigkeit gebaut.

Anja schlenderte zurück ins Wohnzimmer, schnappte sich eine Zeitung und setzte sich auf unsere mit Kissen übersäte Couch.

»Ist der Fall jetzt für dich erledigt oder was?« Ich hockte mich gegenüber an den Esstisch.

»Ich wüsste nicht, was es da noch zu bereden gäbe. Du wirst hier gebraucht. Da wird sich dein Freund jemand anderen suchen müssen.« Sie blätterte demonstrativ in ihrer Zeitung, ohne auch nur aktiv hineinzusehen.

»Tut mir leid, liebe Anja, ich wollte zwar diese Karte nicht ausspielen, aber scheinbar lässt du mir keine andere Wahl.«

»Welche Karte denn?«

»Hierbei handelt es sich um einen Kumpelnotfall. Der steht über allem.«

»Hä? Sag mal, was soll das denn heißen? *Kumpelnotfall*!«

»Das verstehen Frauen nicht. Das ist ein ungeschriebenes Gesetz und gilt lebenslänglich. Hans und ich haben uns das versprochen!«

»Sag mal, hast du Fieber? Geht es dir nicht gut? Soll ich einen Arzt rufen? Was heißt, ihr habt euch das versprochen? Ich meine …, wann denn?«

»Damals. In der Grundschule.« Nun bemerkte ich es auch. Das hörte sich wirklich lächerlich an. Dennoch blieb ich ernst.

Anja nicht. Sie klappte die Zeitung zu und warf sie auf den Boden. Dann lachte sie los. »Ha! Ich glaube es ja nicht! In der Grundschule! Sag mal, hörst du eigentlich, was du da sagst? Mensch, du bist Vater!« Sie kriegte sich überhaupt nicht mehr ein, was mir, gelinde gesagt, ziemlich auf die Eier ging. Wo war denn das Verständnis von Anja gegenüber mir und meiner Freundschaft zu Hans geblieben? Scheinbar hatte sich das zwischen *Ich bin schwanger* und *Jetzt bleibst du mal ein Jahr zu Hause* verflüchtigt.

»Sei bitte ein wenig leiser. Oskar Herbert hört das doch!«, versuchte ich, Anja zu beruhigen.

»Dann erzähl nicht solch einen Mist! *Bruder vor Luder* oder was? Ich geh jetzt ins Bett. Schließlich muss ich mich morgen um Erwachsenensachen kümmern.« Sie stand auf und klopfte das Kissen auf, das sie mit ihrem Rücken zerknautscht hatte.

»Ach, und damit ist die Sache erledigt oder was? Das bestimmst du jetzt einfach so!«

Sie blieb vor mir stehen. »Nein, mein lieber Herbert. Das bestimmt der gesunde Menschenverstand. Dein Platz ist hier. Ich wüsste nicht, dass auf unserem Klingelschild *Hans und Herbert* steht. Wenn du das anders siehst, musst du dich eben entscheiden. Gute Nacht!«

»Da ist das letzte Wort noch nicht gesprochen!«, rief ich ihr nach.

In diesem Moment fiel die Schlafzimmertür ins Schloss.

Das weckte scheinbar Oskar Herbert auf. Ich hörte Quengeln aus seinem Zimmer.

Vorsichtshalber ließ ich mich bei ihm blicken, bevor er zu weinen begann.

Prolog

Mir kam es wie gestern vor, als mir Anja völlig unerwartet am Handy mitteilte, dass sie schwanger sei. Da stand ich im Hafen von Genua. Heute war unser Oskar Herbert bereits vierzehn Monate alt. Wie schnell die Zeit verflogen war! Seitdem hatte sich viel verändert. Nicht nur, dass wir ein paar Monate später zu dritt waren. Anjas Café *Zuckerrübe* lief mehr als gut. Damals hatte sie expandiert und erfolgreich einen Catering-Service eröffnet. Ihre Eltern waren alles andere als begeistert gewesen. Ihre einzige Tochter, geschieden vom geliebten Schwiegersohn Jens. Dann noch die aussichtsreiche Karriere bei der Bank an den Nagel gehängt und sich hinter einen Tresen gestellt. Natürlich war ich in deren Augen an allem schuld. Herbert, der kleine Finanzbeamte, der es dann auch noch aufgab, sich zum Finanzfachwirt ausbilden zu lassen. Ein absoluter Hallodri!

Hans brach damals unsere gemeinsame Kreuzfahrt mittendrin ab und blieb bei seiner wiedergefundenen Jugendliebe Lissi auf Mallorca. Er stieg bei der Softwarefirma, die er vor Jahren mit ein paar anderen Computerfreaks gegründet hatte, aus und ließ sich seine Anteile auszahlen. Ein Leben mit Lissi auf Malle zwischen Sonne, Strand und Cocktails sollte es sein. Das war mittlerweile auch schon wieder Geschichte. Nach ein paar Monaten Wolke sieben holte den lieben Hans die Realität auf den Boden der Tatsachen zurück. Was als »*Ich lebe meinen Traum*« begonnen hatte, entpuppte sich schnell als Fass ohne Boden. All-inclusive-Touris bleiben nun mal gerne bei Bier aus Pappbechern in der Hotelanlage, anstatt sich nachts für teures Geld einheimisches Bier und Cocktails in Lissis Bar hinter die Binde zu kippen. Letztendlich war der eigentliche Grund für Hans' Heimkehr, dass die schöne Lissi alles andere als ein Putzteufel war und es mit der Sauberkeit nicht allzu genau nahm. Das war selbst ihm zu viel. Und das heißt was. Zu guter Letzt war er froh, dass ich seinen geliebten Volvo nicht seinem Schicksal im Hafen von Genua überlassen hatte.

Er hat ihn heute noch. Mit neuem TÜV. Er kennt da jemanden.

Nach seiner Rückkehr von Mallorca kaufte er sich von seinen Firmenanteilen einen alten Bauernhof in der Nähe von Berchtesgaden. Ein Funpark mit Übernachtungsmöglichkeit sollte es werden: Klettern, Wandern, Grillen, Biken. Bis jetzt hatte ich es noch nicht geschafft, mir sein »Schätzchen«, wie er seinen Hof nannte, anzusehen. Anja wollte nicht, dass Oskar Herbert schon so lange Autofahrten unternehmen musste.

Warum ich nicht allein fuhr? Ach, das hatte sich einfach noch nicht ergeben. Ich bin das, was man heutzutage einen modernen Papa nennt. Ich nahm im Finanzamt Elternzeit und kümmerte mich seitdem um unseren Sohn. Ausschlaggebend dafür war der Umstand, dass Franzi, mit der Anja damals das Café eröffnet hatte, in Landshut etwas Eigenes auf die Beine stellen wollte. Wir waren uns einig, dass Anja nicht länger zu Hause bleiben konnte. Mir war das nur recht. Auf meine Arbeit im Finanzamt konnte ich gut für ein Jahr verzichten. Klar, dass ich bei meinen Kollegen als Weichei galt. Ich nahm es ihnen nicht übel. Zwei Jahre zuvor hatte ich einem Arbeitskollegen gegenüber dieselben Parolen geschwungen. Nun war ich der

Fläschchenwärmer und Windelwechsler. Mir war das egal. Ich verbrachte gerne Zeit mit dem Kleinen und fühlte mich bisher in meiner Rolle als Papa pudelwohl. Anja freute sich, dass ich sie so tatkräftig unterstützte. Ihr Vater hatte durch den Rollentausch sein letztes Fünkchen Achtung mir gegenüber gänzlich verloren. War mir egal. Im Gegenteil. Ich fand immer mehr Gefallen daran, ihn mit irgendetwas vor den Kopf zu stoßen.

Jedenfalls hatte ich mir diese Auszeit vom Berufsleben etwas anders vorgestellt. Das Ganze artete immer mehr in Arbeit aus. An manchen Tagen wünschte ich mich sogar ins Finanzamt zurück. Ehe ich mich versah, saß ich fix und fertig abends auf der Couch, nur um Anja dabei zuzusehen, wie sie noch vor 21 Uhr mit den Beinen auf meinem Schoß einschlief.

Blutsbrüder

Gott sei Dank sank Oskar Herbert gleich wieder in tiefen Schlaf, nachdem ich den Fischen über seinem Bett eine Extratour gegönnt hatte. Ich schlich mich aus dem Zimmer und lehnte die Tür an. Mit einem Bier aus dem Kühlschrank stellte ich mich auf unseren Balkon und starrte auf die Straße hinunter. Unten flanierten junge Pärchen, für die jede Nacht Samstagabend war. Familien waren um diese Zeit nicht mehr zu sehen. Ich blickte auf meine Uhr. Kurz nach neun. Meine Güte. Noch vor ein paar Jahren hätte ich um diese Uhrzeit gerade erst damit begonnen, mir zu überlegen, wo es hingehen sollte. Jetzt stand ich hier müde mit meinem Bier in der Hand, und meine Frau lag schon im Bett. Hätte ich zu ihr gehen sollen? Nein. Ich war sauer. Ich war mir nur nicht so sicher, auf wen oder was. Vielleicht auf Anja, weil sie mich und meine Bedürfnisse nicht ernst nahm? Mein Gott! Mich und meine Bedürfnisse. Ich hörte mich schon an wie eine frustrierte Hausfrau. Ich glaube, ich war nicht sauer auf Anja. Sicher, sie hätte mir ihren Standpunkt auf eine freundlichere Art erläutern können. Insgeheim war mir aber bewusst, dass sie recht hatte. Und das ärgerte mich. Eigentlich wollte ich derjenige in unserer Beziehung sein, der den Überblick hatte. Der Zug war allerdings längst abgefahren. Anja konnte schon immer die Dinge nüchtern und besonnen überblicken. Ich war da eher der emotionale Typ. Mir legte man zwei Karten für ein Champions-League-Spiel auf den Tisch mit einer Tafel Trauben-Nuss, und ich sagte: »Okay! Ich streiche dir die Wohnung.«

Vielleicht sollte ich konsequenter mit meinem Leben umgehen. Immerhin war ich Familienvater.

An der Hausecke gegenüber küsste sich ein Liebespaar und vergaß scheinbar die ganze Welt um sich herum. Die brauchten sich um solche Sachen keine Gedanken zu machen. Außer, einer der beiden ging gerade fremd. »Nehmt euch ein Zimmer!«, hätte ich am liebsten hinuntergerufen. Tat ich aber nicht. Da hätte der Neid aus mir gesprochen. Ich hatte das ja alles. Momentan war es einfach schwierig.

Meine Mutter hatte mir vor einer Woche am Telefon gestanden, dass es damals zwischen ihr und meinem Vater genauso gewesen wäre, als ich plötzlich da war. Das durfte Anja nie erfahren, dass ich mit meiner Mutter über unsere Beziehung gesprochen hatte. Eigentlich hatte ich nur wissen wollen, wie ich die Fugen in der Dusche wieder weiß bekommen könnte. Sie meinte, ich solle mit Backpulver ... Nun höre sich das einer an: So weit war es mit mir gekommen. Normalerweise waren meine einzigen Probleme von der Art: *Warum kommt aus den hinteren Boxen kein Ton!*

Ich hörte mit einem Ohr in die Wohnung hinein. Alles ruhig. Ich nahm einen Schluck von meinem Bier und sah noch mal auf meine Uhr. Vielleicht sollte ich Hans Bescheid geben, dass ich nicht kommen konnte. *Besser, ich schreibe ihm eine WhatsApp. Wer weiß, was er gerade wieder treibt.* Oder mit wem! Vielleicht war das mit dem Kumpelnotfall ein wenig zu dick aufgetragen. Hans und ich hatten uns in der vierten Klasse versprochen, dass wir stets für den anderen da seien, wenn der Hilfe benötige. Dabei handelte es damals eher um solche Dinge wie das Teilen von Pausenbrot oder dass ich Schmiere stand, wenn er in die Mädchenumkleide spitzen wollte. Wahrscheinlich wusste selbst Hans nichts mehr von unserem Pakt. Ich musste ihm ja nicht unbedingt auf die Nase binden, dass Anja es mir verboten hatte, zu ihm zu fahren. Gut, direkt verboten hatte sie es ja nicht. Eigentlich wollte sie mir nur durch die Blume mitteilen, dass sie unbedingt meine Unterstützung benötigte, weil sie hier ohne mich nicht klarkommen würde. Vielleicht fiel es ihr einfach schwer, die richtigen Worte zu finden. Immerhin hatte sie durch mich die Möglichkeit, sich beruflich voll zu entfalten. Welcher Mann würde das für seine Frau schon tun? Dass ich um die willkommene Auszeit vom Finanzamt froh war, tat hier nichts zur Sache und musste nicht erwähnt werden.

He: Servus Hans. Klappt nicht mit der Hilfe, ich werde hier dringend gebraucht. Sorry.

Senden.

Anja hatte schon recht damit, dass ich Hans in letzter Zeit wenig gesehen hatte. Wie aber auch. Unsere Leben konnten unterschiedlicher nicht sein. Wenn ich überlegte …

Ha: Was heißt sorry. Ich brauch dich hier!

War ja klar, dass er sich mit der knappen Info nicht zufriedengeben würde.

He: Du, ist echt schlecht. Hier geht es drunter und drüber.

War vielleicht ganz gut, ein wenig dicker aufzutragen.

Ha: Ich ruf an.

»Neumann?«

»Was heißt hier drunter und drüber? Bei mir auch!«

»Erst mal servus, Hans! Tja, was soll ich sagen, ich kann hier nicht weg.«

»Hey! *Kumpelnotfall!* Weißt du nicht mehr? Wir haben uns das mal versprochen!«

War auch klar, dass er gerade jetzt daran dachte. Aber damals, als ich meinen FC-Bayern-Schal im Stadion vergessen hatte, da wollte er nicht noch mal umkehren. Immerhin hatte der Schweinsteiger darauf unterschrieben. Ich hatte mir dann für ein halbes Vermögen einen neuen bei *eBay* ersteigert. Der sah genauso aus wie meiner. Mit Unterschrift. Als er dann kam, entdeckte ich an einer Ecke die Initialen *H* und *N*. Verdammte Scheiße! Das war meiner! Meine Mutter hatte mir in den Schal die Buchstaben hineingestickt.

»Na komm, das war in der vierten Klasse.«

»Ach, und dann gilt das jetzt nicht mehr oder was? Stell dir mal vor, der Old Shatterhand hätte den Winnetou damals gebraucht. Und der Winnetou hätte ihn hängen lassen, weil das mit der Blutsbrüderschaft ja schon so viele Monde her wäre. Du, da hätte der Shatterhand seinen Bärentöter aber ausgepackt und der Rothaut die Kniescheiben nach hinten korrigiert!«

»Das ist nicht dein Ernst, oder?«

»Darfst nicht raus zum Spielen oder was?«

Das war seine Masche. Wenn er nicht bekam, was er wollte, versuchte er, mich mit derartigen Sprüchen aus der Reserve zu locken.

»Was heißt hier, nicht raus zum Spielen? Du, ich bin jetzt Vater. Da kann ich nicht mehr einfach so auf Zuruf reagieren. Das muss geplant werden.«

»Schmarrn! Die Anja lässt dich nicht gehen. So schaut's aus.«

»Natürlich haben wir das gemeinsam besprochen. So läuft das in einer Partnerschaft. Da kann man nicht so einfach alles stehen und liegen lassen. Diese Zeiten sind vorbei!«

»Ich verstehe sowieso nicht, dass du dich darauf eingelassen hast, daheimzubleiben. Wie sieht das denn aus?«

Da sprach der Macho aus ihm. Nichts gegen Hans. Er ist ein Spitzenkumpel, auf den ich mich immer verlassen konnte. Aber seine zwischenmenschliche Weltanschauung war unter aller Kanone und seit einem Jahrhundert überholt.

»Das sieht so aus, dass auch ich als Mann ein Recht darauf habe, mich aktiv am Leben meines Kindes zu beteiligen.«

Mir gefiel überhaupt nicht, dass ich hier in der Rechtfertigung war. Im Finanzamt hatten mich meine Kollegen auch von oben bis unten angeglotzt. Als ob ich mich geoutet hätte, im falschen Körper zu leben.

»Wenn ich das schon höre!«, motzte er weiter. »Schau sie dir doch an, die ganzen modernen Papis im Englischen Garten. *Jacqueline, du, der Papa würde es ganz dufte finden, wenn du nicht mit den Steinen auf die Enten wirfst. Du, ich glaube, das finden die Enten nicht so toll.* Oder: *Torben, du, der Papa ist ganz traurig, wenn du immer wegläufst. Magst nicht bei uns bleiben? Schau, die anderen Menschen wollen doch ihr Picknick selbst essen!* Zum Kotzen. Dann reden sie dauernd in der dritten Person von sich. Da wären wir wieder beim Winnetou!«

Also, ich will ja nichts gesagt haben, aber da sprach doch der Frust eines Singles. Obwohl ich ihm zustimmen musste. Aber nur im Stillen.

»Also ich spreche ganz sicher nicht so mit Oskar Herbert!«

»Da! Da war es wieder. *Oskar Herbert*! Sag mal, hörst du das eigentlich nicht selbst, wie das klingt? Weißt du, was du dem kleinen Hosenscheißer damit antust? Ich schwöre dir eins. Bereits im Kindergarten wird der das erste Mal verprügelt.«

»Du, der Anja ist das wichtig. Ihr Opa hieß nun einmal Oskar.«

»Ist ja alles in Ordnung so weit. Aber musstest du dann auch noch Herbert hinterherdrücken?«

»So heiße ich immerhin.«

»Also, was ist jetzt? Kommst du zu mir nach Berchtesgaden?«

»Es geht nicht, Hans. Ich würde ja gerne, aber ich kann hier wirklich nicht weg.«

»Du bist echt 'ne Pfeife!«

»Ja, du mich auch!«

»Trotzdem könnt ihr mal bei mir vorbeischauen. Die Anja kann ja auch mitkommen. Tut euch mal ganz gut, aus dem Schickimicki-Schwabing rauszukommen. A bisserl Bergluft hat noch keinem geschadet! Also, ich muss jetzt weitermachen.«

»Mit was? Es ist fast zehn Uhr!«

»Du, ich hab es nicht so schön wie du! Ich hab hier den Hintern voll Arbeit! Also, tschau.«

»Ja, tschau!«

Nicht so schön wie ich? Ich glaube, es hackt! Was dachte der denn, was ich den ganzen Tag machte? Oskar Herbert ein bisschen mit den Bauklötzchen helfen und ihm beim Wachsen zusehen? Wenn der wüsste! Ich hatte einen Fulltime-Job. Nicht zu vergleichen mit der Arbeit im Finanzamt. Da ließ ich den Kugelschreiber fallen, und es war Feierabend.

Mein Handy brummte. Eine *WhatsApp.*

Ha: Bin enttäuscht!!!

Was sollte das denn? »Bin enttäuscht.« Mit drei Ausrufezeichen!

Habt mich doch alle gern. Man kann es nun einmal nicht allen recht machen.

Heimwerker

Der nächste Morgen war ziemlich wortkarg. Besser gesagt: Die Fronten waren verhärtet. Oskar Herbert schlief noch. Anja verschwand im Badezimmer. Sie wollte im Café frühstücken, weil sie noch einiges vorbereiten musste. Natürlich war ich nicht sonderlich erfreut über diesen Umstand, gab aber dennoch meiner ausgewachsenen Harmoniesucht nicht nach. Auch ich war verärgert über die Tatsache, dass nicht einmal über das Thema des vergangenen Abends diskutiert wurde. Letztendlich hatte Anja alleine entschieden, dass ich hierbleiben sollte und mit ihrer Flucht ins Schlafzimmer die Sache eigenständig ad acta gelegt.

»Ja, guten Morgen! Na? Wer hat denn da so lange Bubu gemacht?« Ich zog die Vorhänge im Kinderzimmer zurück.

Der kleine Langschläfer murmelte umgehend drauflos. Wobei Langschläfer nicht ganz richtig war. Immerhin war es noch vor acht Uhr morgens. Er war einfach nur der Letzte der Familie, der die Augen öffnete. Ich nahm ihn aus dem Bett, um die volle Windel zu wechseln. Auf nüchternen Magen auch für mich eine echte Herausforderung. Komischerweise fühlte er sich mit voller Windel schwerer an als mit vollem Magen. Suspekt, da es doch die gleiche Menge sein musste.

»Na, dann wollen wir mal. Hast du gut geschlafen?«

»Bl… bab … Auto … mhh agg.«

Das war alles, was ich den lieben langen Tag zu hören bekam.

»Ja! Auto. So ist's brav. Keine Puppe. Auto!«

Das war mir wichtig, dass er von Anfang an gleich eingenordet wurde. Hans hatte gestern nicht ganz unrecht mit seiner These gehabt, dass sich das Elterndasein und die dazugehörige Erziehung gewaltig verändert hätten. Plötzlich sollten Mädchen auch mit Autos spielen dürfen und Jungs mit Puppen? Aber nicht im Hause Neumann/von Schönborn. Das fehlte gerade noch! Anjas Mutter hatte eigentlich mit einem Mädchen gerechnet. Besser gesagt, hatte sie darauf gehofft. Wahrscheinlich sah sie sich schon mit der Kleinen an einem Samstagvormittag über die Maximilianstraße flanieren, um ihr die Welt von *Gucci* und *Prada* zu zeigen. Gottlob ging dieser Kelch an mir vorüber. Von mir aus konnte sie mit ihrem Enkel ins BMW-Museum fahren. Da würde es ihm bestimmt gefallen.

Vor lauter Frust hatte sie dem Kleinen ein Tutu fürs Ballett gekauft. Hing seitdem hinter der Kinderzimmertür an seiner Garderobe neben dem Cowboyhut und der Batman-Maske, die er von mir bekommen hatte.

Ich schwöre: Irgendwann komme ich mit dem rosa Kleidchen zu nah an eine Kerze. Dann gibt's eine Verpuffung, die sich gewaschen hat.

»Boah, Herbert! Ist das dein Ernst?«

»Gagg … mhh… omph.«

Also, die Sachen, die er zu essen bekam, rochen deutlich besser, bevor sie den Verdauungstrakt des kleinen Mannes durchwandert hatten. Wie er das nur schaffte? Immerhin aß er fast dasselbe wie wir. Wurde Zeit, dass er stubenrein wurde. Nicht auszuhalten. Da lag er und starrte mich mit großen Augen an, während sich aus seinem linken Nasenloch eine kleine Rotzblase ins Freie kämpfte.

»Hast du Schnupfen, Herbert? Sag, hm? Hat der kleine Mann ein Schnupfi?«

»Kla…, bambap…, Mama!«

»Ja! Genau! Die Mama!« Keine Ahnung, was er meinte.

Wenn wir zwei alleine waren, nannte ich meinen Sohn einfach nur Herbert. Insgeheim war dies ein ausgeklügelter Plan von mir. Dummerweise hatte ich mich bei Anja nicht durchgesetzt, was den Namen anging. Wenn sie mich mit ihren schönen Augen anblinzelte, erhielt sie meist, was sie wollte. So war es auch mit dem Namen. Bloß, weil ihr Opa Oskar hieß. Ich war ja noch froh. Es hätte schlimmer kommen können. Jedenfalls war mein Plan, dass sich der kleine Mann im Unterbewusstsein diese vereinfachte Form seines Namens einprägte. Vielleicht bestand er ja in ein paar Jahren darauf, nur noch mit *Herbert* angesprochen zu werden. Dann konnte ich zu Anja sagen: *Wenn dein Sohn das so möchte*!

Nach erfolgreicher Trockenlegung saß ich mit ihm im Wohnzimmer beim Frühstück. Unter der Woche ließen wir uns damit viel Zeit. Außerdem stand uns beiden ein Haufen Arbeit bevor. Da war eine vernünftige Stärkung wichtig. In geistiger Umnachtung hatte ich vor zwei Monaten eine Schiefertafel gekauft, die ich in der Küche an die Wand gedübelt hatte. Darüber stand: TO DO. Ich setzte Anja die Idee in den Kopf, sie könne alles, was es zu erledigen gäbe, auf diese Tafel schreiben. Weiß auch nicht, was ich mir dabei gedacht hatte. Seitdem war die Tafel voll. Neuerdings vermied ich es, die erledigten Dinge wegzuwischen und setzte nur einen Haken dahinter. Sonst sah es so aus, als hätte ich nichts zu tun.

Nach dem Frühstück wechselte ich die Kleidung von Klein-Herbert. Er hatte sich ein wenig eingesaut. Als ich ihm seine Schnabeltasse reichen wollte, zog er diese ein wenig zu ruckartig an sich heran, sodass sich der Deckel löste. Wir hatten eh Waschtag und glücklicherweise Waschmaschine und Trockner im Badezimmer und nicht im Keller. Dummerweise hatte ich in meinem Sohn die Freude an Staubsauger, Waschmaschine, Geschirrspüler und Trockner geweckt. Dadurch dauerte alles ein bisschen länger, weil er überall drücken wollte. Hoffentlich hatte ich ihn nicht auf diese Geräte konditioniert. Sonst könnten wir ihn später im Elektrogroßhandel ständig in der Abteilung für Weißware suchen. An meine Soundanlage durfte er allerdings nicht.

Nachdem mein Sprössling und ich erfolgreich die Buntwäsche bei vierzig Grad auf den Weg gebracht hatten, machten wir uns an die Fenster. Ich hasse Fensterputzen. Besonders deshalb, weil wir auf jeder Fensterbank etwa hunderttausend Pflanzen stehen haben. Da so ein Fenster auch von außen gereinigt wird, mussten die so lange auf den Boden. Dies blieb allerdings nicht ohne Folgen. Mein Nachwuchs war der Ansicht, in den Töpfen sei viel zu viel Erde. Glücklicherweise war die gesamte Wohnung mit Fliesen und Parkett ausgelegt.

»Jetzt schau, Herbert, was du wieder gemacht hast. Alles ist schmutzig!«

»Brrr …, Auto. Hmpf … mmmh!«

»Ja! Auto! Genau. Komm, wir holen die Schaufel.«

Wahrscheinlich war das sein Plan. Die Schaufel. Ich musste meine Erziehungsmethoden nochmals gründlich überdenken.

Eineinhalb Stunden später war der Boden gekehrt, gesaugt, und die Fenster waren geputzt. Sie hatten zwar Schlieren, aber die waren sauber. Wie auf der Tafel in der Küche vermerkt, hatte ich die Fensterbretter außen ebenfalls mit einem Lappen abgewischt. Wahrscheinlich, damit es für die Tauben frühmorgens um fünf Uhr schön sauber war. Während ich begonnen hatte, die Betten neu zu beziehen, klingelte der Postbote. Leider waren es nicht die DVDs, die ich bestellt hatte, sondern zwei Päckchen für unsere Nachbarn. Der Postbote klingelte schon seit Wochen nur noch bei mir, weil ich ja daheim war. Ich war doch hier im Haus nicht der Verteiler! Fehlte nur noch, dass das arbeitende Volk aus dem Haus nach Feierabend pauschal bei uns vorbeikommen würde, um zu fragen, ob Post für sie gekommen sei. Die Päckchen waren neutral verpackt. Wahrscheinlich Schweinkram. Zwischendurch hatte ich Klein-Herbert nochmals gewickelt, mit ihm Auto gespielt, ein Nickerchen gemacht, und wir waren spazieren gegangen. Mit der U-Bahn fuhren wir zum Stachus, weil unsere Filterkaffeemaschine den Geist aufgegeben hatte.

So lief das bei uns. Tagein, tagaus. So schön die Zeit ohne Finanzamt und mit Oskar Herbert war, langsam artete das Ganze in Arbeit aus. So hatte ich es mir nicht vorgestellt. Wenn ich wenigstens abends eine Belohnung bekommen hätte. Zwischenmenschlich. Leider aber fiel Anja, nachdem sie unseren Bub ins Bett gebracht hatte, jeden Abend ins Koma.

Zusammenfassend kann ich nur einen Schluss aus der ganzen Elternsache ziehen: Die Geschichten anderer Paare, wie toll doch das alles sei und dass sie niemals mehr tauschen wollen würden, waren erstunken und erlogen! Die drehten das immer so hin, als ob es ohne Kind nur trist und langweilig sei.

Ich liebte meinen Kleinen wirklich von ganzem Herzen. Trotzdem. Früher war es auch super. Ich hatte Anja nach der Arbeit im Café besucht, wir gingen heim, es gab regelmäßig ein Schäferstündchen oder zwei … Sonntags fielen wir manchmal erst nachmittags aus dem Bett.

Allerdings hatte ich mich sehr darüber gefreut, vom Finanzamt eine Auszeit zu haben, da es mir dort schon lange keinen Spaß mehr gemacht hatte. Was war ich froh, dass ich das mit der Weiterbildung zum Finanzfachwirt gelassen hatte.

»Jetzt kommt gleich die Mami!«

»Mama!«

»Ja, die auch.« Hatte er mich gerade verbessert? »Magst mit

dem Papa den Tisch decken?«

»Brrbl…, hama bab…, Auto.«

»Ja, wo ist denn dein Auto? Oder magst lieber deinen Yoda?«

»Pubbe?«

»Nein! Das heißt Puppe. Aber der Yoda ist keine Puppe. Der ist ein Jedi-Meister. Das ist ein großer Unterschied. Puppen sind nur was für Mädchen! MÖGE DIE MACHT MIT DIR SEIN!«, brummte ich mit tiefer Stimme und rieb den Yoda an Herberts Nase, bis der quiekte.

Verdammte Puppe! Anjas Mutter hatte ihm eine mitgebracht. Die konnte sprechen und Pipi machen. Anja brachte es nicht übers Herz, dieses Geschenk abzulehnen. Auf meinen Schwiegervater konnte ich auch nicht bauen, da der mich sowieso noch nie hatte leiden können. Seit er erfahren hatte, dass ich in Elternzeit ging, brabbelte er irgendwas von *Weichei* und *kein ganzer Mann.*

Als Anjas Mutter ihrem Enkel die Puppe überreicht hatte, grinste er mich nur blöd an. Am darauffolgenden Tag war die Puppe allerdings nicht mehr auffindbar. Anja hatte die ganze Wohnung auf den Kopf gestellt. Natürlich half ich ihr suchen. Aber ich schwöre: Keine Ahnung, wo das Püppchen hingekommen war. Vielleicht war sie ja aus Versehen vom Balkon gefallen? Oder wie durch Geisterhand in den Müll gewandert? Tja, Sachen passieren. Manchmal steckte man einfach nicht drin.

Badesalz und Rotwein

Als Anja abends vom Café nach Hause kam, saß unser Kleiner bereits am Tisch und bearbeitete mit seinem Plastiklöffel die Tischplatte, während ich aufdeckte. Sie ließ sich verdächtig viel Zeit im Flur. Ich empfand es als männlicher, ihr nicht sofort entgegenzugehen. Schließlich hatte ich in der Küche meine Arbeit zu tun. Wenn der Ernährer nach Hause kam, sollte doch das Essen auf dem Tisch stehen, oder? War das nicht so?

Ich steckte die Brotmaschine an, und das rotierende Sägeblatt zerlegte das Holzofenbrot in Scheiben.

Oskar Herbert starrte mich mit großen Augen an und heuchelte mit lautem Gebrabbel Interesse an der Maschine. Damit wartete ich aber lieber noch ein paar Jahre.

Anja drückte sich immer noch im Flur herum, bevor sie im Badezimmer verschwand.

Ich lauschte mit einem Ohr, um zu hören, ob sie sich ein Bad einlassen würde. In dem Fall hätte ich nämlich noch gewartet, bis ich die Butter aus dem Kühlschrank nahm. Die Wurst hatte ich bereits fein säuberlich auf einem Teller drapiert. Sie legte großen Wert darauf, dass wir nicht direkt vom Papier der Metzgerei aßen. Ich schloss die Kühlschranktür und drehte mich mit einem Bund Radieschen um, als Anja direkt hinter mir stand.

»Hallo.«

»Hallo.«

»Na?«

»Na?« Es fiel mir wirklich schwer, doch diesmal wollte ich nicht nachgeben.

Anja ging zum Tisch, nahm unseren Sohn aus dem Stuhl, gab ihm einen dicken Schmatzer und setzte ihn sich aufs Becken. Wie das immer passte! Bei mir rutschte unser Sprössling stets nach unten, und ich musste seine Position ständig korrigieren. Bei ihr aber war es wie aus einem Guss. Man mochte meinen, ein leichtes Klicken zu hören, wenn der Windelhintern an Anjas Beckenknochen andockte. Bei Papas schien sich diese Verbindungsstelle im Nacken zu befinden. Warum sonst trugen die meisten Väter auf Jahrmärkten und bei Wanderungen ihren Nachwuchs auf den Schultern? Wenn ich mir vorstellte, dass Oskar Herbert da hinten ohne Windel draufsaß … Wenn's dann passierte und der Kleine musste? Nein, keine Gedanken dieser Art vor einem gedeckten Tisch. Ich hatte sogar Servietten hingelegt. Einfarbige, da es unter der Woche war.

Unser Kleiner quiekte seine Mama an und streckte ihr Yoda entgegen.

Sie gab ihm nochmals einen dicken Kuss auf die Wange. »Na, was hast du heute gemacht?«, fragte sie und näherte sich in meine Richtung.

»Was soll ich schon gemacht haben?« *Bleib stark, Herbert.*

»Hey, du hast ja schon alles für das Abendbrot gerichtet.«

»Klar. Ist ja mein Job. Dafür bin ich da.« Zu dick? Nein. Aber es fiel mir wirklich schwer. Immerhin hatte Anja einen versöhnlichen Tonfall in ihrer Stimme.

Sie setzte O. H., wie wir ihn manchmal nannten, wieder zurück in seinen Stuhl und trat von hinten an mich heran, während ich die Butter aus dem Fach der Kühlschranktür nahm.

Dann drückte sie ihre Brust gegen meinen Rücken und schlang ihre Arme um mich.

»Du, ich hab mir das noch mal überlegt«, sagte sie und lehnte ihren Kopf an meine Wirbelsäule.

Herbert, reiß dich zusammen. Jetzt nicht zu schnell nachgeben.

»Was denn? Muss ich nun doch in die Krabbelgruppe? Brauchst es nur zu sagen. Mich fragt ja eh keiner.«

Sie drückte sich stärker an mich heran und brummte. »Nun komm schon! Mach es mir doch nicht so schwer. Vielleicht habe ich gestern einfach ein bisschen überreagiert. Weißt du, mir wächst das mit dem Café und dem Catering momentan ein wenig über den Kopf.«

Ich löste ihre Arme vor meiner Brust und drehte mich zu ihr um.

»Was soll ich denn da sagen? Windeln, Päckchen, Wäsche, einkaufen, saugen …, das macht sich auch nicht alles von alleine.« Hörte ich mich weinerlich an? Nein.

»Ja, ich weiß ja, was du meinst!«

»Ha! Das sagst du jetzt. Weil ich den Tisch so schön gedeckt habe. Weißt du, was ich zum Dank dafür heute bekommen habe?«

»Nein.«

»Eine Rotzblase!«

Anja wandte sich zu Oskar Herbert. »Was hör ich da, mein kleiner Schatz. Hast du vielleicht ein Schnupfi? Hmm?«

»Gmb …, dada, Auto …, brrr!«

Das bedeutete so viel wie: *Nein, aber wenn du dir unsicher bist, liebe Mami, können wir gerne mit dem Auto in die Apotheke fahren.* Oder so ähnlich.

Sie drehte sich wieder zu mir. »Vielleicht solltest du doch zu deinem Freund fahren.«

»Zu Hans?«

»Na, wie viele Freunde hast du denn noch, zu denen du vorhattest zu fahren?«

»Woher der Sinneswandel? Hast du wieder in einer Frauenzeitschrift geblättert?«

Sie boxte mich an die Schulter. »Jetzt hör auf! Ich meine, vielleicht tut es uns ja ganz gut, mal ein paar Tage voneinander getrennt zu sein.«

»Wieso? Hat sich Jens angemeldet?« Jens war ihr Exmann.

Seit einem kleinen Disput zwischen ihm und mir im Englischen Garten ward er nicht mehr gesehen. Allerdings musste ich langsam, aber sicher die Reißleine ziehen. Nicht, dass Anja es sich doch noch anders überlegte.

»Quatsch. Wie kommst du denn jetzt auf den? Den hast du alter Gockel ja aus deinem Revier gejagt.«

»Ganz genau. Mit einem kräftigen Arschtritt. Wahrscheinlich parkt er seinen Hintern seitdem auf einem Sitzkringel.« Jetzt musste ich einlenken und dranbleiben, damit mir mein Sieg nicht wieder abhandenkam. »Spaß beiseite! Wie meinst du denn das? *Ein paar Tage getrennt sein*?«

Anja drückte mich auf meinen Stuhl und setzte sich ebenfalls.

O. H. versuchte zwischenzeitlich, den Löffel zu essen.

»Ich meine damit, dass wir vielleicht eine kleine Auszeit brauchen. Schau, seit der Geburt von unserem Sohnemann hatten wir beide keine Zeit, um durchzuatmen. Wir funktionieren doch nur noch als Eltern. Aber wo sind Herbert und Anja hin?«

Damit hatte sie natürlich recht. Ich hätte dieses Thema niemals angesprochen.

So etwas kann schnell nach hinten losgehen. Auf einmal muss man sich mit einem Problem auseinandersetzen, das sich vielleicht von alleine gelöst hätte. Kennt man doch aus der Glotze. Dann landen die Paare bei der Eheberatung und die Therapeutin sagt der Frau, dass sie sich vom Ehemann den Freiraum nehmen lasse. Sie tauscht Mann gegen Freiraum, lässt sich die Haare machen, wechselt das Parfum und geht plötzlich abends wieder weg. Wo sie doch tagtäglich auf der Couch während der *Tagesschau* davon geschwärmt hatte, wie gemütlich es zusammen sei.

»Und du denkst, dass uns das guttun würde, so eine Auszeit? Nicht, dass du dann auf einmal Gefallen daran findest.«

»Quatsch! Außerdem kann es schlecht die Lösung sein, aufeinander sitzen zu bleiben, nur damit keiner bemerkt, dass er ohne den anderen besser dran wäre. Du, diese Entscheidung ist mir nicht leichtgefallen. Das bedeutet einen Haufen Organisation.«

Yeah! Bingo! Ich darf wegfahren!

»Und wohin mit unserem Kleinen?« Wir sahen ihn beide an.

»Bah ..., Baba ... Auto. Hmpf ... bah.«

»Okay«, sagte ich. »Unser Bub möchte so lange im Auto wohnen.«

»Quatsch. Meine Mutter wohnt so lange hier, bis du wieder da bist!«

Um Gottes willen! Alles, nur das nicht. Die stellt uns die ganze Bude auf den Kopf. Die bringt es fertig und räumt die Möbel um. Womöglich reißt sie die Kabel meiner Surroundanlage ab, die ich mühevoll hinter den Fußbodenleisten verlegt habe. Außerdem durchwühlt sie meine Sachen, wenn ich nicht aufpasse. Als ob sie einen Beweis suchen würde, um Anja mitteilen zu können: *Schau, wir haben es immer gesagt, der ist nichts für dich.*

Immer, wenn ihre Eltern uns besuchten, musste sie irgendwann aufs Klo. Ich ging hinterher und siehe da: Plötzlich stand sie im Schlafzimmer. Sie meinte jedes Mal, dass sie wohl zu früh abgebogen sei. Hoppla!

Verdammt! Sie würde was finden. Bei unserem Umzug hatte ich mich schweren Herzens von meiner erstklassigen *Playboy*-Sammlung getrennt. Ich wollte Anja damit nicht vor den Kopf stoßen. Eines Tages kam sie nach Hause und hatte mir ein Heft mitgebracht. Cool, oder? Ich meine, welche Frau kauft ihrem Mann einen *Playboy*? Damals hätte ich sie fast gefragt, ob sie mich heiraten möchte, so gerührt war ich. Jedenfalls war das für mich der Startschuss, monatlich an der Tanke für Nachschub zu sorgen. Es wäre doch schade, wenn die armen Mädels sich extra die Brüste machen ließen, und niemand schaut sie an.

Davon wusste Anja natürlich nichts. Ich hortete die Magazine in den Kartons mit meinen DVDs. Da schaute sie niemals rein. Sie guckte nur Pilcher und Kochsendungen. Aber Anjas Mutter würde meine Schätzchen finden. Dann wäre ich für alle Zeiten der verkappte Typ, der sich nachts heimlich hinter der Badezimmertür fremde Frauen ansah. Das durfte keinesfalls passieren.

»Gegenvorschlag. Wir könnten unseren kleinen Schatz doch für ein paar Tage zu meinen Eltern bringen. Sie haben ihn eh schon länger nicht gesehen.«

»Um Himmels willen, nur das nicht.«

»Was soll das denn heißen? Oskar Herbert hat es sehr gut gefallen, als er letztens für zwei Tage bei ihnen war.«

»Jetzt beruhige dich wieder! So war das doch überhaupt nicht gemeint.«

»Hörte sich aber so an.« Ich goss Wasser in die Gläser.

»Quatsch. Deine Eltern sind großartig. Aber nun war der Kleine letztens bei ihnen, jetzt muss sich meine Mama um ihren Enkel kümmern dürfen. Du weißt doch, dass sie über solche Dinge wahrscheinlich Buch führt.«

Gut, das war einleuchtend.

»Aber wäre es nicht besser, wenn Oskar Herbert zu deinen Eltern fahren würde, anstatt deine Mutter zu uns?«

»Was wäre daran besser?« Anja nahm sich eine Scheibe Brot aus dem Korb und zog die Butter zu sich heran.

»Na, wegen der Auszeit! Ich sehe doch, wie gestresst du bist.

Jetzt bin ich schon mal weg, dann hast du abends trotzdem den Kleinen. Und deine Mutter obendrauf.«

»Hm! Vielleicht hast du recht.«

»Nicht nur vielleicht. Badewanne, Badesalz, ein Gläschen Rotwein …, danach ein gutes Buch, keine Windeln …«

»Ja, du hast mich überzeugt. Aber bin ich dann eine schlechte Mutter?«

»Quatsch. Du bist die Beste!«

YES! Mann, war ich gut. Ich sollte Reisen verkaufen. Herbert Neumann verkauft nämlich nicht nur ein All-inclusive-Ferienappartement mit Blick aufs Meer. Nein! Herbert Neumann verkauft Träume!

»Vielleicht sollte ich schnell dem Hans Bescheid geben.«

»Das hat doch bestimmt auch noch Zeit bis nach dem Essen, oder?«

»Klar. Radieschen?«

***

»Hans?«

»Wer stört?«

»Dein bester Freund!«

»Kurt?«

»Depp!«

»Ich mach doch nur Spaß! Was verschafft mir die Ehre, dass du zwischen Windeln und Fläschchen Zeit hast, deinen besten Spezl anzurufen?«

»Ich habe gute Neuigkeiten. Ich komm dich besuchen.«

»Ach was. Darfst jetzt doch zum Spielen raus?»

»So ein Schmarrn!« Ich ging ins Schlafzimmer und schloss die Türe. »Ich hab zur Anja gesagt, dass du mich brauchst und dass es da nix zu rütteln gäbe. Hey! Männerfreundschaft!«

Hans glaubte mir natürlich kein Wort. Aber am Klang seiner Stimme war zu hören, dass er sich freute. Ich mich auch.

»Wann soll ich denn kommen?«

»Blöde Frage. Am besten morgen. Es gibt noch allerhand vorzubereiten.«

»Was? Morgen schon?«

»Problem?«

»Nein. Warte mal schnell. Ich glaube, mein Nachwuchs ruft nach mir. Ich leg dich mal schnell zur Seite.«

Ich stellte das Telefon auf stumm, verließ das Schlafzimmer und suchte Anja.

»Du, Anja. Der Hans würde mich schon morgen brauchen. Meinst du, ich könnte nach dem Frühstück los und …«

»Was, morgen schon? Puh! Das ist aber kurzfristig.«

»Wanne, Badesalz, Rotwein …« Ich blinzelte ihr zu.

»Na, meinetwegen. Ich rufe nachher gleich meine Mutter an, dann kann sie den Kleinen vom Café abholen.«

»Ui, klasse. Bussi!«

Ich flitzte wieder ins Schlafzimmer, schloss die Tür und holte mir Hans wieder in die Leitung.

»Hans? Da bin ich wieder. Der Kleine, du weißt ja. Er wollte mich scheinbar noch mal vor dem Schlafengehen sehen.«

»Erzähl mir doch keinen Stuss! Gefragt hast deine Anja, ob du morgen schon fahren darfst.«

»Hab ich nicht!«

»Dann drück die Stummtaste, du Technikgenie!«

Verdammt! Weil die Tasten aber auch schon so abgegriffen waren. Ich hatte die Rautetaste gedrückt.

»Ja, ja, Hauptsache, du hast deinen Spaß. Also, ich komm morgen.«

»Perfekt. Ich freu mich.«

»Was soll ich denn alles einpacken?«

»Unterhosen, Socken …«

»Das weiß ich selber. Ich meine, was hast du denn alles vor?«

»Mei, bringst einfach was zum Wandern und Biken mit. Feste Schuhe und etwas, wenn es regnen sollte. Lass aber bloß deinen Schirm daheim.«

Wir einigten uns, dass ich vormittags bei ihm aufschlagen würde und legten auf. Genial. Hans und Herbert. Wieder vereint. Zusammen in den Bergen. Wer hätte gedacht, dass ich das noch mal erleben darf.

Herbert on Tour

»Anja? Wo ist denn meine Pulsuhr?«

»Die hast du doch bei *eBay* verkauft.«

»Schmarrn. Nie im Leben. Ach, hier. Hab sie schon. Braucht nur eine neue Batterie. Und die Wandersocken?«

Anja stand mit Oskar Herbert in der Schlafzimmertür. »Ich wüsste nicht, dass du Wandersocken besitzt. Waren wir eigentlich schon einmal zusammen auf einem Berg?«

»Ja. Auf dem Nockherberg zum Starkbierfest letztes Jahr.«

Sie verdrehte die Augen und setzte den Kleinen auf dem Boden ab. Mit breiten, unsicheren Schritten stapfte er zu mir.

»Oskar Herbert? Weißt du, wo die Wandersocken vom Papa sind?«

»Bab…, Auto … gag… abft?«, fragte er mich und klopfte auf meiner Kniescheibe herum.

»Ja! Der Papa fährt nachher Auto und ist in ein paar Tagen wieder da. Du darfst zur Oma!« Ich sah zu Anja hoch. »Warum noch mal sollen wir nicht *Oma* sagen?«

»Weil meine Mutter findet, dass sie das alt macht. Kennst sie ja.«

»Aber wenn der Kleine Clarissa zu ihr sagt, meinen alle, sie wären Geschwister oder was?«

Sie lachte und packte den Stapel Unterwäsche, den ich auf dem Bett platziert hatte, in meine Sporttasche.

»Geht das eigentlich klar mit Omi?«

»Ja. Sie holt ihn nachher im Café ab. Ich packe seine Sachen zusammen, wenn du weg bist.«

»Und du kommst wirklich klar ohne mich?«

»Nein, Herbert. Ich werde verhungern und mich ganz bestimmt zwei- bis dreimal ausschließen.«

»Ich meine: Ist alles klar?«

»Natürlich. Jetzt sieh aber zu, dass du fertig packst. Ich muss auch irgendwann ins Café. Die Neue kommt mit der Kasse noch nicht so ganz klar.«

Toll. Ich spürte förmlich, wie ich in diesem Haushalt vermisst werden würde. Scheinbar war das größere Problem an meiner kleinen Reise das Organisatorische. *Die Nanny fährt in Urlaub. Wohin mit dem Kind?* Dass ich Anja als Mann fehlte, konnte ich nicht so richtig erkennen. Vielleicht war sie einfach bloß gestresst.

Es wäre besser gewesen, wenn ich am Vorabend gepackt hätte. An diesem Morgen artete das Ganze in Chaos aus. Meine *Playboy*-Hefte hatte ich allerdings bereits gestern, als Anja auf der Couch eingeschlafen war, in einer Tüte ins Auto gebracht und im Kofferraum beim Reserverad versteckt. Sicher ist sicher. Nicht, dass mein Versteck doch noch enttarnt wurde.

***

Ich warf die letzte Tasche auf den Rücksitz meines anthrazitfarbenen VW *Golf*. Ein Leasingwagen. Hatte ich mir letztes Jahr gegönnt, als wir noch Doppelverdiener waren. Mit Schiebedach, Navi und geilen Felgen. Doppelspeiche! Leider total beschissen zu reinigen. Der *Touran* läuft aufs Café. Hat auf beiden Seiten eine Mohrrübe drauf, die in einer Torte steckt und grinst. Süß!

»So, ihr beiden. Jetzt ist es so weit.«

»Melde dich, wenn du angekommen bist, ja?«

»Klar. Und du, mein Kleiner, passt schön auf deine Oma auf. Sag mal Oma. OMA!«

»Brrb …!«

»Jetzt hör schon auf, du Spinner, und sieh zu, dass du nicht in den Verkehr kommst.«

»Stimmt. Das braucht keiner. Außer gestern Abend. Schade, dass du schon so früh auf der Couch …«

»Nicht vor dem Kleinen!« Sie hielt ihm ein Ohr zu.

»Also, mach's gut, meine Schöne, und genieße deine Abende.« Ich gab ihr einen Kuss und nahm Oskar Herbert auf meinen Arm. »Pfiat di, mein Großer. Dass mir keine Klagen kommen.«

Er winkte mit seinem Ärmchen wie wild drauflos.

Hatte ich ihm beigebracht. Bei *Pfiat di* legte er einarmig los wie eine chinesische Glückskatze. Damit hörte er auch nicht auf, als ich in den Wagen einstieg und startete. Ich ließ das Fenster herunter und streckte winkend meine Hand aus dem Wagen. Dann hupte ich zweimal und gab Gas. Im Rückspiegel sah ich die beiden, wie sie kleiner wurden und zwischen den anderen Passanten gänzlich verschwanden. In diesem Moment fiel es mir schwer, wegzufahren. Sosehr ich mich auch auf die Auszeit freute, so war es doch das erste Mal, von meiner Familie getrennt zu sein. Glücklicherweise hatte ich ein schönes Ziel vor Augen. Hans freute sich sehr, dass ich ihn besuchen würde. Ob diese Freude allerdings mir galt oder nur der Tatsache, dass er eine günstige Aushilfe am Start hatte, war mir zu diesem Zeitpunkt auch noch nicht so ganz klar.

***

Bevor ich auf die Autobahn fuhr, wollte ich tanken. Außerdem war zu Hause der Vorrat an Trauben-Nuss-Schokolade aufge-

braucht, und ohne die ging überhaupt nichts. An Zapfsäule vier machte ich meinen Boliden randvoll. Eher unfreiwillig, da ich immer wieder versuchte, eine runde Summe auf das Display der Säule zu bekommen.
Das machen die doch extra. Ich schaffe es ungefähr zwanzigmal hintereinander, mich in Zwei-Cent-Schritten meinem Ziel zu nähern. Kaum habe ich die achtundneunzig Cent erreicht und drücke nur ganz leicht am Tankstutzen, bin ich schon wieder um einen Cent drüber.
Ich enterte den Tank-Shop und sagte mir im Stillen unentwegt die PIN meiner Girokarte vor. Vier Zahlen, die ich mir nur sehr schlecht merken kann. Und das als Finanzbeamter.

Mal abgesehen davon, dass es keine Trauben-Nuss gab, hatte ich auch noch das Glück, fünf Bauarbeiter vor mir an der Kasse zu haben. Allesamt mit einer großen Vorliebe für edelste Köstlichkeiten aus der umfangreichen Welt des hiesigen Kaffee-Shops. Latte macchiato, Cappuccino, Espresso und Milchkaffee. Nur einer wollte ihn einfach schwarz. Was für ein Banause! Dazu gab es Leberkäsesemmeln, Teilchen, Butterbrezen und einen Hotdog. Es dauerte eine halbe Ewigkeit, bis ich endlich dran war. Hinter mir entwickelte sich bereits eine beachtliche Schlange. Leise murmelte ich meine PIN vor mich hin und wartete geduldig, bis ich dran war.

»Der Nächste!«

»Die Vier!«

»Bar oder mit Karte?«

»Karte.«

»Kaffee?«

»Nein, danke.«

»Wäsche? Die Glanzwäsche mit Unterboden hätten wir heute im Angebot.«

»Nein, danke. Der Wagen ist gerade erst gewaschen worden.«

»Und Sie wollen wirklich keinen Kaffee? Bis elf gibt es dazu eine Rosinenschnecke oder Kirschtasche zum halben Preis.«

»Nein, ich möchte wirklich nichts, aber danke!« So! Jetzt war die PIN aus meinem Hirn verschwunden. Verdammt.

»Dann hier bitte die PIN eingeben.« Die Dame drehte das Eingabegerät in meine Richtung.

»Da muss ich noch mal schnell ins Auto. Jetzt habe ich die PIN vergessen.«

»Dann aber schnell! Andere wollen auch bedient werden. Sie sehen ja, was hier los ist.«

»Na, hören Sie mal. Sie haben mich doch mit der Fragerunde total aus dem Konzept gebracht. Bis eben wusste ich meine PIN noch.«

»Jetzt mach mal hinne da vorne! Andere Leute müssen arbeiten«, kam es aus der Reihe hinter mir.

Die Bauarbeiter standen sich an den Bistrotischen längst nicht mehr gegenüber, sondern alle mit dem Gesicht zur Kasse. Am liebsten hätte ich den Sprit wieder zurückgepumpt und wäre gefahren. Ohne mich weiter mit der Dame an der Kasse zu streiten, ging ich zu meinem Auto und holte den Zettel mit der PIN aus dem Handschuhfach. Ich habe die PIN zwischen einer Telefonnummer getarnt, die ich mir ausgedacht habe.

»Leg dir deinen Zettel in deinen Geldbeutel, dann passiert so was nicht«, riet mir der Typ, der sich vorhin schon lautstark bemerkbar gemacht hatte.

»Ja, genau«, maulte ich zurück. »Kluger Plan! Am besten noch auf die Karte schreiben! Das weiß doch jeder, dass man PIN und Karte getrennt voneinander aufbewahren soll.«

»Willst du das draußen ausdiskutieren oder was?«

»Das brauche ich nicht auszudiskutieren, das weiß man.« Ich lasse mich doch nicht von so einem frustrierten Arsch vormittags schon dumm anmachen.

Am Schalter musste ich wiederum kurz warten, weil einer der Bauarbeiter mehr Senf auf seine Leberkäsesemmel wollte.

Was für ein Ärger! Dabei war ich noch nicht einmal aus München raus.

***

»Servus Hans.«

»Na, sieh einer an. Bist du schon unterwegs?«

»Klar. Hab doch gesagt, dass ich nach dem Frühstück losfahre.«

»Seit wann hast du denn eine Freisprechanlage?«

»Hab ich doch gar nicht.«

»Fährst du schon wieder mit dem Handy am Ohr?«

»Ich wäre fast schon an den Randstein gefahren, als ich deine Nummer eingetippt habe.«

»Erwischen sollen sie dich. Ich leg jetzt auf. Ruf mich wieder an, wenn du stehst.« So ein Oberlehrer! Der hatte es nötig. Nach drei Halben noch fahren, aber mir das Telefonieren vorwerfen. *Meinetwegen, fahr ich halt rechts ran.*

»Ja! Ich wieder. Zufrieden?«

»Ich will einen Beweis. Halt das Handy aus deinem Fenster, damit ich höre, ob es rauscht.«

»Mensch, Hans, ich steh hier …«

»Mach!«

Mann! Also manchmal konnte er wirklich nervig sein. Ich ließ meine Seitenscheibe nach unten und streckte meinen Arm samt Handy ins Freie.

»Hey, du Arsch. Pass doch auf!«

»Selber Arsch!«, rief ich hinterher und zog mein Handy wieder ins Wageninnere.

»Und? Glaubst du mir jetzt, dass ich stehe?«

»Wer war denn das?«

»Fahrradkurier. Also wie gesagt, ich bin auf dem Weg und komm dann.«

»Vergiss nicht, dir am Irschenberg ein Pickerl zu kaufen.«

»Das brauche ich nicht, weil ich nicht über Österreich fahre.«

»Dann gib wenigstens in dein Navi ›Ohne Maut‹ ein, damit dich das Ding vorher runterführt.«

»Du, ich brauche doch kein Navi, um mir zu merken, dass ich bei Piding runter muss. Ich fahre nicht das erste Mal nach Berchtesgaden.«

»Ich sag's ja bloß.«

»Ich fahre aber trotzdem am Irschenberg raus. Ich bin jetzt vierzig. Da schaffe ich so weite Strecken nicht mehr auf einen Rutsch.«

»Wenn du beim Pinkeln warst, dann kannst dir auf der Terrasse noch einen Cappuccino gönnen. Der Ausblick dort oben ist spitze. Bekommst gleich Urlaubsfeeling.«

»Das hatte ich schon vorhin an der Tanke.«

»Wo?«

»Erzähle ich dir später. Ich fahr jetzt weiter, sonst komme ich nie an.«

»Na dann, grüß mir den Irschenberg.«

So! Schulterblick und Gas. Ich glaubte es nicht. *Wer, bitteschön, fährt von Deutschland aus nach Berchtesgaden über Österreich. Ich jedenfalls nicht.*

Weltfrieden hinter der Grenze

Für einen Freitagvormittag herrschte erstaunlich wenig Verkehr. Die Fahrt bis zum Irschenberg verging wie im Flug. Wäre vorhin an der Tanke meine Trauben-Nuss vorrätig gewesen, hätte ich bestimmt nicht angehalten. Brauchte nur ein Unfall zu passieren, schwupp stand man im Stau. Doch wer wusste schon, ob Hans Nervennahrung im Haus hatte. Normalerweise machte er sich nichts aus Süßigkeiten. Süßigkeiten würde er lediglich in Form von fünfundzwanzigjährigen Blondinen zu sich nehmen, unkte er stets. Der Macho! Da aber auch meine Kollegen vom Finanzamt ständig davon redeten, dass man unbedingt auf dem Weg nach Österreich am Irschenberg eine Pause einlegen sollte, war dies ein weiterer Grund, um rauszufahren. Obwohl ich genau genommen nicht nach Österreich fuhr. Der Himmel zog sich zu, während ich den Parkplatz der Raststätte passierte. Der war gegenüber der Autobahn stark frequentiert.

Ah, ein Wildpinkler. Die waren mir die Liebsten an einer Raststätte. Am hintersten Ende des Parkplatzes hatte er sich hinter einem Baum verschanzt. Hatte wohl nicht mit dem wachsamen Auge eines reisenden Bayern gerechnet. Obwohl etliche Parkplätze zwischendrin frei waren, entschied ich mich für den letzten. Erstklassige Sicht auf meinen seine Notdurft verrichtenden Freund mit der Baseballkappe. Er sah mich auch. Ich winkte. Er nicht. Obwohl er eine Hand frei hatte. Normalerweise hupe ich Anja zuliebe, wenn ich vorbeifahre. Auf einem Parkplatz ist dies allerdings eher ungünstig und hatte mich einmal schon fast einen Zahn gekostet. Dumm war nur, dass ich durch meine erzieherische Maßnahme einen beachtlichen Weg zur Raststätte vor mir hatte. Blöd, dass ich vor meiner Abfahrt so viel Kaffee getrunken hatte. Fast hätte ich selbst an einen Baum gepinkelt. Als ich allerdings durch das Drehkreuz im Untergeschoss trat, war aller Stress verflogen. Angenehmer Duft, Vogelgezwitscher, hier konnte man es aushalten. Was die Menschen nicht alles verpassten, wenn sie sich an einen Baum stellten. Schön war, dass es am Pissoir etwas zu lesen gab. Links von mir starrte ich auf eine Werbeanzeige für ein Mittel gegen Harndrang. Ein bisschen kontraproduktiv für eine kostenpflichtige Toilette. Rechts von mir entdeckte ich eine Anzeige für Sicherheitsschlösser. Ich wurde darauf aufmerksam gemacht, dass vielleicht gerade in diesem Moment bei mir daheim eingebrochen werden könnte. Toll! Da half das ganze Vogelgezwitscher nichts mehr. Während ich also mit unaufhaltsamer Geschwindigkeit auf eine Blasenschwäche zuraste, trugen Einbrecher gerade meine DVD-Sammlung die Treppe hinunter. Was war ich froh, dass ich die *Playboys* sicher im Kofferraum hatte.

Mit einem Cappuccino bewaffnet, enterte ich die Terrasse, von der alle schwärmten. Klar hatte ich schon des Öfteren diese Raststätte angefahren. Dass sie allerdings eine Terrasse hatte, war mir neu. Wind kam auf, und es nieselte mir sanft auf meinen Milchschaum. Es war diesig. Dort, wo ich die Alpen vermutete, sah ich außer einer dichten Nebeldecke nichts. Das warf die Frage auf, was Hans eigentlich machte, wenn es die nächsten Tage regnete.

»Hey!«, rief ich einem etwa Sechsjährigen hinterher, der mich fast umrannte. »Immer langsam!«

Wegen des Bengels hatte ich eine amtliche Kaffeepfütze auf meinem Unterteller. Ich stellte die Tasse auf einem Tisch ab und kippte die Pfütze in die Wiese. Seine Eltern juckte das nicht. Die waren zu sehr damit beschäftigt zu rauchen. Nun kam von dem Kleinen noch das Schwesterchen angerannt und jagte ihn quer über die Außenanlage. Noch bevor ich wieder bei meiner Tasse war, knallte das Mädchen gegen den Tisch und warf meinen Cappuccino um.

»So, jetzt reicht's. Hallo Sie? Würden Sie sich vielleicht mal um Ihre Kinder kümmern?«

»Wir passen schon auf unsere Kinder auf. Das brauchen Sie uns nicht zu sagen«, grummelte er zu mir herüber und zog an seiner Zigarette.

»Doch, das sage ich Ihnen schon. Ihre Tochter hat soeben meinen Kaffee umgeschüttet.«

»Dann müssen Sie eben besser auf Ihre Sachen aufpassen.« Sie grinsten.

Ich stellte meine Untertasse ab und marschierte zu den beiden hinüber.

»Sagen Sie mal, geht's noch? Sie können doch nicht Ihre Kinder der Allgemeinheit abgeben.«

»Sie haben wohl keine Kinder, was?«

Na bravo! Der Lieblingssatz gestresster Eltern, wenn man es wagt, etwas gegen ihre Prinzen und Prinzessinnen zu sagen.

»Doch. Ich habe Kinder.« Ging die ja nichts an, wie viele.

»Und die Armen dürfen nicht spielen?«, meinte die Mami, während sie ihre Zigarette in der feuchten Wiese ausdrückte.

»Natürlich dürfen die spielen. Aber die gehen dabei anderen Menschen nicht auf die Nerven.«

Er stand nun auch auf. »Komm, Heike! Wir nehmen unsere bösen Kinder und fahren weiter. Hier ist es mir zu kinderfeindlich.«

Sie trat nun nah an mich heran. »Wissen Sie, wir haben noch ungefähr fünfhundert Kilometer vor uns. Da sollen sich die Kinder ruhig austoben. Wissen Sie, wie anstrengend so eine lange Autofahrt mit zwei Kindern auf der Rückbank und einer CD mit Kinderliedern im Player ist?« Ihr linkes Augenlid zuckte nervös.

»Jetzt, wo Sie es erwähnen, kann ich es mir mit Ihren Kindern wahrlich vorstellen. Ich wünsche gute Fahrt.«

Sie schüttelte den Kopf und zog die beiden hinter sich her, während ihr Mann die Türe aufhielt und mich herablassend anstarrte.

Ich verkniff mir weitere Kommentare. Tja, deren Entscheidung. Kinder oder Urlaub. Wozu gibt es Großeltern. Nein! So dachte ich natürlich nicht wirklich. Aber solche Exemplare traf ich in Schwabing zuhauf. Andererseits hätte ich meine Familie in diesem Augenblick schon gerne um mich herum gehabt. Dann hätten die Vier mal sehen können, wie harmonisch es sein könnte! Oskar Herbert würde neben uns sitzen und brav mit Yoda spielen, während Anja und ich genüsslich unseren Cappuccino schlürften. Ich sah noch eine Weile in den Nebel und versuchte, mir krampfhaft vorzustellen, wie schön der Ausblick bei Sonne wäre. Dann gab ich auf.

***

»Zwei Schachteln Zigarillos, ein Feuerzeug und diese Tafeln Schokolade hier, bitte!«

»Oh. Da hat wohl jemand Heißhunger auf was Süßes!«, schmunzelte die Dame an der Kasse der Raststätte, als ich ihr meine Ware entgegenschob. »Wo soll es denn hingehen?«, fragte sie und holte die Zigarillos aus dem Regal hinter sich.

»Nach Berchtesgaden!«

»Ah. Schön! Dann brauchen Sie bestimmt eine Mautplakette.«

»Nö. Ich bleibe ja in Deutschland.«

»Tja, das sagen sie alle. Und dann ist es passiert. Nehmen Sie lieber eine mit. Kostet keine zehn Euro.«

»Aber gute Frau, wenn ich doch nicht nach Österreich fahre!«

»Hab's ja nur gut gemeint. Dann nehmen Sie wenigstens für zwei Euro eine Warnweste mit. Die sind da sehr empfindlich.«

»Wer?«

»Na, die Österreicher!«

»Sagen Sie mal: Hören Sie mir eigentlich zu?«

»Ist ja schon gut. Ich wollte Ihnen eigentlich noch raten, dass Sie die Warnweste in den Fahrgastraum legen müssen, aber das kann ich mir sicher auch sparen.«

»Jetzt haben Sie es ja schon bemerkt«, erwiderte ich und zahlte. Die war vielleicht aufdringlich. Natürlich! Sie hatte es gut gemeint. Dennoch war ich ein mündiger Bürger, volljährig und mit Führerschein.

Nach dieser Diskussion gönnte ich mir auf dem Parkplatz eine meiner Zigarillos. Sonst rauche ich nicht, aber hin und wieder zur Urlaubseinstimmung, das hatte was. Nebenbei beobachtete ich ein junges Pärchen, wie es seine soeben erstandene Vignette außen auf die Windschutzscheibe klebte. Hätte ich was sagen sollen? Nö! Die waren auch volljährig.

***

Mein Handy klingelte.

»Hans?«

»Servus Herbert. Und? Kommst du gut voran?«

»Du, das ist ganz schlecht im Moment. Ich bin hier auf der Autobahn. Wenn mich die Zivilen überholen und sehen, dass ich das Handy am Ohr habe, kann ich blechen.«

»Geh! So wie du wahrscheinlich wieder rast, bist du doch der Erste im Stau, oder? Ist viel los?«

»Nö, geht.«

»Warst schon am Irschenberg?«

»Ja. Ganz toll die Terrasse. Ich habe die ganze Alpenkette samt Gipfelkreuzen gesehen.«

»Schön, oder? Ich hab's dir ja gesagt.«

»Du, das war ein Witz! Warst du heute schon vor der Tür? Nicht mal eine Kuh habe ich entdeckt.«

»Ah. Und? Wo bist du?«

Um ihm eine fundierte Auskunft zu geben, blickte ich auf mein Navi, das mir mitteilte, es würde die Route neu berechnen. Als ich wieder auf die Straße schaute, registrierte ich, dass ich gerade in diesem Moment an einem Ausfahrtschild vorbeiflitzte. Nein! Das Navi war mit der neuen Berechnung fertig und führte mich nun … über Österreich.

»Herbert? Bist du noch dran? Herbert?«

»Sorry. Funkloch. Was hast du gefragt?«

»Wo du schon bist?«

»Du, kurz vor der Ausfahrt Piding. Ich lege jetzt auf. Wir sehen uns ja nachher. Servus.«

Verdammte Scheiße! Musste er gerade in diesem Moment anrufen und mich ablenken? Nun war ich an der letzten Ausfahrt vorbei. Es musste doch noch so etwas wie eine Behelfsausfahrt geben. So ein Mist! Da vorne war schon das Schild. ÖSTERREICH! *Na ja, Herbert. Jetzt mal ganz ruhig.* Wie groß war die Chance, dass die gerade jetzt in diesem Moment irgendwo standen und kontrollierten?

***

»Schönen guten Tag, der Herr.«

Etwa einen Kilometer später winkte mir schon eine Kelle entgegen.

»Grüß Gott. Kann ich etwas für Sie beide tun?«

»Ja, uns das Pickerl zeigen. Wir finden es auf Ihrer Scheibe nicht.«

»Wissen Sie, ich wollte schon die letzte Ausfahrt raus. Eigentlich bin ich gar nicht da. Ich will nämlich nach Berchtesgaden.«

»Also, dafür, dass Sie nicht da sind, sehe ich Sie ganz gut. Du nicht auch, Franz?«

Sein Kollege nickte.

Jetzt war Feingefühl bei der österreichischen Verkehrsüberwachung gefragt. »Soweit ich weiß, kann man bis zur ersten Ausfahrt in Österreich fahren, oder? So wurde es mir jedenfalls erzählt. Es sind somit ja höchstens fünf bis sechs Kilometer auf der österreichischen Autobahn.«

»Wo die Leute das immer herhaben? Das hören wir jeden Tag bestimmt zwanzig Mal. Nicht wahr, Franz?«

Der nickte wieder.

»Na gut. Dann muss ich wohl in den sauren Apfel beißen und kaufe Ihnen so eine Plakette ab. Was macht das?«

»Einhundertzwanzig Euro!«

»Entschuldigung. Sie müssen ein wenig lauter sprechen. Ich habe gerade einhundertzwanzig Euro verstanden.« Ich lächelte ihn an.

Er mich auch. »Da haben Sie richtig gehört. Wissen Sie, bei uns ist das Pickerl ein bisserl teurer!« Ich wartete auf eine Wiederholung von »Nicht wahr, Franz«. Kam aber nicht.

Der nickte trotzdem und ging zu meiner Beifahrerseite, um

sich meinen Wagen näher anzusehen.

»Das ist doch nicht Ihr Ernst. Die paar Meter! Ich meine, da vorne fahre ich ja schon wieder ab und bin eins zwei drei aus Österreich raus.«

»Tja!«

Tja! Der hatte gut lachen. Schöner Mist. Alles nur wegen Hans. Hätte der nicht angerufen, wäre ich längst auf der Landstraße.

»Und wo bekomme ich dann so ein PICKERL her?« Bei Pickerl machte ich diese imaginären Gänsefüßchen mit meinen Fingern. Fand er, glaube ich, nicht so gut. Mir egal. Ich konnte auch anders. Vielleicht würde ich den Betrag noch mal wiederholen und dabei wieder die Gänsefüßchen machen. Da war ich ein harter Hund.

»Mit der Gebühr, die wir von Ihnen bekommen, haben Sie die Maut entrichtet. Wenn Sie noch mal angehalten werden, zeigen Sie einfach die Quittung vor, die Sie gleich von mir bekommen. Wollen Sie bar oder mit Karte zahlen?«

»Das kommt ganz darauf an.«

»Auf was?«

»Nehmen Sie auch Schillinge? Ich glaube nämlich, ich habe noch …«

»Jetzt werden's mir nicht frech!«

»Ich mein ja nur.«

»Du, Seppi?« Sein Kollege meldete sich von der hinteren Beifahrerseite. »Frag ihn mal, wo er seine Warnweste hat.«

Der Mann setzte ein Grinsen auf und guckte damit wieder zu mir herunter.

Ich schluckte.

»Ich soll Sie von meinem Kollegen fragen, wo Sie Ihre Warnweste haben?«

»Ordnungsgemäß im Kofferraum. So, wie es in Deutschland Vorschrift ist.«

»Das ist aber schlecht«, grinste er weiter. »Wir in Österreich sehen die Warnwesten gerne im Fahrzeuginneren.«

»Noch besser wäre, wenn ich sie während der gesamten Fahrt tragen würde.«

Der Kollege kam zum Seppi und meinte, er wolle die Weste sehen. Denn wenn ich überhaupt keine Weste hätte, würd's teurer werden.

Ich stieg aus. »Finden Sie das nicht ein wenig übertrieben?«

»Das ist alles nur zu Ihrer eigenen Sicherheit.« Die beiden folgten mir zu meiner Heckklappe.

»Ach, kommen Sie schon! Was soll denn bei achtzig auf der Autobahn schon passieren!« Ich öffnete die Klappe.

»Na, na. Ein wenig schneller dürfen Sie bei uns schon fahren. Die Weste, bitte?« Er grinste suchend in meinen Kofferraum.

Zu sehen waren dort zwei Reisetaschen, Wanderstiefel, zwei Regenschirme und eine Box mit Leergut, das ich eigentlich am Vortag noch hatte entsorgen wollen.

»Die Weste ist beim Reserverad. Soll ich nun wirklich meinen Kofferraum ausräumen?«

»Wie gesagt. Ihre Sicherheit.« Er guckte seinen Kollegen an, der mit ernster Miene nickte.

So etwas hatte ich noch nicht erlebt. Während ich meinen Kofferraum mitten auf der österreichischen Autobahn ausräumte, fluchte ich in mich hinein. Als ich die Abdeckung zum Reserverad anhob und die beiden Ordnungshüter ihre Hälse neugierig ins Innere meiner Ladefläche streckten, fiel es mir wieder ein. Ich verdrehte die Augen und ging einen Schritt zur Seite.

»Ja, was haben wir denn da? Feine Hefterl, der Herr?«

Wie groß war die Möglichkeit, dass ich ein paar Kilometer hinter der Landesgrenze mit zwei Herren von der Verkehrswacht auf der Autobahn stehe und meine *Playboy*-Sammlung präsentiere? Genau! Eins zu acht Milliarden. Eine Million Schilling hätte ich gewettet, dass das nicht passieren würde. Wie gut, dass ich das nicht getan hatte.

»Das sind aber viele Busen in Ihrem Kofferraum.«

»Tja, was soll ich sagen.« Jeder der beiden griff sich ein Heft und fing an zu blättern.

»Sagen Sie, warum haben's denn die Hefterl im Kofferraum versteckt?«

»Das ist zu meiner Sicherheit.« Vielleicht konnte ich die Jungs ja auf der zwischenmenschlichen Ebene packen. »Hier!« Ich griff nach einem Heft vom letzten Monat. »Da ist ein Interview mit dem Niki Lauda drin. Den mögt ihr doch sicher, oder?«

»Warum sollen wir den mögen?«

»Na, das ist doch einer von euch!«

»Der ist nicht bei der Verkehrsüberwachung. Außerdem, wer liest denn schon die Sachen in dieser Zeitung.« Er schlug die Mitte der Zeitung auf und klappte das Poster heraus. Sie sahen sich an und waren sich einig, dass die Dame sehr gut gebaut war.

»Das ist Miss Januar«, warf ich ein. »Die mag keine Machos, lacht gerne und ist für Weltfrieden.«

»Was meinst, Franz, wenn die uns vor die Kelle kommt …«

Franz grinste. Eigentlich grinste er, seitdem ich die Reserveradabdeckung angehoben hatte, unentwegt.

»Warum fahren Sie denn diese Hefterl so versteckt spazieren?«

»Lange Geschichte. Haben wir es dann?«

»Na gut. Wegen der Weste wollen wir mal nicht so sein. Aber legen Sie die nach vorne. Und nehmen's Ihr Leergut wieder mit.«

Ich räumte meine Sachen vom Seitenstreifen zurück in den Kofferraum, zahlte widerwillig meine Zeche und suchte das Weite, um endlich von der Autobahn zu kommen. Im Rückspiegel sah ich meine zwei neuen Freunde, wie sie mir hinterherwinkten. So etwas Schräges hatte ich lange nicht mehr erlebt. Die beiden wahrscheinlich tagtäglich. Nun war es wichtig, dass ich mich beim Hans nicht verplapperte. Diesen Fauxpas könnte ich mir ewig anhören und wäre sicher der Knüller auf jeder Party. Das behielt ich schön für mich.

Back to the Roots

Mein Navi verriet mir, dass ich nur noch wenige Kilometer von meinem Ziel entfernt war. Hans hatte ein bisschen untertrieben, als er mir erzählte, sein Hof sei in der Nähe von Berchtesgaden. Ich war mittlerweile kurz vor Ramsau. Da konnte man nicht unbedingt von *nebenan* sprechen. Wiederholt passierte ich Schilder, die auf diverse Funparks hinwiesen. Ob er sich da mal nicht verrannt hatte? In mir stieg die Frage auf, wie viele solcher Parks die Welt brauchte. Andererseits war Hans stets derjenige, der genau wusste, was er tat. Vielleicht würde er sich von seiner Konkurrenz abheben? Ich war gespannt. Die Gegend war traumhaft. Auch wenn das Wetter nicht so ganz mitspielte, wie ich es mir vorgestellt hatte. Sonne wäre besser gewesen. *Wuàschd! Positiv denken, Herbert.* Unweigerlich musste ich an die dumme Floskel denken: *Es gibt kein schlechtes Wetter, nur schlechte Kleidung!* Sagen Sie den Spruch mal einem Inder, der schon seit Tagen im Monsunregen umherstapft. Könnte interessant werden.

Um mich herum ragten felsige Berge in den Himmel, davor weitläufige Wiesen, auf denen sich Kühe vom saftigen Gras ernährten. Ein Bauer kam mir mit seinem Traktor entgegen. Seitlich von ihm saßen zwei kleine Buben mit Sepperlhut und winkten mir. Ich winkte zurück und musste an »Immenhof« denken, einen Film aus meiner Kindheit. Hatte ich heimlich angesehen, weil mich sonst meine Mitschüler ausgelacht hätten. Diese Gegend bot dieselbe Idylle, und ich stellte mir die Frage, warum ich nicht öfter hierherkam. Immerhin war es von München aus ein Katzensprung. Ich liebte mein Schwabing, doch das hier war eine ganz andere Hausnummer. Ich öffnete das Fenster auf meiner Seite und saugte die Luft in meine Nase. Bestimmt kamen Urlauber aus Kiel öfter hierher als der Durchschnittsmünchner. Vielleicht war es einfach zu nah, um von Urlaub zu sprechen. Sicherlich kannten sich etliche meiner Arbeitskollegen auf Malle besser aus als in Bayern. Ich dachte an Anja und den kleinen Oskar Herbert. So ein Ausflug zu dritt wäre sicherlich auch schön gewesen. Sie würde lächelnd neben mir sitzen und mich anhimmeln, wie souverän ich uns drei durch die Lande chauffierte; unser Kleiner würde vollkommen ausflippen, weil die Kühe hier nicht lila waren. Während ich so vor mich hinträumte, überholten mich zwei Mädels in einem offenen Mazda MX-5 und winkten zu mir herüber. Ach ja, so alleine war auch mal schön.

Je näher ich meinem Spezl kam, desto mehr zeigte sich die Sonne. Zwischen Ramsau und dem Hintersee hatte ich endlich mein Ziel erreicht und wusste nicht, ob mich Hans mit seiner Geschäftsidee auf den Arm nehmen wollte. Ich fuhr mitten in der Pampa in die Einfahrt eines Einödhofs, der auf mich wirkte, als kämen jeden Moment die Männer mit der Abrissbirne. Nie im Leben konnte dies der Hof von … doch. Ich erkannte sein Auto. Der legendäre Volvo, den er damals eigentlich in Genua sich selbst überlassen wollte. Zwischenzeitlich war er froh gewesen, dass ich ihm seinen Boliden sicher nach Hause gebracht hatte.

Ich stellte den Motor ab und öffnete meine Tür, als Hans aus der …, na ja, sagen wir mal, Garage kam.

»Hey!«, rief er mir entgegen und grinste bis über beide Ohren.

Ich freute mich, ihn zu sehen, und breitete ebenfalls meine Arme zur Begrüßung aus. Männermäßig umarmten wir uns kurz und klopften uns kräftig ein paarmal auf den Rücken. Wie es echte Kerle halt so machen.

»Hans! Alter Hund! Lass dich anschauen. Mager bist du!«

»Du nicht. Isst deinem Kleinen den ganzen Brei weg, oder?«

»Brei isst der schon lange nicht mehr.«

»Jetzt hast aber lange gebraucht. War so viel Verkehr?«

»Ach, ich hab noch mal kurz angehalten.«

»Ah, verstehe. Konfirmandenblase?«

»Depp! Und das ist es also?« Ich versuchte, irgendetwas Positives an dem alten Hof zu entdecken. Negativ.

»Ja, mein ganzer Stolz. Was sagst? Gefällt's dir?«

»Ist super! Hier und da vielleicht ein wenig Farbe, aber sonst … chic!«

»Chic? Wie gestelzt bist du denn drauf? War höchste Zeit, dass du mal aus Schwabing rauskommst. Der Hof ist hammergeil! Und meiner!«

»Ich sehe schon, Hans. Du lebst deinen Traum!« Albtraum traf es allerdings eher. Ich wollte ihm seine positive Stimmung nicht vermiesen. Vielleicht wollte aber auch in diesem Moment nach dem Autobahndebakel kein Enthusiasmus bei mir aufkommen. Ich gab dem Ganzen eine Chance und spielte den aufgeregten Grundschüler, der gerade im Feriencamp ankam.

»Komm, lass deine Unterhosen noch im Auto. Ich führe dich rum. Dann siehst du gleich alles.«

Ich richtete den Autoschlüssel auf meinen *Golf*, um ihn abzuschließen. Man wusste ja nie. »Und das ist wirklich dein Hof?«

»Klar! Da staunst du, was? Ich hab dir doch erzählt, dass ich damals die Softwarefirma mitgegründet hatte. Hab da quasi anfangs einen Batzen Kohle reingesteckt. Und siehe da, in den letzten Jahren ist da ganz schön was zusammengekommen. Dann hab ich *Adios, ihr Schnarchzapfen* gesagt und hab mich auszahlen lassen.«

»Du bist einfach ausgestiegen?«

»Ja. Einfach so! Geil, oder?«

»Und wie viel von deinem Geld hast du jetzt in den Hof gesteckt?«

»Na, alles. Das heißt, das meiste. Immerhin kommen ja noch ein paar Ausgaben auf mich zu.«

Klar, dachte ich. So ein kompletter Abriss kann bestimmt ins Geld gehen.

»Weißt du, hier ein bisschen Farbe, drinnen in ein paar Zimmern ein neuer Boden … Aber das hier ist mein ganzer Stolz.« Hinter dem Haus blieben wir stehen. Er deutete auf eine Wand, von der teilweise der Putz abfiel. »Na? Was sagst?«

»Mir fehlen die Worte.« Das war nicht gelogen.

»Das meine ich aber auch.«

Hans hatte an die Wand bunte Teile aus Kunststoff gedübelt, die aussahen, als hätte man Plastilin in der Hand zerdrückt.

»Was soll das denn sein?«

»Das ist meine Kletterwand. Gefällt's dir?«

»Ich meine die bunten Dinger!«

»Das sind Climbing Holds.«

»Was?«

»Na, Griffe zum Klettern. Da kannst dich festhalten und dann die Wand hochklettern. Schweineteuer, die Dinger!«

Eigentlich hatte ich mir vorgenommen, mit Begeisterung um mich zu werfen. Leider musste ich nachhaken.

»Jetzt noch mal, Hans. Du hast das ganze Geld genommen und in den Hof, Farbe und die Griffe investiert?«

»Schmarrn.«

Da war ich aber froh.

»Morgen kommen noch die Räder!«

»Ach so!« Ich nickte zustimmend, und wir gingen weiter in einen Schuppen, in dem für etwa fünfzehn Personen Klettergeschirr, Karabiner und Seile hingen. Das fand ich beachtlich. Am Boden stapelten sich verpackte Fahrradhelme.

»Hier parken dann die Räder. Vom Feinsten, kann ich nur sagen. Wirst ja morgen sehen.«

Ich war mir sicher, dass ich noch einiges sehen würde. Inklusive betroffener Gesichter der Gäste, die bald hier eintreffen würden.

Im Haus wurde es nicht zwingend besser. Gut, es war gemütlich. Dennoch wäre es ratsam gewesen, einen Profi an die Inneneinrichtung zu lassen. Es war schon sehr rustikal. Auch auf die Gefahr hin, dass ich meinem Freund auf die Nerven ging, musste ich unbedingt etwas loswerden.

»Du, Hans. Frage! Hast du dir schon mal die Funparks in der Gegend angeschaut? Wie die von außen so aussehen?«

»Klar. Zehn Kilometer weiter ist auch einer. Der ist, wie du sagen würdest, total chic. Was meinst, was die da hineininvestiert haben? Da träumen andere nur davon. Ist aber immer ausgebucht. Die haben sogar einen Kletterpark. Total geil. Ich kenne den Besitzer. Kannst ohne Investoren überhaupt nicht alleine stemmen, das Ding!«

»Und wenn du vor so einem Funpark stehst, und dann wieder hierherkommst, fällt dir da was auf?«

»Klar. Ich hab's schön hier.«

»Hans, bei aller Liebe. Das hier ist kein Funpark. Das muss dir doch auffallen!«

»Wer sagt denn, dass ich einen Funpark habe?«

»Na du! Du redest doch am Telefon von nichts anderem!«

»Stimmt doch überhaupt nicht! Weil du aber auch nie zuhörst. Ich hätte gerne einen Funpark, hab ich g'sagt. Bist du irre? Mit dem Ganzen hier wäre ich in der Gegend doch überhaupt nicht wettbewerbsfähig!«

Ich kapierte überhaupt nichts mehr. Ich war mir sicher, dass er stets von solch einem Park gesprochen hatte. Das hatte ich sogar die ganze Zeit Anja erzählt. Wir hatten wie wild gegoogelt, um uns ein Bild zu machen, was man dort so alles treiben könnte. Umso erstaunter war ich jetzt natürlich, als ich live in Hans' kleinem Reich des Grauens stand. Gut, das war unfair. So schlimm war es nun auch wieder nicht. Nur eben – alt!

»Und was soll das Ganze hier sein?«

Hans blickte mir tief in die Augen und brummte: »BACK TO THE ROOTS!«

»Was?«

»Na, zurück zum Ursprung! Bei mir sollen sich die Leute wieder erden. Hab ich doch bei mir in der Firma gesehen, wie ausgepowert die alle waren. Weil sie bloß noch die Arbeit kannten und wie blöd abends schnell zum Chillen zur After-Work-Party gedackelt sind. Tagein, tagaus. Ein paar meiner Kollegen haben sich sogar fürs Wochenende Arbeit mit nach Hause genommen. Termindruck! Checkst du?«

Ich nickte stumm.

»Wäre mir nie eingefallen. Weißt du, warum ich immer so schön tiefenentspannt bin?«

»Weil du viel Bier trinkst?«

»Ich geb dir gleich 'ne Kopfnuss, du Spinner. Ich bin so entspannt, weil ich am Wochenende immer auf irgendeinen Berg gehe. Meistens jedenfalls. Das erdet, mein Lieber. Nicht dein Schwabing in irgendeinem In-Café, wo sich alle selbst was vorlügen, weil sie dazugehören wollen. Wie die Lemminge! Darum habe ich immer rechtzeitig die Reißleine gezogen, verstehst?«

Meine Güte. Das war wieder einmal Hans' Wort zum Sonntag.

»Und die Leute sollen bei dir jetzt die Reißleine ziehen oder was?«

»Was die im Endeffekt daraus machen, das müssen die für sich herausfinden. Bei mir gibt's keine Computer, gekocht wird miteinander, Etagendusche. Es wird geteilt, mein Freund. Keiner macht hier sein Ding alleine. Die Leute sollen wieder miteinander kommunizieren. Nicht den ganzen Tag in ihr Handy gaffen und warten, bis einer den Scheiß liked, den sie in irgendein Portal eingestellt haben. *Schaut mal, bin bei meinem Lieblingsitaliener! Lecker Pasta! LOL*! Zum Kotzen!« Hans fuchtelte wild mit seinen Armen umher. »Die Leute sollen sich mit sich selbst auseinandersetzen. Da haben sie daheim doch überhaupt keine Zeit dazu. Und wenn sie die hätten, würden sie es auch nicht tun. Weil das ganz schön unangenehm werden kann. Da geht einem schnell ein Licht auf, dass doch alles nicht so supergeil ist, wie sie es sich immer in die Tasche lügen. Und dann müsste man ja vielleicht was ändern. So fliegen alle schön unterm Radar und mogeln sich durch ihren Alltag.«

»Hans, ich muss schon sagen, du hast dir ja richtig Gedanken gemacht.«

»Quatsch. Fünf Bier am Lagerfeuer hinter dem Haus, dann stand das Konzept. Wirst sehen, das wird was!«

Also, mich hatte er überzeugt!

»Bei was soll ich dir denn nun genau helfen?«

»Du, bei allem, was so ansteht. Hauptsächlich aber als seelischer Beistand. Weißt, ich hab ganz schön Puls, wenn ich daran denke, dass ich jetzt wieder Unternehmer bin. Diesmal allerdings alleine.«

Sieh einer an! Der große Blonde hatte Puls. Das war mir neu und beruhigte mich ungemein, dass auch ein Typ wie er vor etwas Respekt hatte.

»Ach, das schaukeln wir schon. Aber ein wenig müssen wir noch machen, bevor die kommen. Bei aller Liebe, aber *Back to the Roots* solltest du vielleicht nicht allzu wörtlich nehmen. Ein bisschen Komfort musst du deinen Gästen gönnen. Zumindest mal durchsaugen und staubwischen.«

»Ja ja. Passiert schon noch alles. Morgen stelle ich ein Schild vorne an die Straße. Das hab ich schon. Damit mich die Leute finden, weißt?«

»Das wäre von Vorteil. Wo schlaf ich denn eigentlich?«

»In meinem schönsten Zimmer. Wirst sehen. Zeige ich dir aber nachher. Jetzt lass uns zur Feier des Tages Mittagessen gehen, damit du wieder mal was Gescheites auf den Teller bekommst. Ein Schnitzel ist hier nämlich noch ein Schnitzel.«

»Gute Idee. Gibt's was in der Nähe?«

»Eher nicht. Komm, wir fahren nach Berchtesgaden rein. Du fährst. Ich bin total unterhopft.«

»Na super. Ich dachte, ich wäre dein Gast.«

»Nein. In erster Linie bist du hier, um zu helfen. Kannst also gleich damit anfangen. Ein bis zwei Halbe, und ich lauf wieder rund.«

»Sauber. Das fängt ja gut an!«

»Hab dich nicht so! Jetzt trinkst einfach ein Kinderbier und nachher, wenn wir wieder da sind, bekommst ein richtiges. Versprochen.«

Er würde sich nie ändern. Vielleicht würde ihn doch eines Tages eine Frau bändigen. Das müsste er allerdings zulassen. Als wir aus dem Haus gingen, zog Hans lediglich die Tür hinter sich zu.

»Magst nicht lieber absperren?«, fragte ich besorgt.

»Du, hier kennt jeder jeden. Da brauchst nicht abzusperren. Außerdem gibt's bei mir nichts zu holen. So hab ich wenigstens die Chance, dass mir jemand was ins Haus stellt. Du, die Uhren ticken hier anders. Ich war kaum eine Woche hier, da haben mich schon alle gekannt.«

»Das ist bei dir aber auch kein Wunder. Du bist ja sofort gleich mit jedem per Du.«

»Bisher bin ich immer gut damit gefahren. Da ist jetzt aber

kein Kindersitz hinten drin, oder?« Hans drückte seine Nase gegen die Seitenscheibe.

»Schmarrn! Jetzt steig ein. Sonst fährst du uns mit deinem Volvo.«

»Stell dir vor, ich hab wieder für zwei Jahre TÜV bekommen. Geil, oder?«

»Das ist nicht geil, das ist unfassbar.«

»Schon, gell? Ich kenn da nämlich einen!«

Brezen und Japaner

»Schau Herbert, wenn du mal richtig gut und deftig essen willst, dann kommst hierher«, meinte mein Spezl, als wir endlich am Wirtshaus seiner Wahl mitten im Ort angelangt waren.

Die Verkehrslage in Berchtesgaden an einem Freitag war mit der in Schwabing zu vergleichen. Nur enger. Außerdem gab es hier viel mehr Japaner. In München hatte ich kaum welche entdeckt. Klar, die tummelten sich alle hier in Berchtesgaden. Und Amis. Hier einen Einheimischen zu finden, war scheinbar nur in den Geschäften möglich. Schön war allerdings, dass der Ort trotz der vielen Touristen nichts von seiner Idylle eingebüßt hatte.

»Und, was sagst?«

»Ein Wirtshaus halt.«

Wir setzten uns an einen der seitlichen Tische. Die Decke der großen Wirtsstube war mit schweren, dunklen Balken versehen, von denen große Lampen mit stoffbespannten Schirmen baumelten. Die weiß gekalkten Wände waren übersät mit Geweihen von Hirschen und Geißböcken, unterbrochen von Bildern, auf denen Jäger oder typische Jagdszenen abgebildet waren. Das war hier definitiv nichts für Veganer. Die tiefen Fensterbänke ließen einen Blick auf das dicke Gemäuer zu, was mich zu dem Schluss brachte, dass dieses Gebäude sicherlich mindestens seit zweihundert Jahren inmitten von Berchtesgaden stand. Schwere Tische reihten sich aneinander, umgeben von typisch bayrischen Wirtshausstühlen mit Schnitzereien an den Lehnen und einem herzförmigen Loch. Es gefiel mir hier.

»Hallo Hans!«, grüßte eine männliche Bedienung in kurzer Lederhose und Trachtenhemd, als er uns die Speisekarten an den Tisch brachte.

»Servus René. Und? Alles klar?«

»Selbstverständlich«, sächselte der.

»Darf ich dir Herbert vorstellen?«, meinte Hans zu ihm und deutete auf mich.

Der Ober grinste. »Ach, du bist der Herbert? Ich darf doch du sagen? Ich bin der René.« Er gab mir die Hand.

»Freilich.«

»Bist du nicht der, der in Mutterschutz ist?«

»Hä? Quatsch. Ich bin in Elternzeit und daheim bei meinem Bub.« Was sollte das denn? Nicht nur, dass Hans wildfremden Menschen mit sächsischem Akzent aus meinem Leben erzählte, da kam mir dieser Typ doch glatt mit *Mutterschutz*!

»Ist doch dasselbe. Ganz schön mutig in der heutigen Zeit.«

»Aber gerade heute ist es doch erst möglich. Vor zwanzig Jahren war das eher ein Problem. Jetzt ist das völlig normal«, wehrte ich mich.

Hans lehnte sich entspannt zurück und folgte schweigend dem Gespräch.

»Also meine Kollegen und ich kennen niemanden …« René drehte sich zu seiner Kollegin im Dirndl, die am Tresen Bier zapfte. »Luise, schau mal. Das ist der mit dem Kind. Von dem die Frau arbeiten geht!«

Noch lauter, vielleicht hatten es die anderen Gäste noch nicht verstanden! Ich warf Hans einen verächtlichen Blick zu.

Er grinste.

Luise grinste auch und zapfte weiter.

Ich unterließ es, nicht zu viel in ihr Schweigen hineinzuinterpretieren.

Hans bemerkte wohl meine steigende Anspannung und befreite mich aus der misslichen Lage, in die er mich gebracht hatte.

»René? Magst mir bitte ein Helles bringen?«, wandte er sich an den Kellner.

»Klar. Und du, Herbert?«

»Mir bitte ein alkoholfreies Weizen«, knurrte ich und nahm eine der Speisekarten zur Hand.

René verschwand zum Tresen und tippte unsere Getränke in die Kasse.

»Sag mal, was erzählst du denn wildfremden Leuten von mir?«

»Der René ist nicht fremd. Den kenn ich nämlich. Weißt du, ich bin öfter hier. Der ist aus Zwickau, der René. Das ist in Sachsen.«

»Ach nein. Das hätte ich überhaupt nicht gemerkt«, meinte ich in süffisantem Ton und schob die Speisekarte beiseite.

»Mir ist egal, ob der aus Sachsen ist und du ihn kennst. Du hast einfach nicht anderen Leuten was von mir zu erzählen.«

»Jetzt beruhig dich wieder. Vielleicht habe ich das eine oder andere nach ein paar Bierchen ausgequatscht. Was weiß ich!«

»Super! Was denn noch?«

»Das weiß ich doch nicht. Wie gesagt, nach ein paar Bierchen. Komm, dafür kriegst du jetzt richtig was für deine Ohren geboten. Dann seid ihr beide wieder quitt.«

»Was denn für die Ohren?« Ich stierte Hans fragend an.

Hans schwieg und grinste wieder.

René stellte uns das Bier auf den Tisch und zückte seinen Block. »Und, schon fündig geworden?«

»Du, René?«, fragte Hans. »Was gibt es denn Schönes? Kannst du mir was empfehlen?«

»Klar.« Jetzt ging's los. »Wir haben ein Grillpfandl, dann

ein Carpaccio vom Ochsen, Ochsenbackerl mit Semmelknödel, Zwiebelrostbraten …« René ratterte die Speisekarte mit geschlossenen Augen wie auswendig gelernt herunter, als ob es kein Morgen gäbe. Und das alles in feinstem … Sächsisch. »Die Schlachtschüssel ist sehr zu empfehlen, ist alles frisch.«

»Na, das will ich doch hoffen«, warf Hans ein.

»Dann, was haben wir noch …, ach ja! Hausgemachtes Lüngerl, ein Duett von Lachs und Zander, Spinatknödel, Käsespätzle und einen Sauerbraten.« Jetzt war er fertig, holte seinen Kopf wieder aus dem Nacken und öffnete die Augen.

»Kein Wiener Schnitzel?«, meinte ich und blätterte in der Karte hin und her.

»Klar. Vom Schwein oder Kalb?«

»Kalb.«

»Pommes oder Bratkartoffeln?«

»Pommes.«

»Und du, Hans?«

»Mir bringst bitte die Schlachtschüssel.«

»Gerne. Brezen dazu?«

»Ja, stell ein paar her.«

Er schnappte sich die Speisekarten und verschwand.

»Und, was sagst?«

»Leck mich fett. Das war die geballte Ladung«, bemerkte ich mit zusammengekniffenen Augen.

»Hast gehört, wie er *Carpaccio* gesagt hat?«, flüsterte er und musste sich stark zusammenreißen.

»Klar.«

An den Nachbartisch setzten sich zwei Herren mittleren Alters. Beide im Anzug. Wie sich schnell herausstellte, waren es zwei Außendienstler einer Baumaschinenfirma. Hans wusste das, weil er mitbekam, wie sie sich über den letzten Kundenbesuch unterhielten. Ihrem Dialekt nach zu urteilen, waren sie von ganz, ganz weit weg.

René spulte bei ihnen sein Programm herunter und fragte nach den Getränken. Das war das Schöne an bayrischen Gaststätten. Einfach nur die Leute beobachten. Eine Art Schule des Lebens. Wo sonst gab es solche schönen Dialoge?

»Haben Sie ein Helles?«

»Ja. Eine Halbe?«

»Moment! Haben Sie auch Pils?«

»Ja. Wir haben auch Weißbier!«

»Ja?«

»Klar!«

»Auch alkoholfrei?«

»Ja.«

»Trotzdem ein kleines Pils.«

Ach, es war traumhaft! Die beiden Männer bestellten sich vier Weißwürste. Obwohl es nach zwölf Uhr mittags war. Sie wussten von der Regel und betonten dies auch, orderten aber trotzdem. Zu allem Übel für einen der Männer bestellte sein Kollege noch eine Gulaschsuppe dazu. Die hatte uns der liebe René überhaupt nicht aufgezählt. Egal! Jedenfalls kam die Gulaschsuppe mit den Weißwürsten.

»Schau, Herbert«, flüsterte Hans mir zu. »Der wartet jetzt wirklich mit seiner Wurst, bis der andere seine Suppe gegessen hat. Geil, oder?«

»Zumindest nuckelt er an seiner Brezen. Aber der andere lässt sich ganz schön Zeit. Was meinst? Sind die Würstl kalt, bis der sein erstes bekommt?«

»Zuzeln braucht er die nimmer!« Wir prosteten uns zu.

Als René mir mein Kalbsschnitzel auf den Tisch stellte, ging mein Herz auf. So sollte es sein: Groß, dünn und die Panade goldbraun und wellig. Die Pommes waren einfach nur Pommes. Aber das Schnitzel … ein Traum!

Hans fischte die erste Blutwurst aus der Schüssel und drapierte sie zusammen mit ein wenig Sauerkraut auf seinen Teller.

»Magst mal probieren? Der René hat gesagt, es sei alles frisch!«

»Nein, danke.« Gott bewahre!

Gegenüber von uns saß ein älteres Ehepaar, das bereits da gewesen war, als wir gekommen waren. Beide Anfang siebzig. Plötzlich geriet er in Panik, als eine japanische Reisegruppe das Wirtshaus betrat. Vorausschauend orderte er bei René die Rechnung, während seine Frau noch ihre Suppe löffelte. Mit einer Brezen im Mund bezahlte er schnell die Zeche, stand auf und holte von der Garderobe schon mal den Kurzmantel seiner Frau, die nun ebenfalls in Hektik verfiel. Stehend wollte sie nach ihrem Wasserglas greifen, als er ihr den Mantel über den Arm legte. Vor lauter Aufruhr hätte er beinahe seinen Hut vergessen.

»Herbert? Ob ihr auch mal so werdet, du und die Anja, wie die beiden?«

Wir sahen dem Paar hinterher, bis sie zur Tür hinaus waren.

»Zumindest sind die beiden bestimmt schon ihr Leben lang zusammen. Aber so hektisch wird es bei mir sicher nicht.«

»So ein Stress, nur weil ein halber Bus voller Japaner auftaucht.« Hans bestellte bei René noch ein Bier. Zur Feier des Tages und weil ich fuhr.

»Vielleicht fängt aber bald die nächste Stunde im Parkhaus an, und die haben es deshalb so eilig gehabt?«, mutmaßte ich und blickte über meine Schulter zu den neuen Gästen.

Die japanische Reisegruppe studierte die Speisekarte. Schnell war klar, dass nur die Reiseleiterin der deutschen Sprache mächtig war.

Ich staunte nicht schlecht, als ich mitbekam, dass René es ganz wichtig mit ihr hatte. Scheinbar kannte man sich schon länger. Zu gerne hätte ich gehört, wie er *Origami* oder *Geisha* aussprach. Wir belauschten, dass sie René eine PDF-Datei auf seinen Computer geschickt hatte. René hatte die geniale Idee gehabt, aufgrund der starken Frequentierung durch Menschen aus Fernost, die Speisekarte auch auf Japanisch anzubieten. Weil Englisch scheinbar nicht genügte.

Nach einer Weile brachte René Hans' Bier.

»Sag mal René, hat dir die da drüben die Speisekarte übersetzt?«

»Ja. Toll, oder? Hat es euch geschmeckt?«

»Ja, danke. Und du glaubst, das stimmt dann auch alles, was die dir übersetzt hat?«

»Da kann ich mich voll und ganz darauf verlassen. Ich kenne die schon lange. Sie heißt Lin!«, meinte er freudig und räumte die leeren Teller ab.

»Ah!«, bekundeten wir gleichzeitig.

Das war also die Begründung für die Richtigkeit der Übersetzung. Er kannte sie schon lange. Wir überlegten uns, was die liebe Lin alles anstellen könnte. Sie hatte quasi die Macht über das Wirtshaus und wahrscheinlich bald über ganz Berchtesgaden.

»Stell dir vor, wenn die beim Sauerbraten irgendwas von Hund oder so da reinschreibt?«, meinte Hans und saugte den Schaum von seinem frisch Gezapften.

»Oder bei den Weißwürsten irgendwas von Sushi. Was glaubst, wie lange die dann auf der Wursthaut herumkauen? Da kannst du einen Laden schnell in Grund und Boden wirtschaften, wenn sich der Japaner nur noch eine Brezen bestellt. Und alles nur, weil René die Lin kennt.«

Kinder mit Sonnenbrillen

»Wollen wir nicht langsam mal damit anfangen, deinen Hof auf Vordermann zu bringen? Jetzt sind wir gerade dran vorbeigefahren. Aus der Ferne sieht er jedenfalls besser aus als aus der Nähe.«

»Hetz doch nicht so! So viel Zeit wird schon noch sein. Ich muss dir unbedingt was zeigen.«

»Wo genau wollen wir denn hin?«

»Zum Hintersee!«

»Nach Österreich?« Plötzlich eintretende Hitze überfiel mich. Außerdem hatte ich keine zweite Warnweste dabei.

»Quatsch! Hier gibt es auch einen Hintersee. Schau, da vorne ist schon das Schild vom Parkplatz. Da stellst dich hin.«

Traumhaft. Er hatte nicht zu viel versprochen. Zur Hälfte war der See von einem Wald umgeben. Die Sonne strahlte mittlerweile wieder mit voller Kraft und vertrieb die letzten Wolken. Um uns herum überall Berge, die vereinzelt mit einem schneebedeckten Gipfel in den Himmel ragten. Enten tummelten sich im Wasser, das die umliegende Gebirgskette widerspiegelte. Ein kleines Paradies. Nur eine Landstraße trennte den See von einer hügeligen Wiese, hinter der imposante Felswände in die Höhe ragten.

»Warst du schon da oben?«, fragte ich Hans, während ich mit zusammengekniffenen Augen den Gipfel fokussierte.

»Klar. Schon zweimal. Das ist einer zum Warmwerden.«

So ein Aufschneider!

»Schön hier. Du hast wirklich nicht zu viel versprochen.«

»Jetzt warte doch mal ab! Das war es ja noch nicht. Komm, wir gehen den Weg da am Ufer entlang bis zu dem Bootssteg.«

Na gut. Wenn wir schon mal hier waren.

Hans wirkte aufgeregt und beschleunigte seine Schritte.

Zwei Künstler saßen mit ihren Skizzenblöcken auf der Wiese, um die Stimmung aufs Papier zu bringen. Vereinzelt kamen uns Spaziergänger entgegen.

»Da ist aber am Königssee mehr los«, bemerkte ich und blieb stehen, um einen Radfahrer vorbeizulassen.

»Darum ist es hier auch schöner.«

»Na, das kannst du so nicht sagen. Der Königssee ist schon auch schön. St. Bartholomä, Schifferl fahren, vor ein paar Jahren waren wir dort zum Betriebsausflug.«

»Genau das meine ich ja! Hierher kommt niemand zum Betriebsausflug. Darum ist es hier so ruhig. Am Königssee meinst am Wochenende, du stehst in München am Hauptbahnhof.«

»Also, als wir da waren, war nicht viel los. Gut! Da hatte es geregnet.«

Hans blieb an den Bootsstegen stehen und deutete auf zwei Tretboote. »Und? Was sagst?«

»Willst jetzt Tretboot fahren oder was?«

»Schmarrn! Das sind meine. Die drei Ruderboote da drüben gehören auch mir. Geil, oder?«

Schau einer an! Ich betrat den Steg, ging in Hocke und fuhr mit meiner Hand über den Lack.

»Da schaust du, gell? Habe ich alles eigenhändig abgeschliffen und neu gestrichen. Fünf Schichten!«

»Was machst du mit fünf Booten?«

»Wenn ich sie nicht brauche, vermiete ich die Dinger. Ein junger Kerl vom Ort macht das für mich. Der ist Schnitzer und kann das ein paar Stunden am Tag auch hier am See machen.«

»Aber wie kommt man denn dazu, sich ein paar Boote anzuschaffen?«

»Du, die zwei Stege waren bei meinem Hof dabei. Der Bauer, der mir den verkauft hat, war Angler. Der hat auch schon nebenbei Tretboote vermietet. Warum nicht eine Tradition weiterführen? Außerdem bringt das im Sommer Kohle, und ich kann meinen Gästen was anbieten. Komm, lass uns ein wenig hier hinsetzen. Ist so schönes Wetter.«

Wir hockten uns auf eine der drei Bänke, die mit Blick auf den See auf der angrenzenden Wiese standen. Auf der Bank neben uns saß ein typisch bayrisches Urgestein mit Gamsbart auf dem Hut, weißem Vollbart und Lederhose. Fast andächtig stopfte er mit einer ansteckenden Gelassenheit seine Pfeife, entzündete den Tabak und nahm einen langen Zug.

»Sepp! Grüß dich. Na? Lässt du dir wieder deine Pfeife schmecken?«, fragte Hans unseren Banknachbarn.

Der Angesprochene nickte wortlos und ließ sich nicht aus der Ruhe bringen.

»Das ist der Sepp«, meinte Hans freudig zu mir und lehnte sich entspannt zurück.

»Ach was! Ich dachte, du nennst vielleicht hier alle so!«, neckte ich ihn und lehnte mich ebenfalls zurück. Gleichzeitig atmeten wir hörbar aus.

Als ich auf den See hinausblinzelte, sah ich eine Familie mit zwei Kindern in einem Tretboot. Es war keins von Hans' Booten. Wahrscheinlich die Konkurrenz. Das Boot hatte die Form eines Schwans. Nie im Leben würde Hans ein solches Exemplar vermieten. Hans' Tretboote waren klassisch. Beide Kinder, etwa fünf und sieben Jahre alt, hatten quietschgelbe Sonnenbrillen auf.

»Hans?«

»Ja?«

»Es gibt nichts Schlimmeres als Kinder mit Sonnenbrillen.«

»Wie kommst du denn gerade jetzt da drauf?«, fragte er mit geschlossenen Augen, während er die warme Sonne auf seinem Gesicht genoss.

»Schau doch! Da draußen.«

Hans öffnete die Augen, scannte den See, blieb an besagtem Tretboot hängen und fixierte es eine Zeit lang. Dann schloss er wieder seine Augen. »Stimmt«, grummelte er nur trocken und relaxte weiter.

»Hat dein Kleiner etwa auch schon eine Sonnenbrille? Wie heißt er noch gleich?«

»Du weißt genau, wie mein Kleiner heißt. Oskar Herbert. Nein! Natürlich nicht! Der hat einen Sonnenhut.«

»Oh, leck!«

»Was denn? Der Sonnenhut ist echt cool!«

»Ich meine den Namen. *Oskar Herbert.* Ich wollte nur noch mal hören, wie du ihn aussprichst. Was Dümmeres ist euch wohl nicht eingefallen, oder? Habe ich mir letztens schon am Telefon gedacht und es schnell wieder verdrängt.«

Ich richtete mich auf. »Sag nichts gegen die zwei Namen!«, rief ich empört und rechnete eigentlich mit einer Entschuldigung. Eigentlich! Doch da konnte man bei ihm lange warten.

»Die Namen sind, jeder für sich gesehen, nicht schlecht. Es gibt sicher bessere. Hans zum Beispiel!« Er grinste. »Aber beide zusammen ... was Blöderes ist euch da wohl nicht eingefallen. Dir ist schon klar, dass die ihn später in der Schule wegen eures Supereinfalls verhauen werden? Da kannst deinem Oskar Herbert ja gleich zur Einschulung Sandalen und Hosenträger anziehen. Das kommt aufs Gleiche raus!«

Hoffentlich hatte er nicht recht damit.

»Ich gebe zu, das mit dem Namen ist blöd gelaufen. Anja wollte Oskar und ich Herbert. Dann haben wir uns auf den Doppelnamen geeinigt. Ich habe nur zugestimmt, weil ich mir damals sicher war, dass wir irgendwann nur noch Herbert sagen.«

Hans richtete sich nun auch auf und sah mich an. »Das wird sich die liebe Anja auch gedacht haben. Ich sag dir: Die sitzt das aus. Und der Dumme ist euer Bub.«

Vielleicht sollte ich ja daheim nochmals mit Anja über dieses Thema reden. Oder ich sage einfach ganz frech nur noch Herbert zu ihm. Wenn aber Anja das genauso macht? Dann haben wir später einen Vierjährigen, der fragend zwischen seinen Eltern hin und herschaut, wenn er von Fremden gefragt wird: *Na, du bist ja ein Lieber. Wie heißt du denn?*

Zwischenzeitlich passierte eine weitere Familie den Weg, der an unserer Bank entlangführte. Drei Kinder: zwei Jungs, ein Mädchen. Die Jungs zankten sich und nervten ihre Mutter kolossal. Der Vater spielte an seiner Filmkamera herum. Mami ging bei den Jungs dazwischen und mahnte mit den Worten: »Wenn ihr nicht aufhört, fahren wir sofort heim.«

Erstens: Wer's glaubt! Zweitens: Vielleicht wollten das die Jungs mit der Aktion erreichen? Wer ging schon gerne als Zehnjähriger mit seinen Eltern in der Natur spazieren!

»Ihr geht mir alle so dermaßen auf die Nerven. Irgendwann wandere ich alleine aus. Dann könnt ihr alle sehen, wo ihr bleibt.« Sie wirkte sehr angespannt.

»Oh ja! Da komm ich mit!«, freute sich die Tochter und nahm für diesen Satz sogar den Blick von ihrem Handydisplay.

»Ganz sicher nicht, meine Liebe!«, kam es von der Mutter wie aus der Pistole geschossen.

Vati marschierte mit seiner Kamera voraus und filmte seine Familie. Wahrscheinlich für den gemeinsamen Freundeskreis als Beleg dafür, warum er denn seine Familie verlassen hatte. Oder er sammelte Bildmaterial für die spätere Vermisstenanzeige.

»Ist das bei dir auch so?« Hans setzte seine Sonnenbrille auf, die er aus seiner Brusttasche zog.

»Bist du wahnsinnig? Da hätte ich mir längst die Kugel gegeben.«

»Und wenn es mal so wird?«

»Dann gebe ich mir die Kugel. Aber so weit würde ich es überhaupt nicht kommen lassen.«

Hans starrte wieder der Familie hinterher. »Du, ich glaube, dass die das auch mal gedacht haben. Ich bin mir sicher, dass das ein schleichender Prozess ist. Eines Tages wachst du dann auf, und Bumsdi ist alles scheiße!«

»Und aus welchem Erfahrungsschatz nimmst du solche Thesen?« Hans war nicht gerade das, was man als Familienmensch bezeichnen konnte. Ich glaube, dass seine längste Beziehung bisher etwa drei Monate gedauert hatte. Er war genau genommen eher eine schlechte Wahl in puncto Familien- und Beziehungsfragen. Genauso gut könnte man einen katholischen Pfarrer nach Ehetipps befragen.

»Jetzt aber mal ohne Schmarrn! Wie läuft es denn zwischen der Anja und dir?«, wollte Hans neugierig wissen und lehnte sich wieder zurück.

»Bestens. Ehrlich. Könnte nicht besser sein. Total harmonisch.«

»Herbert, du sollst mir nicht eine feste Beziehung schmackhaft machen, sondern mir ehrlich sagen, wie es läuft. Du redest mit mir und nicht mit irgendeinem Arbeitskollegen. Apropos Arbeit! Meinst nicht, dass dir da Nachteile entstehen, wenn du wiederkommst?«

Diese Frage wollte irgendwie jeder beantwortet haben, dem ich erzählte, dass ich Elternzeit genommen hatte. Ich dachte eigentlich, in diesem Zeitalter wären wir längst so weit. Scheinbar nicht.

»Was sollen mir denn da für Nachteile entstehen?«

»Vielleicht überholt dich ein Kollege auf der Karriereleiter, der nicht wie du ein Jahr mit seinem Nachwuchs gespielt hat.«

»Und wenn, dann ist es mir auch wurscht. Selbst du solltest mittlerweile bemerkt haben, dass ich nicht unbedingt scharf auf Karriere bin. Ich will meine Ruhe.«

Hans ließ von dem Thema ab. Doch die Fragerunde war längst nicht vorbei. Scheinbar wollte er nach unserer längeren Pause auf den neuesten Stand gebracht werden.

»Und wann heiratest du deine Anja? Jetzt, wo ihr ein Kind habt, wäre das doch die normale, bayrische Vorgehensweise, oder?«

»Ja, das mit dem Heiraten ist so eine Sache. Da ist uns irgendwie der Oskar Herbert …«

»Sag noch einmal hintereinander diese beiden Namen, und du bist schneller im See, als du *Oskar Herbert* aussprechen kannst!«

»Gut, dann eben Herbert.«

»Siehste? Geht doch.«

»Also der Herbert ist uns dazwischengekommen. Jeder will wissen, ob wir jetzt heiraten, weil der Kleine da ist.«

»Und nun wollt ihr nicht, weil dann jeder meint, ihr müsstet heiraten, weil der Bub da ist?«

»Ganz genau.«

»Ihr spinnt gewaltig. Aber meinen Segen habt ihr. Ich bin sowieso nicht fürs Heiraten. Kostet nur einen Haufen Geld bei der Scheidung. Ich brauche keinen Trauschein, um mit jemandem zusammen zu sein.«

»Das sagen aber immer nur die, die zu feige sind, sich zu binden. Wenn man weiß, dass man jemanden liebt, kann man doch heiraten.«

»Genau!«, rief Hans. »Deshalb wird dann fast jede zweite Ehe wieder geschieden. Nein, mein Lieber. So ein Trauschein ist für mich wie Weihwasser für einen Vampir. Da bleibst mir lieber weg damit.«

»Du triffst schon noch auf die richtige Frau. Komm, lass uns noch schnell ein Selfie machen. Das schicke ich nachher Anja. Dann freut sie sich.« Ich zückte mein Handy, das mir Hans umgehend abnahm.

»Gib her, ich mach das.« Er hielt es vor unsere Visagen.

»Nicht so nah«, wies ich ihn an.

»Meine Arme sind nicht länger.«

»Bei zu kurzen Armen gibt es auf dem Foto den Türspion-Effekt. Da haben wir riesige Nasen und sehen aus, als wenn du durch ein Goldfischglas durchfotografiert hättest.«

»Du nimmst es aber sehr genau, mein Freund.«

»Freilich. Ich will ja, dass meine Anja daheim was zum Herzeigen hat. Und halt das Handy höher! Sonst haben wir ein Doppelkinn. Immer von oben nach unten fotografieren. Sag mal, du Hofbesitzer: Hast du noch nie ein Selfie gemacht?«

»Selfie schon. Bei dir sieht das eher nach einem Fotoshooting aus. Ich knips einfach drauflos und gut!«

»Jetzt mach! Sag: BAUSPARVERTRAG!«

Toll. Genau bei *-spar-* drückte er ab.

Wir sahen aus wie zwei Aufgespritzte mit Doppelkinn und riesigen Nasen. Auf keinen Fall konnte ich dieses Bild auf die Reise schicken. Das hätte jede daheimgebliebene Frau zum Fremdgehen ermutigt.

Es war Zeit, zum Hof zurückzufahren. Die Arbeit, die dort auf uns wartete, machte sich schließlich nicht von alleine.

Herbert in der Todesschlucht

»Soll ich dir mit deinem Gepäck helfen oder geht's?«

»Die zwei Taschen schaffe ich gerade noch.«

»Warum hast du eigentlich die Warnweste auf der Rücksitzbank?«, fragte er, während er die Beifahrertür schloss.

»Du, die hab ich letzte Woche gekauft und einfach hinten reingeschmissen. Komm, zeig mir endlich, wo ich pennen kann. Oder willst du mich in der Scheune einquartieren?«

»Selbstverständlich nicht, Mylord! Für Sie haben wir natürlich unser schönstes Zimmer reserviert. Das hat sogar eine eigene Dusche«, meinte Hans voller Stolz, krümmte seinen Rücken zu einem Buckel wie Quasimodo und zog ein Bein nach, während er zur Haustür ging. »Bitte folgen Sie mir, Mylord! Sie haben sogar eine eigene Toilette!« Der Spinner würde wohl nie erwachsen werden.

Mein Zimmer war so weit in Ordnung. Es war sauber und einigermaßen gemütlich eingerichtet. Gemütlich im Rahmen seiner Möglichkeiten. Der Holzfußboden knarzte, als ich meine Klamotten in den alten Bauernschrank räumte. Wie es schien, hatte er Teile des Mobiliars beim Kauf des Hofes gleich miterstanden. Woher sonst hatte er einen alten, handbemalten Bauernschrank mit Schnitzereien an den Türen. Rollos gab es bei dem alten Gemäuer natürlich keine. Dafür aber einen Vorhang in Weiß, bei dem es egal war, ob er auf oder zu war. Es war das gleiche Ergebnis. Liebes Tagebuch: *Auf dem Land wird mit der Sonne aufgestanden!*

Fernseher: Fehlanzeige. Nicht mal ein Radio. Da konnte man ja gleich ins Kloster gehen. Aber ohne meine Heftchen. Vielleicht würde ich mir nachher eins aus meinem Kofferraum mit hochnehmen. Vielleicht auch zwei. Zu dumm, dass diese zwei Verkehrstypen meine Schätzchen mit ihren Griffeln entweiht hatten. Bisher hatte nur ich darin geblättert.

Ich stellte meinen Kulturbeutel auf die Spiegelablage ins Bad. Die Leuchtstoffröhre über dem Spiegel surrte. Grüne Wandfliesen, der Boden aus PVC. Hans, Hans! Ich war gespannt, was seine Gäste sagen würden. Gut, zum eigenen Bad auf den Zimmern konnten sie kein Urteil abgeben, weil laut Hans niemand außer mir in diesen Genuss kommen würde.

Ich hob den hölzernen Toilettendeckel hoch. Ah, ein Tiefspüler. Das kleine Rinnsal, das aus dem Spülkasten in die Schüssel lief, hatte schon Spuren hinterlassen. Typisch! So etwas sah er nicht. Aber eine Blondine aus vier Kilometer Entfernung, die sah er. Erstes Resümee zum Zimmer: sauber. Aber war es auch nur annähernd Standard? Sicher nicht. Bedachte man allerdings das Konzept *Back to the Roots*, dann war es sicherlich passend. Nur musste ich mich mit ihm noch unterhalten, wie viel *BACK* denn sein musste.

»Sag mal! Schminkst du dich gerade, oder bist du in der Wanne?« Hans stand klopfend vor der Tür.

»Welche Wanne? Komm rein! Ich muss dir was zeigen.«

Neugierig folgte er mir in das kleine Bad. Ich öffnete erneut den Klodeckel. »Siehst du, was ich sehe?«

»Klar. Ein Klo.«

»Ich meine die Verfärbungen!«

Hans kam näher und steckte seinen Kopf fast in die Schüssel. »Und? Das bisschen Rand!«

»Hans, das musst du wegmachen. Sieht das überall so aus? Auf so was schauen die Leute. Da musst du im Spülkasten den Schwimmer nachstellen.«

»Ja, ist ja schon gut. Nur weil du jetzt Hausfrau bist, brauchst mir hier nicht den Controller zu spielen.«

»Ich mein ja bloß. Du verlangst ja von deinen Gästen Geld. Da sollte ein gewisses Maß an Ordnung und Sauberkeit geboten werden.«

Hans verdrehte die Augen. »Ja, Herr Lehrer. Dafür bist ja du hier. Schau, du hast ein Auge für so was. Komm, ich will dir noch das Haus zeigen.«

»Eigentlich wollte ich mich kurz bei Anja melden, dass ich gut angekommen bin.«

»Das kannst du später immer noch machen. Die paar Meter von Schwabing hierher! Rufst dann vom Getränkemarkt auch daheim an, dass du gut angekommen bist?«

»Blödmann!« Ich folgte ihm zwei Türen weiter zum ersten Gästezimmer, das auf meiner Etage war. Hans öffnete mit Schwung die Tür, trat einen Schritt zurück und ließ mich eintreten.

»Sieht aus wie bei mir. Nur ohne Bad. Nein! Du hast nicht wirklich …!«

»Geil, oder? Hab ich auf alle Betten in den Gästezimmern aufgezogen. Damit gleich alle Bescheid wissen.«

»Eine FC-Bayern-Bettwäsche! Wie cool ist das denn?« Ich strich mit meiner Hand über das Kopfkissen, auf dem ganz groß die Meisterschale abgebildet war. Auf der Bettdecke war die gesamte Mannschaft zu sehen. Das Laken zierten unzählig viele kleine Fußbälle. Normalerweise hätte ich Hans an dieser Stelle einen Vogel gezeigt. Aber hey: FC BAYERN!

Ich griff in meine Gesäßtasche und holte meine Geldbörse heraus. »Schau, Hans, was ich hier habe?«

»Genial. Dein alter FC-Bayern-Geldbeutel mit dem Klettverschluss. Schließt das Teil eigentlich noch richtig?«

»Nein, nicht wirklich. Seit unser O…«

Hans guckte mich drohend an.

Da hätte ich doch fast den Doppelnamen gesagt. »Ich meine, seit unser Herbert auf der Welt ist, kann ich die Geldbörse eigentlich den ganzen Tag auflassen. Hast du eine Ahnung, was Windeln kosten?«

»Nein. Aber wurscht! Hauptsache, dir gefällt die Bettwäsche.«

»Klar. Warum habe ich keine?«

»Du hast das Bad! Komm, wir gehen nach unten, dann zeige ich dir den Gruppenraum.«

»Hans, da bestehe ich drauf. FC-Bayern-Bettwäsche, oder ich bin hier weg.«

»Schon gut. Aber beziehen kannst du dein Bett selbst. Das ist für mich das Schlimmste.«

Wir beließen es bei dem einen Gästezimmer, da, laut seiner Aussage, alle gleich aussahen. Als ich im Erdgeschoss den Gruppenraum betrat, staunte ich nicht schlecht. Hier hatte er sich nicht lumpen lassen und dem Raum einen nagelneuen Anstrich samt Laminatboden gegönnt. Die Wände waren voll von Bildern der umliegenden Berglandschaft. Dazwischen hingen Bergsteigerutensilien wie Eispickel, Seile und alte Stiefel.

»Hans! Chapeau! Ich muss sagen, das Zimmer hier hast du sauber hingekriegt.«

»Die Stühle und Bänke hab ich gestern montiert. Da kann ich auch später mal selbst Schulungen geben. Ich habe doch vor ein paar Jahren die Ausbildung zum Bergführer gemacht.«

Schau an, Hans hatte Pläne. Das war mir neu.

»Jetzt erkläre mir noch mal genau, was das hier ist. Ich habe das immer noch nicht kapiert. Es ist also kein Funpark?«

»Boah! Du immer mit deinem Park! Am Montag kommt eine Werbeagentur zu uns und bleibt ein paar Tage. Teambildung nennt sich das. Die wären eigentlich woanders untergebracht, die haben aber einen Wasserschaden.«

Ich überlegte, ob es dort trotz des Schadens vielleicht immer noch schöner wäre als hier.

»Die haben dann bei mir angerufen, weil umliegend alles ausgebucht ist. Darum ist das alles so kurzfristig. Ich stelle hauptsächlich die Unterkunft, mache mit den Leuten eine Bergtour oder gehe mit denen radeln. Das besprechen wir noch. Wir kochen gemeinsam, und das war es für mich. Wer will, kann hinter dem Haus ein bisserl klettern oder ich spann die Slackline zwischen zwei Bäume.«

»Die was?«

»Slackline. Für dich *Seiltanz.*« Er lachte hämisch.

Slackline? Nie gehört.

»Und das soll dann die ganze Teambildung sein? Meinst du nicht, dass deinen Gästen schnell langweilig wird? Du kannst die ja nicht den halben Tag zum Seiltanz schicken.«

»Schmarrn! Da kommt noch so ein Coach, den der Kunde gebucht hat. Wahrscheinlich schon am Sonntag. Der macht mit denen dann so Zeug, ach, was weiß ich! Deshalb auch der Raum. Bin schon gespannt, ob das so ein Tschakka-Tschakka-Typ ist. Ach ja, zum See kann ich mit der Gruppe auch fahren. Dann können die ein wenig umherrudern. Einen Hochseilgarten gibt es auch in der Nähe. Ich kenne den Besitzer.«

Ach nein. Sieh einer an! Hans kannte jemanden. Trotzdem fehlte etwas. Schließlich kam es immer schon auf die Kleinigkeiten an. Nicht das Offensichtliche. Wobei ich selbst das hier auf dem Hof immer noch nicht gesehen hatte.

»Jedenfalls muss hier noch allerhand an Arbeit reingesteckt werden. Sonst kommen die Gäste kein zweites Mal.«

Er war ganz Ohr und plötzlich sehr geschäftig. »Was schlägst du vor?«

»Weiß nicht. Irgendwie fehlt hier das Urige. Die Zimmer zum Beispiel. Sind die nummeriert?«

»Nein. Ich hätte halt jedem gezeigt, wo er schläft.«

»Was würdest du sagen, wenn wir den Zimmern Namen geben? Luis-Trenker-Zimmer zum Beispiel. Oder Watzmann.«

Hans' Augen leuchteten. »Todesschlucht! Das wäre ein toller Name für dein Zimmer!«, rief er. »Ich meine, wo du doch das Klo hast!«

»Na, das nun weniger, aber so die Richtung. Dann hab ich gesehen, dass du eine große Scheune hast. Ist da auf dem Dach ein Speicher?«

»Klar!«

»Was hältst du denn davon, wenn du Übernachtungen im Heu in petto hättest?«

»In wo?«

»Im Angebot!«

»Herbert, ich wiederhole mich gerne noch mal: Genau deshalb bist du hier!«

***

Hans wäre nicht Hans, wenn wir nicht umgehend auf einen nahegelegenen Bauernhof gegangen wären, um Heu zu holen. Natürlich war er mit dem Bauern per Du. Wir durften uns Traktor und Hänger ausleihen, um das Heu nach Hause zu schaffen. Was für eine Gaudi! Ich saß die ganze Fahrt auf dem Anhänger im Heu und habe den überholenden Autos gewinkt. Mein Kumpel gab natürlich Vollgas.

Auf dem Rückweg hatten wir einen kurzen Zwischenstopp beim Metzger eingelegt, um Grillfleisch für den Abend zu kaufen. Ich brauche nicht zu erwähnen, dass es nichts dazu gab. Keine Kartoffel, keinen Salat. Nur Fleisch und Bier. Wie in alten Zeiten auf Hans' Balkon. Wir saßen lange am Lagerfeuer und tranken noch ein paar Bier. Natürlich wollte er bis ins letzte Detail alles über mein Beziehungsleben wissen und wie es denn als Papa so sei. Klar, dass er seine Witze riss von wegen, ob ich bei der Rückbildungsgymnastik wäre und wie es meinem Beckenboden nach der Geburt ginge. Ob ich schon abgestillt und noch Schwangerschaftsstreifen hätte! Gut, dass Anja nicht dabei war. Anja! Die wollte ich eigentlich anrufen. Das war zu der fortgeschrittenen Stunde definitiv zu spät. Ach, was soll's! Morgen war ja auch noch ein Tag. Außerdem hatte ich an diesem Abend ganz schön einen sitzen. Vielleicht nicht der beste Zeitpunkt, um seiner Frau am Telefon mitzuteilen, dass alles okay sei.

Keine grosse Hilfe

»Anja, hey! Ich hab gesehen, du hattest es gestern ein paarmal probiert!«, rief ich überschwänglich ins Telefon in der Hoffnung, dass ich mit meiner aufgesetzten guten Laune Anja anstecken könnte. Ich Dödel war ehrlich gesagt am Ende des Tages viel zu angetrunken gewesen, um den treusorgenden Familienvater zu mimen, auf den man sich verlassen konnte.

»Du wolltest doch gestern anrufen.« Sie klang nicht, als würde sie meine Nachlässigkeit einfach so hinnehmen. Nun war eine glaubwürdige Ausrede gefragt. Nicht so leicht am frühen Morgen mit Kater.

»Anja, ich schwöre dir, ich hab's probiert. Wir sind hier in der totalen Pampa. Kaum Netz. Wir sind sogar an den See gefahren und haben es da probiert.« *Meine Güte, Herbert. Wie schlecht!*

»Und Festnetz hat der Hans nicht oder was?«

»Anjaschatz, du wirst lachen, aber das ist wirklich so. *Back to the Roots*, verstehst du?« Verstand sie natürlich nicht. Ich hielt es für das Beste, immer weiter zu reden. Stille war in diesen Situationen ganz schlecht und suggerierte Schuldbewusstsein. Also immer weiter mit der guten Laune. »Wie geht es denn meinen zwei Liebsten? Ist Oskar Herbert gut bei deinen Eltern angekommen? Haben sie sich gefreut, dass sie ihn für ein paar Tage haben?«

»Eigentlich haben sie sich hauptsächlich darüber echauffiert, dass du weggefahren bist. Reg dich jetzt aber bitte nicht auf!«

»Quatsch, warum denn aufregen? Das atme ich entspannt weg.« Das Beste, was mir passieren konnte. So war mein nicht getätigter Anruf einfach … weg! »Ich hoffe aber, du hast mich anständig verteidigt!«

»Du weißt doch, dass das keinen Sinn hat. Mein Vater meinte nur, seit wann du denn Urlaub vom Urlaub benötigen würdest. Kennst ihn ja. Und meine Mutter wollte gleich Jens anrufen, weil sie eine Krise zwischen uns witterte. Haben wir denn eine Krise?«

Ich stand mit einem Schlag in meinen Boxershorts und dem Handy am Ohr neben meinem Bett. Bei »Jens« reagierte ich allergisch.

»Anja, die soll bloß die Finger vom Telefon lassen. Der Typ ist dein Exmann, und den nennt man deshalb so, weil er Geschichte ist. Sag ihr das! Sonst verpasse ich ihrem feinen Ex-Schwiegersohn den nächsten Arschtritt. Diesmal aber mit Bikerboots.«

»Reg dich nicht auf, ich hab das schon geklärt. Erzähl lieber, was bei dir so läuft. Ist es denn ein schöner Funpark, den der Hans hat?«

Ich atmete durch und setzte mich nach dieser Aufregung erst mal wieder auf die Bettkante. »Du, das ist kein Funpark.«

»Aber du hast doch immer davon erzählt, dass der Hans so einen Funpark hat.«

»Nein, meine Liebe«, log ich. »Da hast du etwas missverstanden. Der Hans hat da so eine Geschäftsidee. Da kommen Menschen auf seinen Hof, um sich wieder mal zu erden. Dann gehen die wandern, kochen und fahren Rad …«

»Bitte entschuldige, Herbert, wenn ich dich unterbreche«, warf Anja ein. »Aber wo genau sollst du da deinem Freund helfen?«

»Bei allem, was so anfällt. Weißt du, es ist ja das erste Mal für ihn, dass er sowas macht. Da ist er halt ein bisserl unsicher.« *Gut so, Herbert. Zeig deiner Frau, dass du noch etwas anderes kannst, als Windeln zu wechseln und am Spielplatz neben der Rutsche zu stehen.* »Ich gehe ihm einfach zur Hand.«

»Ha!«, lachte sie. »Du?«

»Was gibt es da zu lachen? Warum nicht ich?«

»Herbert, ich liebe dich wirklich. Aber dass Hans deine Hilfe benötigt …, ich weiß nicht.«

Das traf mich. War das die Meinung der Frau über mich, mit der ich zusammen ein Kind hatte? Wenn ja, waren das bei Weitem nicht die besten Voraussetzungen für eine harmonische Familie. Ich dachte immer, ich wäre ihr Fels in der Brandung! Jetzt musste ich in Unterwäsche und mit Alkoholfahne am Telefon erfahren, dass mir meine Partnerin nichts zutraute.

»Anja, das ist gemein. Du konntest dich bisher immer auf mich verlassen.«

»Entschuldige. So war das ja überhaupt nicht gemeint, mein Schatz.«

»Nein, ich bin jetzt nicht Schatz, Bärchen oder sonst was.«

Stille. Herbert, halte inne. Du bist nicht der, der nun zuerst wieder etwas sagt. Bleib hart, sei ein Mann.

»Sind wir jetzt wieder gut?«, säuselte Anja in den Hörer.

Ich war mir nicht sicher, ob sie diese Frage wirklich ernst meinte. Ich wollte nicht so pingelig sein.

»Klar.«

»Also noch mal. Wobei hilfst du denn dem Hans?«

Ich ging mit Anja am Ohr ins Badezimmer, knipste das Licht an und betrachtete mich im Spiegel. Da hatte sich die Anja von Schönborn eine richtige Sahneschnitte geangelt. Ich sah sogar frühmorgens nicht mal so schlecht aus. »Du, wenn erst einmal die Gäste da sind, unterstütze ich den Hans bei den Wanderungen und Fahrradtouren.«

»Ha!« Unverfroren lachte Anja nun richtig los. Als ob sie

sich nicht einmal ansatzweise die Mühe gab, sich zusammenzureißen.

Fast wollte ich auflegen, schwieg aber einfach nur fürs Erste. Sie sollte selbst merken, was sie da tat.

Als sie sich ausgekichert hatte, läutete sie mit einem entspannenden »Ah« ihre Erholungsphase ein. Man konnte fast hören, wie sie sich Tränen aus den Augen rieb. »Sorry, Liebster. Jetzt gingen die Pferde mit mir durch. Bitte entschuldige, aber du und Radfahren oder Wandern …, ah …, herrlich.«

»Schön, dass du dich amüsierst!«

»Herbert, jetzt mal ehrlich, du willst doch nicht mal ein bisschen im Englischen Garten spazieren gehen.«

»Mei, vielleicht liegt es an der Gesellschaft?« War das gemein? Nein. Das war nur angemessen. Ich konnte auch anders. Ich ließ mich doch hier nicht in aller Herrgottsfrühe am Telefon runterbuttern. Okay, es war fast zehn Uhr.

»Wie meinst du denn das?« Sieh einer an, nun klang sie ernst.

Es klopfte an meiner Tür.

»Herbert? Bist du wach? Komm, die Räder sind gerade geliefert worden. Hilf mir mal auspacken!« Wiederholt hämmerte Hans an meine Tür.

»Ich komm gleich! Ich telefoniere, jetzt, wo ich gerade ein Netz habe!«

Kurze Stille. »Wieso gerade? Hier sind immer fünf Balken. Wir sind schließlich nicht in Hintertupfing!« Hans diskutierte sehr gerne.

»Ich komm gleich!«

Aus dem Handy in meiner Hand hörte ich wiederholt meinen Namen.

»Da bin ich wieder.«

»Herbert, wie hast du das eben gemeint?«

»Du, Anja, ist jetzt ganz schlecht. Der Hans braucht mich, ob du es glaubst oder nicht. Vielleicht will er aber auch nur, dass ich zusehe, wie er beim Mountainbike den Sattel in der Höhe verstellt. So etwas kann der dumme Herbert ja nicht.«

»Sei doch nicht gleich so eine Mimose!«

»Wir hören uns, ich muss. Sag dem Herbert bitte einen schönen Gruß, der Papa lernt gerade, wie man sich die Schnürsenkel bindet.«

»Du meinst den Oskar H…«

»Ja, den auch. Tschau!« Und aufgelegt.

Das war ein Ding. Für Auseinandersetzungen dieser Art war ich einfach nicht geschaffen. Am liebsten hätte ich noch mal angerufen. Nein. Es war wichtig, Stellung zu beziehen. Wenn dir schon deine eigene Frau nichts zutraut, wer sonst?

***

»Leck mich fett! Da ist ja noch überhaupt nichts montiert!«, brüllte mir Hans entgegen, als ich aus dem Haus kam. »Schau dir das mal an!«

Er stand vor zehn großen Kartons, von denen er einen bereits aufgerissen und geleert hatte. Im Kies lag ein Mountainbike-Rahmen, daneben zwei Felgen und ein etwas kleinerer Karton mit den restlichen Einzelteilen. Hans hielt einen Sattel in der Hand.

»Was war denn ausgemacht?«, fragte ich meinen Freund und schaute mir eine Felge genauer an.

»Dass die mir zehn Räder schicken zum Schnäppchenpreis!«

»Siehst du, Hans. Das ist jetzt das Schnäppchen.«

»Du Schlaumeier!«, motzte Hans mich an. »Wer geht denn davon aus, dass die Dinger total zerlegt sind?«

Ich legte die Felge zurück auf den Kies und nahm ihm den Sattel ab. »Pass auf, damit du auch mal etwas von mir lernst. Oberste Grundregel: Niemand hat etwas zu verschenken! Du zahlst immer den vollen Preis. An der Tanke, im Supermarkt und online auf dem Reiseportal oder sonst auf irgendeiner Seite. Nur weil der Preis rot ist und blinkt, ist er noch lange nicht günstiger. Siehst ja hier.«

»Stimmt nicht, Herbert. Die Bikes kosten normalerweise ein Schweinegeld. Das war ein Superdeal.«

»Klar! Aber dafür kannst du sie jetzt alleine zusammenbauen, du Blitzmerker. Und jetzt?«

»Nix und jetzt! Wir packen aus und schrauben. Vielleicht zieht sich der junge Lord aber erst eine Hose an. Bei jedem Schritt schaut dein kleiner Lord raus.«

Stimmt. Ich stand mit einem Sattel in der Hand und Boxershorts im Hof.

»Aber erst wird gefrühstückt. Sonst schraube ich dir den Sattel hier verkehrt herum drauf.«

»Wenn du brav bist, darfst sogar die Reifen aufpumpen.«

Super! Als ob ich nichts anderes könnte. Traute mir denn überhaupt irgendjemand etwas zu?

***

»Was ist das denn für ein Teil? Da sind ja lauter kleine Löcher drin? Bremsscheibe, oder?«

»Hey, Herbie! Respekt!«

»Tja. Gelernt ist gelernt. Was ist denn aus der guten alten Rücktrittbremse geworden?«, zog ich Hans auf, der genervt die Nase rümpfte.

»Wie alt ist denn dein Rad? Vorausgesetzt, du hast überhaupt eins.«

»Lach nicht!«, mahnte ich. »Das habe ich vor Jahren auf dem Flohmarkt erstanden. Dreigang mit gebogenem Lenker.«

Hans grinste. »Aber die Stützräder und den Ehrenwimpel hast mittlerweile abmontiert, oder?«

»Für Schwabing zum Bäcker reicht es allemal. Und es wird

nicht geklaut. Diese Schätzchen hier wären wahrscheinlich vor der Bäckerei weg, noch bevor ich *Croissant* sagen kann. Du, das dauert ja eine Ewigkeit. Ich dachte eigentlich, dass wir hier auch ein bisserl was unternehmen, bevor deine ersten Gäste eintrudeln. Jetzt sitz ich hier mit dir im Kies und suche Schrauben. Kann ich dann wenigstens auch mal was zusammenbauen? Ist ja stinklangweilig.«

»Klar. Hier!« Er gab mir einen Reifen in die Hand. »Such mal die kleinen, schwarzen Kappen. Die kannst auf die Ventile schrauben.«

»Na, bombig. Das bringt's!«

»Du, sorry, aber ich hab da echt eine große Verantwortung. Wann hast du denn das letzte Mal ein Bike montiert?«

»Noch nie. Aber irgendwann ist immer das erste Mal!«

»Stell dir vor, meine Gäste stürzen sich nächste Woche irgendwo den Hang hinunter und denen fliegen die Bremsen um die Ohren. Weißt du, was dann los ist? Dann kann ich hier dichtmachen.«

»Dann zeig's mir, sonst bin ich weg«, drohte ich dem Radprofi und drückte mit meiner Mimik Entschlossenheit aus.

»Herbert, Herbert! Du gibst ja doch keine Ruhe. Pass auf, dann schnappst du dir einen Karton und machst mir alles nach. Und pass bloß auf! Ich kontrollier das.«

»Jawohl, Herr Lehrer. Und wie lange wird das dauern?«

Hans atmete hörbar aus. »Wenn wir uns ranhalten, sind wir am Nachmittag fertig. Dann fahr ich mit dir nach Salzburg. Einverstanden?«

»Klar! Aber mit deinem Wagen. Ich möchte nicht auf eine Fahrt im legendären Volvo verzichten. Darf ich fahren?«

»Herbert, das war schon damals so, und bis heute hat sich daran nichts geändert. NEIN!«

Die Kugeln von Mozart

»Hans, ich muss es dir sagen: In deinem Auto sieht es aus wie Sau!«

»Na komm. Ein bisserl durchsaugen, dann glänzt der wieder wie neu.«

Der Fußraum auf der Beifahrerseite war voller leerer Coffee-to-go-Becher und zusammengeknüllter Papiertüten der hiesigen Bäckerei. Auf dem Sitz ein Karabiner, diverse Outdoor- und Kletterzeitschriften. Ich warf den ganzen Kram auf die Rücksitzbank zu den Jacken und Pullis, die sich dort wohl schon seit ewigen Zeiten stapelten. Den Aufkleber auf dem Kofferraum mit dem Spruch *Ich bremse für Blondinen* ließ ich unkommentiert. Ein unvergleichlicher Duft stieg mir in die Nase. Wunderbaum Vanille! Der teilte sich den Platz unter dem Rückspiegel mit zwei Plüschwürfeln in Rot.

»Ein Pickerl müssen wir noch kaufen.«

»Quatsch, Pickerl. Erstens habe ich eine Jahresvignette, und zweitens fahren wir hintenrum. Nur die, die nicht von hier sind, fahren auf die Autobahn. Bist du angeschnallt?«

Wie oft hatte ich schon gedacht, eine der unzähligen Fahrten in diesem Wagen würde die letzte sein. Vermutlich wurde der Wagen ausschließlich von Schmutz und Rost zusammengehalten. Deshalb vermied er es wahrscheinlich, mit dem Boliden in eine Waschanlage zu fahren. Die Gefahr, dass eine rotierende Bürste die Karre zerlegte, war einfach zu groß. In zwanzig Jahren kann man sein Schätzchen sicher im Deutschen Museum bewundern. In einer Sonderausstellung zum Thema *Unglaubliche Dinge, die der Mensch erschaffen hat.*

»Für so einen naturverbundenen Menschen wie dich sammelst du ganz schön viel Müll. Schau mal das Sammelsurium an Bechern hier am Boden. Schon mal was von Nachhaltigkeit gehört?«

»Die Becher liegen ja auch hier im Auto und nicht am Berg. Wo willst denn eigentlich hin in Salzburg?«

»Ui! Vielleicht in die Getreidegasse. Gibt's die noch?«

»Nein, Herbert. Die Österreicher haben die an die Deutschen verkauft. Die steht jetzt in Bonn. Klar gibt's die noch, du Dödel.«

»Hätte ja sein können.«

»Außerdem fahren da bloß die Touristen hin. Einen Einheimischen wirst du dort nur sehen, wenn er morgens seinen Laden aufsperrt. Die Gasse ist ein einziger Souvenirshop.«

»Genau deshalb will ich hin. Ich will der Anja und meinen Eltern Mozartkugeln mitbringen, wenn wir schon mal dort sind.«

»Herbert, Herbert. Die bekommst an jeder Tankstelle günstiger. Wahrscheinlich sogar in Schwabing.«

»Egal! Wenn die direkt aus Salzburg sind, haben die einen ganz anderen Wert.«

»Du fängst aber nicht wieder an, aus jedem Winkel eine Karte zu schreiben, oder? Stichwort Kreuzfahrt?«

»Keine Angst. Nur die Kugeln, dann hab ich es auch schon. Ansonsten können wir ja ein bisserl rumschlendern.«

»Rumschlendern! Eigentlich hätten wir so schön eine Wanderung machen können. Aber was tut man nicht alles für einen

Spezl! Jetzt müssen wir erst einmal einen Parkplatz finden.«

Anja liebte Mozartkugeln. Das verstand jemand wie Hans natürlich nicht. Ein Mitbringsel zeigt den Daheimgebliebenen, dass man aus der Ferne an sie gedacht hat. Obwohl meine Liebste nach dem heutigen Telefonat ein Geschenk überhaupt nicht verdient hatte.

Ich kurbelte mein Fenster runter, um die frische Luft zu genießen, die sich durch das Seitenfenster ins Innere des Wagens drückte. Bestimmt zogen wir eine Duftwolke aus Vanille hinter uns her.

Hans drückte eine Kassette der Stones in sein Autoradio und drehte auf. Konnte man Kassetten überhaupt noch kaufen? Vielleicht hörten wir deshalb die Stones und nicht etwas Aktuelles.

»Herbert, schau! Das ist die Salzach, die wir gerade überqueren.«

»Schaut aus wie die Isar.«

»Vielleicht deshalb, weil in beiden Wasser ist?«

Ich liebte unsere Art, dumm daherzureden. Wäre Anja auf dem Rücksitz, würde sie die Augen verdrehen und den Kopf schütteln. Aber sie hätte ja überhaupt keinen Platz wegen der ganzen Klamotten. Müssten wir ja alles in den Kofferraum räumen. Und da wollte ich auf keinen Fall hineinsehen.

***

Im Grunde hatte sich Salzburg nicht viel verändert. Alles war so, wie ich es in Erinnerung hatte. Unbedingt wollte mein Spezl mit mir auf der Dachterrasse eines Hotels mitten im Zentrum ein Bier trinken. Zugegeben, der Ausblick konnte sich sehen lassen. Er meinte, dass dort oben spitzenmäßige Hasen Prosecco schlürfen würden. Dem war allerdings nicht so. Bis auf vier Japaner, die hauptsächlich wegen der Fotos dort oben waren, und zwei Herrschaften samt Chihuahua herrschte gähnende Leere.

»Du, das war richtig schön in Salzburg. Du hattest übrigens mit der Getreidegasse recht. Kaum Österreicher. Aber mit der Kutsche wär ich schon gerne mit dir gefahren!«, witzelte ich, während ich mir eine Mozartkugel in den Mund schob. Mittlerweile schon die dritte.

»Wir sind nicht Siegfried und Roy! Ich fahr doch nicht mit dir in der Kutsche durch Salzburg. Gib mir auch mal so eine Kugel.«

Wir tuckerten die Landstraße Richtung Heimat entlang, als Hans plötzlich mit vollem Mund eine zündende Idee hatte.

»Ui, ich stelle dir noch schnell jemanden vor.«

»Wollten wir nicht noch ein bisserl was auf dem Hof machen? Saugen, kehren, fegen, das macht sich nicht von alleine. Morgen ist Sonntag.«

»Na siehst du, also massenhaft Zeit. Dauert ja nicht lang. Wir fahren nur kurz auf einen Biohof und holen ein paar Sachen.«

Er war der Chef. Nicht mein Problem, wenn seine Gäste unzufrieden wieder abreisten.

»Also gut. Wie heißt sie? Oder weißt du das noch nicht?«

»Wer?«

»Na komm schon. Du und Biohof! Verarschen kann ich mich alleine!«

»Ach, was du schon wieder denkst! Gib mir lieber noch so eine von deinen Kugeln. Sind gar nicht so schlecht, die Teile. Die Heidi, die diesen Hof bewirtschaftet, kennt den Typen mit dem Kletterpark, von dem ich dir erzählt hab. Und der hat mir gesagt, dass die tolle regionale Produkte hat. Dann bin ich einfach mal hingefahren.«

Ich genehmigte mir auch noch eine Kugel. »Und? Hast du ihren Mann auch schon kennengelernt?«, fragte ich mit vollem Mund.

»Die hat keinen. Also, sie ist seit einem Jahr geschieden.«

»Aha!«

»Was heißt hier *aha*? Spinnst du dir da schon wieder was zusammen? Du, die passt überhaupt nicht in mein Beuteschema.«

»Ach, hör doch auf! Was du schon für ein Hintergrundwissen von der hast. Die hat sich bei dir doch nicht vorgestellt und hat gesagt: ›Hallo, ich bin die Heidi, Sternzeichen Fische und seit einem Jahr geschieden.‹«

»Na, so auch wieder nicht. Mei, man kommt einfach schnell ins Plaudern hier auf dem Land. Außerdem weiß ich das von dem Typen mit dem Kletterpark. Du, die ist schließlich brünett!«

»Ach so, na dann …!«

Somit war für mich alles geklärt. Ich wüsste nicht, wann Hans schon einmal eine Freundin hatte, die nicht blond war. Da war er eisern. Ein paar Kilometer und zwei weitere Mozartkugeln später fuhren wir auf den Hof dieser Heidi. Hier sah es eindeutig gepflegter aus als auf Hans' Einöde des Schreckens. Ich war so gespannt auf die Gesichter seiner Gäste.

»Wir sind da. Schau, da vorne winkt sie schon. Blamier mich nicht!«

»Spinnst du? Wann hätte ich dich …«

»Na, von wegen Verkuppeln und so.«

Wir stiegen aus. Hans begrüßte die Hofdame mit Küsschen links und rechts. Im Gegensatz zu der Dreier-Version links-rechts-links in Schwabing war dies die zeitsparende Variante vom Lande.

»Schau, Heidi, das ist der Herbert, von dem ich dir erzählt habe.«

»Ah, der im Mutterschutz? Hallo, ich bin die Heidi. Heidi Brandhuber.« Sie kam ums Auto und streckte mir ihre Hand entgegen.

Mutterschutz? Nun fing die auch noch mit diesem Schmarrn an. Lebten die denn hier hinter dem Mond? Außerdem …, was hatte Hans der Tante über mich zu erzählen! Gerade er sprach von *Blamieren*.

»Genau genommen nennt man das Elternzeit. Hallo, ich bin der Herbert!« Wir schüttelten uns die Hände.

»Wie auch immer. Respekt! In der heutigen Zeit!«

»Aber gerade in der heutigen Zeit. Vor dreißig Jahren wäre das noch undenkbar gewesen.«

»Na, ich weiß nicht.« Heidi musterte mich skeptisch. »Aber … mutig! Muss ich schon sagen.«

Mutig? Die taten gerade so, als hätte ich mich auf dem Viktualienmarkt zwischen die Obst- und Gemüsestände gestellt und lauthals gerufen: *Leute, kauft euer Zeug lieber im Supermarkt!* Das wäre mutig. Hey, ich war Papa. Das war mein Job! Und Fensterputzen.

»Was verschafft mir die Ehre? Braucht ihr was?«

»Ja, ein bisserl was hätten wir mitgenommen, damit wir am Wochenende nicht verhungern. Hast du noch ein Fleisch von dem Fleckvieh da? Weißt schon, das, was ich letztens bei dir gekauft hab. Das war so zart, das glaubst du nicht.«

»Doch, das glaub ich schon«, erwiderte Heidi selbstbewusst. Sie schlenderten in Richtung Hofladen. Ich dackelte hinterher. Heidi hatte eine tolle Figur. Klar, so ein großer Hof bewirtschaftete sich sicherlich nicht von alleine. Da hatte sie tagtäglich ihr Work-out. Sie hatte brünette, kurze Haare. Nur vorne verdeckte ein Scheitel ganz leicht ihr linkes Auge. Ihre sehr dunklen, großen Augen fielen mir sofort auf. Genauso wie eine ganz kleine Lücke zwischen den Schneidezähnen, die äußerst sexy wirkte. Hätte ich Anja nicht, könnte mir die Heidi gefährlich werden.

Hans blieb neben dem Hofladeneingang stehen und beugte sich zum Schaltwerk eines Mountainbikes, das dort an der Wand lehnte.

»Hast jetzt doch eine andere Schaltung eingebaut?«

»Klar. Hab ich doch gesagt«, meinte Heidi voller Stolz. »Jetzt läuft die wie geschmiert. Die alte Schaltung war ja eine Katastrophe.«

»Hättest du was gesagt, wäre ich gekommen und hätte sie dir eingebaut.«

»Du, das ist nicht die erste Schaltung, die ich eingebaut habe.«

Hans war schwer beeindruckt, suchte scheinbar nach etwas, das er bemängeln konnte, gab aber auf und erhob sich wieder.

»Herbert, die Heidi fährt Mountainbike. Meisterschaften!«, erzählte er stolz und prüfte nebenbei die Bremsen des Vehikels.

»Jetzt nur noch zum Spaß. Aber früher, ja, da war ich gut dabei. Fährst du auch Rad, Herbert?«

»Nur zum Bäcker!«

Die beiden grinsten sich an und gingen in den Laden hinein.

Ich hielt kurz inne und folgte ihnen. Mich beschäftigte der Gedanke, was ich eigentlich so richtig gut konnte. In was war ich gut, oder, was konnte ich besser als die meisten anderen? Mir fiel nichts ein.

»Schön hast du es hier«, lobte ich meine neue Bekanntschaft und schloss von innen die Ladentüre. Sie dankte strahlend und verschwand in einem Nebenraum, um sich ihre Hände zu waschen.

Ich sah mich weiter um, während Hans nebenbei eine Zucchini begutachtete. Der Laden sah aus wie im Bilderbuch. Obst und Gemüse lagen fein sortiert in hellen, geflochtenen Weidekörben, Gläser mit Honig von hiesigen Imkern stapelten sich. An der gefliesten Wand hinter der kleinen Fleischtheke hingen Salamis, daneben stand eine kleine Kühltheke mit einer Auswahl an feinsten Käsesorten. Nicht meine erste Wahl, aber dennoch hübsch anzusehen.

»Und? Was sagst?« Hans stand mit einem Apfel in der Hand neben mir.

»Ist echt 'ne Hübsche. Du solltest …«

»Den Laden meine ich!«, zischte er.

»Ach so. Ja, auch hübsch. War sie denn schon einmal auf deinem Hof?«

»Nein. Warum auch?«

»Ach, ich dachte nur. Nachbarschaft und so.«

Heidi kam wieder aus dem Nebenraum mit einer Schürze um die Hüften. »Wie viel wollt ihr denn mitnehmen vom Fleisch?«

Hans orderte eine beachtliche Menge und nahm zu meiner großen Überraschung auch einiges an Gemüse mit. Er meinte, dass er seinen Gästen eine Alternative bieten müsse. Auf meinen Einwand, dass ich am Vorabend auch vielleicht gerne eine Kartoffel gehabt hätte, stammelte er irgendwas von Kohlehydrate und dass ich schließlich kein Gast sei.

Heidi suchte alles zusammen und half uns, die Ware zum Volvo zu schaffen. Mir ahnte Schlimmes, als sich Hans daranmachte, den Kofferraum zu öffnen. Was soll ich sagen: leer! Und gesaugt. Das überraschte mich.

»Heidi, wollen Sie uns nicht mal besuchen auf dem Hof?«

»Ach, wohnen Sie …, wollen wir nicht Du sagen?«

»Klar. Gerne.«

»Wohnst du auch auf dem Hof?«

»Nein. Ich wohne mit meiner Frau und dem kleinen Herbert in Schwabing. Das bleibt auch so. Hier bin ich nur zur seelischen und moralischen Unterstützung.«

»Ich dachte schon. Da würden die Leute hier nämlich schauen, wenn du mit deinem kleinen Herbert zu Hause bist und deine Frau arbeiten geht. Die Menschen hier sind noch nicht so weit, verstehst du?«

Hans sah zwischen uns beiden hin und her, nachdem er die

letzte Kiste im Kofferraum verstaut hatte. Danach fuhren wir vom Hof.

Heidi versprach, uns in den nächsten Tagen zu besuchen.

***

»Sag mal, sonst geht es dir gut, oder?«

»Was meinst du?«

»Du kannst doch nicht einfach die Leute auf meinen Hof einladen.«

»Die Heidi ist ja nicht irgendjemand, sondern eine gute Bekannte von dir. Wundert mich sowieso, dass die noch nicht bei dir war. Die drei Kilometer, die ihr auseinander wohnt.«

Er wirkte ein wenig genervt.

»Du siehst doch, wie es bei ihr aussieht. Wie geleckt. Was meinst du, wenn die zu mir kommt. Was wird sie denken?«

»Back to the Roots!« Ich strahlte meinen Freund an, der mir im selben Augenblick die letzte Mozartkugel aus der Hand riss.

Männergespräche

»Wie magst du dein Fleisch?«

»Durch!«

»Herbert, du bist ein Grillbanause. Das gute Fleisch. Du weißt schon, dass es sich hier um feinstes Biofleisch aus der Region handelt?«

»Das mag ja sein, du Alpengriller, trotzdem möchte ich mein Fleisch tot. Ich weiß schon, dass du es gerne blutig und mit ein bisserl Puls hast. Irgendwann isst du wahrscheinlich nur noch rohes Fleisch. Dann brauchst du deinen Grill überhaupt nicht mehr anzuschmeißen.«

»Bei dem Fleisch könntest du das sogar. Das hat Sushi-Qualität.«

Hans, der Feinschmecker. Beim Essen waren wir etwa so weit voneinander entfernt wie eine Primaballerina von Schwarzenegger. Auch die Tischkultur ließ an manchen Tagen bei ihm sehr zu wünschen übrig. Es musste unbedingt eine vernünftige Frau in sein Leben.

»Außerdem wird das mit dem ›Bio‹ sowieso total überbewertet«, meinte ich und legte vier Kartoffeln auf den Grill, die ich zuvor in Alufolie eingewickelt hatte.

»Spinnst du jetzt komplett? Magst du etwa lieber das

gespritzte, genverseuchte Zeug essen oder was?«

»Quatsch. So meine ich das doch nicht. Ich bin mir nur sicher, dass nicht überall ›Bio‹ drin ist, wo es draufsteht. Ich habe letztens eine Sendung gesehen, da ging es um das Thema. Weißt du eigentlich, dass es viel mehr Bioprodukte auf der Welt gibt als Agrarflächen? Ich sage dir, wir werden von vorne bis hinten beschissen.«

»Das mag sein, dass das bei euch in der Stadt so ist.« Er wendete das Fleisch. Das Fett, das auf die Glut tropfte, zischte und schickte eine Rauchwolke in den Himmel.

»Bis vor Kurzem warst auch du ein Stadtmensch. Du tust so, als wärst du hier auf einer Alm aufgewachsen.«

»Nein. Ich habe in der Stadt gewohnt. Tief drinnen war ich schon immer naturverbunden. Besonders, was die Hasen angeht.« Er lachte dreckig und streckte mir sein Bier zum Anstoßen entgegen. »Jedenfalls kannst du dir bei der Heidi sicher sein, wo das ganze Zeug herkommt. Bei der ist alles bio. Ich glaube, die düngt noch mit ehrlicher … Gülle. Um es für dich als Stadtmenschen elegant auszudrücken.«

»Gülle? Die Heidi? Hans, Gülle ist nicht bio.«

»Freilich!«

»Ha, das wüsste ich aber! Wenn die einen Biohof hat, dann düngt die vielleicht … mit Mineralien oder so!«

»Oder so! Wenn ich das schon höre. *Oder so* sagt nur jemand, der etwas vermutet. Seit wann hast denn gerade du Bio studiert?«

»Mei, man informiert sich!«

»Ich sage dir, es kommt darauf an, was die Kuh frisst. Wenn die natürlich Gen-Mais frisst, ist es mit ›Bio‹ auch vorbei.«

Diskussion mit Hans? Aussichtslos. Schnell das Thema wechseln. Heidi! Ich konnte sie einfach nicht ad acta legen. Konnte es wirklich sein, dass Hans nichts von ihr wollte? Ich fragte nach.

»Was ist das eigentlich zwischen der Heidi und dir?«

»Was soll schon sein. Wir kennen uns, ich kaufe mein Zeug bei ihr und gut!«

»Und mehr nicht?« Ich setzte den prüfenden Blick eines Ermittlers auf und fixierte sein Gesicht, um vielleicht irgendeine Mimik zu erkennen, die ihn verraten würde.

»Ich bekomme gute Konditionen, weil ich für meine Gäste fast alles von ihr beziehe. Das Toilettenpapier hole ich nicht bei ihr, weil sie das nicht hat. Außerdem möchte ich das überhaupt nicht in ›Bio‹ haben, weil das bestimmt kratzt.«

»Das meine ich doch überhaupt nicht. Eher so zwischenmenschlich.«

»Ach Schmarrn! Was du schon wieder siehst.«

»Immerhin wird schon mit Bussi-Bussi begrüßt.«

»Ich verstehe mich einfach gut mit ihr. Die ist echt in Ordnung«, wich er mir aus und wendete erneut das Fleisch.

Natürlich hätte ich es dabei belassen können. Aber ich wollte ihn noch nicht vom Haken lassen. Ich nahm das Besteck und die Teller, um den kleinen Klapptisch, den wir zuvor neben dem Grill postiert hatten, einzudecken. Nebenbei stichelte ich weiter. Schön, mal auf der anderen Seite zu stehen. Schließlich hatte ich meine feste Beziehung. Sogar mit Kind. Das musste er erst einmal toppen.

»Also, Hans, ich fasse noch einmal zusammen.«

Er atmete hörbar aus und nahm sicherheitshalber noch einen Schluck aus seiner Bierflasche.

Ich ließ mich dadurch nicht beirren. »Du, ein Bayer – übrigens ein ausgewachsenes Unikat, wenn ich das mal so einwerfen darf –, lebst hier auf deinem eigenen Hof. Bist sportlich, schaust nicht schlecht aus …«

»Danke.«

»Bitte. Und, du bist Single. Fährst Mountainbike, gehst in die Berge und hast eine Vorliebe für, warum auch immer, Bioprodukte.«

»Das hast jetzt schön aufgezählt. Ich erkenne mich fast wieder«, meinte Hans und würzte das Grillgut. Hätte ich zwar später auf den Tellern erledigt, weil er hauptsächlich die Grillkohle würzte, aber gut.

»Moment! Ich bin ja noch nicht fertig. Auf der anderen Seite … Heidi. Geschieden, keine Kinder, besitzt nur einen Steinwurf von hier einen wunderschönen Biohof. Hat einen Hofladen, sorgt für sich alleine und ist, allem Anschein nach, erfolgreich damit. Sie sieht blendend aus, hat eine hammermäßige Figur, liebt die Natur und fährt semiprofessionell Mountainbike. Merkst was?«

»Ja. Ich frage mich, wie du Heidis Figur beurteilen willst. Immerhin hatte die ja eine Schürze an.«

»Klar, aber erst im Laden. Ich bin schließlich hinter euch beiden hergegangen.«

»Und da hast du Sittenstrolch der Heidi auf den Hintern geglotzt?«

»Klar!«, meinte ich unverfroren. Immerhin waren wir Jungs unter uns. Wären Damen anwesend gewesen, hätte ich selbstredend alles geleugnet. »Was meinst du, wie die im Bikini aussieht?«

»Herbert, Herbert! Mir scheint, du bist scharf auf die Heidi.«

»Ich bin vergeben.«

»Du kannst ja deine Anja verlassen und hierherziehen. Dann sieht dein Kleiner mal eine echte Kuh.«

»Also, wenn die Anja nicht wäre, dann könnte ich mir die Heidi schon als Frau vorstellen. Und der kleine Herbert würde sie bestimmt auch mögen.«

Hans kam mit seinem Bier näher zu mir. »Du, sag mal: Hörst du das eigentlich nicht?«

»Was meinst du?«

»Ist mir vorhin bei Heidi auch schon aufgefallen. Wenn du

von deinem kleinen Herbert sprichst, könnte man meinen, du redest von deinem Pimmel.«

»Depp!«

»Doch. Du hast original zur Heidi gesagt, dass du mit der Anja und dem kleinen Herbert in Schwabing wohnst. Sag du mir, wie sich das anhört.«

»Du warst doch derjenige, der darauf bestanden hat, dass ich nicht mehr Oskar Herbert sagen soll.«

»Stimmt schon. Aber so ist es auch nix. Lass das mal lieber, und sag einfach *Bua* oder *Bub*! Auch wenn du von deinem *Kleinen* sprichst, macht es die Sache nicht gerade besser. Und für dich schon dreimal nicht.«

»Du weichst vom Thema ab.«

»Komm, lass gut sein!« Er schlenderte zum Grill zurück und legte zwei Finger auf mein Steak. »Außerdem können wir jetzt essen. Dein Fleisch hat keinen Puls mehr.«

»Du bist vielleicht ein Spinner. Wo sind denn Servietten?«

»In der Küche ist eine Küchenrolle. Nimm die!«

»Ich korrigiere: Du bist ein kulturfreier Spinner!«

***

Zwei Steaks und drei Bier später war ich auf meinem Zimmer. Hätte ich noch bei Anja anrufen sollen? Nein. Es war schon wieder nach elf. Außerdem wollte ich nicht den Anschein erwecken, ihr hinterherzulaufen. Natürlich würde ich das jederzeit tun, dennoch war es ihre Schuld, dass das Telefonat an diesem Morgen so gelaufen war. Trotzdem hätte ich schon gerne gewusst, wie es dem kleinen Herbert ging. Verdammt! Nun hörte ich es auch.

Ich hätte mir einfach gewünscht, dass Anja in mir einen Mann sah, auf den man sich verlassen konnte. Vielleicht tat sie das auch. Dennoch wäre es schön gewesen, wenn sie es zwischendurch gezeigt hätte. Welcher Mann bleibt sonst schon daheim, damit die Frau arbeiten kann? Gut, das hört sich blöd an, war aber in unserem Fall eine praktische Sache. Nun, wo ihr Café und das Catering toll liefen, wäre es nicht gut gewesen, eine Vertretung einzustellen, die vielleicht am Ende des Tages das ganze mühsam aufgebaute Unternehmen in den Keller fuhr. Da kam ich ins Spiel. Die Tatsache, dass ich nicht mehr gerne im Finanzamt arbeitete, war ein schöner Nebeneffekt für mich. Hauptsächlich aber hatte ich es für Anja getan und mir viel Häme eingefangen. Und? Hatte sie es mir nur einmal gedankt?

Schon richtig, dass ich nicht mehr angerufen hatte. Wenn man in einer Beziehung immer auf heile Welt macht, ist die Sintflut längst da, bevor man sich um ein Boot gekümmert hat.

Vom Verlassen der Komfortzone

»Wo sollen denn die leeren Farbeimer hin?«, wollte ich von Hans wissen, der in einem der Gästezimmer gerade die Steckdosen montierte.

»Stell sie einfach hinters Haus!«

»Nein, das fangen wir überhaupt nicht erst an. Da ist deine Kletterwand. Schon vergessen? Wie sieht denn das aus, wenn …«

»Ja! Schon gut. Dann pack sie mir in den Kofferraum, ich fahre sie nächste Woche weg.«

»Die Farbe war übrigens total beschissen, wenn ich das nochmals anmerken darf. Wieder am falschen Ende gespart. Die deckt ja überhaupt nicht richtig.«

Hans tat, als hätte er mich nicht gehört, und verbuchte meinen Einwand unter seiner Lieblingsrubrik: *Was ich nicht mehr ändern kann, lasse ich.*

Wir waren stolz darauf, was wir seit dem frühen Morgen geschafft hatten. Da es den ganzen Tag genieselt hatte, fiel es uns auch nicht so schwer, die Zeit mit Renovierungsarbeiten zu verbringen. Was ein bisschen Farbe und ein paar Eimer Wasser aber auch bewirken konnten. Bloß bei den Fenstern hatte ich mich geweigert. Um die konnte sich der liebe Hans schön alleine kümmern. Klar, dass er als Ausrede das Wetter hatte. Warum Fenster putzen, wenn es regnete. Vorsichtshalber hatte er die Fenster auch von innen nicht gereinigt. Zwar war sein Hof nach getaner Arbeit immer noch nicht das *Hilton*, aber er war vorzeigbar und keine Vollkatastrophe wie noch zwei Tage zuvor.

Ich schlug vor, am kommenden Tag noch Blumen für die Gästezimmer zu besorgen oder zumindest eine Topfpflanze, damit die Räumlichkeiten nicht ganz so depressiv daherkamen.

Er meinte, es sei schön, eine Frau im Haus zu haben.

***

Nachdem ich den Kofferraum vom Volvo wieder verschlossen hatte, hörte ich, wie hinter mir jemand über den Kies auf den Hof fuhr.

Ein schwarzer Fünfer blieb vor mir stehen.

Ich stellte mich neben das Auto, während der Fahrer sich abschnallte und noch ein Telefonat über die Freisprecheinrichtung zu Ende führte. Wissen solche Leute eigentlich, dass man außerhalb vom Fahrzeug jedes Wort versteht? »Tolle Felgen. Doppelspeiche. Tiefergelegtes Fahrwerk, getönte Scheiben, Panoramadach. Sauber!« Auf dem Dachträger glänzte ein nigelnagelneues Mountainbike, das sicherlich mehr gekostet hatte, als Hans' Volvo wert war. Endlich hatte er sein Gespräch beendet und stieg aus.

»Hallo!«, grüßte er voller Elan und nahm schwungvoll die verspiegelte Sonnenbrille ab. »Eine Frage, bin ich hier richtig bei Hans …, Hans …, jetzt habe ich den Nachnamen vergessen.«

»Goldrichtig. HANS!!!«, schrie ich Richtung Haus und

wendete mich wieder dem Gast zu. »Er kommt bestimmt gleich. Ich heiße Herbert«, stellte ich mich vor und streckte ihm meine Hand entgegen.

»Clausen! Mario Clausen! Ich bin der Personality Coach.«

»Ach was! HAAANS!«

Mit abgeschnittenen Jeans, Birkenstocks und verdrecktem T-Shirt trat der Hausherr vor die Tür und rieb sich mit einem Tuch die Hände ab.

»Hans, du hast Besuch. Das ist der Herr …«

»Clausen! Mario Clausen!«, übernahm der Coach und wollte Hans per Handschlag begrüßen, zog aber in letzter Sekunde seine Hand wieder zurück, als er die dreckigen Finger bemerkte.

»Bond! James Bond!«, witzelte Hans und grinste verschmitzt sein Gegenüber an. »Ich mach nur Spaß. Ich bin Hans. Wir haben telefoniert, oder? Wollten Sie nicht erst morgen mit den anderen kommen?«

»Nein, wir hatten eigentlich vereinbart, dass ich einen Tag früher anreise, damit wir alles besprechen können.«

Okay, dachte ich. *Hans benötigt unbedingt einen Terminplaner oder zumindest ein Buch, in das er alles eintragen kann. Sonst kraxelt der irgendwann auf einen Berg, und die Gäste stehen vor der Tür.*

Der Coach drehte sich suchend einmal um die eigene Achse.

»Suchen Sie was?«, fragte Hans und guckte sich auch um.

»Ist die Unterkunft weit von hier?«

»Ich verstehe nicht!« Hans blickte fragend zu mir.

Ich ahnte, auf was der Coach hinauswollte.

»Die Unterkunft! Dort, wo das Coaching stattfinden soll.«

»Sie stehen genau davor«, prahlte Hans voller Stolz und deutete auf sein Haus.

Mario Clausen wirkte alles andere als begeistert. Doch

dann begann er, die Mundwinkel nach oben zu ziehen. »Ah! Ich verstehe. Guter Witz! Da haben Sie mich aber ganz schön drangekriegt, das muss ich schon sagen.«

Hans stierte mich verwirrt an.

Bevor das Ganze noch Stunden so weiterging, schaltete ich mich dazwischen. »Sie haben schon richtig gehört. Sie stehen wirklich vor der Unterkunft.«

»Das ist doch ein Scherz. Was glauben Sie denn, was meine Kunden morgen sagen, wenn die hier auf diesen Hof fahren?« Clausen redete sich in Rage.

Hans kratzte sich am Hinterkopf, während ich mich vertrauensvoll beim Coach unterhakte, um mit ihm ein paar Schritte zu gehen.

»Genau das wollen wir erreichen«, flüsterte ich ihm zu, als ob ich ihm das neueste Geheimnis anvertrauen wollte.

Er sah mich fragend an.

»Sehen Sie, die Leute sind so verwöhnt in ihren Häusern, dass sie völlig den Blick auf die Realität verlieren. Was glauben Sie, passiert, wenn Ihre Kunden morgen hier eintreffen?«

»Sie fallen in Ohnmacht!«, meinte er mit großen Augen und blieb stehen.

Ich aber führte ihn weiter und blieb ruhig.

Hans folgte uns gespannt.

»So schlimm wird es nicht werden. Nein, Ihre Kunden werden aufwachen. Wir reißen sie quasi aus der ganz persönlichen Komfortzone. Dann kommen Sie ins Spiel: *Back to the Roots*, verstehen Sie?«

Clausen blieb wieder stehen und drehte sich zu Hans um, der ihn anlächelte, ohne zu kapieren, um was es eigentlich ging. Fragend schaute er zu mir.

Ich gestikulierte ihm hinter dem Rücken des Coachs, dass er am besten still sein solle. Auf keinen Fall sollte meine geniale Ansprache durch einen dummen Kommentar von ihm unterbrochen werden. Daher redete ich weiter.

»Schick mit Wellnessoase, Frühstücksbuffet und Pool kann doch heutzutage jeder. Das ist Standard. Sie aber gehen neue Wege. Das volle Kontrastprogramm. Stellen Sie Ihre Kunden auf null, und bauen Sie sie neu auf! Wir erden die ganze Gruppe. Na, was sagen Sie?«

Er starrte uns an, dann das Haus. »DAS IST GENIAL!«, sprudelte es aus ihm heraus. Er näherte sich Hans und gab ihm nun doch die Hand. »Wenn man es aus der Sicht betrachtet …«

»Ist schon schön, mein Haus, gell?«

»Klar! Und so urig! Die werden staunen!« Er kriegte sich nicht mehr ein und meinte, dass er genau so etwas gesucht hätte. Der Coach war aalglatt. Diese Sorte Mensch kannte ich aus meinen unzähligen Seminaren, die ich während meiner beruflichen Laufbahn über mich hatte ergehen lassen.

Wie ein Fähnchen im Wind. Auch wenn diese Typen etwas scheiße finden, machen sie es trotzdem unter dem Vorwand, es wäre eine Chance. Man hört sie auch niemals sagen, dass etwas doof oder schlecht wäre. Nein! Immer ist alles spannend und eine Herausforderung.

Ich hatte ihn natürlich längst durchschaut. Er wollte sich scheinbar als harter Kerl präsentieren. *Seht her, ich bin eigentlich einen luxuriösen Lebensstil gewöhnt, kann aber auch anders.*

»Ich hab's.« Mit erhobenem Zeigefinger stand er vor uns. Wie Wicki, wenn er eine Idee hatte. »Minimalismus heißt das Zauberwort. Das ist der neue Luxus! Sich die Freiheit zu nehmen, sich nur um sich selbst zu kümmern. NAKED SOUL! Verstehen Sie?« Er setzte seine verspiegelte Sonnenbrille auf die Nase und atmete tief durch. »Ah, herrlich! Diese Luft! Sie werden sehen, das wird großartig«, freute er sich und hielt uns seine ausgestreckte Hand vor die Nase, damit wir ihn abklatschen konnten.

Er tat so, als wäre alles seine Idee gewesen.

Hans brachte seinen ersten Gast samt Gepäck ins Haus.

Als der sein Zimmer betrat, schluckte er kurz, setzte aber umgehend wieder sein einstudiertes Gewinnerlächeln auf und fand alles großartig.

Hans fand das übrigens auch. Nur war es bei ihm echt. Immerhin war er stolz auf sein Heim.

***

Ich hatte mir gerade eine Zigarillo angesteckt, als mein Freund aus dem Haus kam.

»Seit wann rauchst du denn?«

»Nur ab und zu so eine kleine Zigarillo.«

»Langsam kapierst du, wie man lebt. Gib mir auch eine. Der Typ ist ja schräg!«, plärrte er ohne Rücksicht darauf, dass sein erster Gast dies hören könnte.

»Psst! Schrei nicht so. Komm, wir gehen da rüber.«

Er nahm einen tiefen Zug und hüstelte den Rauch wieder aus.

»Also, Herbert, ich hab ja nicht alles verstanden, was du dem erzählt hast, aber ich muss sagen: Mein lieber Schwan! Wenn wir nicht aufpassen, will der überhaupt nicht mehr weg. Hast du gesehen, wie es dem bei mir gefällt?«

»Hans, das glaubst du doch nicht wirklich! Typen wie den kenne ich zuhauf. Der schmiert dir Honig ums Maul und hintenrum lacht der uns aus. Dann verschwindet er in ein paar Tagen wieder in seine Luxusvilla und erzählt seinen Golffreunden die wildesten Storys über uns armselige Bayern. Danach spendiert er eine Flasche Schampus und lässt sich abfeiern. Wahrscheinlich fotografiert er in diesem Moment das ganze Haus und bastelt sich eine PowerPoint-Präsentation, die er seinen Freunden zeigen kann.«

»Meinst du wirklich?«

»Klar!«

»So eine Sau!«

»Hans, bleib auf dem Boden und spiel mit! Immerhin ist das von mir eine reine Vermutung. Aber mit dieser Vermutung lässt sich arbeiten.«

»Was meinst du?«, fragte er interessiert und schnippte den Zigarillostummel in den Kies.

»Der wird sich niemals die Blöße geben und einknicken, sondern nur cool wirken. Von einem wie dir möchte der sich doch nicht die Butter vom Brot nehmen lassen.«

Hans verstand, und ich konnte fast sehen, wie es in seinem Hirn ratterte. Mit jeder weiteren Sekunde gingen seine Mundwinkel bis zur Endposition nach oben.

»Du meinst also, wir sollten den mal so richtig aus der Reserve locken?«

»Aber sicher! Psst. Schau, er kommt aus dem Haus.«

Mario Clausen hatte sich in seine Laufklamotten geschmissen und sich mit Trinkflasche, Pulsuhr und Ohrstöpseln bewaffnet.

»Ich mach noch eine kleine Runde. So zehn bis fünfzehn Kilometer. Wann gibt es Abendessen?«

»Wann immer Sie wollen. Wir grillen. Stoßen Sie einfach dazu.«

»Das ist ja echt männermäßig. Ach, eine Bitte: Könnten Sie vielleicht noch mein Mountainbike vom Dachständer nehmen und irgendwo sicher verstauen?«

»Klar!«, versicherte Hans. »Schon so gut wie erledigt.«

Er nickte und trabte vom Hof.

»Hast du die Beinchen von dem gesehen?«

»Tja, Hans, mit solchen bayrischen Waden, wie du sie hast, kann der natürlich nicht mithalten.«

»Was meinst, soll ich ihm den Vorderreifen ein bisschen lockern?«

»Hans! Sag mal, spinnst …«

»War doch nur Spaß, du Dödel. Das traust du mir echt zu, oder?«

»Eigentlich nicht. Allerdings hast du in der Vergangenheit so einige Schoten gebracht, dass … doch! Ich trau dir das zu!«

Hans nahm das Rad vom BMW. »Ich könnte es auch fotografieren und bei *eBay* einstellen. Da wäre es ganz sicher.«

»Ist nicht ganz billig, der Drahtesel, oder?«

Hans blickte mich ungläubig an. »Du hast wirklich keine Ahnung, oder? Das ist das Beste, was du kaufen kannst. Edle Schaltung, teure Felgen, der Rahmen aus Carbon. Nur der Sattel, der ist scheiße. Wahrscheinlich ist ihm ein guter Sattel für seinen Hintern zu hart.«

Hans schob das teure Bike in den Schuppen zu seinen anderen Rädern und wies mich an, doch schon mal den Grill anzuheizen.

Bitte, nicht schon wieder grillen! Ich liebe Fleisch, aber hier bei Hans bestand die Gefahr, vielleicht doch noch zum Vegetarier zu mutieren.

Sie sind da

Ich hatte einen riesigen Schädel, als mich früh am Morgen ein vorbeifahrender Traktor weckte. Bei der gestrigen Aktion, den Coach erstklassig abzufüllen, hatte ich wohl auch den einen oder anderen Schluck zu viel abbekommen. Etwa kurz nach Mitternacht reiherte der Coach gepflegt neben sein Auto auf den Kies und legte sich daraufhin in den Eingangsbereich des Hauses. Für einen Coach total unprofessionell.

Hans war mächtig stolz gewesen, als wir zusammen den Herrn Clausen in den frühen Morgenstunden auf sein Zimmer brachten. Diese Runde ging schon mal an ihn. Auch wenn er ebenfalls komplette Schlagseite hatte.

Wenn ich schon mal wach war, konnte ich auch Anja eine kurze *WhatsApp* schreiben. Anrufen wollte ich nicht.

H: Guten Morgen – ich bin es.

Mein Handy klingelte. *Anjamaus* stand auf meinem Display. Scheinbar hatte sie schon auf ein Lebenszeichen von mir gewartet.

»Guten Morgen. Na?«

»Gibt es dich auch noch?«, fragte sie ohne anständige Begrüßung. Sie wirkte angespannt.

»Klar! Und?« Ich tastete mich vorsichtig heran, um die allgemeine Stimmung abzuchecken.

»Du hättest dich gestern ruhig mal melden können!«

»Anja, das Telefon geht nicht nur in eine Richtung.«

»Trotzdem. Nach dem Telefonat am Samstag …«

Natürlich! Ich sollte Schönwetter machen, wenn sie mir so an die Karre fuhr. »Du, das lag nicht an mir, dass das so gelaufen ist. Wer hat mich denn hingestellt, als ob ich keine große Hilfe wäre?«

»Ich konnte ja nicht ahnen, dass du gleich so eingeschnappt bist. Es fiel mir einfach schwer, mir vorzustellen, dass du …«

»Fängst du schon wieder an? Dein Ex hatte vielleicht zwei linke Hände. Mich kann man durchaus gebrauchen. Vorausgesetzt natürlich, man traut mir was zu.«

Stille. Leitung tot? Nein. Ich hörte im Hintergrund das Radio.

»Anja? Hallo?«

»Lustig, dass du jetzt gerade von Jens anfängst. Verrückte Geschichte.«

»Was denn?«

»Du, gestern hat es bei uns geläutet, und er stand vor der Tür.«

»Wer?«

»Na, Jens.«

»Was?« Mit einem Satz stand ich. »Was hat denn der Arsch bei uns zu Hause zu suchen? Jetzt schlägt es dreizehn.«

»Reg dich bitte nicht auf!«

»Und ob ich mich aufrege! Der traut sich was. Und wenn ich daheim gewesen wäre?«

»Ich glaube, da steckt meine Mutter wieder mal dahinter. Aber alles gut. Ist ja nichts passiert.«

»Nichts ist gut. Ich hoffe, du hast den Arsch umgehend über das Treppengeländer nach unten geschickt.« Ich hatte Puls. Mit einem Schlag war ich nüchtern.

»Er hat nur einen Kaffee getrunken und ist dann auch gleich wieder gefahren.«

»Er hat …, wie bitte …, ich glaube, es …, was soll das

denn, bitte? Warum trinkst du mit dem in unserer Wohnung einen Kaffee? Fehlt nur noch, dass er sein Revier markiert und unsere Toilette entweiht hat!«

»Na, soll er vom Balkon pinkeln?«

»Nicht dein Ernst, oder? Anja, das geht mir echt zu weit. Da bin ich mal zwei Tage weg!«

»Es war doch nur ein Kaffee!«

»Klar. Das nächste Mal war es nur ein Kuss. Und das übernächste Mal nur Sex. Aber ohne Gefühle. Weil, du liebst ja nur mich. Den, der nicht mal ein Bild aufhängen kann, geschweige denn einen Sattel montieren.«

»Nun flipp doch nicht gleich wieder aus.«

»Du weißt genau, wie ich auf den Arsch reagiere. Der hat in unserer Wohnung nichts zu suchen und Ende!« Ich legte auf.

Boah, war ich sauer. Das war für mich fast wie Fremdgehen. Klar traue ich Anja. Irgendwie. Doch wer weiß, was sich so ein Mistkerl alles einfallen lassen würde. K.-o.-Tropfen, ein Gläschen Wein, aber nur eins. Vielleicht redete er sie das nächste Mal schwindelig? Meine Güte, hatte ich in diesem Moment einen Hass auf ihre Mutter! Am liebsten hätte ich sie angerufen. Die sollte sich um ihre abgelaufenen Joghurts im Kühlschrank kümmern und nicht um die Beziehung ihrer erwachsenen Tochter.

Das Handy klingelte. *Anjamaus*! Ich hatte gute Lust, diesen Namen in *Frau, die immer wieder den Ex ins Nest holt*, umzutaufen. Ich guckte aus dem Fenster und bemerkte, dass die ersten Gäste im Anmarsch waren. Ich drückte Anja weg. Ein paar Sekunden später kam eine *WhatsApp*.

A: Willst du überhaupt nicht wissen, wie es deinem Sohn geht?

H: Klar! Ich rufe Jens an. Der weiß es bestimmt.

A: Oskar Herbert geht es gut. Er hat schon zweimal *Papa* gesagt.

Ah, ein Versuch, mich weichzukochen. Nicht mit mir! Ich war wirklich sauer.

H: Hör doch mal genau hin. Vielleicht meint er ja Jens.

A: Ich verstehe dich nicht.

H: Dito. Ich muss. Werde gebraucht. Kaum zu glauben, aber wahr.

Ich war für Beziehungsstress einfach nicht gemacht. Riss mich aber zusammen, um meinen Standpunkt ein für alle Mal klarzustellen. Wo Herbert ist, gibt es keinen Platz für einen zweiten Typ. Dabei hätte ich wirklich gerne mehr von Oskar Herbert gehört. Aber unter diesen Umständen …

»Herbert!« Hans donnerte mit der Faust gegen meine Tür. »Herbert!«

Ich öffnete. »Schrei doch nicht so! Was ist denn?«

»Die ersten Gäste kommen. Zieh dir schnell was über!«

»Hab ich schon vom Fenster aus gesehen. Begrüße sie doch erst mal alleine, ich komm dann nach.«

»Nein. Seit gestern bin ich ein bisserl verunsichert. Weil doch der Coach so blöd geschaut hat, als er den Hof gesehen hat. Ein paar von denen da draußen schauen gerade genauso. Du hast doch das gestern so souverän gemeistert. Jetzt komm schon. Hier, deine Hose!«

Er streckte mir meine Jeans entgegen. Ich schlüpfte rein und zog noch ein frisches Poloshirt aus dem Schrank. In meine Sneakers musste ich barfuß, weil ich auf die Schnelle keine frischen Socken fand.

»Jetzt komm schon!«, drängte er mich.

»Mach mal langsam, ja?« Wenigstens wollte ich Deo unter meine Achseln sprühen und die Haare im Spiegel begutachten. Im Gegensatz zu Hans war mir nämlich mein Aussehen nicht egal. Schließlich zählte der erste Eindruck.

»Ist ja schon wieder gut. Hast mit daheim telefoniert? Wohl Stress im Auenland, was?«

»Jetzt lass mich in Ruhe fertig anziehen, und nein, es ist alles in bester Ordnung.« Hans würde das eh nicht kapieren und nur sagen: *War doch nur ein Kaffee.* Darauf konnte ich in diesem Moment gerne verzichten.

Er spähte verstohlen zwischen den Vorhängen aus dem Fenster, damit man ihn von unten nicht sehen konnte.

Einer der Gäste ging zu seinem Wagen zurück und drückte zweimal auf die Hupe. Auch eine Art, um auf sich aufmerksam zu machen.

»Jetzt schau dir das an! Jeder Depp kommt alleine mit einem Auto. Anstatt, dass sie Fahrgemeinschaften bilden, parken die mir den ganzen Hof zu. Da komm ich doch mit meinem Volvo niemals raus. Die schnapp ich mir gleich mal.«

»Genau das tust du nicht. Du bist jetzt Geschäftsmann. Der Kunde ist König. Das musst du höflich klären und bitten, dass sie sich anders hinstellen. Du kannst nicht einfach runtergehen und Rabatz machen.«

»Ja, hast ja recht. Und? Merkst du jetzt, wie ich dich brauche?«

»Jetzt komm. Ich bin fertig.«

»Zeit wird's.« Er ging voran.

Ich blickte nochmals auf mein Handydisplay. Nichts Neues von daheim. Dann eben nicht.

Hallo Tina

»Servus!«, begrüßte Hans die Gäste auf seine Art, als er aus dem Haus trat. Ich folgte ihm und winkte einfach ins Blaue hinein. Auf dem Hof standen sechs Menschen, aus deren Gesichtern großer Zweifel abzulesen war. Ich betrachtete alle etwas genauer und musste unweigerlich an die FC-Bayern-Bettwäsche denken, die Hans auf die Gästebetten aufgezogen hatte.

»Hallo«, kam einstimmig von der Truppe zurück.

»Herbert, sag was.«

»Was soll ich denn sagen?«, flüsterte ich zurück.

»Ich weiß auch nicht. Irgendwas«, zischte er nervös.

»Du bist mir echt ein prima Gastgeber. Du bist ja null vorbereitet.«

»Ja. Ist schon gut. Das kannst du mir später vorwerfen.«

Gerade, als ich aus dem Stegreif etwas rausknallen wollte, kam mir ein lässiger Typ in Lederjacke zuvor.

»Hallo. Ich heiße Zeisig. Wir wären nun da. Sind wir hier wirklich richtig?« Er trat vor uns und schüttelte uns die Hände.

»Wo wollten Sie denn hin?«, wollte Hans wissen.

Ich empfand die Frage als ziemlich bescheuert.

Herr Zeisig scheinbar auch.

»Tja, wo wollten wir hin? Wir sollten gecoacht werden.

Unser Chef meint, wir wären kein Team.«

»Na ja«, meinte Hans. »Sie haben es zumindest schon mal geschafft, zu sechst mit sechs Autos gleichzeitig hier zu erscheinen. Also, wenn das nicht perfektes Teamwork ist?« Hans grinste abschließend.

Ich hatte das Gefühl, dass er mit dieser Aussage schon seinen ersten Punkt bei allen Anwesenden geholt hatte.

»Also. Wenn ich nicht irre, seid ihr alle von der Werbeagentur *Reger & Reger*. Richtig?«

»Ja!«, schallte es einstimmig über den Hof.

»Also, dann seid ihr goldrichtig bei mir. Habt's einen schnieken Laden erwartet, oder?«

Er ging in die Vollen und versuchte erst gar nicht, den Leuten seinen Hof schönzureden. Bevor das alles aber vielleicht doch noch in größeren Unmut der Truppe abdriftete, schaltete ich mich dazu.

»Auch von mir ein herzliches Willkommen. Ich heiße Herbert und bin auch für euch da, wenn es an irgendetwas fehlen sollte.«

»Jetzt mal ohne Scheiß. Ist das alles?« Ein etwas pummeliger Kerl Mitte dreißig blickte uns fragend an.

Hans tat wieder so, als wüsste er nicht, was dieser Mensch damit meinte. Er sah mich mit großen Augen an, die zu flehen schienen: *HILF MIR!*

»Nun beruhigen Sie sich doch bitte. Glauben Sie mir, wenn ich Ihnen verspreche, dass Sie hier ein paar tolle Tage verleben werden. Und ja, seien Sie ruhig kritisch! Sie werden sehen, diese Kritik ist völlig unbegründet. Was macht eine gute Location aus?«

Mein Freund blieb mit seinem Blick an mir kleben und wechselte die Gesichtsfarbe zu Kreidebleich. Sieh einer an! Ihn konnte wirklich etwas nervös machen. Wahrscheinlich dachte er sich in diesem Moment: *Hilf mir lieber doch nicht.*

»Ein Pool!«

»Wellnessbereich!«

»Eine schöne Lobby!«

»WLAN!«

WLAN? Dieser Zwischenruf kam von einer kleinen Blonden, die vielleicht ein paar Jahre älter als zwanzig war. Sie nahm ihren Blick nicht vom Handydisplay und tippte wie verrückt darauf herum.

»Gute Antworten, und ja, ich gebe Ihnen in allen Punkten recht«, fügte ich hinzu. »Aber eines haben Sie vergessen.«

Alle guckten sich fragend an.

Hans überlegte scheinbar auch, weil er hochkonzentriert zum Himmel blickte.

»Sie!«

»Wir?«, fragte Zeisig.

»Ganz genau! Sie haben sich selbst vergessen. Eine Location ist nur so gut wie das, was Sie mit Ihrer Persönlichkeit daraus machen. Und damit sind wir schon beim ersten Punkt. Wir sind hier alle per Du. Wie gesagt: Ich heiße Herbert.«

Hans starrte mich staunend an und plärrte über den Hof: »Ich bin der Hans. Mir gehört das alles hier!«

Ich ging zu unseren Gästen, um sie alle persönlich zu begrüßen.

Hans folgte mir und tat es mir gleich.

Paul Zeisig und sein Kollege Moritz Lerchenfeld waren die Ersten, die uns ebenfalls das Du anboten. Scheinbar waren die beiden so etwas wie die Rudelführer der ganzen Bande. Der Rest hielt sich eher im Hintergrund auf, verlor aber schnell jegliche Scheu und begrüßte uns ebenfalls.

»Hallo, ich heiße Charlotte Böhm. Also … Charlotte!« Mit einem festen Händedruck begrüßte mich eine Mittvierzigerin mit langen roten Haaren. Wie mir schien, nicht gefärbt. Ihr Gesicht war übersät mit unzähligen Sommersprossen, und ihre blauen Augen drohten überzulaufen, so glänzten sie. Ihr tiefes Dekolleté zeigte uns Einblicke, die normalerweise nur ganz engen Familienmitgliedern bekannt sein sollten. Ich hatte allerdings nichts dagegen. Sie war stark geschminkt und sah mir bei der Begrüßung tief in die Augen. Wahnsinn! Eine Männermörderin. Die hatte es faustdick hinter den Ohren, das stand fest.

»Zeigen Sie uns, wo wir schlafen können?«

»Du! Wir sind hier alle beim Du!«

»Und? Zeigst du es mir?«

»Das kann mein Spezl gerne übernehmen.« Wer weiß, was ich der sonst noch alles zeigen sollte. Vielleicht den kleinen Herbert? Und damit meinte ich diesmal nicht meinen Nachwuchs.

Neben ihr stand die Kleine mit dem Handy. Vermutlich hatte sie sich an Charlottes Fersen geheftet, seit sie in der Agentur angefangen hatte. Neben ihr fühlte sie sich scheinbar sicher.

»Und wie heißt du?«

»Bianca. Hier ist ein unwahrscheinlich schlechtes Netz!«

»Wie?«

»Handy! Netz! Handynetz!« Sie deutete auf ihr Handydisplay und wirkte genervt. »Gibt es hier ein Passwort, damit ich mich in euer WLAN einloggen kann?«

Ich wollte gerade ansetzen, ihr die technische Situation der hiesigen Location zu erläutern, entschied mich aber schnell dagegen. Biancas linkes Augenlid zuckte rhythmisch; ich befürchtete einen spontanen Wutausbruch der jungen Dame. Das sollte lieber Hans in aller Ruhe mit ihr klären. Er prahlte doch immer, er sei ein Frauenflüsterer. Dann sollte er auch flüstern.

»Du, Bianca, da kenne ich mich überhaupt nicht aus. Im Haus im ersten Stock habe ich aber fünf Balken auf meinem Display. Vielleicht versuchst du es da? Aber WLAN? Da fragst du am besten den Hans. Aber erst nachher. Jetzt kommt doch erst einmal an.«

Widerwillig gab sie sich mit dieser Aussage zufrieden.

»Wen haben wir denn hier?«, zog ich mich aus der Affäre und begrüßte den nächsten Gast.

Er war braun gebrannt, die Haare kurz und blondiert. Mittig hatte er sie nach oben gestylt. Hollywoodlächeln, dünn, aber sportlich trainiert und klamottentechnisch absolut up to date.

»Ich bin Lars. Lars Poppenbrock«, tänzelte er mir entgegen. »Aber den Namen bitte nicht falsch verstehen.«

»Warum?«, fragte ich, da ich nicht wusste, was er meinte.

Charlotte grinste Bianca an.

»Na, wegen dem Poppen! Das ist wirklich nur mein Name und keine Aufforderung.« Jetzt lachte er und reichte mir die Hand auf eine Weise, wie man es aus alten Filmen kannte, wenn ein Handkuss erwartet wurde.

Ich gab ihm ganz normal die Hand und blickte verunsichert zu meinem Kumpel.

Der war bereits mit Bianca zugange und erzählte etwas von wegen technischem Defekt, der Feigling.

Lars hüpfte von dannen und sah sich eigenständig auf dem Gelände um. Das schien Hans überhaupt nicht zu gefallen, weil er ihm nachging.

»Er ist schwul.«

»Wie bitte?« Neben mir stand eine Person, die ich bis dato noch nicht begrüßt hatte.

»Lars! Er ist schwul!«

»Ach was? Sorry. Da habe ich leider überhaupt keine Antennen dafür.« Ich stotterte fast.

»Leider?« Sie wirkte überrascht.

»Ich meine …, ich bin nicht …, ach … ich heiße Herbert. Und du?«

»Ich bin die Tina.«

»Hallo Tina.«

»Hallo Herbert.« Sie stand da und schaute mich mit ihren dunkelblauen Augen einfach nur an.

Ihre hellblonden, langen Haare waren zu einem Pferdeschwanz zusammengebunden und hingen über ihre rechte Schulter. Sie presste ihre Lippen leicht aufeinander, wodurch kleine Grübchen entstanden. Ihre schlanke Figur wirkte fast ein wenig zu dünn für meinen Geschmack, aber was wusste ich schon. Bekleidet war sie mit einer Jeans, Leinenschuhen und einem Tanktop. Da sie kleiner war als ich, musste sie ein wenig den Kopf nach hinten legen. Sie räusperte sich, um die Stille zwischen uns zu unterbrechen, kratzte sich flüchtig an ihrer Stupsnase und gab mir die Hand.

»Ist das auch dein Hof?«

Ich starrte sie weiter an, fing mich aber schnell wieder. »Nein. Der gehört dem Hans alleine.«

»Ah. Der dort hinten, der den Lars einfängt?«

»Ganz genau. Das ist der Hans.«

»Und? Kennt ihr euch schon lange, du und dieser Hans?«

»Schon von Kindheit an.«

Ich konnte nicht umhin, sie ständig anzusehen. Irgendetwas an ihr zog mich magisch an. Waren es die Augen? Oder weil sie so unschuldig auf mich wirkte? Sie war das krasse Gegenteil von ihren beiden Kolleginnen. Ich merkte, wie meine Magengegend zu flattern begann. So etwas hatte ich zuletzt so intensiv verspürt, als ich Anja auf dem Heimflug von Griechenland wieder getroffen und sie im Flieger meinen Arm berührt hatte. Ich musterte sie von der Seite. Das Gegenlicht der Sonne brachte einen kleinen Flaum zum Vorschein, der ihre zarten Ohrläppchen besiedelte. Am liebsten hätte ich mit den Fingerspitzen … *Herbert! Hör auf!* Ich ermahnte mich im Stillen und versuchte, intensiv an Anja und Oskar Herbert zu denken.

»Bist du auch die ganze Zeit hier?«

»Nein. Ich wohne in Schwabing.«

»Ich meine, während des Coachings.«

»Ach so. Ja, klar. Ich gehe dem Hans auf die Nerven. Äh …,

ich meine, zur Hand. Ja, ich bin die ganze Zeit hier!«, versicherte ich und richtete meinen Blick wieder auf Hans, der mit Lars im Schlepptau zurückkam.

»So!«, rief Hans. »Jetzt bitte alle mal herhören. Wer von euch ist denn überhaupt der Chef?«

»Der ist noch nicht da! Der kommt immer etwas später. Dann ist der Auftritt größer!«, rief Paul Zeisig und holte sich beim Blick zu seinen Kollegen kopfnickende Zustimmung ab.

»Und wann kommt er?«, wollte Hans wissen, da er scheinbar keine Lust hatte, alles zweimal zu erzählen.

In dem Moment rollte ein weiterer schwarzer Fünfer auf den Hof. Ebenfalls, wie schon tags zuvor beim Coach, mit einem Mountainbike auf dem Dachträger.

»Wenn man vom Teufel spricht!«, meinte Paul Zeisig und lehnte sich mit verschränkten Armen an seinen Wagen.

»Super!«, meinte Hans zu mir. »Noch ein Auto. Wenn jetzt noch einer kommt, steht der bereits auf der Straße.«

Der Fahrer des BMW hupte, ließ den Wagen nochmals aufheulen und stellte daraufhin den Motor ab. Dann öffnete er schwungvoll die Fahrertür und schälte sich aus seinem ledernen Sportsitz. Mit seiner verspiegelten Sonnenbrille und Sakko blieb er vor seiner Karre stehen und kaute übertrieben mit offenem Mund auf seinem Kaugummi.

»Na, da ist ja meine Meute!«, rief er in die Runde. »Kleiner Zwischenstopp, was? Habt ihr unser Ziel auch noch nicht gefunden? Mein Navi meinte, es wäre hier, aber das kann ja wohl nicht sein.«

Hans deutete mir an, ihm zu folgen, und steuerte auf den Neuzugang zu.

Ich aber zog es vor, lieber bei Tina stehen zu bleiben. Vielleicht wollte sie noch etwas von mir wissen? Wer weiß? Der Gast ging vor.

»Du bist bestimmt der Chef von der Truppe. Bist schon

richtig bei uns. Ich bin der Hans, und wie heißt du?«

»*Du*?«, wiederholte der Mann und nahm seine Sonnenbrille ab.

»Klar! Wir duzen uns hier. Das schafft Nähe.« Hans grinste, und in den Gesichtern der Angestellten konnte man erkennen, dass sich alle über diese Unbedarftheit freuten. Scheinbar warteten sie nur darauf, dass ihr Chef umgehend austickte.

Tat er aber nicht. Stattdessen schüttelte er Hans die Hand und fügte hinzu: »Reger. Benjamin!«

»Servus Benny.«

»Nein, Benjamin!«

»Auch gut. Also, das ist das gute Stück. Ich bin mir sicher, du fühlst dich bei mir sauwohl.«

Er drehte sich mit Herrn Reger um und deutete stolz auf sein Haus.

Langsam, aber sicher fanden die Angestellten Gefallen daran, genau hier zu sein. Und sei es nur aus einem Grund: Um zu sehen, wie ihr Chef mit dem Entzug von Luxus und Annehmlichkeiten umzugehen versuchte. Bisher jedenfalls schlug er sich wacker.

»Ist der nett?«, flüsterte ich Tina ins Ohr und roch nebenbei an ihren Haaren. Guuut!

»Wie man es nimmt. Alphatier. Er will eben, dass alles so gemacht wird, wie er es will.«

»Ha!«, freute ich mich. »Da ist er bei Hans in den besten Händen. Der ist genauso. Das könnte lustig werden.«

Tina schmunzelte und blinzelte mich an. Sie mochte scheinbar meinen Humor. In dem Moment hätte von oben ein Betonklotz auf mich zurasen können. Ich wäre Tina nicht von der Seite gewichen. Schön war es hier auf dem Hof!

»Wo ist denn der Coach? Ich hätte gerne mal ein Wörtchen mit ihm geredet!«, wollte Reger wissen.

Hans überlegte, sah zu mir und gab ihm Antwort.

»Das kann dir mein Kompagnon erklären. Herbert, kommst du mal?«, rief er zu mir herüber, und mir blieb nichts anderes übrig, als seinem Ruf zu folgen.

»Geh nicht weg«, raunte ich Tina zu.

Sie nickte nur und sah mir nach.

»Hallo. Ich heiße Herbert. Was gibt es?« Ich gab Reger die Hand.

»Der Benny, ich meine, Benjamin, der möchte wissen, warum der Coach nicht runterkommt. Du bist doch da genau im Bilde mit dem Konzept und so weiter, oder?«

Sieh einer an! Obwohl er nicht sonderlich von dem Coach begeistert war, wollte er ihn nicht über die Klinge springen lassen. Oder er sah Clausen angesichts des Chefs der Meute als das kleinere Übel an.

»Ja, das gehört alles zum Konzept: *Back to the Roots.*«

»Und was soll das bitteschön sein?« Herr Reger blickte mich ungläubig an.

»Das erkläre ich am besten gleich allen, sonst muss ich alles zweimal erzählen.« Als ich Hans ansah, merkte ich, dass er erleichtert war.

Toll! Dafür hatte ich jetzt die Aufgabe am Bein, ein Konzept vorzustellen, das am Vorabend beim Coach schon alles andere als ausgeklügelt dahergekommen war.

Ich ging auf die oberste der zwei Stufen des Hauseingangs und richtete mich an die Gäste. Da war es wieder. Das flaue Gefühl im Magen. Ich fühlte mich in die neunte Klasse zurückversetzt, als ich vor meinen Mitschülern Schillers *Glocke* vortragen musste. Als ich unter den Gesichtern Tina entdeckte, die mich aufmerksam anvisierte, wurde dieses Gefühl noch verstärkt.

»So! Dann sind wir ja alle zusammen. Herzlich willkommen nochmals bei Hans und meiner Wenigkeit. Freuen Sie sich auf die nächsten Tage ...«

»Du!«, unterbrach mich Hans.

»Was?«

»Du! Wir sind beim Du!«

»Dann mach es doch selbst!«

»Ich meine ja bloß. Gehört alles zum Konzept.«

Ein böser Blick meinerseits wies ihn in die Schranken, und er ließ mich weiterreden.

»Also. Freut euch auf ein paar schöne Tage hier, und lasst euch einfach darauf ein. Der Coach hätte euch natürlich heute gerne persönlich begrüßt, doch hier läuft alles anders.« Sie mussten ja nicht wissen, dass der Clausen sternhagelvoll auf seiner Matratze schnarchte. Hätte nur noch gefehlt, dass er in diesem Moment das Fenster zum Hof öffnete, um gepflegt herunterzureihern. »Wenn ihr euch darauf einlasst, werdet ihr sehen, dass es Spaß macht. Hier bei uns macht ihr alles im Team. Oben im ersten Stock sind die Zimmer, die ihr gleich beziehen werdet. Wer wo schläft, entscheidet ihr im Team. Wer mit wem in ein Zimmer geht, entscheidet ihr im Team. Wer von euch wann morgen früh als Erster in den Waschraum geht, entscheidet wer?«, fragte ich in die Runde.

»Das Team!«, ertönte es im Chor.

Hans rief es am lautesten.

»Eine gute Truppe!«, meinte ich zum Chef, der kritisch mit dem Kopf hin und her wackelte.

»Heißt das, es gibt kein Bad auf den Zimmern?« Charlotte meldete sich zu Wort.

»Ganz genau. Wir haben auf der obersten Etage einen Waschraum. Ihr erstellt eigenständig einen Plan dafür.«

»Das dürfte interessant werden«, grinste Paul Zeisig dreckig.

Moritz schloss sich an.

Nur Lars nicht.

»Dieses Konzept *Back to the Roots* oder auch *Urban Coa-*

ching, wie es euer Coach nennt, ist das Neueste aus den USA«, log ich, erntete aber bewunderndes Kopfnicken. Dass etwas aus den USA kam, klang immer toll und war für die meisten Menschen ein Indiz dafür, dass es gut sein musste.

Reger blieb skeptisch. »Davon habe ich ja noch nie gehört!«, meinte er zu Hans und zog süffisant die Augenbrauen hoch.

»Dann hältst du dich vielleicht in den falschen Kreisen auf!«, konterte der trocken und schenkte dem Mann keine weitere Aufmerksamkeit.

»Ich würde sagen, holt eure Sachen aus den Autos und rein ins Haus. Der Hans gibt euch die Schlüssel. Das erste Zimmer, gleich neben der Treppe, ist bereits besetzt. Da wohnt euer *Urban Coach*. Wir treffen uns, nachdem ihr eure Zimmer bezogen habt, im Gruppenraum im Erdgeschoss. Fragen?«

Langsam setzten sich die Leute in Bewegung, ohne zu wissen, was sie von dem Ganzen halten sollten.

Hans bat sie, die Autos doch bitte anders zu parken, da er sonst nicht vom Hof käme. Dieses Unterfangen dauerte etwas länger und führte beinahe zu zwei kleinen Unfällen, wäre ich nicht dazwischengegangen, um den Parkeinweiser zu spielen.

Der Chef parkte selbstverständlich direkt vor der Tür.

»Also gut!«, meinte er zu uns, als er geparkt hatte. »Dann lasse ich mich eben darauf ein, obwohl etwas anderes vereinbart war. Aber das ist an einer anderen Stelle zu klären. Ich würde sagen: Man darf gespannt sein.« Er drehte sich zu seinem Wagen um. »Ach, und noch etwas: Team hin oder her. Würdet ihr bitte mein Schätzchen da auf dem Auto irgendwo verstauen, wo es keinen Flugrost abkriegt? Soll heißen: Irgendeine trockene Stelle wird es bestimmt auf dem Gelände geben, oder? Und bitte Vorsicht. Das Bike war teuer.«

Er drückte Hans den Schlüssel für den Dachträger in die Hand und marschierte mit seinem Schalenkoffer zur Haustür. Dann drehte er sich noch mal um.

»Ach ja«, meinte er. »Wann gibt es Abendessen?«

»Dann, wenn du es machst!«, erwiderte Hans trocken.

Ich musste mich zusammenreißen, um ihm nicht umgehend in die Hacken zu treten.

Der Chef quälte sich ein Grinsen heraus, um seine Anspannung zu überspielen. Gelang ihm nur mäßig. »Noch etwas. Das mit dem Du, das lassen wir mal lieber wieder. Ich bin für meine Leute eine Autoritätsperson. Das soll auch so bleiben. Wir sind ja hier nicht beim Stammtisch. Also: Ich bin Herr Reger.«

»Ich bin trotzdem der Hans.«

»Von mir aus. Wir kochen also selbst?«

»Ja, Herr Reger!«, antwortete er in militärischem Ton.

»Ich verstehe. Team und so?«

»Ganz genau.«

Als der Chef im Haus war, konnte ich nicht umhin, Hans anzublaffen.

»Sag mal, du bist wirklich von jeglicher Art an Feingefühl befreit, oder?«

»Wie meinst du das?«

»Du, ich reiße mir hier den Arsch auf und zaubere dir ein scheinheiliges Konzept aus dem Hut, und du duzt die Leute und lässt dich auf einen Vergleich der Schwanzlänge ein mit dem Mann, der das Ganze hier bezahlt.«

»Jetzt reg dich wieder ab! Ist doch alles gut gelaufen. Schau, alle sind im Haus. Übrigens war das super mit dem Team und so. *Urban Coaching*! Das habe ich auch noch nicht gehört. Wie dir so was immer einfällt! Respekt. Man kann dich wirklich brauchen.«

Toll. Das war ein Lob. Man konnte mich brauchen. Ich hatte in dem Moment zwei Möglichkeiten. Entweder ausrasten, meine Sachen packen und nach Schwabing fahren, oder … weiter auf den großen Blonden aufpassen. Ich entschied mich schnell für Letzteres, da die Tür zum Haus aufging und Tina fragte, wann sie denn die Schlüssel für die Zimmer bekämen.

»Hans, geh du! Ich mach das mit dem Rad hier.« Ich lächelte Tina an.

Sie warf mir einen verheißungsvollen Blick zu und verschwand wieder im Haus.

»Herbert, die steht auf dich.«

»Jetzt sei still, und bilde dir nicht immer solche Sachen ein. Schau lieber, dass es deinen Gästen gut geht.«

»Das müssen sie schon selbst tun. Wie sagtest du so schön: Sie sind ein Team!«

»Hans, geh einfach.«

Er lachte und tat, wie von mir befohlen. Zum ersten Mal seit Beginn unserer Freundschaft hatte ich das Gefühl, ich hätte das Steuer in der Hand und Hans paddelte. Wenn er sich da mal nicht in seiner Kernkompetenz überschätzt hatte!

Vegetarische Allergiker

Gemächlich trafen die Leute im Gruppenraum ein, nachdem sie sich auf die Zimmerverteilung geeinigt und diese bezogen hatten. Ausnahmslos schauten alle dumm drein. Moritz Lerchenfeld behauptete, er hätte solch ein rustikales Zimmer seit den Siebzigern, als er mit seinen Eltern nach Bottrop in den Urlaub gefahren war, nicht mehr gesehen.

»Nun stellen Sie sich mal nicht so an, Lerchenfeld. Einem ganzen Kerl reichen eine Pritsche und ein Eimer. Das ist doch mal was Bodenständiges«, fuhr Reger ihm ins Wort.

»Sie haben gut reden. Wer hat sich denn ein Einzelzimmer genommen«, maulte Moritz Lerchenfeld zurück.

»Schließlich bin ich Chef und muss nebenbei zusehen, dass der Laden zu Hause läuft. Immerhin geht es um Ihren Arbeitsplatz. Da kann ich einen Schnarcher neben mir nicht gebrauchen.«

Moritz beließ es dabei und schnürte sich seinen linken Schnürsenkel, der ihm aufgegangen war. Wie die meisten hatte auch er sich umgezogen. Er hatte sicherlich das eine oder andere Pfund zu viel drauf. Bullig wirkte er mit seinem Kapuzenpulli und den knielangen Shorts, die ihm in einer anderen Farbe als knallgelb sicherlich besser gestanden hätten. Er war einer von der Sorte, die beim Schulsport immer zuletzt in ein Team gewählt wurden. Mit Bewegung schien er nicht viel am Hut zu haben. Seine Stirn glänzte, obwohl bisher noch nichts Anstrengendes passiert war.

Ganz anders stand es da um den Mann, mit dem er sich scheinbar am liebsten umgab: Paul Zeisig. Er hatte sich nicht umgezogen. Wahrscheinlich schlief er auch in seiner abgewetzten, braunen Lederjacke. Jeans, T-Shirt, fertig. Aftershave: Fehlanzeige. Wahrscheinlich lag seine Duftnote eher in Richtung Maschinenöl. Aber cool war er und wirkte, als wäre sein Puls resistent gegen alles. Ein echter Teamleader. Wenn ich hätte wählen können, ob ich lieber Hans oder er wäre, würde ich mich für ihn entscheiden. Aber nur im äußersten Notfall. Ich war schon auch gerne ich selbst.

»Was soll denn das mit der Scheiß-Bayern-Bettwäsche? Ich bin BVB!«, maulte Paul. »Ich mach die runter!«

»Nix da!«, ordnete Hans an. »Die bleibt schön drauf!«

»Mein Cousin hat die auch. Der ist zehn!«, fügte Bianca hinzu und starrte an die Decke.

»Der weiß, was gut ist. Gell? Wie gesagt: Die bleibt drauf. Was meint ihr, wie gut man darin schläft.« Da war Hans knallhart und nicht umzustimmen.

»Und? Wie geht es nun weiter?« Tina stand plötzlich neben mir und stupste mich an.

»Gute Frage! Hans? Wie geht es denn nun weiter?«

Er hatte die Ruhe weg und pendelte in seiner gewohnten Lässigkeit. Schade! Mir hatte es gefallen, ihn einmal nervös zu sehen. Er stellte eine Schale mit Tischtennisbällen auf einen Tisch, von denen sich doch bitte jeder einen nehmen sollte.

Lars Poppenbrock monierte, dass er noch nie in seinem Leben Tischtennis gespielt hätte.

Hans beruhigte ihn.

»Da stehen ja Buchstaben drauf«, bemerkte Bianca, die ausnahmsweise ihr Handy nicht in der Hand hielt.

»Ganz genau. Da kommen wir aber später dazu. Wir müssen noch eine Sache klären. Hat irgendjemand von euch eine Allergie oder sonstige Krankheiten wie zum Beispiel die Vegankrankheit?«

Lars fand dies überhaupt nicht lustig. »Warum denn *Vegankrankheit*?«

»Aua! Bist du denn einer?«

»Nein. Aber ich bin Vegetarier. Das ist doch keine Krankheit!«

»Wenn man etwas behandeln kann, ist es eine Krankheit. Und ich kann das behandeln. Mit einem saftigen Steak!«

»Pfui!«

»Nur die Ruhe!«, versicherte Hans und stupste den Fleischverweigerer an. »Du bekommst schon deine Aubergine. Aber Pute isst du schon, oder?«

»Nein!«

»Hack?«

»Nein!«

»Aber Fisch. Komm, Fisch kannst du schon essen.«

»Nein.«

»Milch?«

»Klar!«

»Honig?«

»Natürlich. Ich bin ja kein Veganer. Trotzdem raube ich Tiere nur ungern aus.«

»Aber den Salat isst du ihnen weg!«

Lars bekam rote Wangen und suchte nach der richtigen Antwort.

»Komm, lass gut sein. Ich zieh dich doch nur auf. Aber schade ist das trotzdem. Kommt alles von einem Biohof aus der Nähe.«

Lars blieb dabei.

»Ich habe eine Nussallergie«, fügte Tina hinzu, damit Lars endlich von der Leine kam.

»Echt?«, fragte ich besorgt.

»Allergien sind nur Einbildung«, meinte Benjamin Reger, der mit verschränkten Armen als Einziger auf einem Stuhl saß und gelangweilt dreinblickte.

»Sagen Sie das mal meinem Mageninhalt, wenn ich eine Mandel esse.«

»Eine Mandel ist ja auch keine Nuss, sondern ein Kern.«

»Das ist in dem Fall aber egal.« Tina war genervt. Scheinbar hatte sie mit ihrem Chef Probleme, da sie sofort auf Konfrontation ging. Als ob eine gewisse Grundspannung zwischen den beiden herrschte.

»So«, sprang Hans deeskalierend dazwischen. »Dann hätten wir das auch geklärt. Tina bekommt keine Nuss. Die isst dann der Lars. Vorausgesetzt, die Eichhörnchen nehmen dir das nicht übel!«

»Was ist denn nun mit den Tischtennisbällen?«

»Immer langsam, Paul! Ich komme ja schon dazu. Wie ihr sehen könnt, habe ich auf die Bälle Buchstaben geschrieben. Jeder sucht sich seinen Partner. A zu A, B zu B und so weiter.«

Ein Raunen flog durch den Raum. Als ob man einer Grundschulklasse gesagt hätte, dass es kein Hitzefrei gäbe. Hans war schmerzfrei, und die Missstimmung störte ihn nicht weiter.

»Sag mal, wo hast du denn die Sache mit den Bällen her? Das ist dir doch nicht von selbst eingefallen«, fragte ich meinen Freund und nahm ihn auf die Seite.

»Ach woher! Früher, als ich bei einer anderen Firma gearbeitet habe, da haben wir ständig so einen Schmarrn gemacht. Ist doch kein Hexenwerk. Ich bin mir sicher, unser Coach da oben macht den gleichen Scheiß wie das, was seit Jahren von jedem Coach fabriziert wird.«

Gerade, als Hans den Coach erwähnte, tauchte er hinter

uns auf. Er hatte kleine Augen und zerzauste Haare.

»Was ist denn hier los, warum haben Sie mich nicht geweckt?«, beklagte er sich nervös und sah sich verschlafen die Leute an.

»Moment mal! Das sind eigentlich Ihre Kunden. Das ist nicht meine Aufgabe. Wir beide haben Ihnen gerade den Arsch gerettet.«

»Wie soll ich denn das verstehen?«, fragte der Coach verwundert.

Hans ging mit Clausen aus dem Gruppenraum, um ihn auf den neuesten Stand zu bringen. Der hatte Nerven. Immerhin hätten wir ihn auflaufen lassen können.

»Ich bin alleine.«

»Bitte, was?«, fragte ich und drehte mich um.

Tina stand vor mir. »Ich habe C und bin alleine.« Sie zog einen Schmollmund und blickte übertrieben traurig drein. Der aufgesetzte Blick verfehlte dennoch nicht seine Wirkung. Umgehend weckte sie meinen Beschützerinstinkt.

»Das ist doch nicht schlimm. Dann bin ich einfach das zweite C.« Es schien ihr zu gefallen.

Was tat ich denn nun schon wieder? War das ein Flirt? Nein! Immerhin war dies hier harte Arbeit, und meine Aufgabe war es, die Gäste bei Laune zu halten. Ganz professionell natürlich. Da war es nur natürlich, mich um jeden Einzelnen zu kümmern. Da konnte ich bei Tina keine Ausnahme machen. Nur weil sie hübsch war. Das wäre eindeutig Diskriminierung!

»Würdest du das machen?«

»Klar, Tina. Ehrensache.«

Tina kam näher an mich ran. »Schau mal. Die Bianca muss mit unserem Chef in eine Gruppe. Die sieht überhaupt nicht glücklich aus.«

»Da hast es du mit mir schon besser erwischt.«

»Wenn du das sagst!«

Es war mir unheimlich, wie vertraut es sich anfühlte, mit Tina zu quatschen. Als ob wir uns bereits ein paar Tage und nicht nur eine Stunde kennen würden.

»So, ihr Lieben. Darf ich vorstellen? Das ist euer Coach!« Hans war mit Clausen zurückgekehrt. Scheinbar hatte er ihn vor einen Spiegel gestellt, da er plötzlich gescheitelt vor uns stand.

»Guten Tag. Ich darf mich vorstellen: Mein Name ist Mario Clausen. Ich bin Ihr Personality Coach. Ich freue mich auf ein paar erlebnisreiche Tage mit Ihnen.«

»Wir sind hier alle per Du!«, rief Paul Zeisig dazwischen.

»Mit Ausnahme von mir!«, fügte Reger hinzu und mahnte seinen Mitarbeiter mit einem ernsten Blick, der sich dadurch aber nicht einschüchtern ließ.

Ich musste mir unbedingt auch so eine Lederjacke zulegen. An der prallte alles ab.

»Das klären wir noch«, redete Mario Clausen weiter. »Ich würde sagen, Herr Clausen reicht fürs Erste. Wie Sie sehen können, ist hier alles ein wenig anders, als Sie es sich vielleicht vorgestellt hatten.«

»Das kann man wohl sagen«, meinte Bianca, die mit ihrem Handy während der kleinen Ansprache des Coaches durch den Gruppenraum wanderte, als sei es eine Wünschelrute.

Clausens Blick wanderte hilflos zu Hans, der ihm einen relaxten Blick zuwarf, der ausdrücken sollte: *Rede nur weiter, alles ist gut. Ich bin bei dir.*

»Wie gesagt«, stotterte er, »es ist alles ein bisschen anders. Aber das ist gut so. Wir wollen gemeinsam aus dem Alltag ausbrechen!« Er hatte sich gefangen und schien selbst zu glauben, was er verzapfte. »Machen Sie mit, es macht Spaß!«

Das wollte die Gruppe nicht so recht glauben. Sie wirkte enttäuscht. Scheinbar hätte Hans als Leitwolf dicke gereicht.

Der übernahm nun wieder das Zepter, da der Coach restlos

mit seiner Tagesplanung überfordert war.

»Wer ist denn nun zusammen in einer Gruppe?«

Tina blieb neben mir stehen und schaute zufrieden drein. Ganz Gentleman hatte ich mich natürlich geopfert. Es ging ja schließlich darum, dass sich alle bei Hans wohlfühlen sollten. Da musste ich einfach über meinen Schatten springen. Ob ich auch so reagiert hätte, wenn Lars Poppenbrock alleine gewesen wäre? Natürlich!

»Ich bin mit Paul zusammen«, erklärte die rothaarige Charlotte und zog ihren Teampartner an dessen Lederjacke näher an sich heran. Das kam sicher nicht von ungefähr. Ich glaubte, gesehen zu haben, dass Charlotte ihren Ball aus der Schüssel gegen einen anderen eingetauscht hatte. Sonst wäre sie nun mit Tina zusammen. Vielleicht aber auch Paul.

Jedenfalls gingen Lars und Moritz zusammen, während Bianca den Jackpot hatte. Wer möchte schon gerne mit dem Chef ein Team bilden? Wobei ich meinen Chef im Finanzamt eigentlich gut leiden konnte. Doch bei diesem seltenen Exemplar hier würde ich an Biancas Stelle Reißaus nehmen.

»Hey, die Tina ist ja alleine!«, bemerkte Hans und nahm sie an der Hand.

»Hans, kein Problem. Ich …« Er hörte mich überhaupt nicht.

»Dann gehst du einfach mit dem Mario, sorry, mit Herrn Clausen zusammen. Dann sind alle gut aufgehoben.«

Clausen spielte notgedrungen das Spiel mit, da er sich ja nicht als Teamverweigerer outen wollte. Schließlich musste er ja mit gutem Beispiel vorangehen.

»Gut. Dann lasst uns kochen.«

»Wie! Wir müssen selbst kochen?« Lars wirkte empört.

»Klar. Von alleine wird das Zeug nicht warm«, lachte Hans und zeigte auf die Lebensmittel, die er in einer Box zuvor auf den Tisch gestellt hatte. »Ich würde sagen, Team Reger/Bianca übernimmt die Vorbereitung und schneidet das Gemüse, Lars und Moritz machen sich an den Herd, und die liebe Tina hier deckt mit Ihnen, Herr Clausen, schon mal den Tisch. Später könnt ihr euch noch um die Getränke kümmern.«

»Und was machen Sie?«, wollte Reger wissen.

»Ich hacke Holz, damit wir heute Abend ein schönes Lagerfeuer haben. Vielleicht singen Sie uns ein paar schöne Volkslieder? Ich begleite Sie.«

»Au ja, das wird lustig«, entgleiste Lars in einen hüpfenden Gefühlsausbruch, wurde aber jäh von seinem Chef mit einem bösen Blick gebremst.

Paul schnappte sich, angetrieben von Charlotte, die Klappbox und ging voran.

Der Rest folgte in die Küche.

Nur Herr Reger bog nach draußen ab, um zu telefonieren. Als er an Clausen vorbeiging, warf er ihm einen Blick zu, in den man alles hineininterpretieren konnte. Nur nicht: *Gut gemacht!*

Der Coach marschierte zu Hans und zischte ihn an. »Ich weiß ja nicht, was Sie vorhaben, aber nehmen Sie sich von nun an zurück!«

»Moment mal, Meister. Ich hab hier Ihren Hintern gerettet, während Sie Ihren Rausch ausgeschlafen haben.«

»Das ehrt Sie ungemein«, fuhr der Coach weiter fort. »Trotzdem, ich sage es gerne noch mal. Von nun an ist hier Schluss für Sie. Sie werfen mir ja mein gesamtes Konzept durcheinander. *Urban Coaching*. So ein Quatsch! Wie soll ich denn da die Kurve kriegen. Und überhaupt: Kochen? Ist das wirklich Ihr Ernst?«

»Ihr könnt gerne wieder gehen«, flüsterte er dem Coach zu. Hans ließ sich nicht aus seiner urtypischen Ruhe bringen.

»Sie wissen ganz genau, dass alles ausgebucht ist.«

»Das ist nicht mein Problem. Bei uns wird es so gemacht.«

»Na schön«, gab sich der Coach geschlagen. »Dann packen

Sie wenigstens hier im Raum die Tische auf einen Haufen. Ich möchte, dass die Stühle in der Mitte des Raumes einen Kreis bilden. Die Tische stören da nur.«

»Das lässt sich einrichten. Sonst noch etwas?« Hans ruderte zurück, um die Situation nicht eskalieren zu lassen. Eine kluge Entscheidung.

»Nein, das war es fürs Erste.« Er ging.

»Meinst du wirklich, das alles hier ist das Richtige für dich?« Ich blickte meinen Kumpel skeptisch an.

»Das weiß ich doch nicht. Wird sich zeigen. Wenn es mir nicht gefällt, mache ich einfach etwas anderes.« Er war sich seiner Sache sehr sicher. Deshalb wohl auch seine Unbekümmertheit. Trotzdem war es besser, wenn ich von nun an ein Auge auf den großen Blonden haben würde. Er mochte viele Kompetenzen besitzen. Dennoch mangelte es ihm in vielen Situationen an Feingefühl. Da kam ich ins Spiel.

»Was gibt es eigentlich zu essen?«

»Nudeln mit Tomatensoße und Salat.«

»Nicht dein Ernst, oder? Es wird nicht gegrillt?«

»Klar wird gegrillt! Aber erst abends. Ich schau mal eben in die Küche und kümmere mich ein wenig um die Bande. Nicht, dass die sich am Ende noch in die Finger schneiden.« Sicherlich keine schlechte Idee. »Schiebst du die Tische in das Eck da und machst dem Herrn Coach einen schönen Stuhlkreis, damit der seine Manege hat?«

»Meinetwegen. Ist ja wie im Kindergarten. Soll ich noch schnell losfahren und Fingerfarben kaufen?«

»Bloß nicht!«, protestierte Hans. »Am Ende findet der noch Gefallen daran und ruiniert mir den neuen Boden. Wie der sich bisher über Wasser gehalten hat, ist mir sowieso ein Rätsel. Der ist ja total durch den Wind.«

»Hans, schon mal daran gedacht, dass es an deiner Location liegt, dass der so neben der Spur ist? Bei aller Liebe, aber sicherlich hatte er etwas anderes erwartet.«

»Du, das ist mir bei vielen Frauen auch schon so gegangen. Da muss man einfach souverän sein und das Beste daraus machen. In einem Fünf-Sterne-Schuppen kann jeder glänzen. Hier muss er die Hosen runterlassen und zeigen, was er draufhat. Ich bin gespannt, wie er sich schlagen wird! Der feine Herr Coach mit den Carbonfelgen auf seinem Drahtesel.«

»Gell Hans, das stinkt dir, dass hier jeder Idiot mit einem besseren Rad aufkreuzt, als du hast.«

»Schmarrn! Darauf kommt es doch nicht an. Hast du die Spatzenwaden von den beiden gesehen? Denen fahre ich auf einem Dreigang-Damenfahrrad davon. Rückwärts und mit acht Weißbier im Schädel.«

Bianca stand in der Tür.

»Hans, hast du irgendwo ein Pflaster?«

Mein Spezi sah mich verschmitzt an. »Und? Was hab ich gesagt?« Er wendete sich an Bianca. »Was ist denn passiert, Mädel?«

»Mein Chef, der Herr Reger, hat sich in den Finger geschnitten, als er mir demonstrieren wollte, wie man eine Karotte richtig schneidet. Er meinte, deine Messer wären zu stumpf. Ist ziemlich sauer.« Sie kicherte verlegen.

»Ich komme und verarzte deinen Boss. Herbert, du kümmerst dich um die Tische?«

Langweilig war es bisher nicht. Ich war heilfroh, dass ich keine größere Verantwortung hatte. In ein paar Tagen fuhr ich wieder in mein Schwabing. Vorausgesetzt, Anja würde mich in die Wohnung lassen. Es hatte den Anschein, als wollte sie mir meine Zeit hier madigmachen. Als ob sie es mir nicht gönnen wollte, ein paar Tage Auszeit zu haben. Anja wurde bestimmt von ihrer Mutter angestachelt.

Ich stellte einen weiteren Tisch zu den anderen an die Wand. Dann sah ich aus dem Fenster und erblickte Paul, wie er sich eine Fluppe anzündete. Eine Zigarillo würde mir jetzt auch schmecken, dachte ich. Nicht auszudenken, vor Anja zu rauchen. Aber warum eigentlich? Ich war erwachsen und konnte tun und lassen, was ich wollte! Vielleicht wären die zwei Telefonate mit Anja nicht so gelaufen, wenn ich zuvor deutlicher meinen Standpunkt vertreten hätte. Ich gebe zu, dass ich gerne in den Tag hineinlebe. Trotzdem war ich bisher als Partner und Vater gut zu gebrauchen. Zumindest hatte ich nichts Gegenteiliges gehört. Wenn ich es mir so recht überlegte, bekam ich, seit ich bei Oskar Herbert daheimgeblieben war, alle Aufgaben, die so an einem Tag anfielen, von Anja aufgetragen. Das musste sich unbedingt ändern. Ich würde zur Unmündigkeit mutieren, wenn ich dem Ganzen nicht schleunigst einen Riegel vorschob. Sie würde künftig nicht nur ihr Café und das Catering managen, sondern auch mich. Das durfte ich nicht zulassen. Oder war es am Ende schon zu spät? Es war an der Zeit, einmal mächtig auf den Tisch zu hauen. Scheinbar traute mir Anja nicht zu, eigenständig den Tag zu planen. Na und? Dann ging ich eben gerne mit Oskar Herbert in den Elektrogroßmarkt. Klar saßen wir oft in einer Eisdiele oder spielten stundenlang mit der Rennbahn, die ich ihm gekauft hatte. Zugegeben, ich hatte beide Regler in meinen Händen. Für den Kleinen war so eine Rennbahn noch viel zu schnell. Aber er hatte viel Spaß beim Zugucken. Wenn man da mal vergaß, Fenster zu putzen oder die Wohnung zu saugen – na und! Sie wusste, auf wen sie sich einließ, als sie mit mir zusammengezogen war. Das wäre genauso, als wenn man mit einem Bäcker zusammenzog und sich nach zwei Jahren darüber beschwerte, dass er immer so früh aufstehen würde. Warum musste ich mich immerzu beweisen?

Tschakka-Tschakka

»Wo sind denn die Tische hin?«, fragte Charlotte empört. »Was soll das hier sein? Etwa ein Stuhlkreis?«

»Das ist ja wie im Kindergarten!«, fügte Lars hinzu und suchte lächelnd bei seinen Kollegen zustimmende Befürworter.

»Nun kommen Sie doch alle erst einmal herein.« Der Coach versuchte, die Gemüter zu beruhigen, doch er wirkte alles andere als souverän.

»Chef! Sagen Sie doch auch mal was«, forderte Paul seinen Vorgesetzten auf.

Der hatte nur ein müdes Lächeln übrig und lehnte sich im Gruppenraum, wie Hans seine aufpolierte Kammer benannte, an die Fensterbank. Mit verschränkten Armen stand er da, wartend auf alles, was der Coach aus dem Hut zaubern würde.

»Ich hasse es, wenn keine Tische da sind. Da fühle ich mich so beobachtet«, flüsterte Tina mir zu.

Nur zu gerne wollte ich bei diesem Coaching dabei sein.

Hans auch. Er war der Erste, der sich einen Stuhl griff und verkehrt herum darauf Platz nahm.

Moritz hörte dem Meckern seiner Kollegen aufmerksam zu und brachte sich auch ein. »Da stoße ich ja ständig mit der Ferse mein Glas auf dem Boden um!« Niemand ging darauf ein. Er schien ein Außenseiter zu sein.

»Bleibst du auch hier?« Tina sah mich erwartungsvoll an.

»Klar. Ist bestimmt spannend und schadet nicht.«

»Du hast es gut.«

»Warum das?«

»Du kannst es dir aussuchen, hier zu sein.«

Der Coach versuchte, mit einem bestimmteren Ton die Führung zu übernehmen. »Wenn sich dann alle beruhigt haben, schnappt sich bitte jeder einen Stuhl. Je eher Sie sich auf das hier einlassen, desto besser kommen wir voran. Es ist in Ihrem Sinne.«

Mürrisch setzte sich das Team im Kreis auf die Stühle.

»Sie bitte auch, Herr Reger.«

Scheinbar dachte der Big Boss, er könne seine Schäfchen aus zwei Meter Entfernung beobachten. Dass auch er sich einbringen sollte, war offensichtlich nicht vereinbart. Doch er tat, wie ihm befohlen, schnappte sich einen Stuhl und wollte sich neben Clausen setzen. »Wenn Sie bitte in Ihrem Team Platz nehmen, das schafft Verbundenheit.«

Charlotte lachte kurz auf und versuchte umgehend, diesen Ausbruch mit einem Räuspern zu überspielen. Nebenbei kämpfte sie mit ihrem Rock, damit ihr Gegenüber nicht Einblick in die Wahl ihrer Unterwäsche bekam. Da es sich jedoch um Lars handelte, konnte sie diese Befürchtung ruhig vernachlässigen. Anscheinend hatte er ein Auge auf den Coach geworfen.

»Was machen Sie beide hier?« Der Coach guckte uns fragend an.

»Ich wohne hier«, konterte Hans frech.

»Dennoch, wenn ich Sie bitten dürfte? Es geht hier vielleicht um firmeninterne Angelegenheiten. Das möchte ich gerne vertraulich behandeln.«

Ich drückte dem Coach durch einen zustimmenden Blick

mein Verständnis für seine Bitte aus. »Schade«, flüsterte ich Tina zu.

»Ach, Hans?« Clausen stand auf und holte sein Notebook aus dem Pilotenkoffer.

»Ja?«

»Wenn Sie mir bitte einen Beamer anschließen.«

»Klar. Wo ist er?«

»Na, das müssen Sie doch wissen.«

»Was weiß ich, wo Sie Ihren Beamer haben.«

»Ich ging davon aus, dass Sie einen haben.«

»Ich hab keinen.«

»Das ist doof. Gut, dann eben anders«, lächelte Clausen souverän in die Runde.

»Dann benötige ich ein Flipchart.«

»Sorry, aber …«

»Whiteboard?« Clausen wirkte verzweifelt.

»Einen Schreibblock hätte ich. Kariert oder liniert?«

Clausen schnaufte hörbar aus. »Lassen Sie nur! Den habe ich auch selbst.«

Wir verließen den Gruppenraum und schlossen hinter uns die Tür.

»Der ist vielleicht schlecht organisiert«, maulte Hans.

»Nicht nur er!«

»Zu dumm aber auch. Ich hätte zu gerne gehört, was der Typ da drinnen mit denen anstellt. Das eine oder andere Training hatten wir auch in unserer Softwarefirma. Total austauschbar. Hast du gesehen, wie angepisst der Reger geschaut hat, als ihn der Clausen auf einen anderen Platz verwiesen hat.«

»Ich frage mich sowieso, warum er das macht. Der hat doch null Bock auf den Schmarrn.«

»Komm«, forderte er mich auf. »Wir spielen Mäuschen.«

»Was hast du vor?« Ich folgte ihm nach draußen auf den Hof.

»Wir können zwar nicht drinnen sein, aber ich habe zwei Fenster offen gelassen.«

»Schlau!«

Er holte aus dem Schuppen zwei der nagelneuen Bikes und zwei Lappen. Es würde sonst blöd aussehen, wenn wir unter dem Fenster stünden und nichts zu tun hätten.

»Hast du keine sauberen Lappen? Da machen wir ja mehr dreckig als sauber!«

»Du sollst nicht putzen, sondern zuhören.«

***

Im Gruppenraum hatten sich die hitzigen Gemüter etwas beruhigt. Was blieb ihnen auch anderes übrig. Eine völlige Verweigerung der Aktion wäre beim Chef sicher auf Unmut gestoßen. Ungesehen konnte ich einen kurzen Blick in den Raum erhaschen und beobachten, wie es der Coach ziemlich wichtig hatte und im Inneren des Stuhlkreises auf und ab schritt. Einzig Tina hatte mich bemerkt, vermied aber jegliche Reaktion, damit ich nicht aufflog.

Dafür zog mich Hans vom Fenster weg. »Zuhören und nicht gaffen. Vielleicht können wir ja noch was lernen.«

»Du hast doch den Reger gesehen«, flüsterte ich. »Was sollen wir denn von dem lernen? Der ist doch absolut austauschbar.«

»Psst!« Hans machte große Ohren.

»Also!«, hörten wir den Coach. »Was bedeutet Team?«

»Zusammengehörigkeit!«, warf Bianca hoch motiviert in den Raum.

»Ha«, lachte Reger. »Das ist eine Firma und keine Familie.«

»Wenn ich bitten dürfte? Es gibt keine falschen Antworten. Lassen Sie uns gemeinsam die verschiedenen Ansichten aufnehmen.«

»Gegenseitiges Befruchten!«

Wieder lachte Reger. »Schon klar, Lars. Genau Ihr Ding, was?«

»Ich sehe schon, so kommen wir nicht weiter. Dann versuchen wir es anders. TEAM! Da haben wir ein T, ein E …«

»Ein A und ein M!«, rief der Chef wieder dazwischen.

»Sehr gut. Wenn wir dieses Wort genauer analysieren, dann haben wir Folgendes: Das T steht für Teilen, das E für Engagement, das A für Austausch, und das M steht für Möglichkeiten! So einfach ist das!«, freute sich der Coach über so viel Ideenreichtum seinerseits, irgendeinen Quatsch in einzelne Buchstaben zu interpretieren. »Sie verstehen?«

Stille.

»Wir teilen unsere Aufgaben, bringen all unser Engagement ein, tauschen uns aus, und damit haben wir alle Möglichkeiten!«

»Also bei uns bedeutet TEAM eher: *T*oll, *E*in *A*nderer *M*acht's!«

Alle lachten und stimmten Paul zu.

»Typisch, Zeisig, dass so etwas von Ihnen kommt«, fauchte Reger und richtete das Wort an den Coach. »Haben Sie auch noch was anderes? Ich meine, was Team bedeuten sollte, wissen hier alle.«

Der Coach versuchte, ruhig zu bleiben. »Aber Herr Reger, so haben Sie etwas Geduld. Wir haben schließlich erst angefangen. Nun gilt es, zu ergründen, wie wir aus Ihnen ein Team machen. Am besten wird es sein, ich erläutere Ihnen verschiedene Möglichkeiten, und jeder pickt sich heraus, wobei er denkt, dass dies ein Ansatz für ihn selbst wäre. Oft liegt es daran, dass einem der gewisse Antrieb fehlt. Ich würde sagen, Sie alle suchen sich im Stillen ein Mantra, das Sie sich zur Eigenmotivation bei Bedarf vorsagen können. Sie werden sehen, es macht Spaß. Ich verrate Ihnen gerne meins: Ich kann das, ich schaffe das, ich will das!«

»Ich hätte auch ein Mantra für Sie«, warf Reger ein. »Sie können es nicht, Sie schaffen es nicht, ich gehe jetzt.«

Wir trauten unseren Ohren nicht. Ich war gezwungen, nochmals einen Blick zu riskieren. Vielleicht bekam einer der beiden vom anderen eins auf die Schnauze. Das wollte ich unbedingt sehen.

»Kann ich Sie kurz draußen sprechen?«

Clausen ging voran, und Reger folgte ihm.

Die anderen sahen sich überrascht an.

»Komm«, wies Hans mich an. »Lass uns ein Stück weitergehen. Die kommen bestimmt vors Haus. Vielleicht raufen die sich.«

Die beiden Männer kamen aus dem Haus.

Clausen legte umgehend los. »Was genau wollen Sie denn? So kommen wir nie weiter. Sie stören die Gruppe.«

»Immer mit der Ruhe!«, konterte Reger. »So einen Quatsch habe ich ja noch nie gehört. Mantra? Wo sind wir denn. Ich war schon auf einem Dutzend Seminare. Aber dieser Quatsch ist zu viel.«

»Wenn Sie schon auf Dutzenden Seminaren waren, dann wundert mich, ehrlich gesagt, Ihr Verhalten.«

Clausen wendete sich ab.

»Mantra! Wenn ich so etwas schon höre«, machte sich Reger lustig. »Was kommt denn als Nächstes? Bäume umarmen? Lachtherapie? Oder sollen wir vielleicht über glühende Kohlen laufen?«

»Kohle hätte ich da«, flüsterte mir Hans ins Ohr.

»Psst!«, zischte ich, da ich weiter dem Gespräch folgen wollte.

Reger ging näher an den Coach heran und sah ihm tief in die Augen. »Wir waren uns doch im Vorfeld einig, dass Sie meine Mannschaft da drin auf links drehen.«

»Ja, aber dafür muss ich erst deren Vertrauen gewinnen. Da ist Ihr Verhalten eher kontraproduktiv.«

»Wir hatten vereinbart, dass Sie mir über jeden Einzelnen

da drinnen ein Profil erstellen, damit ich weiß, wen ich feuern kann.«

Das war ja interessant. Die Truppe sollte also überhaupt nicht zu einem Team zusammenwachsen.

»Das geht aber nur, wenn Sie mir nicht ständig dazwischenfunken. Ich weiß sowieso nicht, warum Sie überhaupt mitgekommen sind.«

»Ich bin froh, dass ich hier bin. Mensch, verstehen Sie denn nicht? Der Laden läuft nicht rund. Die Werbebranche lebt von Kreativität. Kreativ ist aber der Haufen dort drinnen nicht. Darum will ich von Ihnen wissen, wer stört. Kriegen Sie das hin?«

Hans schob mich beiseite und schlenderte ums Eck auf die beiden Männer zu. Was hatte er denn nun wieder vor?

»Na, die Herrschaften? Raucherpause? Und, haben Sie sich schon eingelebt?«

»Wir machen gleich wieder weiter«, meinte der Coach.

Reger nickte zustimmend.

»Ich hätte da einen Vorschlag für Ihr Team. Wir könnten zum Hintersee fahren. Ich hab da ein paar Ruderboote. Das wäre doch was? Aber nur, wenn Sie Zeit haben. Ich dachte, dass den Jungs und Mädels da drinnen vielleicht …«

»Das ist eine sehr gute Idee!«, warf Clausen dazwischen. »Was meinen Sie, Herr Reger? Das wäre doch eine gute Maßnahme, um die Gruppe ein wenig zusammenzuführen.«

»Von mir aus. Fahren wir an den See.«

»Sehr gut!«, meinte Hans. »Dann würde ich sagen, jeder geht noch mal Pipi, und in einer halben Stunde geht's los.«

Die Männer gingen ins Haus zurück, um die frohe Botschaft zu übermitteln.

Ich blieb draußen.

»Was sollte das jetzt?«

»Weiß auch nicht.« Er zuckte mit den Schultern. »Vielleicht

ist das ja was für die Leute. Wenn ich schlechte Stimmung hab, dann gehe ich auch immer in die Natur.«

»Meinst du nicht, wir sollten das dem Team stecken, was die beiden vorhaben?«

»Willst deine Tina etwa warnen? Ja, Herbert, da brauchst mich überhaupt nicht so anzuschauen. Ich bin nicht blind.«

»Depp! Was du dir da wieder zusammenspinnst. Ich hab Familie.«

»Ja, mein Freund. In Schwabing. Du, aber ich glaub, die mag dich.«

»Jetzt hör schon auf! Lass uns lieber überlegen, was wir tun können.«

»Erst mal nix und weiter beobachten. Du hast doch selber gesagt, der Kunde ist König. Am besten wird es sein, wir mischen uns nicht ein.«

»Aber lass uns die Augen offen halten. Ich frage mich sowieso, wo der Reger den Coach aufgegabelt hat. Der hat überhaupt nichts drauf.«

»Das ist doch eh immer dasselbe Geschwafel.« Hans ging mit mir zurück, um die Räder zu verstauen. »Die Typen waren irgendwann einmal selbst bei einem Coach, und dem plappern die alles nach. Die Leute kannst du doch eins zu eins austauschen. Kommt nur darauf an, wer von denen die tollste PowerPoint-Präsentation hat.«

»Ja, Hans. Die aber in deinem tollen Gruppenraum niemand sehen kann.«

»Ja, da muss ich vielleicht ein bisserl investieren.« Er kratzte sich am Kopf. »Trotzdem. Ich halte überhaupt nix von diesem Coaching. Es kommt immer darauf an, wie man mit den Leuten umgeht. Da hilft kein Tschakka-Tschakka, wenn die Lemminge nicht gerne zur Arbeit gehen. Das haben die alle noch nicht begriffen.«

»Bist du deshalb ausgestiegen?« Hörte sich alles einigermaßen schlüssig für mich an.

»Kann schon sein. Ich hatte das alles einfach satt. Weißt, Arbeit soll ja auch Spaß machen. Nur zu schuften, damit der Kühlschrank voll wird, das liegt mir nicht. Da geh ich lieber auf irgendeinen Berg.«

Er hatte gut reden. Er hatte keine Familie. Verantwortung trug er nur für sich. Dennoch konnte man über Hans denken, was man wollte. Sicherlich war nicht alles richtig, was er sagte. Doch in einigen Punkten hatte er bestimmt recht.

»Herbert?«

»Ja?«

»Weißt du, was man mit so einem Beamer auch gut machen kann?«

»Was?«

»Fußball schauen. Dann hätte ich mein eigenes Public Viewing.«

»Ja, nur ohne *Public*, wenn du mit deiner Kundschaft weiter so umgehst.«

»Was hast du denn? Ich gehe mit denen jetzt ein bisserl paddeln. Ist doch nett von mir?«

»Komm, Hans, sperr lieber deine Radl ein. Damit die keiner klaut.«

»Wir sind hier auf dem Land. Da wird nix geklaut. Da wird geliehen.«

Tretboote haben keine Paddel

»Das eine sage ich Ihnen gleich: Ich steige in kein Boot.«

»Aber es ist doch nur ein Ruderboot auf einem kleinen See«, versuchte der Coach den etwas beleibten Moritz zu beruhigen.

»Das ist mir völlig egal. Ich kann nicht schwimmen.«

»Wie? Sie können nicht schwimmen?«

»Wie ich schon sage.«

Hans stand auf seinem Steg und gab sich das wilde Treiben der Stadtmenschen. Ständig sah er mich an und schüttelte den Kopf. Ob sich aus dieser Meute jemals ein Team bilden lassen würde, war fraglich. Alleine das Bilden der Fahrgemeinschaften für die paar Kilometer zum Hintersee endete fast in einem Fiasko. Klar, dass Reger alleine fuhr. Schließlich ließ er niemanden in seinen BMW.

Charlotte, ganz unerschrocken, saß bereits in einem der Ruderboote und sah Paul zu, wie er zu ihr ins Boot kam. Auch Lars und Bianca ließen sich nach kurzer Diskussion darauf ein und schnappten sich ein Tretboot. Scheinbar wurde in dieser Firma erst einmal alles abgeschmettert, um es danach ausdiskutieren zu können.

»Herr Reger? Hier wäre noch ein Ruderboot für Sie frei!«, rief ihm Hans entgegen, als auch dieser sich endlich telefonierend vom Parkplatz zum Steg bequemt hatte.

»Warum hat der hier Empfang?«, meckerte Bianca und überprüfte umgehend die Sendeleistung ihres Handys.

»Rudert ihr nur schön ein wenig hier herum. Ich kümmere mich so lange ums Geschäft.«

»Ah, ich verstehe schon.« Hans sprach etwas lauter. »Sie können auch nicht schwimmen.«

»So ein Quatsch! Wer behauptet denn so etwas.«

»Können Sie dann vielleicht nicht rudern? Ist aber auch nicht so einfach, die Ruder gleichzeitig zu bewegen. Da dreht man sich auf dem Wasser nur im Kreis und kommt nicht vom Fleck.«

»Sie können reden, was Sie wollen.« Scheinbar hatte Herr Reger Hans durchschaut. »Sie wollen mich aus der Reserve locken. Aber nicht mit mir! Ist mir doch egal, was Sie von mir halten. Ich brauche mir nichts zu beweisen. Und nun stören Sie mich nicht. Ich muss noch einige Telefonate erledigen.«

»Ich würde es Ihnen zeigen, wenn Sie wollen.«

»Was denn nun wieder?« Reger wirkte genervt.

»Das Rudern. Ist überhaupt nicht schwierig.« Mein Kumpel zwinkerte der Belegschaft zu, die gespannt das Treiben beäugte.

Mario Clausen hingegen war bereits etwas unsicher und mit wackligen Beinen in ein weiteres Ruderboot eingestiegen.

»Meine Güte! Was für ein Affentheater.« Reger steckte sein Handy in die Brusttasche seines Sakkos und stapfte auf den Steg. »Machen Sie mal Platz!«

Er stieg zum Coach ins Boot und verdrängte ihn von der mittleren Bank auf die Sitzfläche am Heck. »Das wäre ja noch schöner, dass ich mir von so einem Landei sagen lassen muss, ich könne nicht rudern«, schimpfte er, schnappte sich die zwei Ruder und stieß das Boot vom Steg ab.

»Was soll das denn werden?« Der Coach wirkte panisch.

»Nach was sieht es denn aus? Wir fahren ein wenig auf dem See herum. Dafür sind wir doch schließlich da. Oder war das alles von Ihnen so nicht geplant? Ich gehe mit gutem Beispiel voran und zeige meinen Leuten, wie man richtig rudert.«

Hans trat neben Tina und rief in meine Richtung. »Herbert, schau mal! Die liebe Tina steht hier ganz alleine. Magst nicht ein bisserl mit ihr rudern?« Er zwinkerte äußerst übertrieben, während Tina erwartungsvoll auf meine Antwort wartete. Was hätte ich in diesem Augenblick anderes tun sollen, als mich zu opfern, damit Tina nicht alleine am Ufer auf ihre Kollegen warten musste.

»Logisch. Ist doch Ehrensache.« Ich ging zu Tina, Hans klopfte mir im Vorbeigehen auf die Schulter, ich nahm ihre Hand und half ihr ins Boot. Danach ging ich an Bord dieser kleinen Nussschale und übernahm die Ruder.

Verdammt! Wann war ich das letzte Mal gerudert? Ich glaube, mit zwanzig. Natürlich war dies ein abgekartetes Spiel. Er hätte doch auch mit Tina ein wenig auf dem See herumschippern können. Doch er war wohl in Kuppellaune und dachte, er müsse sich wie in alten Zeiten um eine Frau für mich kümmern.

»Das hat er ja schlau gemacht, dein Freund. Ich hätte nicht gedacht, dass unser Chef sich darauf einlässt.«

»Ja«, meinte ich zu Tina. »Das hat er drauf.«

Hans schnappte sich Moritz, der widerwillig mit Schwimmweste mit ihm in ein Tretboot einstieg. »Ich würde sagen, wir folgen mal eurem Chef, der, wenn er nicht aufpasst, mit vollem Karacho samt Coach ins Schilf dort hinten rudert.« Damit hatte er natürlich die Lacher auf seiner Seite und konnte abermals beim Team, das bis zu diesem Zeitpunkt noch immer keins war, punkten.

Reger, bei seiner Sportlerehre gepackt, mobilisierte all seine

Kräfte und ruderte wie verrückt über den Hintersee, sodass sogar der Bug des Ruderbootes weiter als normal aus dem Wasser ragte.

Der Coach saß angespannt seinem Auftraggeber gegenüber und konzentrierte sich darauf, mittig sitzen zu bleiben, damit das Boot keine Schlagseite bekam.

Auch ich ruderte los und war über mich selbst erstaunt. Ich war Herr über das Boot, als ob ich den lieben langen Tag nichts anderes machen würde, als zu rudern. Ich unterbrach nochmals, um mir meine Ärmel hochzukrempeln. Da mir Tina gegenübersaß, wollte ich männlicher wirken. Auch ein Outdoorhemd erreicht dies nur, wenn man seine Muskeln zeigt. Ich bin sicherlich kein Schwarzenegger. Aber bei rudernder Tätigkeit sieht man zumindest, dass sich im Oberarmbereich etwas tut.

Chef und Coach hatten bereits ein geschicktes Wendemanöver hinter sich und kamen geradewegs auf den Rest der Meute zu. Neben Hans' Tretboot gelangten sie zum Stehen.

Clausen war bleich im Gesicht.

»Na? Wer kann hier nicht rudern?«, triumphierte Reger und blickte stolz zu seiner Mannschaft, die seine Begeisterung nicht teilen mochte.

»Wo wollten Sie denn so schnell hin? Wir haben hier keinen Zugang zum Meer. Und … passen's mir ein bisserl auf die Enten auf. Dort hinten im Schilf wird gerade gebrütet. Wär doch schade, wenn da so ein Weibchen nervös wird.«

Reger ließ dies so stehen. Immerhin hatte er es seiner Ansicht nach allen gezeigt.

»So! Wo wir hier gerade alle so schön schippern und uns der Benny, Entschuldigung, der Herr Reger, demonstriert hat, wie man auch ohne Außenbordmotor die Schilfbrüter verschrecken kann, habe ich folgende Idee. Ihr setzt euch jetzt alle nebeneinander, und jeder schnappt sich ein Ruder. Da scheinbar in eurer Firma der Kampfgeist schlummert, können wir ja ein kleines

Rennen fahren. Wir starten hier, umfahren die Boje dort hinten, und dann geht's zurück an den Steg. Irgendwelche Fragen?«

»Wie soll das denn gehen? Wir rudern ja niemals im gleichen Takt.« Clausen hatte sich zu Wort gemeldet und zweifelte an einem Gelingen des Projektes. Vielleicht hätte er darüber vorab gerne eine PowerPoint-Präsentation gesehen.

»Tja!« Hans tat, als ob er krampfhaft überlegen würde, und starrte in den Himmel.

Moritz schaute auch nach oben.

»Was könnten wir da tun, damit es am Ende doch noch klappt? Lassen Sie sich was einfallen. Seien Sie kreativ! Tschakka-Tschakka.« Hans übertrieb es meiner Ansicht nach ein wenig mit seiner flapsigen Art.

»Können wir die Teams tauschen?«, wollte Reger wissen. »Dann hole ich mir den Zeisig ins Boot.«

»Nix da!«, maulte Charlotte. »Der bleibt schön bei mir.«

»Sie haben es gehört. Sonst noch Fragen?«

»Wir haben keine Paddel!«, rief Lars Poppenbrock.

»Paddel gibt es beim Kanu. Wir haben Ruder, lieber Lars. Außerdem könnte das vielleicht daran liegen, dass ihr in einem Tretboot sitzt. Ihr zwei Hübschen rudert quasi mit euren Haxen.«

»Danke!«, freute sich Lars. »Ich war gestern noch beim Nachfärben. Bist auch ein Hübscher!«

Tina grinste und stupste mich an. Ich war mir sicher, dass es Lars während dieser Tage bestimmt noch schaffen würde, den maskulinen Hans mit seiner Unbedarftheit aus der Spur zu bringen.

»Das hört man gerne, Lars. Tretet einfach gescheit in die Pedale, das ist auch schon was wert. Also: Auf geht's! Auf mein Zeichen.«

Scheinbar hatte Hans den allgemeinen Kampfgeist geweckt. Alle waren voll bei der Sache und fixierten mit ihren Blicken verbissen die Boje.

Einzig Clausen wirkte nervös, da er von Reger einschüchternde Blicke bekam, die zu sagen schienen: *Vermassele mir hier bloß nicht meinen sicheren Sieg, du Null!*

Hans hob die Hand. »Auf die Plätze …«

»Komm, Herbert, dem Reger zeigen wir es.« Tina war von der Idee angestachelt, als Erste ins Ziel zu kommen.

Ich wollte ja eigentlich ein paar Tage ausspannen … Aber gut, wenn ich ihr damit eine Freude machen konnte.

»Fertig …«

»Ach nein, wie aufregend!« Lars stellte seine mit weißen Leinenschuhen bestückten Füße auf die Pedale.

Bianca neben ihm filmte ihren Kollegen bereits. Vielleicht war er bald der neue Star auf *YouTube*.

»LOS!« Hans plärrte so laut, dass ein Blesshuhnpärchen aufschreckte und panisch davonflog.

Tina gab mir den Takt vor und ruderte wild drauflos. Ich hatte mit meinem Ruder den richtigen Eintauchwinkel gefunden und alle Mühe, mit Tina mitzuhalten. Wir kamen leicht quer, machten aber anständig Strecke.

Ganz anders erging es den Herren Reger und Clausen. Sie bewegten sich nicht von der Stelle, sondern drehten sich im Kreis, weil Herr Reger wie verrückt zu rudern begann und Clausen nicht hinterherkam. So in etwa musste es einer Fliege gehen, die einen kaputten Flügel hatte. Das Gesicht von Reger errötete mit jedem Ruderschlag etwas mehr, während sich Schweißperlen auf seiner Stirn bildeten.

Charlotte und Paul ließen es langsam angehen. Da Charlottes viel zu kurzer Rock auch noch sehr eng um die Schenkel geschnitten war, hatte sie ein leichtes Handicap, da sie leicht seitlich auf der Bank im Boot saß.

Paul schien dies egal zu sein, er hatte sowieso ausschließlich die Beine seiner Ruderpartnerin im Visier.

Reger hatte auch ein Handicap. Seinen unfreiwilligen

Teamkollegen. Immerzu brüllte er ihn an, er solle endlich das Ruder richtig drehen, damit die Schaufel optimal zum Einsatz käme.

»Sie stellen sich dümmer an, als die Polizei erlaubt. Nun machen Sie endlich! Das darf doch nicht wahr sein!«

Clausen bekam von der Schreierei sicher nichts mit, weil er viel zu sehr damit beschäftigt war, einen Punkt am Horizont zu fixieren. Kein leichtes Unterfangen bei der ständigen Dreherei. Er war nach kürzester Zeit kreidebleich im Gesicht. Ich vermutete, dass Clausen alles war, nur nicht seefest. Eine Flusskreuzfahrt auf der Donau wäre für ihn bestimmt ein Super-GAU.

Tina und ich hatten unseren Rhythmus gefunden und kamen der Boje immer näher. Wir hätten sie längst hinter uns gelassen, wenn wir nicht ständig zum Boot des Führungspersonals geglotzt hätten. Bei solchen Dingen ergeht es mir wie bei einem Unfall oder den Aufgespritzten in der Maximilianstraße. Ich muss hinsehen.

»Wenn ich einen Tipp geben darf: Die Ruder sollten sich synchron bewegen. Sonst wird das nichts!« Hans erfreute seine Kundschaft mit brauchbaren Tipps und hatte Spaß.

»Was Sie nicht sagen! Erzählen Sie das lieber dem da.« Reger deutete zu seinem Nebenmann und versuchte, beide Ruder zu übernehmen, da er auf Clausen nun überhaupt nicht mehr zählen konnte.

Tina und ich kurvten als Erste um die Boje, gefolgt von Charlotte und Paul. Wir grüßten uns, als sie uns kurz nach unserem Wendemanöver entgegenkamen. Paul ruderte tatsächlich mit seiner Lederjacke. Ein echter Seebär!

Lars und Bianca schossen den Vogel ab. Obwohl sie ein Tretboot ihr Eigen nannten, kamen sie nicht einmal in die Nähe der Boje und drifteten ständig weiter von uns ab. Grund dafür waren Lars' hektische Lenkbewegungen mit dem Ruder am Heck des Tretbootes. Anstelle es sachte einzusetzen, riss er panisch an der Lenkstange herum, sobald sich das Tretboot auch nur einen Millimeter in eine Richtung bewegte. Dies hatte zur Folge, dass die beiden im Zickzack das Schilf und dessen Naturbewohner ansteuerten. Bianca filmte nach wie vor.

»Wir sind gut, nicht wahr?«

»Das würde ich auch so sehen, Herbert. Noch ein paar Ruderschläge, und wir sind am Steg.«

»Ich habe mich einfach nur an deinen Rhythmus gehalten.«

»Weißt du, was das bedeutet?«

»Nein.«

»Das bedeutet, dass wir ein gutes Team sind.«

»Ja, Tina, wir sollten die nächsten olympischen Spiele im Auge behalten«, witzelte ich.

Tina wollte bestimmt auf etwas anderes hinaus. Doch ich wollte mich nicht darauf einlassen.

Nach und nach trudelten auch die anderen am Steg ein.

Clausen hing seitlich seinen Kopf über das Wasser und reiherte voller Elan in den See.

Sehr zum Leidwesen einer in einem Tretboot vorbeifahrenden Familie, deren Kinder kleine Brotkrumen für die Fische und Enten ins Wasser warfen. Das kleine Mädchen, das hinten auf dem Boot saß, blickte entsetzt durch die dunklen Gläser der übergroßen, neongelben Sonnenbrille.

»Mahlzeit!«, rief Hans, als er mit Moritz vorüberfuhr.

In Regers Gesicht konnte man ablesen, dass er von diesem Ausflug für heute genug hatte.

»Ich würde sagen, jetzt fahren wir wieder zurück und grillen. Wie schaut's aus?«, erkundigte sich Hans.

»Grillen?«, warf Lars ein.

»Ja, Lars. Grillen. Ach ja, stimmt. Du isst ja nix, das gelebt hat. Ausnahmsweise grille ich dir eine Zucchini, die hast du so noch nicht gegessen. Da wirst du aber staunen!«

»Hihi.«

Ein Gutes hatte diese Ruderaktion. Die Truppe taute langsam auf. Dazu hatte Reger nicht ganz unwesentlich beigetragen. Zwar etwas unfreiwillig, aber … immerhin. Jedenfalls kam Stimmung auf.

Besonders ab dem Zeitpunkt, als Charlotte aus dem Boot wollte. Ihr enger Rock hinderte sie daran, einen großen Schritt auf den Steg zu machen. Unerschrocken, wie sie aber war, schob sie den Rock bis über ihr Höschen und stieg cool aus dem Boot, als ob dies das Normalste von der Welt wäre.

Selbst Clausen unterbrach seine Magenentleerung kurzerhand, um einen flüchtigen Blick zu erhaschen.

Bianca filmte.

Jagdtriebe

»Das war doch kein schlechter Start, meinst du nicht?« Hans schüttete Holzkohle in den Grill, um alles für das abendliche Grillen vorzubereiten.

»Wie man es nimmt.«

»Du wieder mit deinem Pessimismus!«

»Das stimmt doch überhaupt nicht. Ich meine ja nur, dass dein *guter Start* dazu geführt hat, dass dein Auftraggeber sauer ist und der Coach in den See gekotzt hat.«

»Da kann ich doch nichts dafür, wenn der schon in so einer Nussschale seekrank wird. Und dieser Reger ist ein Arsch! So. Jetzt ist es raus.«

»Psst. Nicht so laut. Wenn der dich hört.«

»Schmarrn! Der duscht bestimmt gerade ausgiebig als Erster und verbraucht das ganze warme Wasser. Weil der nämlich hundertprozentig nicht nur ein Arsch ist, sondern obendrauf noch ein Sadist. Diese Typen kenn ich. Große Klappe und nix dahinter.«

»Wenn du mit deiner Geschäftsidee erfolgreich werden willst, dann musst du unbedingt deine Grundeinstellung deinen Kunden gegenüber ändern.«

Er sagte dazu nichts und entzündete das mit Spiritus

getränkte Zeitungspapier, das er zuvor zwischen die Kohlen geschoben hatte.

Mein Handy vibrierte.

»Anja?«

»Tut mir leid.«

»Was genau?«

»Das mit dem Jens. Ich hätte ihn überhaupt nicht erst in die Wohnung lassen dürfen.«

»Ach. Ist das so?«

»Ja. Mir würde es auch nicht gefallen, wenn du in meiner Abwesenheit irgendwelche Verflossenen in unsere Wohnung lassen würdest.«

»Und woher der Sinneswandel?« Ich hatte Oberwasser und wollte es Anja nicht zu leicht machen. Immerhin war ich verletzt. Ja! Auch Männer können verletzt sein.

»Na, wenn man so ganz alleine ist, was soll ich sagen, ich hab mir da einfach nichts dabei gedacht.«

»Schwamm drüber! Was macht denn mein Stammhalter?«

»Meine Mutter war heute mit Oskar Herbert und einer ihrer gut betuchten Freundinnen bei mir im Café. Dem geht's gut. Meine Mutter war mit ihm einkaufen und hat ihn eingekleidet.«

»Oh Gott! Schlimm?«

»Willst du das wirklich wissen?«

»Ich weiß nicht. Entscheide du!«

»Hast du schon mal *Der kleine Lord* gesehen?«

»So schlimm?«

»Schlimmer. Mit Einstecktuch.«

»Super!«, rief ich. »Da können wir ja jetzt schon das Sparen anfangen.«

»Warum?«

»Weißt du, was eine Sitzung beim Psychiater kostet? Wir kriegen das ohne Hilfe nicht aus ihm raus. Wenn wir nicht wollen, dass unser kleiner Schatz später mit einer extremen Störung durch Schwabing torkelt, werden wir auf fremde Hilfe angewiesen sein.«

»Nun male mal den Teufel nicht an die Wand! Sag mir lieber, was ihr so treibt. Sind eure Gäste schon da?«

»Das sind Kunden und ja.«

»Ist auch eine hübsche Frau dabei?«

»Alle ganz normal.«

»Ah! Hast sie also schon alle abgecheckt.«

Toll. Eine Falle. Was antwortet man auf solche Fragen? Sagte ich nichts, machte ich mich verdächtig. Dauerte eine Antwort zu lange, hieß es: *Tja, wenn du erst überlegen musst.* Gab man eine Antwort, war es garantiert die falsche. Kurzum: Wir Männer hatten in jedem Fall verschissen. »Quatsch! Ich check keine Frauen ab. Ich hab doch dich.«

»Das heißt, dass du jetzt tot bist?«

»Nein! Stell dir vor, wir waren Boot fahren.«

»Wer ist wir?«

»Na, die Werbeagentur und wir. Immer zwei in einem Boot. Dann wollte Hans, dass wir …«

»Mit wem warst du?«, unterbrach mich Anja. Klar, Herbert! Und wieder einmal … zu … viel … Information!

»Ach, mit so einer von der Agentur. Weiß gar nicht, wie die heißt.«

»Du natürlich wieder mit einer Frau.«

»Eifersüchtig?«

»Quatsch. Mit mir bist du noch nie Boot gefahren.«

»Das liegt vielleicht daran, dass es sich im Englischen Garten einfach ein bisserl schwer rudern lässt. Ganz zu schweigen von den Leuten, die uns doof anschauen würden.«

»Ich bin durchaus bereit, München auch mal an einem Wochenende zu verlassen!«

»Ich hab nix gesagt.« Dabei war es wirklich so, dass wir so

gut wie noch nie aus München rausgefahren waren. Wir könnten ja etwas verpassen oder, um Himmels willen, nicht gesehen werden! Darum ging es doch in Schwabing. Sehen und gesehen werden.

»Und? Wie macht sich Hans so?«

»Ich glaube, er ist froh, dass ich da bin. Habe ihm schon zweimal den Arsch gerettet.«

Stille. Ich bildete mir das doch nicht ein. Anja machte sich insgeheim lustig darüber, dass ich der Annahme war, der große und starke Hans würde mich brauchen.

»Wirklich? Du hast ihm den Arsch gerettet?«

»Ja. Der hat nämlich überhaupt kein Konzept. Da hab ich ihm schnell eins konzipiert. Kommt gut an.«

»Du, ich muss dann mal … Wir können ja morgen wieder telefonieren.« Anja wirkte plötzlich kurz angebunden.

»Klar. Ich muss jetzt eh beim Grillen helfen. Mach's gut, und grüß mir den Kleinen, wenn du ihn siehst.« Wir legten auf.

Nur zu sehr hätte mich interessiert, was Anja plötzlich für ein Problem hatte. War sie etwa eifersüchtig, weil ich Spaß hatte und sie zu Hause arbeiten musste? Nein. So war Anja nicht. Vielleicht aber traute sie mir wirklich nichts zu. Das wäre allerdings ein starkes Stück. Immerhin hielt ich ihr seit geraumer Zeit daheim den Rücken frei. Bisher hatte ich das Gefühl, dass wir ein tolles Team abgaben. Mittlerweile aber stellte ich das infrage.

***

»Herbert? Können Sie mir vielleicht draußen mit dem Hans helfen?«

Lars stand am Treppenabsatz mit einer Zucchini in der Hand und blickte mitleiderregend drein.

»Sag doch Du zu mir. Was hat er denn angestellt, der gute Hans?«

»Er weigert sich, meine Zucchini hier zusammen mit dem Fleisch auf den Grill zu legen. Er meinte, das käme überhaupt nicht in die Tüte, und ich müsse kurz warten.«

»Komm mit! Das haben wir gleich. Er macht bestimmt nur Spaß. Weißt du, Lars, den Hans muss man ein bisschen kennen, um zu merken, wenn er einen auf den Arm nimmt.«

Ich nahm Lars sein Gemüse ab und ging hinaus. Draußen waren bereits zwei Bierbänke samt Tisch aufgestellt und gedeckt. Komisch. Wenn es ums Essen ging, war auf einmal der Teamgedanke riesig, und es flutschte nur so.

»Du, Hans? Stimmt das mit der Zucchini?«

Lars stand neben mir und blickte ihn vorwurfsvoll an.

»Das müsst ihr beide verstehen. Wenn ein Mann grillt, dann hat da bis auf eine Folienkartoffel nix auf dem Rost verloren. Das ist ein uraltes …«

»Hans? Auf ein Wort!« Ich vertröstete Lars und nahm meinen Kumpel zur Seite.

»Spinnst jetzt? *Auf ein Wort!* Seit wann sprichst du denn so geschwollen?«

»So geht das nicht mehr. Du kannst ja mit deinen Fußballkollegen deine Späßchen treiben. Aber das hier sind deine Kunden. Und wenn es nicht gerade eine Domina ist, die sich der Kunde von dir auf sein Zimmer mit der FC-Bayern-Bettwäsche wünscht, hast du verflucht noch mal seine Wünsche zu erfüllen. Da hat dein Dickkopf nix verloren.«

»Donnerwetter, Herbie! Seit wann hast du denn Eier bekommen?«

»Die waren immer schon da, ich trag sie nur nicht wie du für jedermann in Sichtweite ständig vor mir her. Also, was ist jetzt? Wenn du willst, dass ich dir hier weiterhelfe, legst du jetzt das verdammte Grünzeug neben das Kotelett, oder ich bin schneller weg, als du *Eier* sagen kannst.«

Hans konnte meine Stimmung nicht einordnen und wechselte zwischen den verschiedensten Gesichtsausdrücken hin und her. Auch ich war, ehrlich gesagt, von mir überrascht.

»Sag mal, ist dir eine Laus über die Leber gelaufen oder was?«

»Hans, die Gurke. Äh, Zucchini!«

Er nahm sie mir ab, ging zum kleinen Tisch neben seinem Grill und schnitt das Ding in lange Scheiben. Er drehte sich zu mir um und hielt eine davon in die Luft um sich von mir das Okay über die Stärke abzuholen. Ich nickte zustimmend, und Hans legte sie auf den Rost.

Lars klatschte zweimal verzückt in die Hände und klopfte ihm auf die Schulter. Scheinbar hatte Hans einen neuen Freund gefunden.

Was ich nicht mitkriegte, war, dass Tina nur wenige Meter entfernt stand und meine Ansprache mitbekam. Sie warf mir einen bewundernden Blick zu, wie man ihn einem Dompteur schenkt, wenn das Tier durch den Reifen gesprungen ist. Es fühlte sich gut an. So, als wenn ich die Zügel in der Hand hielte.

Ich ließ meine Blicke über den Hof schweifen. Alle hatten was zu tun. Während mein Freund grillte und Lars neben ihm seine Zucchini bewachte, kümmerte sich der Rest um Getränke, Geschirr und Salate. Nur zwei Männer fehlten. Wo Clausen steckte, ließ sich schnell vermuten. Bestimmt hing er entweder über der Schüssel, oder er lag auf seinem Bett und starrte an die Decke, weil die sich gottlob nicht bewegte.

Als ich die Hausfassade hinaufsah, erblickte ich Reger, der mit dem Handy am Ohr seine Schäfchen vom Zimmerfenster aus beobachtete. Entweder schaute er nur beiläufig auf seine Mitarbeiter herab, während er telefonierte, oder er heckte etwas aus. Was es auch immer war, es war nichts Gutes. Besser, ich behielt diesen Witzbold ein wenig im Auge.

***

»Darf ich dir helfen?« Ich erschrak, als ich die schmutzigen Teller auf der Küchenzeile abstellte und eine weibliche Stimme hinter mir diesen Satz von sich gab.

»Tina!« Sie blickte mich mit ihren blauen Augen an und lächelte verführerisch, als ich mich umdrehte. »Klar. Musst du aber nicht. Du kannst ruhig zu den anderen gehen und dich ans Lagerfeuer setzen. Im Gegensatz zu euch habe ich heute noch überhaupt nichts getan. Da versteht es sich von selbst, dass ich mich um das schmutzige Geschirr kümmere.«

»Ach, zu zweit geht es viel schneller. Das haben wir gleich. Gibt es hier keinen Geschirrspüler?«

»Doch!«, lachte ich und zeigte ihr meine beiden Hände. »Den gibt es.«

»Na, dann trockne ich ab.«

Ich hatte nichts gegen ihre Gesellschaft einzuwenden und musste zugeben, dass ich mich freute, als sie plötzlich hinter mir stand. Es hätte ja auch die männermordende Charlotte mit ihrem dunkelblauen Spitzenhöschen sein können.

Ich drehte den Wasserhahn ab, nachdem das Spülbecken vollgelaufen war, und begann, die Teller mit dem Schwamm zu bearbeiten.

»Was treibst du eigentlich so, wenn du nicht hier bist und den Laden schmeißt?«

»Ach, das ist nett, dass du das sagst. Aber um den Laden kümmert sich ganz alleine Hans. Ich bin nur die Unterstützung.«

»Das hatte heute aber einen ganz anderen Anschein. Es schien eher so, als wärst du hier der Hausherr. Chapeau, kann ich da nur sagen, wie du mit dem Hans geredet hast.«

Das ging runter wie Öl. Endlich erkannte jemand meine Qualitäten. Auch wenn die Vermutung nahelag, dass sie diese Schmeicheleien gezielt einsetzte, um ein erwünschtes Ziel zu erreichen. Doch das war mir in diesem Moment scheißegal. Es war genau das, was ich brauchte. Also tat ich einen Teufel, mein Licht unter den Scheffel zu stellen.

»Also, was tust du so, wenn du deinen Kumpel nicht gerade eine Zucchini grillen lässt?«

Ich lachte. »Ich arbeite beim Finanzamt.«

»Wie aufregend.«

»Na, wie man es nimmt. Ehrlich gesagt, bin ich derzeit daheim in Elternzeit.«

»Ach, du bist verheiratet?«

»Nein!«, kam es wie aus der Pistole geschossen aus meinem Mund. Es hörte sich fast entrüstet an. »Ich meine, ich lebe in einer festen Beziehung, und wir haben zusammen ein Kind. Den Herbert.«

»Ach, er heißt wie du! Das ist ja süß. Da wird er sich ja später bestimmt vor den Mädels kaum retten können, wenn er nach dir schlägt, oder?«

Ich wiederhole mich wirklich sehr gerne. Einen Teufel würde ich tun.

»Ich kann es ihm nur wünschen!«

»Und? Läuft es gut zwischen dir und …« Sie blickte mich fragend an.

»Anja! Sie heißt Anja! Jaaa, alles super. Wirklich. Könnte nicht besser sein. Wir kennen uns ja schon aus der Schulzeit. Das passt. Auch mit dem Kleinen. Alles wunderbar. Ist schon schön.« Ich redete, als wollte ich einem Eskimo ein Eis verkaufen.

Was versuchte ich hier gerade zu beweisen? Hatte ich Angst davor, eine Dummheit zu begehen? Oder wollte ich im Vorfeld die Fronten klären, damit es nicht zu einem Versuch ihrerseits kam, mich zu erobern? Hatte ich ein schlechtes Gewissen, weil ich mit einer fremden Frau zusammen in der Küche stand, Geschirr spülte und von meiner Frau erzählte? Was auch immer, ich klang, als wollte ich mir mit Worten einen Schutzwall um mich herum aufbauen. Scheinbar hatte ich das Gegenteil erreicht.

»Du siehst übrigens wirklich gut aus.«

»Danke!« Was nun? Ich wollte mich nicht dazu hinreißen lassen, ihr ebenfalls ein Kompliment zu machen. Allerdings würde es mir nicht schwerfallen. Sie war wirklich eine tolle Frau und stellte irgendetwas mit mir an. Was, das wusste ich zu diesem Zeitpunkt noch nicht. Andererseits wäre es unhöflich gewesen, ihren Satz einfach so stehen zu lassen. Zumal sie mich erwartungsvoll anblickte.

»Das kann ich nur zurückgeben. Wirklich! Ganz toll!« Super, Herbert! Vielleicht hätte ich ihr noch ein Zertifikat ausstellen sollen, in dem offiziell beglaubigt wurde, dass sie wirklich ganz toll aussähe. Auch von hinten.

Sie schmunzelte.

Mir war umgehend klar, dass ich ihr suggerierte, ihre Anwesenheit würde mich nervös machen. Dies bedeutete normalerweise in meiner bisherigen Welt: *Herbert ist leicht zu haben.*

Sie kam näher. »Ich fühle mich gut in deiner Nähe!«

Heilige Scheiße! Ging die ran. Hatte ich Signale gesendet? Verdammt. Ich wollte nur höflich sein! Wo war diese Frau, bevor ich Anja getroffen hatte? Kaum war man vergeben, kamen sie alle aus ihren Löchern.

»Das freut mich zu hören.« Ich wich ihr aus und griff mir ein Geschirrtuch.

Sie ließ nicht locker und berührte meinen Oberarm.

Ich war nervös und mit der Situation überfordert.

»Gibt es noch irgendwo Bier? Hans meinte, ich solle dich fragen.« Moritz stand im Türrahmen. Mein Retter!

Ich ging auf Moritz zu. »Klar. Jede Menge. Geh ruhig. Ich bring ein paar Flaschen nach draußen.«

Der kam wie auf Knopfdruck; ich war heilfroh über diese Störung. Denn eines war sicher: Entweder hätte ich Tina vor den Kopf stoßen müssen, oder ich wäre schwach geworden.

»Du entschuldigst mich kurz? Ich muss.« Ich warf das Geschirrtuch auf die Anrichte.

Tina lächelte mich an. Scheinbar gefiel es ihr, wie ich mich aufführte. Wie es aussah, hatte ich in ihr durch meine unsichere Art den Jagdtrieb geweckt. Das war es also, was ich vor Anja die ganze Zeit falsch gemacht hatte. Ich hätte nur das scheue Reh spielen sollen. Tolle Erkenntnis, jetzt, wo ich in festen Händen war.

Augen auf bei der Berufswahl

Reger ging nach dem Essen unter dem Vorwand auf sein Zimmer, er müsse noch ein paar Angebote ausarbeiten. Es hätte mich interessiert, ob er wirklich so geschäftstüchtig war, wie er tat. Meiner Ansicht nach war er ein Blender. Was seine Chefqualitäten anging, war er für mich sowieso die absolute Unternull. Wer solch einen Chef hatte, brauchte keine Feinde.

Die prickelnde Stimmung zwischen Tina und mir hatte sich am Lagerfeuer glücklicherweise entspannt.

Hans ließ es sich nicht nehmen, mit seiner Gitarre ein paar Lieder zum Besten zu geben, und wurde dabei von Lars gesanglich erstklassig unterstützt.

Auch Moritz taute nach drei Bier auf und konnte sich zumindest zum Mitklatschen hinreißen lassen.

Paul war weiterhin nur cool und nuckelte am Bier und flüsterte hin und wieder mit Charlotte, die alle halbe Stunde ihren Lippenstift in einem kleinen Handspiegel aus ihrer Handtasche überprüfte. Handspiegel mit Licht. Absolut cool.

Bianca sang ein paar Lieder mit und ging irgendwann zu

Bett, weil ihr Akku leer war. Scheinbar funktionierte auch sie dann nicht mehr.

Nach und nach löste sich die Gruppe kurz vor Mitternacht auf.

Natürlich half ich dem Hausherrn, die Bänke und Tische in seine Scheune zu tragen und das Leergut einzusammeln. Wir beide gönnten uns noch eine gepflegte Gute-Nacht-Halbe, dann verschwand auch ich auf mein Zimmer.

Ich wollte gerade meine Zähne putzen, als ich vor meiner Zimmertüre den Boden knarzen hörte. Scheinbar hatten wir einen Nachtwandler im Haus. Ich löschte das Licht und öffnete die Tür zum Flur einen Spalt. Zuerst sah ich überhaupt nichts und blinzelte ins Schwarze. Als sich jedoch meine Augen an die Dunkelheit gewöhnt hatten, identifizierte ich eine Lederjacke. Es war Paul. Ich gab mich nicht zu erkennen und war gespannt, was er vorhatte. Am Ende des Flurs blieb er vor einer Zimmertür stehen und klopfte sachte. Als sich die Türe öffnete, verringerte ich ein wenig meinen Spalt, um nicht doch noch entdeckt zu werden.

Es war Charlotte, die in einem weißen Negligé im Türrahmen stand und nicht den Eindruck erweckte, als sei sie überrascht. »Hallo, mein Hübscher«, hauchte sie leise ihrem nächtlichen Gast entgegen und warf sich ihm an den Hals.

Die beiden küssten sich derart heftig, dass ich befürchtete, sie legten an Ort und Stelle los. Endlich löste sie sich von ihm, packte den Kragen seiner Lederjacke und zog ihn in ihr Zimmer. Sie schloss die Tür.

Dunkelheit durchflutete den Flur. Ich ging zurück ins Bad und drückte ein wenig Zahncreme auf meine Bürste.

»Sieh einer an!«, sagte ich zu mir, »die Charlotte und der Paul.« Verstießen gegen die größte aller Regeln, die es in einem Betrieb gab: *Tauche niemals deinen Füller in Firmentinte!* Das war noch nie gut gegangen und führte in den meisten Fällen dazu, dass entweder einer der beiden kündigte oder gekündigt wurde. Andererseits könnte es sein, dass es die große Liebe war. Wäre es in dem Fall nicht schade, ebendiese nicht zuzulassen, nur wegen des Jobs? Allerdings konnte man bei Charlotte denken, dass sie auch schon was mit dem Reger gehabt hatte. Nun arbeitete sie sich nach unten. Ob ein Typ wie Paul überhaupt zu echter Liebe fähig war? Er wirkte auf mich wie ein Raubein. Viel wichtiger war jedoch die Frage, ob er immer noch in diesem Moment seine Lederjacke anhatte. Vielleicht hatte sie sich im Laufe der Jahre fest mit seinem Körper verbunden? Oder er hatte eine besondere Beziehung zur Kuh, aus der die Jacke gemacht worden war.

Nach dem Zähneputzen warf ich einen flüchtigen Blick auf mein Handydisplay, bevor ich es zum Laden mit der Steckdose verband. Kein Anruf in Abwesenheit. Es war eine komische Stimmung zwischen Anja und mir. Wir waren doch schon einmal für eine Woche getrennt gewesen, als ich mit Hans die Kreuzfahrt gemacht hatte. Da eiferte sie zwar auch ein wenig, aber es hielt sich in Grenzen. Wobei ich zu diesem Zeitpunkt nicht ausmachen konnte, ob es wirklich Eifersucht war oder etwas anderes.

Ich ließ die Vorhänge meines Zimmerfensters zurückgezogen, legte mich ins Bett und löschte das Licht. Der Mond blinzelte durchs Fenster und warf einen leichten Schein auf das Bild von Anja und Oskar Herbert, das ich auf dem kleinen Nachttisch drapiert hatte. Schon komisch! Da lebte ich über Jahre hinweg in den Tag hinein, und schwupp war ich Vater. Das bedeutete Verantwortung. War es das vielleicht, was Anja plötzlich beschäftigte? Hatte sie am Ende Angst, sie könne sich nicht auf mich verlassen? Als Oskar noch nicht auf der Welt war, war quasi jeder von uns beiden für sich alleine verantwortlich. Es ging mir ziemlich auf den Sack, dass sie plötzlich so tat, als würde ich ohne fremde Hilfe überhaupt nichts auf die

Reihe kriegen. Als wäre ich ein Loser. Beim Finanzamt hatten sich bisher alle auf mich verlassen können. Gut, ich hatte die Chance ausgeschlagen, mich zum Finanzfachwirt weiterbilden zu lassen. War es das vielleicht, was Anja in mir sah? Einen Mann, der sich nicht weiterentwickelte? Gab ich ihr am Ende das Gefühl, sie hätte sich einen Lebemann geangelt, der nicht weiter plante als bis zum nächsten Vormittag? Warum aber sollte ich mich in einem Beruf weiterbilden, den ich eigentlich nicht …, Moment! War ich die ganze Zeit etwa auch einer der Lemminge, von denen Hans sprach? War ich so in meinen täglichen Trott eingebunden, dass ich mir nie Gedanken darüber machte, ob ich das, was ich tagtäglich tat, überhaupt mochte? Schon war ich wieder bei meinem Problem. Wie bekam man seine eigenen Bedürfnisse mit der Verantwortung, die stetig wuchs, unter einen Hut? Bereits in den letzten Wochen, seit ich mit Oskar Herbert zu Hause war, war mir oft der Gedanke gekommen, einfach meine Arbeit beim Finanzamt hinzuwerfen. Vielleicht würde mich Anja letztendlich unterstützen? Doch ich konnte nicht zu ihr gehen und einfach anmelden, dass ich kündigen wolle. In diesem Fall hätte sie die plausibelste aller Fragen gestellt: *Was willst du dann machen?* Schon stand ich wieder am Anfang. Bisher wusste ich nur, was ich nicht mehr machen wollte. Das war doch schon etwas. Nur war dies zu wenig für einen verantwortungsbewussten Familienvater.

Was sollte ich tun? Am besten war es, das Ganze erst einmal für mich zu behalten. Hans, die alte Plaudertasche, würde die erstbeste Gelegenheit nutzen und es brühwarm Anja erzählen. Ich benötigte einen Plan. Irgendwie musste ich Anja beweisen, dass sie auf mich bauen konnte. Als Mann und als Vater. Dumm nur, dass ich nichts anderes gelernt hatte, als Zahlen in den Rechner einzugeben. Gut, es war mehr als das. Aber für mich einfach nicht mehr das Richtige. Doch es musste auch für mich etwas geben. Ich brauchte mich ja nur in meinem näheren Umfeld umzusehen. Hans, keine Ahnung vom Hotelfach, beherbergte in diesem Moment einschließlich meiner neun Gäste unter seinem Dach. Und Anja …, ich wüsste nicht, dass sie jemals zuvor auch nur einen Tag in der Gastronomie gearbeitet hatte. Und siehe da, sie betrieb erfolgreich ein Café und ein kleines Catering-Unternehmen. Natürlich konnte sie das nur, weil ich ihr den Rücken freihielt. Klar!

Kann man wirklich von einem Menschen erwarten, bis zur Urne etwas widerwillig zu tun, nur weil man sich irgendwann in jungen Jahren dafür entschieden hatte? Eigentlich beschloss Onkel Bernhard damals, dass ich beim Finanzamt arbeiten solle. Der Bruder meines Vaters. Er hatte Beziehungen, und ich begann schneller meine Ausbildung, als ich »freie Berufswahl« sagen konnte.

Mein Entschluss stand fest. Ich würde bei nächster Gelegenheit Anja erzählen, was ich vorhatte. Nein. Am besten würde es sein, noch ein bisschen damit zu warten. Vielleicht sollte ich doch zuvor mit Hans sprechen, was er davon halten würde. Nein. Dumme Idee. Der würde uns in Gedanken täglich am Grill sitzen sehen und sagen: »Bleib einfach da, Platz ist in der kleinsten Hütte!«

Wäre ich Single, dann käme diese Option infrage. So aber musste eine Idee auf den Tisch, die auch meine Familie miteinbezog. Okay, ich änderte umgehend meinen zuvor gefassten Entschluss, es Anja bei nächster Gelegenheit zu erzählen. Ich brauchte zuerst ein Geschäftsmodell mit Businessplan, das ich ihr überzeugend unterbreiten konnte. Ein bisschen Geld hatte ich glücklicherweise beiseitegelegt. Einfach zu sagen »Anja, ich will nicht mehr beim Finanzamt arbeiten«, war kein guter Plan.

Roibuschtee und kalter Kaffee

Noch etwas müde an diesem Morgen bereitete ich mit Hans zusammen das Frühstück vor, während die ersten Werbefuzzis das Zimmer neben der Küche betraten und sich an den gedeckten Tisch setzten. Er nannte das Zimmer den Speisesaal, was absolut übertrieben war. Hierbei handelte es sich scheinbar um das frühere Wohnzimmer des Hauses. Der alte Dielenboden musste dringend abgeschliffen und versiegelt und die Wände gestrichen werden. Hans versicherte mir, dass er das alles noch machen wollte.

»Wolltest du nicht, dass alle mithelfen, wenn es ums Essen geht?«

»Ja, schon. Aber beim Frühstück ist es mir lieber, wenn wir das alleine herrichten. Ich will nicht, dass alle in der Küche herumstehen. Die bringen mir da bloß Unordnung rein.«

Ich musste lachen. »Hans, ich glaube eher, es ist umgekehrt. Du hast Angst, dass die hier aufräumen und du dich am Ende nicht mehr auskennst.«

»Wie auch immer! Die sollen mit ihren Hintern aus meiner Küche bleiben. Da dürfen nur wir beide und die Heidi rein.«

»Ah, die Brandhuber. An die hatte ich überhaupt nicht mehr gedacht. Wann schaut sie denn mal vorbei und besucht dich?«

»Die kommt heute Vormittag. Ich habe gestern einen Schweinsbraten bei ihr bestellt. Außerdem besucht sie uns nicht, das ist alles rein geschäftlich. Ich brauche eh ein bisserl Grünzeug. Zu viele Vegetarier hier.«

»Genau einer.«

»Eben. Sag ich doch. Viel zu viel.«

Als ich mich mit zwei Kaffeekannen bewaffnet auf den Weg in den Speisesaal machen wollte, stand plötzlich Mario Clausen hinter mir. In Laufklamotten, die ich bis dato noch nie gesehen hatte. Er sah aus, als würde er in einem Science-Fiction-Film mitspielen. Hightech-Material, wohin ich sah. Ein silberfarbenes, enganliegendes Laufshirt, eine knielange Laufhose und die wohl neuesten und teuersten Laufschuhe, die man für Geld kaufen konnte. Am rechten Handgelenk ein Schweißband aus Frottee und am linken die größte Pulsuhr, die ich jemals gesehen hatte. Als ich an ihm herabblickte, entdeckte ich einen Gürtel um seine Hüften, der um seinen Körper herum mit lauter kleinen Trinkfläschchen bestückt war. Er sah so affig aus, dass ich mich schwer zusammenreißen musste, um nicht an Ort und Stelle laut loszubrüllen.

Hans erging es nicht anders. Ich durfte nicht zu meinem Freund sehen, sonst wäre es um mich geschehen gewesen.

Clausen glänzte von Schweiß getränkt an den Stellen seines Körpers, die nicht von klimaregulierenden Materialien bedeckt waren. Der Coach zog sich die Stöpsel aus den Ohren, die mit seinem Handy, das er am linken Oberarm in einer dafür vorgesehenen Hülle befestigt hatte, verbunden waren. Er trabte auf der Stelle und atmete mich unangenehm mit weit aufgerissenem Mund an.

»Na, auch schon auf?«, meinte er und griff sich mit zwei

Fingern an die Halsschlagader, um seinen Puls zu fühlen. Dabei sah er auf seinen überdimensionalen Wecker.

»Kann das Ding nur Erdbeben messen?«

»Wie?«

»Die Uhr da. Warum fassen Sie sich an den Hals? Das zeigt das Teil doch an, oder nicht?«

»Ich überprüfe nur, ob sie richtig geht.«

»Ah, verstehe. Werbegeschenk, oder?«

»Wie bitte?« Er lachte übertrieben. »Junger Mann, diese Uhr kostet wahrscheinlich mehr, als Sie in einem Monat verdienen.«

»Aber nur wahrscheinlich! Die Uhr da … eine Stuhlprobe kann sie nicht analysieren, oder?«

Hans ging dazwischen. »Na, Meister? Wieder fit? Sind wir heute schon ein bisschen beim Schwitzen im Wald gewesen?«

»Ja, ich habe meine Kilometer für heute schon heruntergeschrubbt. Wie sagt man so schön? Der frühe Vogel fängt den Wurm!«

»Jaaa! Es gibt aber auch späte Würmer!«

Es ratterte in Clausens Hirn, Stille, dann fing er sich wieder. »Was ich fragen wollte …, Sie verleihen doch auch Räder, oder?«

»Klar!«, meinte Hans. »Sind im Preis mit drin. Ich bin auch geprüfter Tourguide.«

»Na, für eine kleine Radtour werden wir wohl nicht unbedingt auf einen zertifizierten Profi angewiesen sein, oder? Schließlich machen wir keine Alpenüberquerung.«

»Unterschätzen Sie mir die Berge nicht. Auch in niederen Lagen ist Vorsicht geboten.« Er wirkte äußerst fachmännisch. Ich war überrascht von seiner Professionalität, wenn es um seine Passion ging. Das war es, was ich meinte. Ich wollte auch für etwas brennen.

»Wie auch immer«, fuhr der Coach weiter fort. »Ich habe

vor, dass wir heute zwecks Teambildung nachmittags zusammen in die Pedale treten. Spricht etwas dagegen?«

Hans schüttelte den Kopf. »Nö.«

»Gut. Dann verkünde ich die frohe Botschaft. Wo sind denn alle?«

Ich ging mit meinen Kaffeekannen weiträumig an ihm vorbei, damit ich ihn ja nicht berührte. Immerhin war ich frisch geduscht. »Die sind nebenan. Folgen Sie mir!«

Auf den Zehenspitzen trabte er hinter mir her und boxte mit den Fäusten vor sich ins Leere, wie Rocky, wenn er sich auf einen Kampf vorbereitete. So ein Affe, ehrlich!

»Ah! Da sind ja meine Schäfchen!«

Ein Raunen ging durchs Zimmer. Aber nicht vor Begeisterung. Alle waren sie da. Auch Reger, was mich stark verwunderte. Scheinbar trieb ihn der morgendliche Hunger aus seinem Zimmer.

»Ich hoffe, Sie sind leer. Oder kommt da noch was aus Ihnen raus? Immerhin stehen hier Lebensmittel!«, witzelte Reger und hatte ausnahmsweise die Lacher auf seiner Seite.

Auch ich konnte diesem kleinen Seitenhieb etwas abgewinnen.

»Sehr witzig! Ich hatte gestern sicher etwas Schlechtes gegessen. Ich war dafür schon meine Runde laufen. Und Sie?«

»Ich habe heute schon einen Kunden an Land gezogen«, konterte Reger.

Ich für meinen Teil hatte genug von dieser peinlichen Vorstellung zweier erwachsener Männer und stellte die Kaffeekannen auf den Tisch.

»So! Guten Morgen. Hier ist frischer Kaffee. Jetzt müsste alles da sein. Ich hoffe, die Nacht war gut und ihr habt euch bereits eingelebt. Wenn ihr noch was braucht, sagt einfach Bescheid.«

»Habt ihr einen Roibuschtee?«, wollte Lars wissen.

»Du, da frage ich den Hans«, vertröstete ich ihn und wollte

mich gerade auf den Weg zurück in die Küche machen, als ich ein lautes »NEIN!« aus der Küche vernahm.

»Äh, der Hans meint gerade, dass wir leider keinen Tee haben. Magst nicht ein Tasserl frischen Kaffee probieren? Die Schönen aus Hollywood trinken doch alle Kaffee, weil das so ein glattes Hautbild gibt.«

»Ja, aber nur kalter Kaffee.«

»Dann wartest halt ein bisserl, gell?« Ich hörte mich schon an wie Hans. Scheinbar färbte zu viel Nähe zu ihm ab.

Ich grüßte mit einem Lächeln Tina, die ein bisschen verloren mit einem Sweatshirt bekleidet auf der Eckbank saß und an ihrer Semmel zupfte. Süß sah sie aus. *Herbert! Hör auf!*

Paul und Charlotte saßen so weit auseinander, wie es nur ging. Was für ein Quatsch! Das war das Auffälligste, was sie tun konnten. Bei uns beim Finanzamt gab es immer wieder mal ein Tête-à-Tête unter Kollegen. Die hatten sich auf dem Gang nicht mal gegrüßt. Insofern wussten wir alle Bescheid. »Ah, die treiben es miteinander!«

»Liebes Team, ich habe eine Mitteilung zu machen«, rief der Coach in die Runde und fasste sich wieder an seine Halsschlagader, während er auf der Stelle trat. Nebenbei tropfte er den Fußboden voll. Da dieser aber seit Jahren unbehandelt war, sog er den Schweiß unseres Profisportlers in Sekundenschnelle auf. Konnte denn ein einziger Mensch so schwitzen? »Heute Nachmittag starten wir zu einer kleinen Bikerunde!«

»Zu einer was?«, fragte Moritz erschrocken, während er auf einem Stück Semmel kaute.

»Wir machen eine Radtour!«, wiederholte der Coach erfreut, in Erwartung, dass es Begeisterungsstürme hagelte.

Da hatte er aber aufs falsche Pferd gesetzt, da die Truppe alles andere als begeistert war.

»Kommt schon, Leute. Euch müdem Haufen tut es mal ganz gut, die Muskeln zu stärken. Immerhin werde ich euch in diesem Geschäftsjahr einiges mehr abverlangen. Da müsst ihr fit sein!«, prahlte Reger und schlürfte Kaffee.

»Gut, dann wäre das geklärt.« Clausen fühlte sich erstmals von Reger bestätigt und schnappte sich aus dem Obstkorb, der inmitten des Tisches stand, einen Apfel. »Ich gehe duschen. Der Apfel hier muss reichen. Keine Kohlehydrate, sage ich immer! Wir sehen uns um neun Uhr dreißig im Gruppenraum. Wir haben einiges vor.«

Aus Clausens Mund klang das wie eine Drohung. Er tippelte mit seinem Apfel von dannen und hinterließ ein demotiviertes Team.

»Macht mir bloß keine Schande heute! Ich will stolz auf meine Leute sein.« Reger gab sich erneut unsympathisch, und ich verabschiedete mich von dem Gedanken, dass er gestern einfach nur einen schlechten Tag hatte. Reger war ein Arsch allererster Güte. »Da wollen wir dem Clausen mal zeigen, was echte Biker sind, oder?« Er haute Paul auf die Schulter, dass der sich fast am Kaffee verschluckte. Dann prahlte er und erzählte, wie er letztes Jahr mit seinem Bike die Alpen überquert hätte. Überhaupt mache ihm keiner so schnell was vor. Da wünschte man sich doch gleich einen Yeti, der ihm bei seiner Alpenüberquerung seine Pranke in die Fresse haute, ihn in eine Höhle zerrte und dort verrotten ließ. War das zu hart? Gut. Dann sollte er einen Platten haben oder zumindest sollte ihm die Kette reißen.

Hans schmierte sich eine Butterbrezen, als ich wieder in die Küche kam.

»Du musst ein bisschen feinfühliger mit deinen Gästen umgehen.«

»Warum?«

»Na, einfach so NEIN zu brüllen …«

»Die sollen mir bloß abhauen mit diesem Roi…, wie heißt das Zeug?«

»Roibusch. Irgendwas Gesundes!«

»Dann soll er nach draußen gehen, da wachsen ums Haus herum überall Brennnesseln. Die kann er sich aufbrühen. Das hilft sogar gegen Gicht.«

Ich ging näher an Hans heran und flüsterte. »Gestern hab ich was gesehen.«

»Was?«, flüsterte Hans zurück und biss von seiner Brezen ab.

»Paul und Charlotte. Die treiben es miteinander.«

»Echt?!«

»Psst!«

»Hast du die beobachtet, du alter Spanner?«

»Quatsch. Ich hab ihn gesehen, wie er auf ihr Zimmer ist. Vorher hat sie ihm auf dem Flur noch die Zunge in den Hals gesteckt.«

Hans grinste. »Meinst, der hat seine Jacke ausgezogen?«

»Ha, das hab ich mich auch gefragt.«

Er lehnte sich an die Anrichte. »Lass sie doch! Wenn es ihnen Spaß macht.«

»Ja, lass ich doch auch. Aber hast du gesehen? Die tragen beide einen Ring.«

Ich hatte diesen Satz noch nicht beendet, da war mir schon klar, dass dies kein Grund für ihn war, empört zu sein. Im Gegenteil.

»Du, das kann so einer Ehe auch guttun, wenn man mal einen Ausflug in andere Territorien wagt.«

»Was soll denn das heißen?«

»Vielleicht ist es denen in der eigenen Ehe zu langweilig. Was spricht dagegen, wenn die sich ein bisserl nebenberuflich austoben.«

»Nebenberuflich?«

»Ja, in deiner Sprache heißt das *fremdgehen*. Ich meine ja nur, dass das vielleicht besser ist, als sich gleich zu trennen.«

»Was soll daran denn besser sein?« Ich verstand seine Logik nicht.

»Vielleicht reicht hin und wieder so ein Kurztrip in Nachbars Garten aus. Daheim machen die am Wochenende wieder schön brav auf Familie. Dann ist doch allen geholfen.«

»Also, Hans, manchmal weiß ich nicht mehr, was ich sagen soll.«

»Meine Meinung, Herbie. Dann gibt es noch die zweite Möglichkeit, aber die wünsche ich keinem.«

»Und die wäre?« Ich war gespannt.

»Der One-Night-Stand ist so scheiße, dass man sich gleich wieder in die eigene Frau verliebt.« Er grinste dreckig. Doch ich gab die Hoffnung nicht auf, dass alles nur dummes Getue von ihm war.

»Lassen wir das Thema!«

»Wie schaut's denn bei dir und dieser Blonden aus? Eine süße Maus ist das.«

»Sie heißt Tina.«

»Also, ich halte dicht.«

Ich fand es besser, das Thema zu wechseln. »Du, der Reger und der Clausen …« Ich ging abermals ein wenig näher an Hans heran. »Ich glaube, das wird noch lustig mit den beiden. Besser, du hast heute bei der Radtour ein bisserl ein Auge auf die zwei Idioten.«

»Vier Augen sehen besser als zwei. Du kommst mit!«

»Ach Hans! Du weißt doch, wie sehr ich Radeln hasse.«

»Weil du noch nie mit einem richtigen Bike gefahren bist. Was meinst du, Tina? Wir nehmen den Herbert doch mit heute Nachmittag, oder?«

Erst dachte ich, Hans würde scherzen und mich auf den Arm nehmen. Als ich mich jedoch umdrehte, stand Tina wirklich hinter mir.

»Habt ihr Honig?«, fragte sie und trug ihre Kaffeetasse pustend vor sich her.

»Mensch, den hab ich fast vergessen. Hier, ist aus der

Region von glücklichen Bienen.« Mein Kumpel streckte ihr ein Honigglas samt Löffel entgegen.

»Danke, Hans. Na klar kommst du mit. Du kannst doch gut mit unserem Chef. Bei dir ist der viel ruhiger. Dann lässt er uns vielleicht ein bisschen in Ruhe. Außerdem musst du doch auf mich aufpassen. Nicht, dass ich mich am Ende verfahre?«

Sie zwinkerte mir zu und schlenderte wieder aus der Küche.

»Ja, leck mich am Arsch, Herbert. Du bist echt ein Hund. Verrätst du deinen Trick? Hätte nicht gedacht, dass ich von dir noch was lernen kann.«

»Jetzt hör bloß auf, und lass mich in Ruhe! Da ist nichts, und ich will das auch nicht. Ich habe Familie.«

»Wie schon gesagt, Herbie. Ich bin wie Las Vegas. Was bei mir passiert, bleibt auch bei mir.«

»Komm, schleich dich, und schau lieber, ob deine Gäste noch Kaffee wollen.«

»Ja, mein Meister. Aber du kommst heute mit. Ich leih dir auch eine sexy Hose. Die ist gepolstert, damit du dich nicht wundsitzt mit deinem jungfräulichen Hintern.«

Hans ging aus der Küche. Mir war klar, dass ich mir eine Strategie ausdenken musste, wie ich weiter mit Tina umgehen sollte. Ich wollte sie nicht vor den Kopf stoßen. Trotzdem durfte ich ihr keine Hoffnungen machen. Aber süß war sie schon, wie sie in ihren Kaffee pustete. Das hatte so was Unschuldiges.

Knödel sticht Salat

»Was die da drinnen wohl wieder auskaspern? Was meinst, Hans, wollen wir wieder ein bisserl lauschen?« Wir waren in der Scheune, um die Räder zu überprüfen.

»Du bist ja ein richtiger kleiner Spanner!«

»Ich dachte nur, dass es vielleicht interessant für dich wäre zu wissen, wie denn so die allgemeine Stimmung bei deinen Gästen ist.«

»Beschissen. Brauchst dir den frustrierten Haufen bloß anzuschauen.«

»Na, siehst du. Dann lass uns doch einfach ein bisschen hören, was die da drinnen so machen.«

»Nein, lass gut sein. Die reden eh nur Schmarrn. Außerdem muss ich die Räder prüfen. Was magst denn für eins haben?«

»Ach Hans! Muss das wirklich sein?«

»Klar! Hast doch deine Süße gehört. Die braucht dich, wenn sie vom Weg abkommt. Dann kannst du sie wieder in die Spur bringen.«

»Was auch immer du mir damit sagen möchtest, ich will es überhaupt nicht wissen. Außerdem möchte ich lieber hierbleiben. Ich fege auch den Hof!«

»Nix da«, mahnte er mit erhobenem Zeigefinger. »Außerdem

liegt hier überall Kies, du Pfeife. Was willst denn da fegen?«

»Okay, dann nehme ich das Rote da.«

»Eine gute Wahl. Soll ich die Bremsen noch mal checken oder vertraust du mir?«

Ich nahm ihm das Mountainbike ab und setzte mich drauf. »Den Sattel müssen wir ein bisserl nach unten korrigieren. Ich komm ja nur auf Zehenspitzen zum Boden.«

»Das ist ja auch kein Laufrad. Du sollst treten, du fauler Hund. Das mit der Mittelstange ist okay? Sonst besorge ich noch schnell ein Damenrad.«

»Depp!« Ich stieg wieder ab und löste mit einem Zehner-Schlüssel die Mutter der Sattelstange. Hans holte die restlichen Bikes auf den Hof und richtete die Helme her. Ich merkte sofort, dass dies seine Welt war. Da saß jeder Handgriff, da war er daheim.

»Die Höhe passt mir so. Kannst du das festziehen? Ich probiere es noch mal bei Anja.«

»Meinetwegen. Grüß sie von mir! Komm aber wieder.«

Ich ging ins Haus und hörte durch die angelehnte Tür aus dem Gruppenraum, wie die Stimmung bereits wieder brodelte.

»Ich wollte doch bloß sehen, wie Sie alle zusammen an ein Thema herangehen. Wie soll ich Sie denn beurteilen, geschweige denn, Ihnen helfen, wenn ich keinerlei Einblick in Ihre Vorgehensweise habe.« Clausens Stimme wirkte erregt.

Ich schlich näher an die Türe heran.

»Ich lasse mich und meine Leute doch nicht von Ihnen vorführen. Ich spiele doch hier nicht unseren Alltag vor und lasse mich danach von Ihnen benoten. Ich glaube sowieso, es ist besser, wenn ich hier nicht dabei bin.«

Oh, das hörte sich an, als käme mir gleich jemand entgegen. Ich huschte schnell in die Küche und tat, als sei ich beschäftigt.

Mit einer Suppenkelle und einem Topf bewaffnet, stellte ich mich an den Herd und lugte zur Tür.

Draußen ging Reger mit seinem Handy am Ohr vorbei und würdigte mich keines Blickes.

Dafür aber kam Tina herein und sah mich verwundert an.

»Gibt es Suppe?«

»Was? Äh, nein. Ich hab bloß …, ich meine …, kann ich was für dich tun?«

»Ja. Wir machen eine kurze Pause und brauchen ein paar Getränke.«

»Bedient euch. Hier hinten in der Speisekammer steht der Kühlschrank. Warte, ich helfe dir.« Ich ging voraus und nahm ein paar Flaschen Wasser heraus. »Und? Habt ihr Spaß? Kommt ihr voran?«, tat ich interessiert.

»Es ist schrecklich. Hauptsächlich geht es wieder nur um das Gehabe von unserem Chef und diesem Coach. Die sollten mal lieber jeder für sich zum Coaching und uns in Ruhe lassen. Der halbe Vormittag ist vorbei, und nix ist passiert.«

»Ich glaube sowieso, dass sich dieser Coach überhaupt nicht durchsetzen kann«, versicherte ich und stellte die Wasserflaschen in einen leeren Träger.

»Das ist aber auch schwierig bei unserem Chef. Das schafft ja nicht mal die Charlotte. Und die scheißt sich normalerweise überhaupt nichts. Die ist nämlich nicht sonderlich auf den Job angewiesen. Hat einen reichen Typen geheiratet. Geht bloß aus Langeweile zur Arbeit.«

»Ach was!« Das war ja interessant. Wahrscheinlich einen alten Knacker mit Kohle daheim, und zum Spielen ging sie raus. Besser gesagt zu Mister Lederjacke.

»Und dieser Paul? Was ist das denn für ein Typ? Ist der auch verheiratet?«

»Warum fragst du?«

»Nur so.«

Tina kam näher an mich heran. »Ich verrate dir ein Geheimnis. Darfst aber nicht weitersagen.«

»Ehrensache.«

Tina blickte sich nochmals prüfend um und berührte mit ihren Lippen fast mein Ohr. »Die beiden treiben es miteinander.«

»Ach, hör auf!«, tat ich entrüstet. Ich wollte ihr nicht sagen, dass ich die beiden gestern gesehen hatte. Nicht, dass sie dachte, ich würde nachts den Gästen nachstellen. »Woher weißt du denn das?«

»Ich habe die zwei schon mal im Kopierraum bei uns in der Agentur gesehen. Auf dem Tisch haben die es da getrieben!«

»Nein!« Ich wollte, dass das immer so weiterging. Denn jedes Wort, das aus ihrem Mund kam, hauchte sie mir in mein Ohrläppchen. Das kribbelte erstklassig. Außerdem roch sie gut. Ich fühlte mich wie auf Klassenfahrt. »Haben sie dich gesehen?«

»Ich glaube nicht. Zumindest haben die mich nicht angesprochen.«

»Aber … findest du das gut, ich meine, gegenüber ihren Partnern …, wenn die beiden fremdgehen?«

Tina sah mich an und antwortete frech: »Fremdgehen ist es ja nur dann, wenn es der andere mitkriegt.«

Nun war ich baff. Ich hätte mit allem aus Tinas Mund gerechnet, aber nicht mit dieser abgebrühten Aussage. Damit ich mich nicht dazu äußern musste, wechselte ich das Thema.

»Was sollt ihr denn da drinnen nun eigentlich machen?«

»Ach, der Clausen wollte, dass wir in zwei Gruppen eine Werbekampagne für deinen Freund und seinen Hof ausarbeiten. Nur so zum Spaß. Er wollte dadurch einen Einblick bekommen, wie wir an die Sache rangehen. An sich keine schlechte Sache, wie ich finde. Der Reger will sich aber nicht in die Karten gucken lassen. Ich glaube, der kommt auch vor dem Essen nicht mehr runter. Er meinte, wir sollen das alleine machen, er wäre schließlich der Chef und bla, bla, bla.«

Das fand ich gar keine so schlechte Idee. Eine Werbekampagne für Hans.

»Hört sich interessant an. Weiß nicht, was dein Chef daran auszusetzen hat.«

»Wir anderen haben uns gestern mal so zwischendrin auf den Zimmern ein wenig ausgetauscht. Wir glauben, dass der Reger diesen Coach nur engagiert hat, damit der ihm sagt, wer von uns nicht ins Team passt. Dann kann er unter dem Deckmantel des Coaches dieser Person kündigen.«

»Meinst du wirklich? Ich dachte, ihr seid erfolgreich?«

»Nach außen. Aber Aufträge kommen nur noch spärlich rein. Ich bin mir sicher, dass das hauptsächlich an der überheblichen Art vom Reger liegt. So wie der mit den Kunden redet, wäre es kein Wunder, wenn die sich eine andere Agentur suchen.«

»Und nun? Ich meine, was macht ihr mit dem Coach?«

»Überhaupt nichts. Der lässt sich, hoffe ich, nicht vor den Karren spannen. Außerdem sind die beiden mit ihrem Reviergehabe so mit sich selbst beschäftigt, da sind wir völlig uninteressant.«

Ich fand witzig, dass sich diese zwei Affen hier auf dem Hof ums Revier stritten. Denn wenn einem dieses Revier gehörte, dann dem Hans.

»Du, Tina, ich muss wieder raus. Wir müssen ja noch die Räder für heute Nachmittag vorbereiten.«

»Ja, ich gehe auch rein. Die machen bestimmt schon weiter.« Sie kam nochmals ein Stück näher, griff an meinen Oberarm und grinste mich an. »Ich freue mich schon auf nachher.«

»Ja, ich auch«, hörte ich mich sagen und sah ihr nach, wie sie mit dem Wasserträger aus der Küche verschwand.

Verdammt. »Ich auch«, hatte ich gesagt. So würde ich ihr

doch nur Hoffnungen machen. Süß sah sie aus, wie sie sich mit dem Wasserkasten abmühte. Vielleicht sollte ich ihre Nähe meiden. Nicht, dass ich falsche Signale sendete. Ich hatte keinen Schimmer, was Tina in mir sah. Doch war das wichtig? Mir tat es gut.

***

»Du, Hans, stell dir vor …, ach, Heidi. Schön, dich zu sehen.«

»Hallo, Herbert. Na, habt ihr alles im Griff?« Heidi Brandhuber war zwischenzeitlich mit dem Schweinsbraten gekommen und lud die Ware, die Hans bei ihr geordert hatte, mit ihm aus.

»Klar, haben wir!«, antwortete Hans für mich. »Schau, Herbert, wer uns besuchen kommt? Die Heidi! Du kennst sie doch.«

»Ja, ich habe sie gerade begrüßt. Aber danke, dass du mir noch mal ihren Namen sagst.« Mein Kumpel wirkte nervös. »Soll ich euch beim Ausladen helfen?«

»Nicht fragen, anpacken!«, befahl er und drückte mir eine Kunststoffbox mit Kopfsalat und Gurken in die Hände.

Typisch! Sobald eine hübsche Frau anwesend war, musste er den Macker mimen und die Leute, also mich, herumscheuchen.

»Ich schiebe den Braten gleich noch mal ins Rohr, damit er warm bleibt«, meinte Heidi und ging mit der Bratreine in die Küche.

»Und?«, fragte ich. »Freust du dich?«

»Klar! Ich liebe deftiges Essen.«

»Du weißt genau, was ich meine.«

»Die Heidi ist nett. Sonst nichts.« Hans wiegelte das Gespräch ab und folgte ihr in die Küche. Ich kannte ihn nur zu gut. Scheinbar war es für einen Mann seines Schlages ein Zeichen von Schwäche, die Zuneigung zu einer Frau zuzugeben. Ich folgte den beiden. Dabei wäre diese Heidi sicher kein schlechter Fang für meinen großen, blonden Freund. Klar war mir Heidi zu diesem Zeitpunkt mehr als fremd, und ich wusste so gut wie nichts über sie. Doch das genügte mir, um zu erkennen, dass sie tausendmal besser war als die Betthäschen, die er sonst abschleppte. Außer Lissi, seine große Jugendliebe. Die hatte sicherlich ihre Momente im Leben. Doch wie sagte Anja immer so schön: »Alles hat seine Zeit!« Ein Satz, der wie für Lissi geschaffen war.

***

Ich stellte meine Box auf die Anrichte in der Küche und beobachtete, wie Hans voller Elan die Lebensmittel verstaute. Ganz wichtig hatte er es.
Heidi stellte den Ofen auf einhundertsechzig Grad und schob die Reine hinein. War das nicht ein bisschen zu heiß? Na, Heidi wusste das bestimmt besser als ich.

»Und? Wie sind eure Gäste?«, wollte Heidi wissen.

»Sagen wir es mal so«, setzte Hans an. »Auf einer Skala von eins bis zehn würde ich sagen … null Komma fünf. Ach ja, ich habe ganz vergessen zu erwähnen, dass eins scheiße ist. Sorry, mein Fehler!«

Sie lachte. Scheinbar konnte sie gut mit seinem Humor.

»Na kommt, so schlimm werden die nicht sein, oder?«

»Na ja, bis auf zwei geht der Rest der Meute eigentlich«, korrigierte ich die Aussage.

»Und eine ganz bestimmte Person ist sehr nett, gell?« Er konnte es nicht lassen.

Ich ging nicht weiter darauf ein, und Heidi fragte nicht nach. Sie sah sich in der Küche etwas um.

»Originell hast du es hier. Hast du das alles auf alt gemacht oder ist das Haus noch im Originalzustand?«

Ich konnte nicht anders, als für Hans zu antworten. »Heidi, das ist sein neuestes Konzept. Das schimpft sich *Back to the Roots* und ist der letzte Schrei.«

»Hör nicht auf den! Der erzählt nur Schmarrn.«

»Du hast das deinen Gästen doch gesagt!« Ich ließ nicht locker und hatte meinen Spaß. Das war die Retourkutsche für sein Machogehabe, sobald eine Frau auftauchte.

»Aber doch nur zu der Bande da draußen. Weißt du, Heidi, die haben das *Hilton* erwartet. Da haben wir die ein wenig hochgenommen. Außerdem soll sich der Coach mal schön zurückhalten. Wegen dem habe ich doch überhaupt meine Pforten viel früher geöffnet. Normalerweise wäre ich noch voll am Renovieren. Nur weil sonst nichts frei war, sind die bei mir gelandet. Die sollen mal alle auf ganz kleiner Flamme kochen.«

Ich zwinkerte Heidi zu. Sie schmunzelte und zupfte ein bisschen Putz, der sich ablöste, von der Wand. »Ein bisschen ein neuer Anstrich würde dem Haus hier aber schon guttun.«

»Ich weiß, Heidi. Kommt alles noch. Wenn die wieder weg sind, dann lege ich richtig los.«

»Kannst du das denn alleine?«, wollte sie wissen.

Ich antwortete: »Heidi, der Hans kann alles. Eigentlich ist er kein Mensch. Er wurde von der NASA entwickelt und ist ein Prototyp. Wenn er das Haus hier ordentlich gemacht hat, wollen die ihn in Serie produzieren.«

»Ui!« Sie klatschte in die Hände. »Dann nehme ich zwei. Und ich dachte immer, man muss sich die Männer backen!«

»Habt ihr es dann, ihr Witzbolde?« Er wirkte leicht genervt.

Heidi wollte nun wissen, was wir zum Schweinsbraten servieren wollten.

»Salat, dachte ich.« Hans schaute drein, als ob er sich just in dieser Sekunde erstmals Gedanken darüber machte.

»Das geht doch nicht. Du musst den Gästen schon etwas bieten. Sonst kannst du nach deren Abreise das mit dem neuen

Anstrich gleich sein lassen. So was ist schneller rum, als du *Neueröffnung* sagen kannst.«

Hans kratzte sich am Hinterkopf. »Die paar Hansel da drüben können mir doch nicht das Geschäft vermiesen.«

»Da kennst du aber das Internet schlecht, mein Lieber. Du bist schneller auf so einem Urlaubsportal, als du denkst. Du weißt doch, wie die Leute sind. Da war im O-Saft Fruchtfleisch, und am letzten Abend ist eine Ameise durchs Zimmer gerannt, schon hast du eine schlechte Bewertung weg. Das ist die Macht des kleinen Mannes, mein Lieber. Das musst du ernst nehmen.«

Ich freute mich, dass mal eine Außenstehende dem Hans die Welt erklärte. Von mir nahm er solche Ratschläge nur in Ausnahmefällen an.

»Habt ihr Semmeln von gestern, Milch, Eier?«

»Ich glaub schon«, meinte Hans und begann zu suchen.

»Dann machen wir Semmelknödel dazu.«

»Aber das können doch die Gäste machen!«

»Was habe ich gerade gesagt? Du kannst mal an einem Abend mit deinen Gästen kochen, aber das war's dann. Die sind doch nicht hier, um kochen zu lernen. Du lässt sie doch auch nicht putzen, oder?« Hans blickte Heidi an und zog die Augenbrauen nach oben. »Sag bitte nicht, dass …«

»Keine Sorge. Ich nehme dich doch nur auf den Arm. Zum Putzen ist er hier zuständig.« Er zeigte auf mich.

Das wüsste ich aber. Ich ließ es unkommentiert. »Jetzt kommt, lasst uns lieber die Knödel machen. Es ist gleich Mittag. Du, Hans, weißt du, was die da drinnen machen?«

»Nein, aber du sagst es mir sicher gleich.«

»Die klügeln eine Werbekampagne aus.«

»Klar! Ist ja deren Job.«

»Und was würdest du sagen, wenn es um deinen Hof ginge?«

Hans stellte die Butter auf dem Tisch ab. »Sag bloß! Ich will das aber nicht. Sag denen das.«

»Die machen das doch nur als Übung.«

»Ja, genau. Und kurz vor der Abreise wollen die mir ihr tolles Konzept verkaufen und nichts zahlen. Nix da!«

Heidi trieb uns an.

Mein Spezl setzte Wasser auf, ich schnitt Zwiebeln und heulte dabei.

An sie könnte ich mich gewöhnen. Sie wirkte beruhigend auf meinen Kumpel. Ob er das auch so sah?

Die Grotte des Grauens

»Seid ihr denn allesamt bereit, die Knödel wieder abzutrainieren?«

»Ich hätte mich reinsetzen können!«, schwärmte Lars.

»Das war dir nicht zu trocken, ich meine, so ganz ohne Fleisch?« Hans war immer noch verwirrt über die Nahrungsaufnahme seines vegetarischen Gastes.

»I wo. Das war schon gut so.«

»Aber so ein bisserl Soße hättest du dir schon nehmen können.«

»Gott bewahre«, erschrak Lars. »Dann hätte ich ja gleich Fleisch essen können.«

»Sag ich doch!« Er wollte einfach nicht aufgeben. Mir schien, er würde es als seine Aufgabe sehen, Lars zu bekehren.

»Ja, die Heidi kann was«, fügte ich hinzu und begann, den Tisch abzuräumen.

»Ihnen beiden hat es ja auch so richtig geschmeckt, was?« Reger sprach etwas lauter seine Mitarbeiter Moritz und Bianca an.

»Wie meinen Sie das?« Moritz wirkte verunsichert.

»Na, wenn ich Sie wäre, hätte ich auf den zweiten Knödel verzichtet«, frotzelte Reger und zeigte lachend auf den Bauch von Moritz Lerchenfeld, der, zugegeben, ein wenig aus der Form war.

Reger sah sich in der Runde suchend um, ob sich vielleicht noch jemand bei seiner Schmähparade anschließen würde. Doch damit stand er wohl alleine, und die Kollegen zeigten sich solidarisch bis peinlich berührt.

Hans erkannte die Lage und forderte die Gruppe auf, sich in die Sportklamotten zu werfen. Man würde sich in einer halben Stunde auf dem Hof treffen.

»Das ist ja ein Fiesling, dieser …, wie heißt er noch mal?«, wollte Heidi wissen, als wir drei wieder in der Küche waren.

»Reger!«, kam es von uns im Chor.

»Ein richtiger Arsch! Bin gespannt, was der am Berg kann.« Mein Freund zeigte regelrechte Verachtung.

»Ich hole dann mal die leeren Flaschen aus dem Gruppenraum.«

»Aber Heidi, das können wir doch …« Weg war sie. Mir gefiel, wie sie einfach so anpackte.

»Die ist schon toll, deine Heidi.«

»Herbie! AUS!«

»Schon gut. Du, das war doch astreines Mobbing von dem Reger, oder?«

»Klar. Aber solche Typen triffst du in jeder Firma an. Und wenn sie eine Sache in den Sand setzen, landen die immer wieder auf den Beinen. Tja, so ist das Leben! Wer bremst, verliert. Richtige Heuschrecken sind das!« Er ließ Wasser in das Spülbecken.

»Trotzdem. Wenn ich den als Chef hätte, würde ich lieber gestern als morgen kündigen.« Ich schnappte mir ein Geschirrtuch.

»Du vielleicht. Aber solche Typen stellen sich doch genau die Richtigen ein. Entweder haben die ein Haus abzuzahlen, oder Familie, oder sie nehmen die, die es mit sich machen lassen.«

»Und wie passt dann dieser Lederjacken-Paul in deine These?«

»Das weiß ich auch noch nicht. Meinst, der radelt nachher mit seiner Jacke los?«

Wir lachten. Heidi kam aus dem Gruppenraum mit einem Pack Zettel zurück.

»Seht mal, was ich gerade gefunden habe. Die sind ja witzig drauf. Was diesen Werbefuzzis alles einfällt.« Sie breitete die Blätter auf der Anrichte aus. Wir ließen alles stehen und liegen und warfen einen neugierigen Blick darauf.

»Du, Hans, die hatten wirklich deinen Hof zum Thema. Schau dir mal das hier an.« Ich hielt ihm eines der Blätter unter die Nase. »*Sie wollen wieder das Gefühl haben, dass es zu Hause am schönsten ist? Dann verbringen Sie einfach ein paar Tage auf Hans' Hof!*«

»Ich glaube, die haben den Arsch offen!« Mein Kumpel war empört. »Schau mal, was hier steht! *Damit Sie noch lange etwas zu erzählen haben. Hans' Hof! Denn wer nichts erwartet, bekommt auch nichts!* Ich gehe jetzt gleich da raus und hau denen gewaltig …«

»Ruhig Blut! Denen ist einfach langweilig. Kein Wunder bei dem Coach. Außerdem, sei mir nicht böse, so unrecht haben die auch wieder nicht.«

Er kniff seine Augen zusammen. »Wie meinst jetzt das?«

»Na, sei doch mal ehrlich. Das sind erwachsene Leute. Du hast hier eher eine Jugendherberge am Start. Etagendusche? Hallo?«

Er winkte ab und sah zu Heidi. »Meinst du das auch?«

»Ich will ja nichts gesagt haben, aber … schön ist anders. Kopf hoch! Es kann ja alles noch werden. Ein bisschen Farbe hier, eine Dusche mehr da, dann wird das schon.«

Hans packte alle Zettel und zerknüllte sie, bevor er das gesamte Papier in den Müll warf.

»So ernst darfst du das auch wieder nicht nehmen. Du siehst doch, wie groß deren Motivation ist. Bei dem Chef würdest du dich auch nicht sonderlich ins Zeug legen. Aber eines solltest du dir wirklich überlegen.«

Hans beruhigte sich. »Und was soll das sein?«

»Du brauchst einen Namen für deinen Hof. *HANS' HOF* ist nicht direkt ein Knüller.«

»Da muss ich Herbert recht geben.« Heidi schnappte sich ein Tuch und machte sich daran, das restliche Geschirr abzutrocknen.

»Wenn die da draußen noch mal so einen Scheiß schreiben, dann nenne ich mein Schätzchen *Grotte des Grauens.* Dann ist der Name Programm.«

Na bitte! Da war er wieder. Sein Humor. »Und jetzt setz dein gewinnendes Lächeln wieder auf und lass uns umziehen! Ich glaube, die Ersten stehen schon im Hof und rauchen.«

»Solange die nicht qualmen, während wir den Berg hochfahren, ist mir das wurscht. Heidi, du musst das wirklich nicht machen. Vielen Dank für deine Hilfe. Die Knödel waren grandios. Der Schweinsbraten natürlich auch.«

Sie ließ sich nicht abhalten, die Küche noch in Ordnung zu bringen. »Haut schon ab! Ich mach das hier noch fertig und zieh danach die Tür zu. Ruf an, wenn du was brauchst.« Was für eine Frau! Also entweder war sie einfach bloß ein wahnsinnig hilfsbereiter Mensch, oder sie hatte ein Auge auf Hans geworfen. Er konnte froh sein, dass es sie gab.

***

»Herbie, das hätte ich dir überhaupt nicht zugetraut. Du siehst ja aus, als würdest du wirklich Sport machen.«

»Was hast du denn erwartet? Ich gehe bestimmt zweimal im Jahr mit Anja in den Englischen Garten zum Laufen. Oder wenigstens spazieren.«

»Ich dachte eher, du kommst mit einem Paul-Breitner-Gedächtnis-Trainingsanzug. Aber so kann man dich ja wirklich herzeigen.«

Hans war natürlich in professioneller Radlerkleidung. Kein Wunder. Er war auch mehr in den Bergen und auf dem Sattel zu Hause als sonst irgendjemand, den ich kannte. Dafür ließ seine normale Kleidung zu wünschen übrig. Eine bayrische Lederhose war eben nicht immer die erste Wahl.

»So. Seid ihr alle fit?« Brav waren alle pünktlich wie die Orgelpfeifen vor seinem Schuppen aufgereiht.

Eher verhalten kam partielle Bestätigung über die Freude an der bevorstehenden Leibesertüchtigung.

»Es wird Zeit, dass es losgeht. Damit die Knödel abtrainiert werden, bevor die auch noch ansetzen. Gell, Herr Lerchenfeld?«

Scheinbar hatte es Reger darauf abgesehen, seinen etwas beleibten Mitarbeiter so lange zu triezen, bis der sein Wunschgewicht erreicht hatte. Auch eine Art der Motivation.

Moritz' Kollegen ließen diesen Seitenhieb unkommentiert.

Als der Coach mit seinem Hightech-Rad zur Gruppe aufschloss, war Moritz schlagartig bei Reger abgemeldet.

»Oh! Welch Glanz erreicht uns denn hier? Da hat aber jemand tief in die Tasche gegriffen. Nicht nur bei der Kleidung. Ist die atmungsaktiv?« Er ging Clausen entgegen und musterte dessen Mountainbike. Sofort machte er sich darüber her und verglich alle Komponenten des Drahtesels mit denen seines Schmuckstücks. Selbstverständlich war Reger auch in voller Montur, aus Materialien, die von Baumwolle weiter entfernt waren als der Mond von der Erde. Ich war mir sicher, dass die Radlerhose von Reger ebenfalls seine Blutwerte analysieren konnte. Wie auch Clausen war er von oben bis unten ausschließlich in Markenware gekleidet.

»Oh!«, meinte Clausen und deutete auf die Schuhe seines Kontrahenten. »Ich sehe, Sie fahren mit Klickpedalen. Ist das nicht ein bisschen gefährlich bei einem Mountainbike?«

»Als Anfänger sicherlich. Ist alles eine Sache des Materials. Sieh mal einer an! Hydraulische Scheibenbremsen.« Reger drückte die Bremshebel, um die Bremskraft zu testen.

»Natürlich. Und selbst?«

»Auch, mein Lieber. Auch. Einhundertsechzig Millimeter hinten.«

Wir anderen redeten überhaupt nicht mehr. Dieser Schlagabtausch war einfach zu köstlich. Als ob zwei Buben aus der Grundschule Quartett spielten.

»Rahmen aus Carbon?«

»Klar!«, schnitt Reger weiter auf. »Unter viereinhalb Kilo. Wie sieht es denn mit der Federung aus?«

»Luftfedergabel!«

»Oh, sieh mal einer an. Blockierbar?«

»Selbstverständlich. Es soll ja bergauf vorangehen.«

»Federweg?«

»Hundert Millimeter!«

»Räder?«

»Neunundzwanzig Zoll!«

Hans wurde es zu bunt: »So, Männer, wenn ihr dann eure Radeln miteinander fertig verglichen habt, könnten wir langsam loslegen. Sonst wird's dunkel, und ich sehe hier an den Bikes keine Lampen. Sie können sich ja gegenseitig ein Memo schreiben und spät nachts die Daten weiter vergleichen. Wer benötigt einen Helm?«

Bis auf Reger und Clausen meldeten sich alle.

Reger setzte demonstrativ seinen weißen, nagelneuen Helm auf, auf dem bereits eine Actioncam befestigt war. Bis auf die beiden standen kurz darauf alle vor der Scheune, um Rad und Helm entgegenzunehmen.

Tina winkte mich zu sich.

»Na, freust du dich? Jetzt geht es endlich in die Natur und raus aus dem schrecklichen Zimmer!«

»Meine Freude hält sich in Grenzen. Zumal wir die beiden Clowns im Schlepptau haben.«

»Ich glaube nicht, dass die lange mit uns fahren«, vermutete Tina. »Die sind doch voller Kampfeslust. Ich denke, nach fünfhundert Metern sehen wir die überhaupt nicht mehr.«

Hans gesellte sich dazu und drückte uns die Helme in die Hände. »Nix da! Wir bleiben alle zusammen. Immerhin habe ich als Tourguide die Verantwortung für euch alle. Was ist? Passen die Helme?« Hans musterte uns mit seinem geschulten Blick.

»Ich sehe doch bestimmt schon wieder aus wie Graf Arsch, oder?« Ich schloss den Kinngurt und sah Hans fragend an.

»Durch den Helm sieht man das nicht mehr so!«, witzelte er und haute mir kräftig oben drauf.

Tina lachte.

»Depp! Bei allen sehen die Helme immer normal aus. Nur ich schau immer aus wie ein Schwammerl!«

»Ein was?«, fragte Tina nach.

»Na, wie ein Pilz. Schau doch, wie weit das da oben von meinem Kopf absteht.«

»Stimmt, Herbert«, lachte Hans. »Guck mal auf den Boden! Um dich herum bloß Schatten. Bleib nicht zu lange auf einer Stelle stehen! Sonst kühlt der Boden so schnell ab.« Er widmete sich den anderen, prüfte die Ausrüstung und stellte hie und da die Sattelhöhe ein.

»Lass dich nicht veräppeln, Herbert. Du siehst ganz normal mit dem Helm aus.« Tina tätschelte mich am Arm. Sie fasste mich ziemlich oft an, fiel mir auf.

»Hans war vorhin ganz schön angepisst, als er gesehen hatte, was ihr da über seinen Hof geschrieben habt«, berichtete ich Tina, ohne dass es die anderen mitbekamen.

»Das darf er nicht ernst nehmen. Wir wollten nur den Clausen ein wenig hochnehmen. So schlecht ist es hier gar nicht. Wobei ich schon besser übernachtet habe«, versicherte Tina und berührte mich wiederum am Arm.

»So, alle mal herhören. Ich fahre die ersten Meter voraus, dann wechseln wir. Wir fahren zu einer Almhütte hoch«, wies Hans an.

»Wie lange brauchen wir denn dazu?«, wollte Charlotte wissen.

»Etwa eine Stunde!«

Ein Raunen ging durch die Gruppe.

Reger grinste nur müde und schaltete sicherheitshalber schon mal seine Helmkamera ein.

»Habt ihr gedacht, ich stell hier im Hof ein paar Hütchen auf und wir fahren ein bisserl Slalom? Also! Derjenige, der vorausfährt, hat ein GPS am Lenker, in das ich die Route eingespeichert habe. Das bedeutet, dass wir voll und ganz dieser Person vertrauen. Wenn wir uns verfahren, ist das einfach so. Dann kehren wir um, bis wir wieder auf dem richtigen Weg sind. Fragen?«

Stille. Das war Hans sicherlich am liebsten. Er befestigte das GPS an seinem Lenker und schob sein Bike zu mir.

»Machst du mit Tina das Schlusslicht? Dann haben wir die Herde im Griff.«

»Vorausgesetzt, unsere zwei Zuchtbullen brechen nicht aus!«, unkte ich und zeigte auf die beiden Rennfahrer.

»Um die kümmere ich mich, wenn die nicht spuren. Außerdem gehe ich stark davon aus, dass das alles nur heiße Luft mit den beiden ist.«

»Hans, hast du die Ausrüstung von denen gesehen?«

»Klar. Aber die teuerste Carbonfelge ersetzt nicht stählerne Muskeln. Schau dir doch mal die Discowaden von den Heinis an. Die beiden fahren einzig und allein in ihren Träumen Rad. Oder auf dem Heimtrainer. Während in der Kiste eine Talkshow läuft. Einen Berg haben diese Beinchen jedenfalls noch nicht gesehen.«

Ich verglich umgehend die Waden der beiden Alphatiere mit den meinigen. Dabei schnitt ich nicht schlecht ab.

Tina hatte tolle Beine. So glatt und braun. Sie wirkten wie frisch eingecremt.

»Hast schon gesehen, Herbert?«, flüsterte mein Spezl mir zu. »Unser Paul hat tatsächlich seine Lederjacke ausgezogen.«

»Meinst, es hat wehgetan an den Stellen, an denen das Teil mit seiner Haut verwachsen war?« Wir sahen beide zu Paul, der bei Charlotte die Luft des hinteren Reifens prüfte, und mussten lachen.

Moritz schwitzte bereits vor dem Start, und Bianca rätselte, wohin sie ihr Handy sicher verstauen konnte. Lars hingegen freute sich und kam aus dem Grinsen überhaupt nicht mehr heraus, weil er das einzige Fahrrad mit einem roten Sattel hatte. Manchmal ist es so einfach, Menschen glücklich zu machen.

Säbelzahntiger und Zuchtbullen

»Wie weit denn noch?« Moritz atmete hörbar.

»Na? Tut dir der zweite Knödel schon leid?« Reger fuhr neben Moritz her und grinste ihn dumm an. Auf seiner Stirn zeichneten sich allerdings auch vereinzelt Schweißperlen ab, die sich aus seiner Haut drückten. Er hatte diesen verbissenen Gesichtsausdruck auf, wie man ihn manchmal bei männlichen Radfahrern sieht. Der kommt dann zum Vorschein, wenn der Sattel härter ist, als das Gemächt dies verträgt.

»Lass dich nicht aufziehen, Moritz. Du machst das sehr gut«, lobte ich ihn.

Tina, die neben mir radelte, fasste mir dafür wieder kurz an den Oberarm. Dabei blickte sie mich so verzückt an, als hätte ich einen Hundewelpen aus einem reißenden Fluss gerettet.

»Pff!«, machte Reger und trat wie verrückt in die Pedale, um sich an die Spitze zu setzen. Dabei wurde er allerdings umgehend von Hans ausgebremst.

»Schön in der Gruppe bleiben. Alle mal stopp! Die Bianca übernimmt jetzt die Führung.« Hans bastelte Bianca das GPS an deren Lenker.

Bianca schien das nichts auszumachen. Ganz im Gegenteil: Immerhin hatte das Ding ein Display. Das war für sie die halbe Miete.

»Wir wollen doch heute noch ankommen«, maulte Reger und versuchte erneut, an Hans vorbeizuradeln.

»Immer schön hinter der Bianca bleiben und als Team arbeiten. Sie vertrauen doch Ihrer Mitarbeiterin, oder?« Hans forderte Reger heraus.

Der aber verkniff sich eine Antwort.

»Und weiter geht's. Moritz? Wo isser?«

»Hier!«

»Moritz, du fährst hinter der Bianca. Ihr beiden gebt das Tempo an, und wir richten uns nach euch.« Er grinste hoch motiviert.

Mit stolzer Brust trat der in die Pedale und setzte sich an die Spitze. Dabei erntete er von Paul und Lars einen Schulterklopfer. »Und … weiter geht's!«

Hans wartete, bis wir auf seiner Höhe waren und radelte neben uns.

»Das machst du wirklich gut«, lobte Tina. Er bekam keine Streicheleinheiten. Sieh an!

»Du, kein Thema. Normal.«

Clausen setzte sich neben meinen Kumpel. »Würden Sie das Coachen bitte mir überlassen. Wie stehe ich denn da, wenn Sie sich so in Szene setzen?« Er hatte bereits eine rote Birne.

»Ich coache nicht, ich mach nur meinen Job als Bergführer«, bekundete er und schaltete zwei Gänge hoch.

»Das sieht aber anders aus. Sie reißen ja die ganze Gruppe an sich!« Clausen wirkte empört und schaltete einen Gang runter, weil es ein wenig steiler wurde.

Tina und ich grinsten uns an.

»Jetzt pass mal auf, Herr Clausen!« Oh, Hans bereitete eine Ansage vor. Er leitete diese schon seit jeher damit ein, dass er eine Mischung aus Sie und Du verwendete. Er hatte mir mal erzählt, dass er das mit früheren Chefs so gemacht habe. Die Höflichkeitsregel verletzte er dadurch nicht, weil er ja stets das *Herr* vor den Namen setzte. Trotzdem hörte es sich wie ein Du an. Ein Hund ist er ja schon, der Hans.

»Hier am Berg gibt es ein paar einfache Regeln. Erstens: Wer sich auskennt, schafft an. Zweitens: Das schwächste Glied des Rudels läuft voraus. Ist nicht mir eingefallen, machen die Wölfe so. Und die haben meines Wissens nach keinen Coach. Drittens: Ich bin der Tourguide. Und der hat immer recht.«

Das hatte er aber schön gesagt. Auch das mit den Wölfen.

»Trotzdem wäre es angebracht, wenn Sie sich ein wenig zurücknehmen.« Clausen wackelte bereits mit dem Lenker und schaltete nochmals einen Gang tiefer. »Wie sieht das denn aus? Die Leute haben mich gebucht.«

»Oder aber, und das ist nur ein Tipp von mir, der Herr Clausen schaut mal ein wenig zu. Vielleicht besteht ja die geringe Chance, dass das hier am Berg vielleicht mehr Sinn ergibt, als das, was in irgendwelchen Büchern steht. Fakt ist Folgendes: Der Herr Clausen coacht im sicheren Gruppenzimmer, und der Hans führt die Leute sicher auf den Berg rauf und nachher wieder runter. Was meinst, Herr Clausen? Wollen wir das so machen?«

Clausen ließ es unkommentiert und radelte neben Reger, der ständig damit beschäftigt war, seine Mitarbeiter anzutreiben.

Charlotte ließ das kalt. Stattdessen rief sie demonstrativ immer wieder Sachen wie: *Schaut mal dort hinten, die kleine Kuh* oder *Hier blühen aber hübsche Wiesenblumen*!

Reger brachte diese Art zur Weißglut; er stampfte in seine Pedale wie ein Zuchtbulle, bevor das Gatter geöffnet wird.

»Du, Hans, wenn der Reger seinen Fitnessclub-Spezies den

Film seiner Actioncam zeigt, meinst, die glauben, dass das alles Zeitlupe ist?«

»Das sind vielleicht Spinner«, lachte mein Kumpel. »Also eins kann ich dir sagen. Wenn ich noch mal auf die Welt komme, dann möchte ich gerne wieder ICH sein.«

***

Nach eineinhalb Stunden erreichten wir die Berghütte. Klar, dass wir uns verfahren hatten. Doch das war Hans' Plan. Scheinbar ging es ihm darum, dass Fehler gemeinsam als Team wieder behoben wurden. Das war natürlich nur meine Meinung. In Wirklichkeit hatte er es wahrscheinlich geschehen lassen, damit sich Reger erneut aufregen konnte. Das hatte er nämlich bis zur Berghütte getan.

Bianca war außer sich und hatte fast geweint.

Doch Paul nahm die Zügel in die Hand, packte das GPS auf seinen Lenker und fuhr uns schnurstracks zur Hütte. Und das ohne Lederjacke.

Charlotte streichelte seinen Nacken. Was war das mit den Streicheleinheiten? War das so ein Firmending? Ein Fetisch? Hatte ich wieder mal etwas nicht mitbekommen? Darin war ich schon immer Meister. Zauberwürfel, Tamagotchi, Harry Potter … habe ich alles nicht mitgekriegt. Gerade ich. Der Filmfreak! Ich traute mich aber nicht zu fragen. Sonst würde ich am Ende noch dieselbe Häme erfahren wie damals, als ich mich bei meinen Arbeitskollegen erkundigte, seit wann bei den Rollschuhen vorne der Stopper fehlen würde und die Räder hintereinander verbaut wären.

»Super habt's ihr das gemacht. Respekt! Auch wenn wir einen kleinen Schlenker gemacht haben, sind wir eins-zwei-drei hierhergekommen.« Hans lehnte sein Bike an einen ausgehöhlten Baumstamm, der zum Brunnen umfunktioniert worden war.

»Ich dachte, dass wir eine richtige Biketour machen. Hätte ich das gewusst, hätte ich auch das alte 3-Gang-Rad meiner Mutter mitnehmen können«, beschwerte sich Reger und schaltete seine Helmkamera ab.

»Ich hätte jetzt aber auch nicht gesehen, dass du wild zwischen deinen einundzwanzig Gängen hin und her geschaltet hast.«

»Wir waren beim Sie!«

»Über eintausend Meter heißt das *Du*, aber bitte …, Sie. So, dann wollen wir uns mal ein schönes Platzerl auf der Terrasse suchen und zum gemütlichen Teil übergehen, bevor es wieder bergab geht.« Hans nahm Biancas Hand und führte sie, ganz Gentleman, die zwei Stufen zum Außenbereich nach oben.

Das freute sie.

»Nachher lassen wir die Räder aber mal laufen. Ich will hier endlich mal ein wenig Action!«, balzte Reger.

Mein Kumpel aber bremste ihn verbal aus, bevor der überhaupt *Downhill* sagen konnte. »Nix da! Wir bleiben schön zusammen. Was ihr macht, wenn ich nicht dabei bin, ist mir schnuppe. Aber hier in der Gruppe wird getan, was der Guide sagt. Und der bin ich.«

»Sie können ja versuchen, uns einzuholen«, stichelte Clausen und versuchte auf diese Weise, bei Reger zu punkten. »Mit meinen Scheibenbremsen bremse ich aus voller Fahrt vor jedem Stein in Sekundenschnelle.«

Hans nahm seinen Helm.

Ich hatte das Gefühl, er wolle Clausen gleich eine betonieren, so nah ging er an ihn heran.

»Jetzt ist das halt so. Als echter Downhiller benötigt man keine Bremsen. Da hat man Eier und lässt das Bike laufen.«

»Wollen Sie mich herausfordern?«

»Lieber nicht«, meinte Hans trocken. »Sonst müssen wir einen mehr von irgendeiner Baumrinde kratzen. Das ist nicht gut für den Wald. Auf geht's! Trinken wir was. Flüssigkeit ist wichtig beim Sport.«

Clausen griff sich von der Halterung seines Bikes die Wasserflasche und saugte sie mit einem Satz leer. Dann ging er zu den anderen.

Reger folgte ihm. Versäumte es aber nicht, meinen Kumpel im Vorbeigehen von oben bis unten zu mustern.

»Was war denn das jetzt?«, fragte ich.

»Was meinst?«

»Na, der Blick. War das eine Kampfansage?«

»Schmarrn! Die beruhigen sich schon wieder. Die kriegen jetzt eine pfundige Schorle, dann laufen die auch wieder rund.«

»Männer werden wohl nie erwachsen, oder?«, wurden wir von Tina gefragt.

»Mei, Madl, definiere *erwachsen*. Das kommt immer darauf an, von wo aus man das sieht. Wenn der Säbelzahntiger vor der Höhle steht, hilft es wenig zu sagen: *Runter von meinem Grundstück*. Da holt man den Speer, und dann geht's rund. Weißt, was ich mein?«

»Nö!«, meinte sie, und auch ich musste gestehen, dass ich Hans nicht so recht folgen konnte.

»Aber du weißt doch, was ich meine, oder Herbert?«

»Ich vibriere!«

»Du machst was?«

»Mein Telefon!« Ich nahm es aus meiner Westentasche und sah aufs Display: Anja. Ich deutete an, dass ich gleich nachkommen würde und entfernte mich ein paar Schritte.

»Spatzl!«, sang ich ins Handy. »Na, was machst du?«

»Arbeiten. Hallo. Und du?«

»Auch. Wir sind gerade mit den Rädern auf eine Alm hochgefahren.«

»Das nennst du arbeiten? Da wüsste ich aber Schlimmeres.«

Ich ging nicht näher darauf ein, weil ich nur verlieren

konnte, was natürlich auf der Hand lag. »Was macht denn unser Oskar Herbert? Hat er von der Oma schon einen Armani-Anzug bekommen?«

»Nein, aber natürlich hat ihn meine Mutter, wie soll ich sagen…, na, sie hat ihn ein wenig ausstaffiert.«

»Was genau …, STOPP! Ich will es gar nicht wissen. Und, was machst du abends?«

»Du, ich falle todmüde ins Bett. Und du?«

»Ja, ich auch. Wir gehen früh schlafen. Muss ja weitergehen.«

Just in diesem Augenblick stand Tina mit einem Glas vor mir. »Hier. Ich habe dir ein Radler gebracht«, sagte sie laut und überdeutlich so, als wollte sie es darauf anlegen, dass man es im Telefon hörte.

»Danke«, sagte ich kurz. »Ich bin gleich bei euch.«

Tina ging wieder zurück, drehte sich aber nochmals um, um mir zu winken.

»Wer war das?«, wollte Anja wissen, und ich sah regelrecht vor meinen Augen, dass sie, auf meine Antwort wartend, mit einem Fuß wippte.

»Ach, nur eine aus der Gruppe. Hans hat sie wahrscheinlich geschickt. Ist ein bisschen pummelig. Auch die Haare … nicht schön.«

»Warum sagst du das?«

»War das nicht die Frage?« Tja, warum sagte ich das.

»Die ist hübsch, oder? Will dich der Hans schon wieder verkuppeln?«

»Blödsinn! Der weiß doch, dass ich quasi so gut wie verheiratet bin.«

»Eben. So gut wie. Und? Was läuft bei euch heute noch?«

»Du, nicht mehr viel. Wir fahren nachher wieder zurück, dann ist ja auch schon Abend. Und du?«

»Aufräumen, putzen und danach noch alles für die Steuer

vorbereiten. Das muss morgen raus. Das wolltest eigentlich du noch machen, bevor du fährst.«

»Das stand nicht auf der Tafel!«

»Aber es lag mitten auf dem Schreibtisch. Ist ja egal. Ich mach das heute, dann ist es weg.«

Verdammt! Ich sah vor meinem geistigen Auge, wie schon seit über einer Woche der Ordner auf dem Tisch lag. Ich hatte aber auch viel zu tun gehabt. Und Oskar Herbert brauchte ja auch Aufmerksamkeit.

»Ich mach dann mal wieder weiter. Und … überarbeite dich nicht.«

»Höre ich hier Sarkasmus?«

»Nein. Ist mein voller Ernst.« Ich hörte trotzdem eine ungute Schwingung zwischen den Zeilen.

»Anja? Ist was?«

»Was soll denn sein?«

»Na, du klingst so komisch.«

»Das bildest du dir nur ein.«

Genau in dem Moment stand schon wieder Tina hinter mir. »Wo bleibst du denn? Die anderen warten schon. Ich habe dir einen Platz neben mir freigehalten. Kommst du?«

Ich winkte Tina ab und deutete auf mein Handy.

Sie tat peinlich berührt, biss die Zähne zusammen und nahm eine Hand vor den Mund.

»Ah!«, meinte Anja. »Jetzt aber schnell! Die Pummelige mit den Haaren, die nicht so schön sind, will mit dir anstoßen. Soll ich deinen Sohn von dir grüßen?«

»Klar, immer doch. Ich freue mich auf …« Aufgelegt!

Dumm, dass Tina gerade jetzt noch mal auftauchen musste! Für meine Begriffe war das natürlich volle Absicht. Böse konnte ich ihr für dieses Manöver allerdings nicht sein, da sie wirklich süß dreinschaute. Trotzdem sank in diesem Augenblick meine Stimmung in den Keller. Was so ein Kurztrip doch Mühe kostete! Zu Hause, wenn der Haussegen einmal schiefhing, wechselten wir ein paar Worte, und gut war es. Am Telefon aber war das ganz schön beschissen.

Tina packte mich an der Hand und zog mich auf die Terrasse.

»Da bist du ja endlich. Wir haben schon fast die erste Halbe ausgetrunken«, maulte Hans mich an und deutete auf Clausen. Der kippte sich einen Schnaps hinein, der nicht sein erster war. Ein leeres Glas stand bereits vor ihm. Bestimmt war dies seine Art zu untermauern, dass er als Erwachsener machen durfte, was er wollte. Hans konnte es dennoch nicht lassen, ihn zu ermahnen. Doch das bewirkte, dass sich Clausen umgehend noch einen Enzian bestellte. Auch Reger war gut dabei, orderte eine weitere Halbe und auch einen Enzian. Er prahlte, dass er selbst nach ein paar Bierchen schon vor Hans' Eingangstür stehen würde, bevor der überhaupt auf dem Sattel sitzen würde. Kurzum: Die Stimmung war angespannt. Es war umso wichtiger, dass ich mich vom Alkohol fernhielt. Die anderen konnten es derweil nicht lassen, die Lage noch zu verschärfen, indem sie Clausen anfeuerten.

»Na?«, rief Clausen quer über den Tisch. »Was ist los, Herr Reger? Machen Sie schon schlapp?«

»Ich werde erst richtig warm. Mit Ihnen kann ich allemal mithalten«, prahlte der und verlangte einen weiteren Schnaps und ein Bier dazu.

»Ich würde sagen, Sie beide haben genug.« Hans ergriff das Wort. »Wir wollen doch heil den Berg wieder runterkommen.«

»Ach was!«, grölte Clausen. »Da verträgt wohl einer nichts, was? Ich dachte, Sie wären ein Naturbursche!«

Normalerweise hätte einer, der ihm so kam, längst eine sitzen. Doch unser Tourguide reagierte besonnen und blieb ruhig. »Bergab brauchen wir ein wenig Geschick. Da ist es gut, wenn man einen klaren Kopf behält.«

»Wie sagten Sie so schön: Ein echter Downhiller lässt das Bike einfach laufen. Wohl keine Eier mehr, was?«

Ich stand auf, doch Hans drückte mich zurück. »Wirtin? Wir zahlen«, wies Hans die Bedienung an und erntete dafür von Reger und Clausen Empörung.

»Spielverderber!«, knurrte Reger mit glänzendem Mundwinkel und glasigen Augen.

Der Rest der Agentur wurde immer stiller. Unbehagen machte sich breit.

Nachdem gezahlt worden war, standen wir auf, um zu den Rädern zu gehen.

Hans nahm mich beiseite. »Jetzt wird's lustig. Irgendwie müssen wir die zwei Vögel wieder nach unten bekommen.«

»Gibt es hier keinen Lift?«, meinte Tina und blickte sich suchend um.

»Nein. Ist ja auch nicht wirklich hoch. Trotzdem reicht es, damit sich die zwei erstklassig auf die Schnauze legen können.«

»Und wenn wir denen die Luft aus den Rädern lassen?« Ich gebe zu, nicht mein bester Einfall, aber eine Möglichkeit.

»Denen kannst du den Schlauch entfernen, und die fahren los, so dicht sind die.«

Ich sah, wie sich die beiden Schnapsdrosseln näherten. Sie tuschelten. Sieh einer an, scheinbar hatte Alkohol doch die Macht, dass sich zwei Streithähne vereinten.

»Da kommen sie. Ich mach den Vorschlag, dass wir die ersten paar Meter schieben. Vielleicht nüchtern sie dabei ein bisserl aus. Ihr beiden bildet wieder das Schlusslicht.«

Wir waren einverstanden.

Hans richtete das Wort an die Gruppe. »War das nicht schön jetzt? Damit wir nicht gleich wieder so schnell ins Schwitzen kommen, würde ich sagen, wir schieben die ersten Meter und genießen ein wenig die herrliche Natur. Momentan ist Brunftzeit, da haben wir vielleicht Glück und sehen noch ein paar Rehe.« Hans redete sich um Kopf und Kragen.

Ich fand es stellenweise lustig, wie er kämpfte. Ich wäre auch damit einverstanden gewesen, den beiden einfach eins auf die Glocke zu geben und sie auf ihren Ärschen ins Tal zu ziehen. Aber das ging natürlich nicht. Die hatten ja bereits die Helme auf.

Adieu, Keramikfelgen

»Mir wird das zu bunt hier. Ich habe einen Sattel, deshalb brauche ich mein Bike auch nicht zu schieben«, lallte Reger und setzte sich auf seinen Drahtesel.

»Gut«, meinte Hans. »Dann eben Klartext! Sie sind zu besoffen, um mit Ihrem Rad den Berg hinunterzufahren.«

Clausen stieg ebenfalls aufs Rad. »Wie sieht es aus, Reger? Ein kleines Rennen? Wir zwei beide?«

Ich kümmerte mich um den Coach. »Schauen Sie, Herr Clausen, wir gehen jetzt einfach gemütlich den Berg weiter hinunter. Ist doch schön hier. Soll ich Ihr Rad schieben?«

»Finger weg! Ich will jetzt fahren.« Er hatte partiellen Schluckauf und eine Fahne, an der es wahrscheinlich lag, dass wir keine Rehe zu Gesicht bekamen.

»So seien Sie doch vernünftig! Wenn Ihnen was passiert?«

»Ich kann fahren«, tönte er und klopfte so lange auf meine Finger, bis ich seinen Lenker losließ. Er schrammte ein paarmal mit seinen Schuhen über die Treter. Wackelig rollte er an Reger vorbei und rief: »Wer als Erster unten ist, hat verloren!«

»Quatsch!«, rief Reger hinterher. »Andersrum! Sie sind ja bes…, bes…, besoffen!« Er trat kräftig los, ohne zu merken, dass er nach ein paar Metern den Weg verlassen hatte und querfeldein fuhr.

»Ihr bleibt alle da, wo ihr seid. Herbert, du kommst mit mir!«, schrie Hans und schloss die Kinnschnalle seines Helms. Ich hatte keine Zeit, um zu überlegen, und heftete mich an seinen Hinterreifen. Ich konnte mich nicht daran erinnern, wann ich das letzte Mal einen solchen Adrenalinschub gehabt hatte. Ich glaube, es war, als ich im Stadion der Bayern von Sepp Maier ein Autogramm bekommen hatte.

»Nicht so schnell, Hans!«, schrie ich. Doch er hörte nicht und bretterte den beiden besoffenen Lackaffen hinterher. Ich hörte, wie uns der Rest der Bande anfeuerte. Schnell nahm ich Fahrt auf und näherte mich meinem Kumpel. Der fuhr mittlerweile auch querfeldein und steuerte sein Bike souverän um die kleinen Felsen, die aus dem Gras herausblitzten. Langsam bekam ich Spaß und ließ mein Bike einfach laufen. Ich versuchte, genau den Pfad zu nehmen, den sich mein Spezl ausgesucht hatte. Er brachte seinen Hintern hinter den Sattel, um einen tieferen Schwerpunkt zu bekommen. Ich tat es ihm gleich. Überhaupt war ich mir mehr und mehr sicher, lebend das Tal zu erreichen, wenn ich jede Bewegung meines Freundes imitieren würde. Wir näherten uns den beiden Rennfahrern. Es ist nicht geprahlt, wenn ich sage, dass ich wesentlich professioneller auf meinem Drahtesel den Berg hinunterraste als die beiden Möchtegernprofis.

Zeitweise hatte Clausen die Füße nicht auf den Pedalen. Mit weit gespreizten Beinen ratterte er über die Wiese. Dann schrie er: »Aus der Bahn!« Fast hätte er eine Wandergruppe umgemäht, als er zwischenzeitlich einen Wanderweg passierte.

Reger raste ihm unkontrolliert hinterher und trat wie verrückt in die Pedale. Seinen Helm hatte er schief auf. Wenn es nicht so tragisch gefährlich gewesen wäre, hätte man sich durchaus amüsieren können.

»Halt! Ihr zwei Deppen!«, brüllte Hans hinterher.

Auch ich passierte nun den Wanderweg und hob danach regelrecht ab. »Scheiße!«, hörte ich mich schreien, als beide Räder kurzzeitig in der Luft waren. Der Boden hatte mich wieder. Ich bekam immer mehr Sicherheit; es begann, mir Spaß zu machen. Schließlich ertappte ich mich dabei, wie auch ich ein paarmal in die Pedale trat, um schneller zu werden. Schade, dass Hans vor mir fuhr. Er wäre stolz auf mich gewesen. Nie mehr hätte er mich wegen meiner Unsportlichkeit, die er mir regelmäßig attestierte, aufgezogen. Ich meine, in den letzten beiden Jahren war ich mit dem Rad zweimal im Englischen Garten und ein paarmal Semmeln holen gewesen. Selbst dabei hatte ich es hin und wieder geschoben. Dafür war ich in diesem Augenblick eine extreme Rampensau. Ich hatte den Drahtesel gebändigt und unter Kontrolle. Wir waren eine Einheit.

»Bremsen! Verdammt! Jetzt bremst doch endlich!«, wetterte Hans. »Da vorne kommt ein Abhang!«

Da passierte es. Fast zeitgleich hoben die beiden Idioten ab und flogen in hohem Bogen eine Böschung in ein kleines Wäldchen hinab. Wir konnten erkennen, wie sie sich von ihren Hightech-Boliden lösten und schrien, was das Zeug hielt. Danach sah ich noch kurz zwei weiße Helme und zack, waren sie verschwunden.

Hans und ich zogen die Bremsen. Wir schlitterten seitlich den Abhang weiter hinunter, bis wir langsamer wurden und vor dem Absatz, den die beiden in voller Fahrt genommen hatten, zum Stehen kamen.

»Herbert!«, meinte Hans mit einem breiten Grinsen. »Du bist ja auch schon da. Wie hast du denn das gemacht? Respekt, Alter!«

»Ja, später. Schau lieber, wo die Pfeifen gelandet sind. Warte, ich glaube, ich höre einen wimmern!«

Tatsache. Es war Clausen. »Au, au, au!«, rief er fortwährend.

Schnell entdeckten wir Reger, der seinen weißen Fahrradhelm im Nacken trug. In den Belüftungsschlitzen steckten kleine Tannenzweige.

»Mein Rad! Mein nagelneues Rad! Das ist ja ganz kaputt!«, heulte er los.

Wir mussten uns zusammenreißen, um nicht loszulachen. Es sah einfach zu komisch aus, wie die beiden angetrunkenen Heinis am Boden knieten und ihre sündhaft teuren Räder beweinten. Zumindest das, was davon übrig war.

»Ich kann euch gerne mein Werkzeug leihen, wenn wir nachher wieder auf dem Hof sind«, rief Hans nach unten. »Einen Kleber hab ich auch!« Da scheinbar nichts Schlimmeres als Schürfwunden und Prellungen passiert waren, sollte uns diese kleine Häme gegönnt sein.

»Herbert, radelst du wieder hinauf und bringst die Herde nach unten ins Tal?«

»Ja leck! Ich kann jetzt da wieder hoch oder was?«

»Herbert, das ist eine große Verantwortung, die ich dir hier übertrage. Oder willst du dich solange um unsere beiden Schnapsdrosseln kümmern?«

Ich ließ mich überreden. Ich empfand es als das geringere Übel. Von Reger und seinem Lakaien hatte ich für heute genug. Außerdem freute sich mein Ego, eine ganze Gruppe sicher nach unten zu bringen. Klar, die Leute saßen nicht auf einem Basislager des Everest fest. Sie befanden sich inmitten eines Wanderweges mit Fahrrädern irgendwo bei Berchtesgaden. Trotzdem hatte ich die Verantwortung.

»Ich ruf die Heidi an, ob sie mit ihrem Lieferwagen kommen kann. Ein paar Meter weiter unten ist ein Forstweg.«

»Das kommt dir doch wie gerufen. Da wird sie sich aber freuen, wenn sie dir helfen kann.«

»Jetzt verschwinde schon, und red nicht dumm daher! Wir treffen uns auf dem Hof. Findest du den Weg?«

»Hans, ich bin ja nicht doof. Außerdem haben wir ein GPS. Da wird ja wohl unser Ausgangspunkt gespeichert sein.«

»Also Herbie, ich muss echt sagen, du bist zu gebrauchen.«

»Tja.«

Bevor ich mich zurück auf den Weg machte, sah ich, wie Reger und Clausen auf allen vieren die Böschung hochkrabbelten. Die beiden sahen ziemlich lädiert aus. Als sie bei Hans angekommen waren, richteten sie sich auf. Reger hatte eine halbe Felge in der Hand, Clausen seinen Lenker. Schade, dass Reger seine Actioncam auf dem Helm befestigt hatte. Denn von dort aus nahm sie alles auf, nur nicht das dumme Gesicht des Kameramannes. Kaum standen die beiden vor meinem Kumpel, legte der auch schon mit einer Standpauke los, die sich gewaschen hatte. Ich winkte den Crashpiloten und fuhr mit dem kleinsten Gang nach oben.

***

»Und? Wer hat gewonnen?«, wollte Lars wissen und klatschte ganz aufgeregt in die Hände.

»Der Baum!«, antwortete ich trocken und schilderte den Ist-Zustand. Normalerweise würde man nun Betroffenheit erwarten oder zumindest Anteilnahme, wenn auch nur gespielt. In dieser illustren Runde jedoch siegte die Schadenfreude gepaart mit ein wenig Traurigkeit, dass nicht mehr passiert war.

»Na toll«, echauffierte sich Moritz. »Reicht wohl nicht, dass die beiden mit ihren Bonzenkarren die Luft verpesten, jetzt greifen sie auch noch die Bäume an.« Damit hatte er die Lacher auf seiner Seite.

Ich konnte nicht umhin, meine Meinung über dieses Verhalten zu äußern und verurteilte dies zutiefst. »Also, ich muss doch sehr bitten. Will denn niemand von euch wissen, wie es den beiden geht?«

Tina erbarmte sich. Ich berichtete kurz, was passiert war, und mahnte nochmals, sich doch über dieses Unglück nicht lustig zu machen. Ich sah es als soeben ernannter Tourguide als meine Pflicht an, aufgrund des Unglücks auf die lauernden Gefahren der Natur aufmerksam zu machen. Doch ich wurde nicht gehört.

»Endlich rächt sich die Natur an den beiden. Die gehen doch selbst einem Eichhörnchen auf den Sack.«

Ich verkniff es mir mitzulachen. Immerhin hatte ich Vorbildfunktion. Stattdessen ordnete ich an, das Tal anzusteuern. Ich schlug vor vorauszufahren. Tina unterstützte mich und bildete das Schlusslicht.

»Was haben eine Keramikfelge und ein Reh gemeinsam?«, fragte Paul, während wir uns bremsend abwärts bewegten. »Beide brechen, wenn ihnen der Reger zu nahe kommt!« Das kam bei den anderen an. Auch ich konnte mir ein Lachen nicht verkneifen.

»Aber warum sollte ein Reh auseinanderbrechen? Das verstehe ich nicht.« Bianca war scheinbar nicht die hellste Kerze auf der Torte.

»Brechen im Sinne von kotzen!«, erklärte Paul.

»Und die Felge kotzt auch?«, fragte sie erneut mit verkniffenem Gesicht.

»Ich erkläre es dir später«, bot sich Lars an, der nicht umhinkonnte, über die Radlerhose seines Chefs zu lästern. »Habt ihr gesehen? Einen Knackarsch hat er ja. Aber es hat sich nichts abgezeichnet. Entweder war der in dem Ding nackt, oder er trägt einen String!«

»Lars, bitte verschone uns mit solchen Themen.«

»Wieso denn, Moritz? Ich dachte, wir lästern ein wenig. Du hättest doch am meisten Grund dazu. Also, wie er dich heute wegen der Klöße angemacht hat …«

Bei *Klöße* zuckte ich leicht zusammen. Wir sind in Bayern. Da heißt das immer noch *Knödel*!

»Ich muss zugeben, das fand ich auch nicht in Ordnung«, beteiligte ich mich am allgemeinen Geplänkel. Vielleicht würde ich auf diese Weise ihr Vertrauen gewinnen und mehr über das Miteinander im Arbeitsalltag erfahren. »Ist dein Chef immer so zu dir, Moritz?«

Noch bevor er antworten konnte, übernahm Charlotte. »Eigentlich wechselt er alle paar Wochen durch. Letzte Woche war ich dran. Er meinte, ob ich in meinem Alter wirklich so viel Dekolleté zeigen sollte! Ich sei immerhin nicht mehr die Jüngste.«

»Was?«, erzürnte sich Paul. »Davon hast du nichts erzählt. Sonst hätte ich dem doch umgehend …«

»Gewalt ist keine Lösung!«, rief Lars dazwischen.

Ich war neugierig. »Und das lässt du dir gefallen?«

»Weißt du, was auf dem Arbeitsmarkt in unserer Branche los ist? Da stehen jeden Tag Leute vor der Tür, halb so alt, am PC top und kosten einen Bruchteil. Da bist du ganz schnell weg vom Fenster.« Sie bekam die einhellige Zustimmung ihrer Kollegen.

Auch von Bianca, die eigentlich genau den Tatbestand erfüllte, den Charlotte geschildert hatte.

»Trotzdem. Ich meine, die Arbeit soll doch Spaß machen«, sagte ich voller Überzeugung und glaubte im nächsten Moment selbst nicht, was ich da äußerte. Mir bereitete meine Arbeit beim Finanzamt schon lange keinen Spaß mehr.

***

Nach der letzten Kurve hatten wir einen Blick auf den Hof. Hans und Heidi waren damit beschäftigt, die Einzelteile der kaputten Räder auszuladen, während Reger und Clausen danebenstanden und sich gegenseitig begutachteten, wer mehr Blessuren abbekommen hatte. Scheinbar war dies der nächste Wettstreit der beiden.

»Ah, wie ich sehe, seid wenigstens ihr heil heruntergekommen.«

»Klar, Hans. Du weißt doch, du kannst dich auf mich verlassen. Die Tina hat mir super dabei geholfen.«

»Ja ja, wie mir scheint, seid ihr beide ein tolles Team, nicht wahr?« Er grinste und holte Regers angebrochenen Carbonrahmen aus dem Lieferwagen.

»Ja, das glaube ich auch«, bestätigte Tina seine Vermutung und gab mir erneut einen ihrer Armstreichler. »Na, Chef? Alles gut?« Sie hielt es für angebracht, dass wenigstens eine Mitarbeiterin Sorge um das Wohlbefinden des Chefs heuchelte.

»Klar! Was soll denn sein? Das bisschen Crash? Das ist doch gar nichts!«, prahlte er und hüpfte auf einem Bein neben den Lieferwagen. Das linke Knie blutete, an beiden Ellbogen hatte er Schürfwunden, und die gesamte linke Seite seiner Hightech-Kleidung hatte die Farbe des Waldbodens angenommen.

»Wenn ich mir Ihr Fahrrad so ansehe, war das alles andere als ein bisschen Crash!« Lars tat besorgt und hob den abgebrochenen Lenker vom Kies auf.

»Unsinn! Das alte Ding. Jetzt kann ich mir endlich ein neues Bike kaufen. Ist doch super!«, grinste er, verzog aber umgehend schmerzverzerrt seine Miene, als er vollständig mit dem linken Fuß Kontakt zum Boden suchte.

»Soll ich Sie nicht doch lieber ins Krankenhaus fahren?«, fragte Heidi besorgt. »Ich meine, wenn was gebrochen ist?«

»Ach was. Ich habe mir schon etliche Knochen gebrochen, das würde sich anders anfühlen.«

»Schade, dass er so einen harten Schädel hat«, flüsterte Charlotte hinter mir mit vorgehaltener Hand Bianca zu, die schon wieder damit beschäftigt war, irgendjemandem eine *WhatsApp* zu schreiben.

Also, bei denen wollte ich auch kein Chef sein. Ich wollte aber auch nicht so einer wie Reger sein. Wenn, dann wäre ich ein guter Chef. Fair, nett und immer gut zu meinen Leuten. Nein, doch nicht. Ich wäre überhaupt kein guter Chef. Ich kann mich an manchen Tagen ja selbst nur schwer zu etwas motivieren. Wie sollte ich das erst bei anderen hinkriegen?

»Ihr zwei Schwerverletzten geht jetzt besser mal unter die Dusche, damit ihr wieder nüchtern werdet. Weitere Kommentare spare ich mir. Ich hoffe, das war euch eine Lehre.« Hans machte es kurz mit seiner Standpauke. Ich sah ihm an, dass er sauer war. Klar, letztendlich käme alles auf ihn zurück, wenn Schlimmeres passiert wäre. Aus diesem Grund hielt er es auch für angebracht, die beiden zu duzen. Kurzerhand warf er alle Einzelteile neben die Haustür auf den Boden und bat mich, die Räder und Helme zu verstauen. Er bräuchte erst einmal zwei Halbe und eine halbe Stunde Ruhe.

»Komm, ich helfe dir«, bot sich Tina an.

Ich hatte nichts dagegen. Schon alleine deshalb, weil ich auch unter die Dusche wollte und es somit schneller gehen würde. Natürlich auch, weil ich mich wohlfühlte, wenn sie in der Nähe war. Sie verstand es, mich positiv zu beeinflussen. Die anderen verschwanden im Haus.

»Sah sehr professionell aus, wie du dich heute den Berg hinuntergestürzt hast. Deine Freundin ist bestimmt sehr stolz auf dich«, fragte sie vorsichtig und reichte mir zwei Helme.

»Ach, danke. Das war doch nichts«, winkte ich ab. Warum auch sollte ich mein Licht unter einen Scheffel stellen. »Ja, ich glaube, Anja weiß um meine Qualitäten.« Hätte ich das in diesem Moment nicht sagen sollen?

»Versteht ihr euch gut, deine Anja und du?«

Was sollte diese Frage? War es nun eine direkte Anmache, oder wollte sie einfach nur Konversation betreiben? Verdammt! Ich war in solchen Dingen wirklich nicht gut.

»Ist alles super! Wirklich. Ganz toll!« Wunderbar. Das war ja an Überschwänglichkeit nicht zu überbieten. Alles super! Wenn Anja das gehört hätte.

»Ich meine nur. Wenn so ein kleiner Mensch auf einmal da ist, dann wird so eine Ehe doch bestimmt ganz schön auf die Probe gestellt, oder? Entschuldige! Habe ich jetzt Ehe gesagt? Ich meine Freundschaft. Sagt man Freundschaft?«

»Ich glaube, du meinst Partnerschaft. Gibst du mir mal das rote Fahrrad rüber, das stelle ich dort hinten in die Ecke. Hans hat hier drinnen seine Ordnung, weißt du?«

»Weichst du mir aus?« Sie legte ihren Kopf schräg, sodass ihre langen blonden Haare nach vorne kamen und sich in einer sanften Welle über ihre Schulter legten.

»Ich? Ach woher! Wie war noch mal die Frage?«

»Kind? Partnerschaft? Stress?«

»Nö. Stress gibt es nicht. Natürlich muss eine Partnerschaft gut funktionieren. Es wäre gelogen, wenn ich behaupten würde, dass sich nicht grundlegend fast alles ändern würde. Da wird so eine Beziehung tatsächlich auf eine Probe gestellt.«

»Und? Habt ihr bestanden?«

»Wie gesagt!« Ich holte das letzte Fahrrad in den Schuppen. »Alles gut. Wir sind ein tolles Team, die Anja und ich.«

Ich verschloss die Tür des Schuppens. Als ich mich umdrehte, stand Tina sehr dicht hinter mir.

»Da hat sie wirklich Glück gehabt, deine Anja.«

»Klar. Ihr Café und das Catering laufen super, dann unser Kleiner …«

»Ich meinte … mit dir!«

Natürlich war mir bewusst, auf was sie hinauswollte. Doch ich war viel zu nervös, um cool mit dieser Situation umzugehen. »Ach so! Ich doch auch. Ich meine … mit Anja.«

Ich schlich mich an ihr vorbei und pirschte in Richtung Haus. Auf halbem Wege drehte ich mich um.

Sie stand immer noch vor der Scheune.

»Kommst du?«

Sie setzte sich in Bewegung und grinste mich auf eine Art an, die zu sagen schien: *Ich krieg dich noch!*

Jeder sollte einen Hans haben

»Die beiden hat es ja ganz schön erwischt. Die hätten sich alle Knochen brechen können. Ist euch schon klar, oder?« Heidi stand an der Anrichte und trank einen Becher Kaffee, als ich nach einer ausgiebigen Dusche in die Küche kam. Ob Hans geduscht hatte, wagte ich zu bezweifeln. Er schwitzte ja nicht. Tat er nach eigener Aussage noch nie. Angeblich, weil er noch nie an seine Grenze gekommen war, der Spinner.

»Das ist mir bewusst«, erklärte er. »Darum war ich doch so sauer. Aber mit Betrunkenen ist es irgendwie wie mit Kleinkindern. Die haben urplötzlich einen Abrollreflex und tun sich nix. Ich glaube, du kannst einen Besoffenen aus dem dritten Stock werfen, und der hat nicht mal einen blauen Fleck.«

»Soll ich hochgehen und den Clausen vom Balkon werfen?«, fragte ich Hans.

»Kannst vergessen. Ist nicht hoch genug. Aber verdient hätten die das. Wie schaut's aus, Heidi? Bleibst zum Grillen da?«

»Grillst du schon wieder?«, fragte Heidi etwas ungläubig.

»Ich könnte jeden Tag grillen. An grillfreien Tagen hau ich mir einfach ein Stück Pute in die Pfanne. Geht auch, macht aber nicht so viel Spaß«, versicherte er und widmete sich wieder der gefühlten halben Sau, die auf der Arbeitsplatte lag.

»Mit Verlaub, du kannst deine Gäste nicht jeden Tag mit Fleisch vollpumpen. Du musst ihnen schon ein wenig Abwechslung bieten.«

»Haben wir doch. Heute Mittag zum Beispiel haben wir nicht gegrillt.«

»Weil es Schweinsbraten gab! Herbert, sag doch du auch mal was.«

»Da hat sie recht!«

»Klar, dass du mir jetzt in den Rücken fällst! Wie ein Papagei! *Da hat sie recht*! Und was schlagt ihr zwei Hübschen vor?«

Heidi sah mich an. Da mir keine Alternative einfiel, machte sie einen Vorschlag. »Wie wäre es denn mit einem Kompromiss? Du kannst grillen, aber heute vielleicht mal ohne Fleisch! Grill doch Tofu oder einen Käse. Gemüse, zum Beispiel …«

»Das ist ein Scherz, oder?« Der Hausherr blickte nervös, ja fast ängstlich, zwischen mir und Heidi hin und her.

»Nein. Dazu gibt es Folienkartoffel mit Kräuterquark …, na, komm schon. Gib dir einen Ruck, und probier mal etwas Neues aus!«

Hans sah mich mit flehenden Augen an. Ich zuckte mit den Schultern.

»Na gut, meinetwegen. Kannst du hier die Stellung halten, Heidi? Ich rausche mit Herbert kurz zum Supermarkt.«

»Ich hätte auch alles in meinem Hofladen.«

»Lass gut sein! Das nächste Mal. Ich brauch eh noch ein paar andere Sachen.«

Erstaunlich, wie vertraut die beiden nach der kurzen Zeit miteinander umgingen. Sie lagen auf einer Wellenlänge.

»Du fährst!«, bestimmte Hans und warf mir die Schlüssel zu, als wir zu seinem Volvo kamen.

»Ich? Mit deinem Heiligtum?«

»Du bist alt genug dafür, mein Sohn«, witzelte er und stieg auf der Beifahrerseite ein.

Ich schnallte mich an und startete den Wagen. Ich machte die Warnblinkanlage an, betätigte den Scheibenwischer, legte den ersten Gang ein und fuhr übertrieben langsam los. Schrittweise ruckelte ich mich der Straße entgegen und bremste andauernd ab. Aus den Augenwinkeln wirkte Hans wie ein Wackeldackel.

»Was machst denn da für einen Scheiß?«

»Du, Hans, ich bin so aufgeregt, dass deinem Schätzchen nix passiert.«

»Jetzt komm, du Spinner. Gib Gummi! Die Gäste essen zeitig.«

Ich brachte die Karre wieder in den Normalzustand, legte den Blinker ein und ließ die Räder durchdrehen, als ich auf die Straße einfuhr.

Hans zuckte nicht einmal.

»Endlich wieder mal unter uns. Du, das ist ganz schön anstrengend mit so einem Haufen Leute. Das hätte ich nicht gedacht. Oder meinst du, dass die besonders schwierig sind? Ich meine, glaubst du, dass es viele Arschgeigen wie den Reger oder den Clausen gibt?«

»Klar. Die Geschäftswelt ist voll davon. Vielleicht solltest du einfach dein Konzept ändern.«

»Wie meinst jetzt das?« Er sperrte seine Lauscher auf Empfang und wirkte interessiert.

»Vielleicht lässt du die Finger von Firmen und so weiter und konzentrierst dich lieber auf Einzelpersonen, Urlauber und wanderwillige Menschen. Die kommen ja schon mit einer völlig anderen Motivation zu dir. Die Gruppe da auf dem Hof hat bloß eine Motivation: Schnell wieder heimfahren.«

»Hm, vielleicht hast du ja recht. Sag mal, was ich dich schon die ganze Zeit fragen will. Ist was zwischen dir und Anja?«

»Wieso, was soll sein?«

»Ich meine ja nur. Früher bist du die ganze Zeit am Handy gehangen, wenn du nur den Müll runtergebracht hast. Jetzt ist irgendwie Funkstille, du flirtest mit dieser Tina wie verrückt …«

»Was?« Fast hätte ich eine Vollbremsung hingelegt. »Wer flirtet denn hier? Du tust doch alles dafür, um sie mir aufs Auge zu drücken.«

»A bisserl vielleicht. Zugegeben. Aber jetzt mal ohne Schmarrn! Wir sind doch unter uns. Läuft es nicht rund?«

Was nun? Immerhin war er mein Kumpel. Vielleicht tat es mir gut, mal mit jemandem zu reden. »Ich weiß auch nicht. Irgendwie hängt da was in der Luft.«

»An was liegt es? Ist es der Kleine? Dein OSKARCHEN?«

»Quatsch. Der ist super. Fehlt mir, der Kleine. Ich hoffe, meine Schwiegermutter macht aus dem Bub keinen Lackaffen!«

Er bohrte weiter. »Was ist es dann? Gefällt dir die Anja nicht mehr? Ich mein, sie hat ein bisschen zugelegt, als ich sie das letzte …«

»Spinnst jetzt? Die Anja ist top! Aber darum geht's ja auch nicht. Du kennst meine Einstellung zu diesen Hungerhaken. Ich mag es gern, wenn eine Frau ein paar Kurven hat.«

»Klar, damit deine Beule unter der Brust nicht so auffällt.«

»Du, ich bin gut in Form!«

»Zugegeben, ich muss wirklich sagen, dass du mich heute ziemlich überrascht hast. Da tun sich ja ganz neue Möglichkeiten mit dir auf. Ich sage nur: Alpenüberquerung!«

»Alpenüberquerung?«

»Klar! Kein Ding. Wir können nächste Woche los.«

»Wäre zu überlegen. Zumindest wäre es spannender als das, was mich zu Hause erwartet.«

»Was meinst du?«

»Irgendwie habe ich das Gefühl, dass es das jetzt war. Ich daheim bei dem Kleinen, Anja arbeitet, in ein paar Monaten schleiche ich wieder aufs Finanzamt, arbeite auf meinen nächsten Urlaub hin, Kindergartenfest, Elternabend ... Es geht nur noch ums Funktionieren! Aber was ich wirklich will, das bleibt auf der Strecke!«

»Herzlichen Glückwunsch!«

»Wie meinst jetzt das?« Ich bog die nächste Straße ein und sah von Weitem den Supermarkt.

»Du bist erleuchtet. Und das nicht erst kurz vor deiner Rente. Jetzt, in diesem Augenblick läuft dein Leben. Nicht immer nur schuften für später. Tu das, was du gerne tust, verdien was, und mach es dir zwischendurch wieder mal ein bisserl schön. Nur so bleibst du in der Spur. Die meisten Leute laufen doch von Montag bis Freitag in die Arbeit und wissen überhaupt nicht mehr, für was. Um sich alle drei Jahre eine neue Karre zu kaufen? Für ein iPhone oder den neuesten Laubbläser? Nur um damit den Nachbarn auf den Sack zu gehen?« Er redete sich in Rage. »Was machst du denn gerne?«

»Das ist es ja! Ich weiß es nicht.«

»Das ist schlecht.«

»Aber ich weiß, was ich nicht mehr will.«

»Das ist gut. Und? Magst mir das sagen?«

Ich parkte auf dem Supermarktparkplatz und stellte den Wagen ab. »Ich mag nicht mehr ins Finanzamt zurück. Und ich mag nicht mehr, dass mir die Anja das Gefühl gibt, ich wäre zu nichts zu gebrauchen.«

»Ach was! Macht sie das?«

»Nicht direkt. Manchmal hat es den Anschein ..., also ..., ach, ich weiß doch selbst nicht.«

»Vielleicht die Hormone. Du, da kann so einiges passieren in so einem Frauenkörper. Da kommt so ein Kind auf die Welt, und auf einmal brauchen die einen Fels in der Brandung. Ist doch klar. Ganz zu schweigen von dem Wettbewerb mit den ganzen anderen Mamis.«

Nein, das glaubte ich nicht. So war Anja nicht. Sie stand mit niemandem in einem Wettbewerb. Ich schnallte mich ab, und wir stiegen aus.

»Weißt, Hans, ich glaub einfach, dass sie meint, sie könne sich nicht auf mich verlassen. Als wäre ich ein Hallodri. Dabei mach ich doch daheim alles.«

»Also, Herbert, da muss ich dir sagen, dass ich das sehr suspekt finde. Als Mann daheimzubleiben. Wie sieht das denn aus?«

»Du, wir leben nicht mehr in den Siebzigern. Da hat sich einiges getan. Außerdem kann Anja ihr Café weiterführen.«

»Ich glaube, dass du froh warst, dass es so gekommen ist. Weil du dir daheim einen schönen Lenz machen kannst, du fauler Hund.«

Na, so ganz unrecht hatte er damit nicht.

»Hans, weißt du eigentlich, was das alles für eine Arbeit macht? Wäsche waschen, Fenster putzen, Einkaufen, dann der Kleine, der will auch noch bespaßt werden …«

»Nein, Herbert. Aber ich kann es mir denken. Ich befürchte sogar, dass es bestimmt eine Handvoll Mamis auf der Welt gibt, die das gleiche Schicksal ereilt hat. Ich glaube, die sind ebenso allesamt am Boden zerstört.«

»Verarschen kann ich mich allein.«

»Das hast du dir alles ganz anders vorgestellt. Habe ich recht?«

»Zumindest hast du nicht ganz unrecht.«

»Ich sag dir nur eins: Werde dir klar darüber, was du willst. Wenn du das weißt, dann mach es.«

»Das muss ich dann natürlich erst mit Anja besprechen.«

»Klar. Am besten fragst du sie, ob du das machen darfst. Mensch, Herbert, vielleicht ist es ja das, was deine Anja von dir erwartet. Handfeste Entscheidungen! Nicht immer alles ausdiskutieren und um Erlaubnis fragen. Das sieht ja aus, als ob du dir nicht sicher wärest.«

Hans warf die Beifahrertür ins Schloss und kam zur Fahrerseite, hob den Zeigefinger vor meine Nase und setzte seinen einschwörenden Blick auf. »Mach dein Ding! Ich schwör dir, Anja gefällt das.«

***

In der Obst- und Gemüseabteilung nahm Hans einen Kohlkopf, betrachtete ihn von allen Seiten und legte ihn wieder zurück. Selbiges tat er mit Karotten, Brokkoli und Fenchel. Es sah aus, als ob er in diesem Moment zum ersten Mal mit derlei suspektem Material in Berührung gekommen sei.

»Was sollen wir noch mal mitbringen?« Hans sah mich ungläubig an.

»Sachen zum Grillen ohne Fleisch.« Ich packte einen Sack Kartoffeln in den Einkaufswagen. »Der Lars, der mag doch so gerne eine Aubergine. Oder war es eine Zucchini? Egal. Nimm beides mit. Dann freut er sich.«

An der Kühltheke nahm ich Grillkäse aus dem Regal. »Das sieht ja fies aus. Schau dir das mal an. Sieht aus wie Styropor.«

»Das ist Styropor! Weißt du jetzt, was ich meine? Aber du musstest Heidi ja unbedingt bestärken. *DA HAT SIE RECHT, HANS!* Das klingelt jetzt noch in meinen Ohren. Mit dem Zeug versaue ich mir doch komplett meinen super Barbecue-Grill.«

»Jetzt halte mir das nicht jahrelang vor. Aber okay, stimmt. Ich möchte das Zeug auch nicht auf meinem Grill haben. Das gibt doch eine 1-a-Stichflamme, wenn du das Ding auf den Rost legst.«

»Explodieren wird er. Aber komm, pack ein! Nicht dass die Heidi schimpft. Dann kauf ich halt einen neuen Grill.«

»Ui, schau. Tofu! Ich mache ja einen großen Bogen um das Zeug. Das sieht genauso aus wie der Grillkäse. Da tun mir die Vegetarier richtig leid. Ganz schön öde, ständig in so ein Viereck reinzuschneiden.«

»Dafür kannst du das Ding genau vermessen, wenn du es zum Beispiel mit der Anja teilst.«

Wir warfen auch hiervon ein paar Packungen in den Wagen. Hans bestand darauf, wenigstens ein paar Alu-Grillkörbchen zu kaufen. Dann würde sein Grill nicht mit diesen vegetarischen Auswüchsen kontaminiert werden.

»Da wirst du bestimmt bei den Damen einen großen Stein im Brett haben, Hans.«

»Genau! Ganz besonders beim Lars.«

»Ich kann ihm ja sagen, dass du den Tofu nur für ihn gekauft hast. Was meinst, wie der dich mag?«

»Untersteh dich bloß! Schieb schon mal zur Kasse. Ich brauch noch ein Deo.«

»Nimm aber das Zweiundsiebzig-Stunden-Deo. Dann brauchst du dich nicht so oft waschen!«, witzelte ich und bugsierte den Wagen an Kasse drei. Da die Dame vor mir bereits zahlte, machte sich Hektik bei mir breit. Ich hasste es, wenn die Kassiererin schon die erste Ware von mir über den Scanner zog, und ich noch nicht alles auf dem Band hatte. Da kam Stress auf. Strategisch platzierte ich das Gemüse an erster Stelle. So konnte ich durch den Wiegevorgang etwas Zeit gewinnen. Dumm nur, dass ich dann in der Box wieder alles umräumen musste. Wenn ich Zeit habe, lege ich erst die schweren Sachen aufs Band. Ein Sack Kartoffeln kommt auf einer Tomate nur bedingt gut.

Hinter mir kam ein weiterer Kunde mit seinem Wagen angerollt. Unruhig schnaubte er leicht aggressiv und tippte ungeduldig mit einem Fuß auf den Boden. Der Typ nervte.

»Zweite Kasse bitte!«, rief er in einer Lautstärke, dass man es sicher auch noch auf dem Parkplatz hören konnte.

»Na? Eilig?«, fragte ich die Nervensäge und legte den Tofu aufs Band, bevor ich den Warentrenner platzierte.

»Wüsste nicht, was Sie das angeht!« So ein Arsch! »Machen Sie jetzt eine weitere Kasse auf oder was?«

Hätte ich etwas sagen oder mich in Zurückhaltung üben sollen? Immerhin war die Kassiererin eine wirklich Süße und wirkte sehr schüchtern. Das Letzte, was die an diesem Tag brauchte, war dieser Kunde. Ich entschied mich, meinen Hintermann in die hohe Kunst der Geduld einzuführen.

»Jetzt schauen Sie doch, die Dame vor mir ist fertig. Jetzt komme ich, das dauert doch höchstens ein paar Minuten.«

»Ah, da haben wir einen ganz Gescheiten! Sie mögen ja Zeit haben, hier gemütlich herumzuschlendern. So Leute wie Sie habe ich ganz gerne.«

Gut, ich hatte es auf die nette Art versucht. Immerhin hatte ich heute schon sechs Personen vor dem sicheren Tod gerettet. Ja, ich weiß! Aber es hätte vielleicht was passieren können, wenn ich sie nicht sicher nach Hause gebracht hätte.

»Jetzt pass mal auf, ich kann auch anders. Typen wie dich kenn ich. Alles soll immer verfügbar sein und darf nichts kosten. Immer schön billig! Aber frühmorgens um acht Uhr sollen bereits alle sechs Kassen besetzt sein. Für drei Hansel im Markt.« In solchen Situationen immer duzen. Habe ich von Hans gelernt. Das schafft Nähe.

»Es ist Nachmittag!«

»Ich meine das ja auch rein hypothetisch.«

»Willst du das draußen auf dem Parkplatz ausdiskutieren? Hypothetisch?«, raunzte er mich an.

»Was ist denn hier los?« Meine Unterstützung kam genau zur rechten Zeit.

»Ah, noch so einer!« Ui, ui, ui, der traute sich aber was.

»Welcher bin ich denn?«, fragte Hans und legte sein Deo aufs Band. Zweiundsiebzig Stunden. Schön, wenn er auf mich hört!

»Ihr seid wohl ein Pärchen? Habe ich mir doch gleich gedacht.«

Also, dafür hätte ich ihm am liebsten eins auf die Mütze gegeben.

»Klar. Hast eine Antenne dafür, gell. Wir können ja einen Dreier machen, wir drei Hübschen. Mein Kumpel und ich nehmen dich in die Mitte! Na? Wie wär's?«

Ach, war das schön, wenn sich Hans um alles kümmerte. Er bediente den Idioten, und ich konnte in aller Ruhe die Ware in die Box sortieren.

»Herbert? Was ist denn das für ein Spaßvogel?«, fragte er mich laut und deutlich für alle anderen hörbar.

»Dem pressiert es. Der ist ganz wichtig!«, traute ich mich und übernahm das Zahlen.

»Bar oder mit Karte?«, wurde ich von der freundlichen Kassiererin gefragt.

»Mit Karte.«

»Na toll!«, motzte der Typ abermals. »Auch das noch. Die paar Euro mit Karte!«

Hans wollte gerade loslegen, doch ich übernahm.

»Statistisch gesehen geht es mit der Karte schneller. Das Suchen der Scheine in der Börse und das Herausgeben des Wechselgeldes kosten unterm Strich mehr Zeit als das Zahlen mit Karte.«

Hans war erstaunt. »Ist das so?«, fragte er mich etwas leiser.

»Jepp!« Ich nahm meine FC-Bayern-Geldbörse aus meiner Gesäßtasche und öffnete langsam und genüsslich den Klettverschluss. Millimeter für Millimeter.

»Ach du Scheiße!«, meinte unser Hintermann. »Auch noch ein Bayernfan!«

»Du, Bürscherl, jetzt ist aber Schicht im Schacht, ja?« Da hatte wohl einer den großen Blonden auf dem falschen Fuß erwischt. Bei diesem Thema kannte er keinen Spaß. »Gegen die Bayern sagst du nix, ham mir uns? Sonst fällt der Watsch'n-Baum um. Host mi?«

Der Nörgler war ruhiggestellt.

Hans konnte aber auch so schön rot im Gesicht werden,

wenn er sich echauffierte. Ich hatte dummerweise und ganz ohne Absicht die falsche PIN eingegeben. Wirklich ganz ohne Absicht. Dadurch hatte es ein wenig länger gedauert. Echt praktisch, wenn man seinen Begleitschutz dabei hat! Ich finde, jeder sollte einen Hans haben.

Missverständnisse

»Servus Anja. Ich bin es, dein Herbert.«

»Na du? Du rufst ja schon wieder an. Fehle ich dir etwa?«

»Was ist denn das für eine Frage? Natürlich fehlst du mir. Ich meine natürlich, ihr. Du und Oskar Herbert.« Je öfter ich diesen langen Namen meines Sohnes aussprach, desto mehr bereute ich es, meinen Willen durchgesetzt zu haben. Mittlerweile wäre ich auch einfach nur mit Oskar zufrieden gewesen. »Und? Harten Tag gehabt?«

»Ja, war ganz schön was los.«

»Was macht unser Kleiner?«

»Dem geht es gut. Der wird nach Strich und Faden verwöhnt.«

»Na, dann ist ja gut.«

Pause. Da lag doch irgendwas in der Luft.

»Jetzt bist du schon ganz schön lange weg.«

»Ja, stimmt.«

»Du, ich hab mich gefragt, wie es wäre, wenn du deine Elternzeit verkürzt und wieder früher arbeiten gehst?«

Panik! Ich bekam schlagartig Schnappatmung. »Warum das denn?«

»Ich merke, dass mir der Kleine fehlt. Vielleicht war es

keine so gute Idee, wieder so schnell ins Café zurückzukehren. Weißt du, ich habe mir gedacht, ich könnte jemanden einstellen. Vom Umsatz her wäre es kein Problem.«

»Meinst du wirklich?« Ich versuchte, mich neutral anzuhören.

»Außerdem glaube ich, dass du unglücklich bist.«

»Ach was. Das bildest du dir nur ein.« Wie kam ich nun aus dieser Sache wieder raus? Auf der einen Seite hatte sie ja recht. Aber die Gründe waren sicherlich andere.

»Komm schon. Dir fehlen doch deine Arbeitskollegen, die Zahlen, das Getratsche auf den Gängen und in der Kantine …«

Gott bewahre! Sie hatte genau die Dinge aufgezählt, die mir am allerwenigsten fehlten. Somit war es amtlich. Ich hatte auf Anja eine völlig andere Außenwirkung als das, was wirklich in mir vorging. Süß aber, dass sie sich Gedanken machte.

»Herbie? Hans will wissen, ob du uns mit dem Grill hilfst?«

»Ja, ich komme gleich.« Mist! Die machte das doch mit Absicht? Verdammt! Ich war seit ein paar Tagen räumlich von meiner Frau getrennt. Wir haben seit Monaten ein Kind. Wir haben fragwürdige Telefonate. Und dann … TINA!

»Wer war denn das, HERBIE?«

»Nur eine von den Gästen.«

»Ach, die Pummelige?«

»Sagte ich ›pummelig‹? Na, die Tina halt. Ist ein wenig anhänglich. Kennst du ja.«

»Was soll denn das heißen? Bin ich dir zu anhänglich?«

Scheiße! Was hatte ich nun schon wieder gesagt? Hier waren eindeutig zu viele Östrogene im Spiel. Am Hörer und hier vor Ort.

»Anja, so hör doch, das war doch nicht …«

»Schon gut. Ach, übrigens: Du hast mich angerufen, wenn du dich noch erinnern kannst. Ich halte dich nicht länger auf.«

»Aber Anja, ich …« Aufgelegt. Das ging mir langsam aber

sicher total auf den Keks. Diese bescheuerten Missverständnisse. In diesen Momenten beneidete ich Hans.

***

»Du, Herbert? Kannst du bitte das Grillen übernehmen? Ich pack das mit dem Käse nicht. Das geht total gegen meine Grill-Ehre, verstehst?«

»Kein Thema. Obwohl das auch für mich eine echte Herausforderung ist, das weißt du schon, oder? Du weißt genau, dass ich keinen Käse mag. Jetzt soll ich den auch noch grillen?«

»Herbert, ich sag nur: *DA HAT SIE RECHT, HANS*! Das hast du heute wortwörtlich gesagt.« Okay, es war besiegelt. Es wird mich bis ins Grab verfolgen.

»Wie läuft es daheim? Alles gut? Hast der Anja gesagt, dass du aussteigen willst?«

»Alles gut. Außerdem, was heißt hier *aussteigen*? Ich heuer doch nicht auf einer Bohrinsel an.«

Tina gesellte sich zu mir. Ganz interessiert und fast bewundernd sah sie mir zu, wie ich mit der Grillzange wild das Grillgut umherjonglierte. Ich kam mir vor wie ein DJ, neben dem ein schmachtender Teenie steht.

»Du machst das sehr gut.«

»Danke. Gelernt ist gelernt«, prahlte ich und wendete völlig überflüssig erneut den Tofu. Oder war es der Grillkäse? Das Zeug sah sich wirklich verdammt ähnlich. Wahrscheinlich war auch geschmacklich kein Unterschied festzustellen.

»Sorry übrigens. Ich wollte vorhin nicht stören.«

»Ach, kein Thema.«

»Echt? Dann ist es ja gut. Nicht, dass deine Freundin eifersüchtig wird. Also, ich würde dich nur ungern aus meinen Fängen lassen, wenn wir zusammen wären.«

Flirtangriff! Warum auch nicht? War ja total romantisch,

wie ich mit einer Schürze und Grillzange in der Prärie stand und vegetarisch grillte.

»Und? Hat es den Käse schon durch den Grillrost durchgedrückt?« Hans legte ein paar Folienkartoffeln in die Glut.

»Keine Chance, Hans. Die Dinger sind wie aus Pappe. Meinst, das ist überhaupt bio? Nicht, dass wir da bei der Heidi einen schlechten Eindruck hinterlassen.«

»Mir wurscht. Du wolltest heute auch kein Fleisch, also lebe damit.«

»Au, verdammt! Jetzt haben wir vergessen, die Aluschalen zu verwenden. Wo sind denn die?«

»Sauber! Jetzt ist es auch zu spät! Egal. Ich mach nachher ein großes Feuer und schmeiß den Rost rein, dann kann der ausglühen.«

Ich sah die Hausfassade hoch. Reger lehnte oben am Fenster und starrte zu uns herunter. Er rauchte und aschte auf den Hof. An der linken Schläfe und am Kinn hatte er ein Pflaster. Nebenbei telefonierte er.

»Schau dir mal deinen Chef an!«, meinte ich zu meinem weiblichen Fan. »Dass der nicht runterkommt?«

»Vielleicht hat er ja ein wichtiges Kundengespräch«, mutmaßte Tina. »Er kann einem fast schon wieder leidtun, wie er da so lädiert oben steht und mit der dicken Lippe an seinem Glimmstängel zieht. Ich glaube, ich hole ihn nach unten«, meinte sie und machte einen Schritt.

Sofort wurde sie von Moritz und Lars festgehalten, die mit einer Platte geschnittener Auberginen und Zucchini ihren Weg kreuzten.

»Stopp! Wo willst du hin?«

»Ich wollte den Reger nach unten holen.«

»Nichts da! Der ist alt genug. Wir sind doch nicht im Kindergarten und fragen ihn, ob er mitspielen will. Wenn er möchte, wird er schon kommen. Ansonsten kann er da oben vor sich hin heilen.«

»Sehe ich auch so«, mischte sich Lars ein. »Der hat uns heute schon genug die Tour versaut.«

»Echt?«, stellte ich die Frage und versuchte, mit einem Schaber den Tofu vom Rost zu lösen, weil das Ding anpappte. »Also, ich fand es heute äußerst amüsant. Besonders die Szene, als Hans die ganzen Einzelteile der Räder aus dem Lieferwagen geholt hat.«

Hans konnte nicht umhin, dieses Gespräch zu unterbrechen. Immerhin war Reger sein erster Kunde. Der musste diese Häme nicht unbedingt mitbekommen. Er schnappte sich Moritz und Lars, um ihnen zu zeigen, wie man Holz hackt. Die beiden waren natürlich sehr begeistert. Eine richtige Männerbeschäftigung würde deren Ego sicherlich guttun.

»Und schon sind wir zwei wieder allein.«

»Ja, Tina, so geht es manchmal. Hat es dir heute gefallen mit den Bikes?«

»Natürlich. Alles ist besser, als hier im Haus zu sitzen und dem Clausen bei seinen Ausführungen zuzuhören.«

»Warum seid ihr eigentlich noch alle bei dem Reger in seiner Agentur, wenn das alles so beschissen ist?«

Tina nahm sich ein Bier aus der Kühlbox, die ich neben dem Grill platziert hatte. »Wie schon gesagt, der Markt ist hart. So schnell etwas anderes zu bekommen …, aber so schlimm, wie es aussieht, ist es ja auch nicht immer.«

»Aber würdest du nicht lieber dort den ganzen Tag arbeiten, wo es auch wirklich Spaß macht? Immerhin verbringt man doch die meiste Zeit des Tages mit Arbeit!« Jetzt redete ich gescheit daher. Und selbst?

»Logisch! Aber das ist ein Wunschtraum. Zeig mir den, bei dem das zu einhundert Prozent zutrifft.« Sie schnappte sich einen Teller und richtete vom Grill ein paar Sachen an. »Ich bring jetzt mal dem Reger was zu essen. Aperitifs hatte er ja für heute schon genug gehabt.«

Sollte ich mich mit meinem Alltag abfinden? War es auch das, was Anja insgeheim von mir verlangte? Heute Abend jedenfalls brauchte ich mich bei ihr nicht mehr zu melden. Besser, ich ließ eine Nacht verstreichen. Dann hatte sie sich bestimmt wieder beruhigt.

Paul kam an den Grill und guckte auf den Rost. »Sag mal, gibt es hier kein Fleisch?«

Nickerchen

Die Sonne blitzte durch die grobmaschigen Vorhänge und weckte mich früher, als ich es mit der Weckfunktion meines Handys geplant hatte. Im Haus war noch alles ruhig, einzig zwei Katzen im Hof waren zu hören, die um diese unchristliche Zeit bereits um ihr Revier stritten. Ich zog den Vorhang zur Seite, öffnete das Fenster und blickte hinunter. Die beiden fauchten sich an und schlugen mit ihren Tatzen immer wieder aufeinander ein. Das konnten nur zwei Männchen sein. Ich musste unweigerlich an Reger und Clausen denken. Wenn es zwei Weibchen wären, würde es sicherlich um andere Dinge gehen als um ein Revier. Die würden bestimmt nebeneinander in der Morgensonne sitzen und ihre Krallen vergleichen. Vielleicht war es unter Katzen diese Saison in Mode, diese etwas kürzer zu tragen? Wer wusste das schon? Nur weil wir es uns nicht vorstellen können, könnte es trotzdem so sein.

Wer sagt uns denn, dass wilde Katzen nicht auch untereinander Rezepte austauschen? »Du, leg doch das nächste Mal die Maus einen Tag in den Regen, und vergrabe sie danach noch mal für einen Tag, bevor du sie frisst. Ich sage dir, ein Gedicht. Die ist ganz zart!« Können Sie zu einhundert Prozent ausschließen, dass nicht die geringe Möglichkeit besteht, dass es sich so abspielen könnte?

Apropos Reger und Clausen: Drei Fenster weiter gab es Aktivität. Der Coach blinzelte nach draußen. Ich wich ein wenig zurück, damit er mich nicht sehen konnte. Auf ein verbales morgendliches Geplänkel mit ihm hatte ich keine Lust. Auch er hatte ein bisschen Federn gelassen bei seinem gestrigen Sturz. Sein Gesicht wies einige Blessuren und Schürfwunden auf. Nicht zu fassen, dass die beiden sich nicht wenigstens einen Finger gebrochen hatten. Nicht, dass ich es ihnen gegönnt hätte. Doch es war unfair. Ich hatte mir mal einen Finger gebrochen, nur weil ich dumm die Treppe hinaufgefallen war. Die beiden schleuderten sich mit ihren Bikes einen kleinen Abhang hinunter und alles, was dabei herauskam, waren ein paar Kratzer.

Clausen hatte plötzlich ein Laufshirt an und setzte eine Sonnenbrille auf. Dann streckte er sich, bevor er das Fenster wieder schloss.

Ich überlegte, was er vorhatte.

Am Vortag war er noch gehinkt. War der wieder topfit?

Ich zog mir schnell was über. Das wollte ich sehen. Vielleicht machte er sich aus dem Staub? Nein, das würde er nicht tun. Ich wartete angezogen mit meinem Handy in der Hand an meiner Zimmertür. Eigentlich wollte ich Anja anrufen. Das konnte ich immer noch machen. Als ich Clausen hörte, wie er unten die Haustüre öffnete, verließ ich mein Zimmer. Ein Blick nach rechts offenbarte mir eine Kussszene zwischen Paul und Charlotte. Die beiden unterbrachen, blickten mich an und grüßten, bevor sie sich wieder einander widmeten. Cool! Die beiden gaben sich nicht mal mehr Mühe, dieses Verhältnis geheim zu halten. Vielleicht war das der Trick, um nicht weiter aufzufallen? Heimlichtuerei weckte anscheinend erst recht Neugierde. Siehe Clausen.

Als ich die Haustüre öffnete, beobachtete ich mein Observationsobjekt, wie es die Straße überquerte und gegenüber in das kleine Wäldchen lief.

»Alle Achtung!«, murmelte ich. »Der ist echt fit. Läuft heute schon wieder eine kleine Runde.« Ich fühlte mich angestachelt, das auch zu schaffen, und folgte ihm. Die Straße war um diese Zeit spärlich befahren. Ich hielt Abstand, um nicht von ihm gesehen zu werden. Mit einer Trinkflasche bewaffnet, stapfte er los. Ich sah seinen Bewegungen an, dass der gestrige Sturz wohl doch nicht so spurlos an ihm vorübergegangen war. Er hatte Schlagseite nach links. Nach etwa fünfhundert Metern machte er halt. Ich suchte Schutz hinter ein paar Baumstämmen, die von Forstarbeitern neben dem Weg aufgestapelt waren. Dann ging ich in die Hocke und lugte hinter dem Holz hervor.

Clausen suchte sich ein weiches, bemoostes Plätzchen, ein bisschen abseits des Weges, und machte es sich an einem Baum gemütlich. Er drückte kurz an seiner Uhr herum, stellte die Trinkflasche neben sich ab, schob das Laufcap über sein Gesicht und gönnte sich ein Nickerchen.

Also, wenn so ein Morgenlauf aussah, dann würde ich mich auch künftig dazu hinreißen lassen. Ein gepflegtes, zweites Schläfchen in der Natur hatte bestimmt etwas Erfrischendes. Doch was sollte der Quatsch, fragte ich mich. Ich zückte mein Handy und fotografierte ihn. Hey, fotografieren kann jeder. Ich veränderte die Einstellungen der Kamera und begann, ein kleines Filmchen zu drehen. Das hatte sicherlich mehr Flair als so ein Schnappschuss. Klar, dass mein Handy gerade jetzt zu brummen begann. Es war Anja. Natürlich konnte ich in diesem Augenblick nicht rangehen. Ich verließ meinen Standort und näherte mich Clausen. Er schnarchte. Ich hoffte, dass man dies auch auf meinem kleinen Blockbuster hören konnte.

Nach einer knappen halben Stunde endlich ein Lebenszeichen. Seine Uhr piepste, und er erwachte aus seinem Schönheitsschlaf. Gähnend stand er auf und putzte sich die Spuren des Waldes von seiner Laufhose. Bei dem Anblick musste ich wieder an Hans' Bezeichnung *Discowaden* denken. Da hatte ein

Spatz wirklich mehr Fleisch auf der Kniescheibe. Er griff sich seine Trinkflasche, öffnete den Verschluss und nahm sein Cap ab. Dann übergoss er sich mit dem Inhalt der Flasche, setzte das Cap wieder auf und machte sich auf den Weg zurück.

Ich pirschte ihm filmend hinterher. Teilweise kam ich mir wirklich doof vor, wie ich mit dem Handy im Anschlag durch den Wald von Baum zu Baum hüpfte. Doch ich war mir sicher: Das Ergebnis war die Sache wert.

Er begann mit einem leichten Trab. So gut es mit seinen Wehwehchen eben ging. Kurz vor der Straße, die es zu überqueren galt, setzte er nochmals zu einem kleinen Sprint an. Plötzlich blieb er stehen und blickte an sich herunter. Er ging in die Hocke, um sich den rechten Schuh zu binden. Das war meine Chance. Ich rannte querfeldein durch das Wäldchen neben der Straße entlang, um den Hof von der Rückseite aus zu erreichen. Nach einer kleinen Kurve überquerte ich die Straße und kam fast zeitgleich mit Clausen an. An den zwei Stufen vor der Haustür trafen wir aufeinander.

»Moin!«, rief ich ihm zu. »So früh schon unterwegs?«

»Tja«, meinte er. »Wenn man fit bleiben möchte, dann muss man auch etwas für sich tun, nicht wahr?«

»Meine Rede. Und? Wie viel laufen Sie so jeden Morgen?«

»Meistens reiße ich meine zehn Kilometer runter. Ein kleiner Morgenlauf eben.« Er nahm sein Cap ab, wischte sich mit dem Handrücken über die Stirn und trabte auf der Stelle.

Mann, der haute aber mit Testosteron heute um sich, dass es eine wahre Freude war. Wenn das so ein Schläfchen am Morgen im Wald bewirkte, dann würde ich ab sofort nur noch im Grünen abhängen. Ich ließ ihm den Vortritt ins Haus.

Im Frühstücksraum herrschte bereits reger Betrieb.

Wir trafen auf Hans, der uns mit zwei Kaffeekannen entgegenkam.

»Morgen, Hans. Na? Schon fleißig?«

»Wo warst du denn?«

»Nur kurz draußen. Ich helfe dir gleich.«

Clausen grüßte Hans nicht. Er war viel zu sehr damit beschäftigt, umgehend den Frühstücksraum zu entern.

Ich nahm meinem Kumpel eine Kanne ab und folgte ihm.

»Na? Auch schon wach?« Er trabte wieder auf der Stelle. Es dauerte eine Weile, bis ihn alle wahrgenommen hatten. »Puh!«, rief er und guckte auf seine Pulsuhr. »Bestzeit! Tja, von nichts kommt nichts.«

Reger kam dazu und blieb neben dem Coach stehen. Ein Bild für die Götter. Beide mit ihren Pflastern und Schürfungen, als wären sie gerade eben vom Klettergerüst der hiesigen Kita gefallen. »Haben Sie in den Klamotten geduscht oder was?«

»Geduscht? Ich war heute schon früh auf den Beinen. Ich darf doch mal?« Er griff zwischen Moritz und Paul zum Tisch, um sich einen Apfel aus dem Obstkorb zu stibitzen. »Mehr gibt es heute Morgen nicht. Ah! Jetzt erst mal duschen. Wir treffen uns in einer halben Stunde frisch und motiviert in Wanderkleidung.«

»Und was tun wir da?«, fragte Charlotte in einem etwas genervten Ton.

»Teambildungsmaßnahme. Ich möchte mir ein Bild von Ihnen in der Gruppe machen. Mehr möchte ich dazu noch nicht verraten.«

»Das war so nicht abgesprochen. Spazierengehen können die auch alleine. Kann ich Sie kurz draußen sprechen?« Reger wirkte verärgert.

»Natürlich. Aber bitte schnell, ich kühle sonst zu sehr aus. Meine Muskulatur ist ziemlich beansprucht.«

»Wir gehen wandern?«, fragte ich Hans.

»Keine Ahnung. Ich weiß von nichts. Aber von mir aus! Gehen wir halt wandern. Dafür sind die ja eigentlich da.«

»Das sieht der Reger aber anders.«

»Der sieht alles anders. Ich sag dir, ich bin so froh, wenn die Pfeife wieder weg ist. Wo warst du denn?«

Ich zückte mein Handy und grinste. »Das glaubst du nicht, was ich dir jetzt zeige. Der Clausen ist ein Blender.«

»Das hätte ich dir auch so sagen können.«

Ich startete das Video und hielt ihm mein Handy vor die Nase. Klar, dass auch die anderen neugierig einen Blick aufs Display warfen. Außer Tina. Die kam neben mich, um mir einen guten Morgen zu wünschen.

»Den wünsche ich dir auch. Hast du denn gut geschlafen?«

»Ach, geht so. Was hast du denn da?«, fragte sie mich und rückte ganz nah. Natürlich roch sie wieder ganz hervorragend.

»Euren Coach bei seinem Halbmarathon.«

»Hast du ihn gefilmt oder was? Und da bist du die ganze Zeit mitgelaufen?«

»Natürlich bin ich mitgelaufen. Die ganzen zweihundert Meter bis zum Baum!«

»Das ist doch nicht zu fassen«, lachte Hans. »So ein Clown! Was soll denn der Blödsinn?«

»Ach, der will sich doch nur wichtigmachen«, meinte Paul. »Ich habe schon bei so vielen Firmen gearbeitet. Jedes Mal, wenn wir irgendwo ein Meeting hatten, war so ein Spinner dabei. Immer gewartet, bis alle gefrühstückt hatten und dann verschwitzt in voller Laufmontur zum Buffet gerannt, um sich schnell ein Müsli zu holen. Damit alle sehen, wie toll er ist.«

Lars legte den Arm um die Schulter seines Kollegen. »Kenne ich! So einen hatten wir in der Agentur, in der ich gelernt habe. Total verschwitzt kam er morgens mit dem Rennrad an und hat den ganzen Tag vor sich hin gemüffelt. Bis ihn mal ein Kollege dabei ertappt hat, dass er einen Kilometer vor der Agentur mit dem Rad aus der U-Bahn gestiegen ist.«

»Und warum war er dann so verschwitzt?«, hakte Moritz nach.

»Weil ein Kilometer schon gereicht hat, dass er fertig war. Außerdem musste er sein Rad in den dritten Stock schleppen. Ohne Aufzug. Damit es ihm ja keiner klaut. Fast jeden Tag ist irgendeiner über das Ding gestolpert. Mein Chef hätte es einmal fast aus dem Fenster geworfen.

»Was ist denn da draußen los?« Hans horchte. »Streiten die beiden etwa schon wieder? Langsam gehen mir die Burschen auf den Sack. Herbert, du kommst mit. Ihr anderen, schön weiter frühstücken. Ist alles bio!«

Ha, und das aus Hans' Mund. Das Einzige, was bei ihm früher als *bio* galt, war Bier. »Misch dich am besten nicht in deren Angelegenheiten ein! Das sollen die schön unter sich ausmachen.«

»Vergiss es! Mir reicht's. Das ist immer noch mein Hof. Auch wenn das meine Gäste sind. Ich habe mich nicht selbstständig gemacht, damit ich mir jeden Tag diesen vorpubertären Scheißdreck gebe. Wir sind hier in den Bergen. Die sollen in die Stadt abhauen, wenn sie die Schwanzlänge vergleichen wollen. Dann können die sich gegenseitig ihre PowerPoint-Präsentationen um die Ohren hauen, bis sie geil sind. Hier geht's um was anderes. Und wer das nicht kapiert, der fliegt.«

Endlich! Da war er wieder. Ich dachte schon, ich hätte meinen echten Freund verloren. Die letzten Tage war er so vernünftig gewesen. Fast schon langweilig.

»Recht hast du. Ich bin auf deiner Seite. Komm, wir knöpfen uns die beiden mal so richtig vor. Wenn du mich brauchst, ich bin ganz knapp hinter dir.«

Er riss die Tür auf und marschierte vors Haus.

Benjamin Reger und Mario Clausen standen dort und gestikulierten wild, während sie lautstark diskutierten. Obwohl, eine Diskussion war es nicht. Beide redeten gleichzeitig. Sie bemerkten uns überhaupt nicht, so sehr waren sie mit sich beschäftigt.

»Jetzt schau dir diese Clowns an, Herbert. Und du weißt,

welches Verhältnis ich zu Clowns habe.«

»Oh je, Hans, hast du wieder deine Clown-Sperre?«

»Im Endstadium, mein Lieber. Im Endstadium!« Oh, eine Wortwiederholung. Dann war es bei ihm ernst.

Im Erdgeschoss gingen zwei Fenster auf, und das Team streckte die Köpfe nach draußen. Ein bisschen hatten sie Hans schon kennengelernt. Sicherlich waren sie in freudiger Erwartung, dass mal jemand ihrem Chef die Meinung geigen würde. So wie ich Hans kannte, war der Zeitpunkt gekommen. Er hatte ein ruhiges Gemüt, und man konnte ihn lange reizen. Sein Nervenkostüm war praktisch wie ein Panzer. Doch wenn ihn etwas zu ausdauernd nervte, konnte es spannend werden.

Bianca streckte ihr Handy über alle Köpfe hinweg aus dem Fenster, um eventuelle Highlights für die Nachwelt aufzuzeichnen.

»Jetzt ist aber mal Schluss!«, brüllte Hans die beiden Sturschädel an. »Das ist ja nicht zum Aushalten. Werdet mal erwachsen! Immer dieses ständige Gebalze!«

Die beiden erschraken regelrecht und beendeten auf einen Schlag ihren Disput.

Reger war der Erste, der sich gefangen hatte. »Halten Sie sich da raus. Gehen Sie lieber mal den Grill anheizen oder eine Fahrradkette schmieren.«

Ui, das war mutig.

Hans ging näher an ihn heran.

Ich blieb dicht dahinter.

»Jetzt pass mal auf, Benjamin Blümchen. Du magst zwar ein zahlender Gast sein, aber Hausherr bin immer noch ich. Und wenn der Hausherr spricht, haben du und dein Super Mario zuzuhören. Haben wir uns?«

Reger baute sich vor meinem Kumpel auf. »Ja, wie reden Sie denn mit mir? Ich glaube, Ihnen muss mal jemand Respekt beibringen!«, schrie er und bekam einen tiefroten Kopf.

»Das mag schon sein, aber du sicher nicht mit deinen schwindsüchtigen Oberarmen. Typen wie du können höchstens mit Paragrafen umherwerfen oder Vorstadttussis mit einem Asbach Cola in irgendeinem Schickimicki-Schuppen beeindrucken. Aber hier in den Bergen herrschen andere Gesetze.«

»Ich glaube, ich höre nicht recht, wissen Sie überhaupt, mit wem Sie reden? Und hören Sie endlich damit auf, mich zu duzen!«

»Ich duze auf meinem Hof, wen ich will. Und ja, ich weiß genau, mit wem ich rede. Mit einem aufgeblasenen Schnösel, der zu früh abgestillt wurde. Einem, dem Papi ein Startkapital und einen Mietvertrag für eine eigene Firma gegeben hat. Dann hast du mit Ach und Krach die Schule geschafft, in der Abendschule einen Kurs mit dem Namen *Wie foltere ich meine Mitarbeiter* besucht und jetzt stehst du hier. Mit einem Pflaster in der Visage und einem aufgeschürften Knie.«

Meine Fresse! Das war mein Hans! Ich blickte zu Tina und ihren Kollegen.

Lars sah ihn mit feuchten Augen verklärt an. Ich glaube, der hatte sich in diesem Augenblick in meinen Spezl verliebt. Es war dermaßen viel Testosteron in der Luft, dass ich das Gefühl hatte, mein Bart würde schneller wachsen.

»Nun beruhigen wir uns alle wieder«, versuchte Clausen, die Stimmung zu heben.

Doch Hans war noch nicht fertig. »Geh du doch lieber in voller Laufmontur wieder für ein Schläfchen in den Wald.«

Clausen versuchte, die rechten Worte zu finden, und schnaufte wie irre.

»Komm, lass stecken! Mein Kumpel hier hat alles auf Video.«

»Also, das sind ja die reinsten Stasimethoden hier. Ich verlange, dass Sie mir das Video umgehend aushändigen.« Clausen machte einen Satz und versuchte, mir das Handy zu entreißen.

»Finger weg, das ist Privateigentum«, verteidigte ich mich und zog das Handy zurück, damit er es nicht erreichen konnte.

Reger wurde immer hitziger. »Ich werde mich über Sie beschweren.«

»Wo denn?«, wollte Hans wissen. »Bei deinem Hausarzt? Oder Friseur?«

»Sie wissen doch überhaupt nicht, was ich schon alles erreicht habe. Sie können mir doch mit Ihrer heruntergekommenen Bruchbude nicht das Wasser reichen.« Reger wechselte seine Miene von wutentbrannt zu triumphierend.

»Erstens holt sich hier jeder sein Trinken selber, und zweitens: Was hast du denn schon erreicht? Unzufriedene Mitarbeiter. Sonst überhaupt nix. Aber wie heißt es so schön: Wenn das Können fehlt, hat das Wollen keine Chance, gell?«

»Mir wird es jetzt zu bunt hier. Wir reisen ab. Und von mir sehen Sie keinen Pfennig.«

»Das wüsste ich aber. Vertrag ist Vertrag. Das können Sie ja dann mit Ihrem besten Freund, Fahrradprofi Nummer zwei, ausmachen.« Hans wirkte extrem gelassen. Ich vermutete, dass es ihm insgeheim egal war, ob die zahlten oder nicht. Hauptsache, der Typ haute ab.

»Alle sofort zusammenpacken. Wir reisen ab!«, schrie Reger zu seinem Team und verschwand im Haus.

»Das haben Sie jetzt davon. Jetzt haben Sie Ihren Kunden vergrault«, mahnte Clausen.

Hans aber ließ das kalt.

»Stimmt nicht ganz. Das war dein Kunde. Du bist mein Kunde. Oder besser, du warst es! Kannst auch gleich packen. Wer sich nicht anständig aufführt, fliegt.«

Clausen rang nach Worten. »Ist das Ihr letztes …«

»Ja!«, unterbrach ihn Hans kurz und knapp. Dann ging er einen Schritt zur Seite und wies ihm den Weg zur Haustür. Ohne ein weiteres Wort zu verlieren, machte sich Clausen auf ins Haus, um zu packen. Als er an dem großen Blonden vorbeikam, rempelte er ihn nochmals demonstrativ an.

Der aber zeigte Größe und ließ ihm diesen kleinen Ausrutscher.

Ich wartete, bis Clausen nicht mehr zu sehen war, schlenderte zu meinem Freund und gab ihm High five. »Hans, alle Achtung. Das war filmreif.«

»Du, bei solchen Hirschen, was soll ich sagen ..., da peitscht mich einfach die Leidenschaft!«

Das Team setzte zum Applaus an und grölte.

»Heißt das, wir müssen wirklich fahren?« Tina schaute mich traurig an.

»Sieht wohl so aus«, meinte Hans. »Tut mir ja auch leid, aber ihr seht ja selbst, dass das nichts bringt.«

»Ich will auch noch nicht fahren«, schmollte Lars. »Ich finde es hier richtig dufte.«

Hans musste schmunzeln. Er wollte bestimmt alles mit seinem Hof erreichen. Nur nicht, dass er dufte war.

Paul ergriff das Wort. »Wer sagt denn, dass wir fahren müssen? Ich meine, das hier war doch bis Freitag gebucht, oder?«

»Stimmt«, bestätigte der Hausherr.

»Na, was spricht dagegen, hier zu bleiben?« Er wandte sich an Charlotte. »Was meinst du?«

Verständlich, dass gerade sie nichts gegen diese Idee einzuwenden hatte.

Moritz hingegen warf Zweifel in den Raum. »Was meint ihr, was Reger dazu sagt? Der feuert uns doch hochkant, wenn wir uns gegen ihn stellen und nicht mit ihm mitkommen.« Er wirkte ängstlich. »Sag doch du auch mal was«, forderte er Bianca auf.

Die war allerdings damit beschäftigt, das soeben erlebte Schauspiel ins Netz zu stellen. Die Frage, ob Bianca Angst um ihren Job hatte, war somit geklärt.

»Ich sage euch eins. Wir ziehen selbst was hoch. Hans hat recht. Ohne Reger sind wir sicher besser dran!«, versuchte Paul, eine Revolte zu starten.

»Moment!«, preschte Hans dazwischen. »Davon war nicht die Rede. Das war doch nur …«

»Nein, Hans! Das traf genau den Punkt. Seid doch mal ehrlich: Wir wären doch ohne ihn viel besser dran. Was meint ihr, was das in unserer Branche für einen Knall geben würde? Na? Was sagt ihr?«

Kurze Stille, dann meldete sich Tina zu Wort. »Ihr werdet lachen, aber daran denke ich schon die ganze Zeit. Ich bin mir sicher, dass wir das schaffen könnten.«

»Also, ich komme da derzeit nicht so richtig in eine Emotion rein«, warf Lars ein und fächelte sich mit der Hand Luft zu. »Ich meine, bis wir den ersten Auftrag hätten, verdienen wir erst einmal nichts. Wir haben ja noch nicht mal Räume.«

»Das wäre kein Problem«, sagte Moritz zur Überraschung aller und hatte die volle Aufmerksamkeit. »Na, seht mich nicht so an. Mein Haus ist groß genug. Da stehen etliche Zimmer leer.«

»Wie«, wunderte sich Charlotte. »Seit wann hast du ein Haus?«

»Schon immer.«

»Das wussten wir gar nicht.«

»Ihr habt ja auch noch nie gefragt. Ich hatte einfach vor ein paar Jahren an der Börse etwas Glück. Das ist nämlich mein Hobby. Keine große Sache.«

Selbst Bianca hörte umgehend auf, auf ihrem Handy herumzutippen.

»Kann das sein, dass wir hier ein waschechtes Team vor uns haben, Herbert?«

»Schaut ganz so aus, Hans.«

Tina lächelte mich an.

Ich zurück. War ja unverfänglich.

»Langsam kommt die Emotion!«, freute sich Lars.

»Überlegt euch das gut!«, mahnte Hans. »So eine Selbstständigkeit will wohldurchdacht sein. Ich weiß, wovon ich spreche.«

»Aber es läuft doch gut bei dir. Schau, um dich herum … nur zufriedene Gäste.«

»Ja, im Erdgeschoss. Im ersten Stock schaut es da schon anders aus.«

Ich zog meinen Kumpel zur Seite. »Also Hans, du hast es wirklich drauf, Menschen zu motivieren. Erst schmeißt du zwei deiner Kunden vom Hof, dann motivierst du die anderen, dass die ihr Leben ändern …«

»Ja, ich lebe meinen Traum«, stöhnte er und kratzte sich am Hinterkopf. Sosehr er auch zu allem, was er von sich gab, stand. In diesem Fall war selbst ihm nicht ganz wohl bei der Sache.

Intime Distanzzonen

»Was ist denn hier los?«, fuhr Reger seine Mitarbeiter an, als er mit seinem teuren Schalenkoffer aus dem Haus stob und ihn neben sein Auto stellte. »Ich sagte *packen*. Also los. Zack-zack! Wir haben einiges vor. Ich habe gestern einen neuen Auftrag an Land gezogen, als ihr alle fröhlich gegrillt habt.«

Paul wollte gerade ansetzen, etwas zu sagen, als ihn Moritz bremste.

»Ich mach das schon, Paul.«

»Bitte«, meinte Paul und zog eine Zigarettenschachtel aus der Brusttasche seiner Lederjacke. »Nach dir!«

»Äh, Herr Reger, ich …, also, wir kommen nicht mit.«

»Was soll der Scheiß, Lerchenfeld? Packen Sie Ihre Sachen, und hieven Sie Ihren Arsch sofort hier raus, sonst …«

»Was sonst?« Moritz nahm allen Mut zusammen. Wie es schien, das erste Mal in seinem Leben.

»Sonst können Sie sich einen anderen Arbeitsplatz suchen. Und ihr anderen übrigens auch. Also? Hopp! Wird's bald?«

Hans und ich lehnten mit verschränkten Armen an der Hauswand und hielten uns zurück.

»Wir sind uns einig?« Moritz stellte diese Frage ein wenig zurückhaltend an seine Kollegen und suchte mit jedem Einzelnen den Blickkontakt.

Einstimmiges Kopfnicken.

Nach einer kleinen Verzögerung stimmte auch Tina zu.

»Äh, Herr Reger, Sie können uns überhaupt nicht kündigen«, rief Moritz aus dem Fenster.

»Ach ja? Und warum nicht? Seid ihr vielleicht alle schwanger? Ha! Das wäre was.«

»Nein, weil wir kündigen. Und zwar alle!«, erklärte Moritz seinem Chef entschlossen, wenn auch mit einer zittrigen Stimme.

Reger knallte seinen Kofferraumdeckel zu, nachdem er sein Gepäck hineingelegt hatte. Er ging auf das Fenster zu und nahm seine Pilotensonnenbrille ab. »Nun sieh mal einer an, wer da auf einmal Eier bekommen hat. Wer hat dir denn damals einen Job gegeben?« Reger wechselte die Gesichtsfarbe. »Glaubst du Wicht wirklich, dass du irgendwo anders in der Branche einen Job bekommen hättest?«

»Ja!«, erwiderte Moritz kurz und knapp und verschränkte seine Arme.

»Gut. Wie ihr wollt! Aber das Eine sage ich euch: Ihr bekommt in dieser Branche keinen Fuß auf den Boden. Dafür sorge ich. Bis ihr euren ersten Kunden an Land gezogen habt, seid ihr pleite.«

Das war Hans' Stichwort. »Den ersten Kunden haben die schon.«

»Ach ja?«, fragte Reger süffisant. »Und wen, wenn man den Mann vom Land fragen darf?«

»Mich!«

»War ja klar.« Er drehte sich um und bewegte sich schnellen Schrittes auf Hans zu.

Der streckte seinen Arm aus und bremste Reger schlagartig ab.

»Aufpassen, ja? Zu viel Nähe erlaube ich nur Blondinen und guten Freunden. Nicht in meine intime Distanzzone kommen! Sonst funkt es.«

»Das war Ihre Idee. Das ist denen doch nicht alleine eingefallen!« Reger war außer sich und versuchte gar nicht erst, Kontenance zu bewahren.

»Doch«, versicherte ihm Hans. »Da sind die ganz alleine draufgekommen. Die sind nämlich ein gutes Team. Die haben hier bei mir einfach mal ein bisserl Zeit gehabt, um genau hinzusehen.«

Reger ballte seine Faust und holte aus. Der Ahnungslose war scheinbar etwas lebensmüde.

Für mich war es Zeit, meinen Mann zu stehen und meinen Freund zu beschützen. Blitzschnell reagierte ich und stoppte Regers Faust mit meiner linken Hand auf halber Strecke. »Vorsicht, Bürscherl, ja? Sonst gibt's eine bayrische Watsch'n! Rezeptfrei!« Geil. Und das aus meinem Mund! Ein Satz, der normalerweise eher zu meinem Kumpel passte.

»Was soll denn das werden, wenn es fertig ist?«, fegte Hans zurück. »Zwergerlaufstand oder was?«

Im selben Moment kam Clausen mit seinem Koffer aus der Tür.

»Ich würde sagen, dass du dich ganz schnell verpisst. Und deinen Lakaien nimmst am besten auch gleich mit. Und … packt bitte euer Alteisen da hinten ein. Vielleicht könnt ihr aus den ganzen Teilen noch ein vernünftiges Radl zusammenbasteln. Also, gemma! Ach ja, hätte ich fast vergessen. Wenn ihr innerhalb einer Woche überweist, dann könnt ihr euch drei Prozent Skonto abziehen. Sozusagen als Zuckerl. Servus!«

Reger zuckte noch einmal kurz, war sich aber schnell bewusst, dass es besser war, das Feld zu räumen. Die Räder, oder das, was von ihnen übrig war, hatten die beiden trotz der Ansage nicht mitgenommen. Doch das war egal. Ersatzteile konnte Hans immer gebrauchen.

»Also, Herbert, du wächst hier an der frischen Luft wirklich über dich hinaus.«

»Danke, Hans. Da hast du echt Glück gehabt, dass ich so

schnell reagiert habe. Der hätte dich übel treffen können.«

»Pff! Wirklich nicht. Du, da wart ihr heute Morgen alle noch im Bett, da habe ich schon gesehen, dass der ausholt.« Klar, jetzt schnitt er wieder auf. »Aber ich sehe schon, wir zwei Hübschen sind ein gutes Team.«

Ja, das dachte ich auch immer mehr. Trotzdem wäre es schön gewesen, wenn Anja mich in Aktion erlebt hätte. Und Oskar Herbert.

Die Haustür flog auf, und das Team kam auf den Hof heraus.

»Ah«, meinte Hans. »Da sind ja unsere Firmengründer. Habt ihr euch das wirklich gut überlegt?«

»Wäre eh zu spät«, meinte Charlotte. »Jetzt ist das Kind in den Brunnen gefallen. Wir können nun nicht mehr zurück.«

»Wollen wir auch nicht«, fügte Tina hinzu. »Außerdem sind wir ohne Reger wirklich besser dran. Der hat in letzter Zeit ja einen Kunden nach dem anderen vergrault. Wäre sowieso bloß eine Frage der Zeit gewesen, dass er sich verkleinert hätte.«

»Ich würde sagen, das begießen wir heute mal so richtig.« Paul taute immer mehr auf und hielt Charlotte im Arm. »Wo kann man hier anständig einen heben?«

»Ich würde sagen, wir machen jetzt eine erstklassige Wanderung auf die Brezner Hütte, und da stoßen wir bei einer zünftigen Jause an. Wie schaut's aus?«

Das Team zeigte sich einverstanden.

Selbst Bianca war von der Idee nicht abgeneigt.

Moritz stand aufrechter da als die letzten Tage zuvor, und Lars hüpfte auf der Stelle in freudiger Erwartung, vielleicht doch noch eine Gams zu sehen. Tiere waren ja so etwas Wunderbares.

»Also«, meinte Charlotte, »dann ziehen wir uns mal um. Wir brauchen übrigens noch einen Firmennamen.«

Alle plapperten durcheinander, während sie zurück auf ihre Zimmer gingen.

Tina blieb neben mir stehen und stierte mich mit verklärten Augen an. »Das war eine beeindruckende Aktion von dir vorhin mit dem Reger. Bist schon ein Toller«, meinte sie und fasste meinen Oberarm an.

Hans grinste und wandte sich von uns ab, um die lädierten Bikes von Reger und Clausen in seine Scheune zu bringen.

»Eine Frau kann sich bei dir sicher fühlen«, schmierte sie mir weiter Honig ums Maul, was mir etwas peinlich war. Doch ich ließ es zu.

»Ach, das war doch nichts. Das tut doch jeder für seinen Kumpel.« Ich setzte an, zu Hans zu gehen.

Tina verstand und machte sich auf den Weg, um sich umzuziehen.

»Herbert?«

»Ja?«

»Du bist schon ein Toller!«

»Depp!«

»Haha! Weiß deine Anja überhaupt, was für ein Toller du bist? Soll ich sie anrufen und ihr sagen, dass alle Frauen auf der ganzen Welt wissen, was für ein toller Hengst du bist?«

»Jetzt fang dich mal wieder! Von Hengst war nicht die Rede. Allerdings wollte ich Anja wirklich anrufen. Ach, das kann ich ja noch von der Hütte aus machen. Jetzt ist es bestimmt gerade schlecht. Um diese Zeit sind die ganzen Muttis mit ihren Kleinen zum Frühstück im Café. Da ist es immer ein wenig hektisch.« Ich sah auf mein Handydisplay. Anja hatte nicht versucht, mich zu erreichen.

»Tina fährt ganz schön auf dich ab. Mein lieber Schwan! Dabei fällt die eher in mein Beuteschema.«

»Du, Hans, tu dir keinen Zwang an. Allerdings muss ich sagen …, ach, nichts.«

»Jetzt sag schon! Wir sind doch unter uns.«

»Na, wenn die Anja nicht wäre, dann …«

»Dann hättest du schon längst zugegriffen, oder?«

»Wenn du das sagst, hört sich das immer so an, als ob die Mädels in der Auslage liegen würden.«

»Ich bin doch stets respektvoll zu den Damen. Aber ich weiß, was du meinst. Und du glaubst, die Anja würde es rauskriegen, wenn du hier ein wenig Knick-Knack machst? Ich meine …, was sie nicht weiß?«

»Aber ich weiß es. Ich kann das nicht. Außerdem gibt es da noch den Oskar Herbert. Und überhaupt! Über was reden wir hier eigentlich!«

»Männergespräche! Sonst nix!« Er hob seinen Zeigefinger. »Es kommt der Tag, da wäre dein Bub für solch eine Aktion stolz auf dich.«

»Blödsinn! Wenn der Papa die Mama bescheißt, ist kein Kind stolz. Und du ruf lieber deine Herzdame an, dass die mitkommt.«

»Welche Herzdame denn?« Hans verriegelte die Scheune.

»Die Heidi, du Schnellspanner. Die freut sich bestimmt, wenn wir sie mitnehmen.«

»Du, die hat einen Hofladen. Die wird nicht so eins, zwei, drei …«

»Ruf an, dann weißt du es. Außerdem hast du dann wenigstens gefragt. Es gefällt ihr bestimmt, was du über deine Gäste zu berichten hast.«

»Gut, damit du Ruhe gibst. Aber meinetwegen muss die nicht mitkommen. Dass hier keine Missverständnisse entstehen! Hast du gehört?«

»Absolut, Hans. Keine Missverständnisse. Sie ist einfach nur eine gute Bekannte.« Ich hätte einen Hunderter gewettet, dass Hans scharf auf Heidi war. Vielleicht machte sie ihm aber einfach nur Angst? Schließlich unterschied sie sich immens von seinen bisherigen Frauen. Außer von Lissi, seiner Jugendliebe. Die hatte es zumindest geschafft, sich ein neues Leben auf Malle aufzubauen. Ging zwar in die Hose, aber immerhin. So weit hatte ich es bisher noch nicht gebracht. Aber … ich hatte einen Sohn gezeugt.

Mich hätte interessiert, ob ich mich auch zu Tina hingezogen gefühlt hätte, wenn Anja vor Ort gewesen wäre. Wahrscheinlich wäre es überhaupt nicht dazu gekommen, dass wir uns näherkamen. Obwohl, davon konnte nicht die Rede sein. Wir hatten uns, genau genommen, einfach nur etwas länger unterhalten, und sie hatte mich ein paarmal angegrabscht. Sonst war da doch nichts, oder?

Hüttengaudi

»Mensch, Moritz, du legst ja ein Tempo vor, da muss ich mich ganz schön reinknien, damit ich mithalten kann! Die Landluft und die Natur scheinen dir gutzutun«, meinte Hans motivierend und boxte ihn freundschaftlich an die Brust.

Moritz wirkte alles andere als fit. Er hatte einen hochroten Kopf und schwitzte dermaßen, dass sich bereits sein Oberkörper unter dem Shirt abzeichnete, das an seiner Haut klebte. Doch scheinbar stand er nach der Ansage an seinen Chef noch so unter Strom, dass er das Gefühl hatte, er könne alles erreichen. »Es ist so schön hier, Hans. Du hast echt Glück, dass du hier leben darfst.«

»Das ist kein Glücksfall. Das wurde ja nicht ausgelost. Eigentlich bin ich ein waschechter Münchner. Aber die Berge …, was soll ich sagen. Die haben es mir einfach angetan. Ich sag immer: Das Leben ist zu kurz, um nicht das zu machen, was man machen will!« Mein Kumpel war in seinem Element.

Heidi hörte einfach bloß zu, während sie neben ihm ging.

»Schau, dir scheinen die Berge gutzutun, oder rennst du daheim auch voller Elan durch die Gegend?«

»Ein paar Kilo weniger, dann fällt es mir leichter.«

»Das schaffst du schon, Moritz. Aber: immer langsam! Sonst

sind die Kilos schneller wieder drauf, als du denkst. Kannst den hier fragen!« Er deutete auf mich.

»Spinnst du? Wann hatte ich denn Übergewicht?« Am liebsten hätte ich ihm einen Arschtritt verpasst. War aber leider bereits etwas geschwächt. Es hätte mich zu viel Kraft gekostet.

Er lachte dreckig.

Tina, die neben mir wanderte, hatte Spaß an unseren Frotzeleien. Sie hopste wie ein Teenager durch die Landschaft und hatte keine einzige Schweißperle auf der Stirn.

Bianca ging voran und nahm nur in Ausnahmefällen die Augen vom GPS, das ihr Hans vor unserer Wanderung in die Hand gedrückt hatte. Seine Art, die Handysüchtige zu motivieren.

Charlotte schlenderte in einer unverschämt engen Leggins und Wanderstiefeln hinter uns und hatte Paul im Schlepptau, der seine Lederjacke geschultert hatte. Jetzt kam es mir endlich, an wen er mich erinnerte: an den Marlboro-Mann, der in meiner Jugend vor dem Hauptfilm durch die Prärie geritten war. Der hatte auch eine solche Lederjacke. Paul rauchte während des Aufstiegs.

Bei diesem Anblick hatte ich das Gefühl, meine Lungenflügel würden sich verabschieden. Ich bekam ohnehin schon etwas schwer Luft. Nicht auszudenken, wenn ich auch noch eine Zigarillo im Mundwinkel hätte.

»Ich finde, dass Herbert eine gute Figur hier in den Bergen abgibt«, stand mir Heidi zur Seite.

»Danke, Heidi. Schön, dass das mal jemand dem großen Lulatsch neben dir sagt.«

Heidi gefiel mir. Sie hatte so etwas herrlich Neutrales an sich. Sie war … wie die Schweiz.

»Ich zieh ihn doch nur auf. Aber letztes Jahr hättest du ihn sehen sollen. Da war der Mittlere Ring von München direkt an seine Hüften gepappt!«

»Hans, der ist so alt, da hat der Karl Valentin in seiner Kindheit schon nicht mehr darüber gelacht.« Immer alles auf meine Kosten, der Hund!

»Also, ihr beide solltet wirklich Eintritt verlangen bei uns unten im Gemeindehaus«, schlug Heidi vor.

»Und was sollen wir da machen? Singen?«

»Aber nicht doch! Das, glaube ich, solltet ihr uns ersparen. Ihr könntet euch einfach auf die Bühne stellen. Irgendwas wird schon aus euch herauskommen.«

»Lass mal, meine liebe Heidi. Der Herbert und ich, wir geben die Vorstellung gratis, nicht wahr, Herbie?«

Ich nickte. Zu gerne hätte ich ihn bloßgestellt und einen Spruch über ihn und Heidi abgelassen. Da hätte er geschaut. Aber das war nicht meine Art. Außerdem wäre das vor Tina weinerlich rübergekommen. So, als hätte ich es nötig, auf die gleiche Tour zurückzuschießen. Moment! Was juckte mich nun schon wieder, was Tina über mich dachte? Normalerweise konnte es mir doch scheißegal sein! In ein, zwei Tagen war sie wieder fort. Und ich war in festen Händen. Apropos, feste Hände: Ich wollte ja noch bei Anja anrufen. Ich wunderte mich, dass ich sie nicht vermisste. Wahrscheinlich war dies nur das typische Empfinden des Reisenden. Als Daheimgebliebener wäre ich sicher schon vor lauter Sehnsucht nach meiner Anja und Oskar Herbert in Selbstmitleid versunken. So aber war ich voller neuer Eindrücke, dass solche Gefühle bei mir überhaupt nicht aufkamen. Vielleicht wäre es besser gewesen, Anja überhaupt nichts von meinen Aktivitäten hier bei Hans zu erzählen? Ich hatte zu Hause ja schon gemeckert, wenn Anja mit mir einen sonntäglichen Spaziergang durch den Englischen Garten machen wollte. Seit Oskar Herbert auf der Welt war, hatte sich meine Einstellung zu Frischluft natürlich schlagartig geändert. Wobei ich zugeben muss, dass ich ganz gerne alleine mit Oskar Herbert loszog. Auf den Spielplätzen galt somit die gesamte Aufmerksamkeit der anderen Muttis alleine mir. Einmal hatte ich sogar gesagt, ich sei alleinerziehend. War mir so rausgerutscht. Die sah aber auch gut aus. Ich fragte mich langsam, was das damit auf sich hatte. *Ich liebe meine Frau. Ja, ich sage Frau, auch wenn wir nicht verheiratet sind.* Trotzdem schien es so, dass ich mir die Anerkennung bei anderen Menschen holte. Bekam ich diese etwa nicht von meiner Liebsten? Letztens hatte sie mich gelobt, weil ich toll gesaugt hatte.

»Geht ihr weiter, ich hole euch schon wieder ein«, sagte ich zu meiner Wandergruppe.

»Musst du aufs Klo? Wir sind in etwa zwanzig Minuten da!« Hans konnte es einfach nicht lassen.

»Du, Hans, nur weil du die Heidi beeindrucken willst, musst du mich nicht immer vorführen. Jetzt lass mal dein Ego stecken und geleite die Gruppe sicher zur Hütte, so, wie ich es dir gezeigt habe, ja?« Herrlich! Ihn so sprachlos zu sehen.

Heidi grinste ihn an.

»Ich …, äh …, du hast …«, stotterte er.

»Ja, äh! Da schaust, mein Großer! Ich komme gleich nach, und nein, ich muss nicht aufs Klo, aber du hast einen dicken Hals. Willst schnell hinter den Busch da? Wir singen auch ganz laut, damit du dich ganz in Ruhe entledigen kannst.«

So. Das tat gut.

Hans ließ es so stehen.

Die anderen aber nicht. Sie zogen ihn weiter auf.

Charlotte meinte, er und Heidi würden aber auch wirklich ein hübsches Paar abgeben.

Tina winkte mir zu, ich nickte nur, damit bei ihr keine falsche Hoffnung aufkam. Ich verlangsamte meine Schritte und ließ mich ein wenig zurückfallen. Dann zückte ich mein Handy aus der Rucksacktasche und wählte Anjas Nummer. Nichts. Kein Tuten, keine Mailbox. Ich sah aufs Display. Perfekt. Akku leer. Auch ein Beweis dafür, wie ich hier von den gesamten Eindrücken um mich herum von meinem Alltag abgelenkt war. Ich konnte mich nicht erinnern, dass mein Akku in den letzten Jahren auch nur einmal unter vierzig Prozent gerutscht wäre. Sie hatte wahrscheinlich eh alle Hände voll zu tun.

Ich betrachtete das Alpenpanorama. Nur zu gerne hätte ich Anja diesen Anblick gegönnt. Gewiss würde es ihr hier gefallen. Ich steckte mein Handy wieder zurück in den Rucksack. Bestimmt war es abends sowieso besser, sie zu erreichen. Außer, ihr Exmann stand schon wieder auf der Matte. Der Typ war wirklich wie ein Hausschwamm. Besser: wie die Pest! Was, wenn Anja mit ihm nachts um die Häuser zog, während ich nicht da war? Das wäre ja ein dicker Hund. Und gemein. Immerhin hielt ich ihr hier die Treue, obwohl ich von Tina ziemlich massiv angegraben wurde. Wäre es da nicht eine himmelschreiende Verschwendung, wenn ich später herausfinden würde, dass Anja einen Ausflug in die Vergangenheit machte, während ich Tina abblitzen ließ? Nein, Herbert. Du denkst jetzt nicht wirklich ernsthaft darüber nach, vorsichtshalber schon mal Rachesex mit dieser Tina zu haben, die du erst seit ein paar Tagen kennst! Nur für den Fall, dass Anja etwas mit ihrem Exmann hatte. Außerdem tat das meine Anja nicht. Und … seit wann führte ich Selbstgespräche?

***

Als wir geschlossen auf der Hütte ankamen, war schon einiges los. Hans hatte telefonisch eine beschirmte Ecke auf der großzügigen Terrasse beim Hüttenwirt klargemacht. Man kannte sich eben.

»Jetzt schaut's her, ihr Madeln und Burschen. Da habt's was zum Trinken, die Karten zum Essen bringe ich euch gleich.« Wahnsinn! Man konnte meinen, ein Zwillingsbruder von Hans sei aufgetaucht. Weniger von der Optik, mehr von der Gestik und der Art, wie er sich bewegte und sprach. Er trug eine kurze Lederhose und ein rot-weiß kariertes Trachtenhemd, bei dem er die Ärmel aufgekrempelt hatte. Dunkle Haare, an den Schläfen bereits grau und Drei-Tage-Bart. In seinen Haferlschuhen war er barfuß. Ein echter Naturbursche. Es schien, dass ihn die Zivilisation im Tal nur zu Gesicht bekam, wenn man ihn besuchte.

»Leute, das ist der Michi, ihr könnt aber gerne auch Mike zu ihm sagen. Der Michi war nämlich schon mal in den Staaten. Stimmt's, Mike?«

»Mei, Hans, New York halt.«

»Und? Wo ist es am schönsten?«

»Hans, ganz ehrlich ..., hier. In dem Central Park gibt es keine Kuh und keine Gams. Da fehlt dir einfach was, verstehst?«

»Da rennst bei mir offene Türen ein, Mike. Du, bevor du uns die Speisekarte bringst, mach doch noch eine Runde Enzian klar, gell!«

Mike bestätigte den Wunsch mit erhobenem Daumen und verschwand in der Hütte.

Hans wandte sich flüsternd zu mir. »Das hätte es fei vorhin nicht gebraucht.«

»Was meinst denn?«, flüsterte ich zurück.

»Den Spruch mit der Heidi und mir. Was bist denn so zickig? Fehlt dir der Sex? Du, da weiß ich jemanden, der ...«

»Schau, Hans, jetzt machst du es schon wieder.«

»Was denn?«

»Das dumme Daherreden. Immer, wenn du bei anderen punkten willst, stellst du mich blöd hin.«

Hans zog die Augenbrauen zusammen und wirkte dabei etwas beleidigt. »Das hat dir doch früher nichts ausgemacht.«

»Da war ich ja noch klein und dumm.«

»Und jetzt?«

»Jetzt bin ich groß und g'scheit.«

Mike meldete sich mit den Schnäpsen zurück. »So, jetzt

schaut's her, da hab ich was Feines. Den habt ihr euch verdient. Zur Sicherheit hab ich mir auch einen mitgebracht. Also dann … Prost!«

Wir stießen miteinander mittig über dem Tisch an, was zur Folge hatte, dass sich bereits bei diesem Vorgang die Gläser halb leerten. Hans und ich prosteten uns danach gesondert zu. Das bedeutete immer so viel wie: Jetzt sind wir wieder gut miteinander. Ach, Männerfreundschaften waren so schön unkompliziert. Schon zu Schulzeiten dauerte ein Streit unter uns Jungs nie länger als von der kleinen bis zur großen Pause. Die Mädels in meiner Klasse brachten es fertig, sich über ein ganzes Schuljahr hinweg anzugiften, nur weil eine die gleiche Bluse wie die andere gekauft hatte.

»Willst du nicht auch mit mir anstoßen?«, fragte mich Tina und streckte mir ihren Enzian entgegen.

»Klar. Prost! Auf ein langes Leben.« Wir tranken auf ex und knallten die Gläser auf den Tisch. »Heilige Scheiße, schmeckt das Zeug scheußlich! Das mit dem langen Leben können wir knicken. Da fangen ja Blinde wieder an zu sehen!« Ich hustete und nahm einen großen Schluck vom Bier.

»Ich finde, er schmeckt interessant!«, äußerte sich Charlotte, während sich Paul neben ihr eine Kippe ansteckte.

»Das ist doch nicht dein erster Enzian«, meinte Hans und orderte bei Mike eine zweite Runde.

»Eben schon. Das schmeckt ja beschissen, das Zeug. Da hat sich der liebe Mike bestimmt in der Flasche vertan. Das war bestimmt Brennspiritus.«

»Wann hast du denn Brennspiritus getrunken?«, wollte Heidi von mir wissen.

»Noch nie. Aber der riecht so, wie diese Plörre hier schmeckt.«

Mike war mit der zweiten Runde zur Stelle. »So, ihr Lieben. Da kommt Nachschub.« Er hatte sich natürlich ebenso einen weiteren Enzian eingeschenkt, weil's so schön war.

»Wollen wir nicht erst einmal was zum Essen bestellen? Ich mein, so als Unterlage? Ich hab nämlich das Gefühl, mir ätzt es gerade meine Magenschleimhaut weg.« Es fühlte sich an, als würde ich innerlich brennen.

»Schmarrn! Jetzt hab dich nicht so. Auf einem Bein steht man schlecht.«

»Sauber, Hans. Wenn es danach ginge, wären Spinnen und Tausendfüßler den ganzen Tag besoffen.«

»Vielleicht ist es ja so. Wer weiß das schon. PROST!«, rief er in die Runde.

Moritz' Gesichtsfarbe hatte sich seit dem Aufstieg nicht verändert.

Paul hatte den zweiten Schnaps schon unten, bevor wir angestoßen hatten, und die Mädels schlürften das Zeug weg, als wäre es Prosecco.

Einzig Lars nippte immer noch am ersten Enzian und bunkerte seinen Nachschub neben dem Bier, dessen Schaum sich bereits verabschiedet hatte.

»Gibt es hier keinen Batida de Coco? Oder einen Baileys?«, fragte Lars und verzog seine Miene, nachdem er sich mit dem Schnaps wiederholt die Lippen befeuchtet hatte.

»Psst! Sei ruhig! Bist du wahnsinnig? Für solche Fragen kannst du hier in den Bergen ganz schnell von der Bildfläche verschwinden!« Hans setzte seine dramatische Miene auf.

»Wirklich?«, fragte Lars besorgt nach und wechselte die Gesichtsfarbe zu Kreidebleich. Da er direkt neben Moritz saß, war der extreme Kontrast deutlich zu erkennen.

»Hans! Mach dem armen Kerl doch nicht eine solche Angst.«

Die Stimmung am Tisch war ausgelassen.

Selbst Paul ließ sich zu einigen verbalen Ausbrüchen hinreißen. Er war auch derjenige, der Mike dazu animierte, die

Hüttengaudi mit ein wenig Schlagermusik zu untermalen. Quasi Ballermann in den Alpen. Mir war das egal. Ich hatte für nichts Verantwortung zu tragen und ließ mich treiben. Einen dritten Enzian lehnte ich allerdings ab, weil ich ansonsten die Fähigkeit, Farben zu sehen, verloren hätte. Aus was wurde dieses Zeug eigentlich gebraut? Aus alten Bergstiefeln?

Mike wartete unsere Essensbestellung nicht ab, sondern pflasterte den Tisch mit einer anständigen Jause zu. Geräuchertes, Kaminwurzen, kalter Braten, Schinken …, ein Eldorado an Köstlichkeiten aus der Region. Daneben war eine reichlich bestückte Käseplatte mit Bergkäse, Ziegenkäse und einigen undefinierbaren Stücken, die aussahen, als wären sie aus der Gründerzeit. Aber bekanntermaßen kannte ich mich auf diesem Gebiet auch nicht aus.

Lars vergnügte sich mit einem Schnittlauchbrot und schwor, dass dies das beste Schnittlauchbrot sei, das er je gegessen habe.

Hans' Angebot, doch ein bisschen Schinken draufzulegen, lehnte unser Vegetarier entschieden ab.

Nebenbei dröhnten Mickie Krause und Andrea Berg aus den Boxen um die Wette. Die Stimmung schwappte nun auch auf die anderen Gäste über.

Mike bekam feuchte Augen.

»Und? Wie geht's dir?«, Tina wanzte sich an mich heran. Da die Musik immer lauter wurde und die Wanderer sich darin übten, Jürgen Drews zu übertönen, musste Tina ein wenig näher kommen. Sie berührte ein paarmal mit ihren Lippen meine Ohrmuschel, sodass es mir die Haare an den Unterarmen aufstellte. Und … nicht nur die.

»Super! Und, gefällt's dir hier oben?«

»Was?«

Ich ging näher ran. »Ob es dir gefällt?!«

»Ja, sehr! Wo du bist, gefällt es mir eigentlich immer!«

»Ah.« Ich nippte an meinem Bier, wartete einen Augenblick und nippte wieder. Dann wandte ich mich schnell an meinen Spezl. »Du, Hans, die Ketten an den Bikes …, müssen die eigentlich oft geschmiert werden?«

»Wie kommst jetzt da drauf?«

»Nur so!«

»Mei, kommt darauf an. Du, die Tina will was von dir!« Er wandte sich wieder von mir ab, um sich weiter einem intensiven Gespräch mit Heidi zu widmen. Moritz und Paul standen auf der Bierbank und klatschten im Rhythmus. Ich drehte mich wieder trinkend zu Tina.

»Alles okay?«

»Klar!«, quittierte ich und trank abermals. Dann war mein Glas leer.

»Und?«, sie kam wieder sehr nah. »Vermisst du deine Frau schon?«

Was sollte denn diese Frage? Und was sollte ich darauf antworten, um nicht weinerlich zu wirken? Andererseits wollte ich ihr aber auch nicht das Gefühl geben, sie hätte freie Bahn. Am liebsten hätte ich ihr gesagt, dass sie das überhaupt nichts anginge. Aber diese Augen und diese Haut! Sie blinzelte gegen die Sonne. Das sah süß aus. Verdammt! Am besten, ich antwortete mit einer Gegenfrage.

»Äh, wie meinst du das?« Das war eine blöde Gegenfrage.

»Na, ob du deine Frau schon vermisst?«

»Was glaubst du denn?« Das war gut.

»Ich weiß nicht. Und?« Verdammt! Wir drehten uns im Kreis.

»Mei, am Abend halt …« Das klang nun wirklich weinerlich. Als ob Mutti fehlte, um mir eine Gute-Nacht-Geschichte vorzulesen.

»Ich könnte dir ja Gesellschaft leisten. Dann wärst du nicht so alleine!« Sie blinzelte mich an und lächelte, bis sich kleine

Grübchen in ihren Mundwinkeln bildeten.

Eine Hand knallte mir auf die Schulter, und eine Männerstimme brummte neben meinem Ohr. »Du, Herbert, kommst du mal schnell? Ich muss kurz was besprechen!« Es war Hans.

»Klar! Du, Tina, du entschuldigst uns doch eben.« Ich stand auf und folgte ihm an den Tischen vorbei zu einem kleinen Brunnen, der vor der Terrasse auf der Wiese stand.

»Das war aber höchste Zeit!«, lobte ich meinen Freund.

»Die Heidi hat gesehen, dass du zu schwimmen begonnen hast. Weil du die Mädels aber auch immer so angraben musst! Das hast jetzt davon.«

»Spinnst du?«

»Beruhig dich. Ich mach doch nur Spaß. Und? Was machst jetzt? Geht was? Brauchst ein Alibi?«

»Hans, zum x-ten Mal. Ich habe meine Anja und den Kleinen. Wir sind eine glückliche Familie.«

»Weiß ich doch. Ich mach doch wieder nur Spaß. Du, wir sollten aber trotzdem aufbrechen. Sonst bekommen wir die Bande nicht mehr heil runter vom Hügel.«

Hans hatte den Satz gerade zu Ende gesprochen, als Lars ganz aufgeregt auf uns zueilte. »Schnell, kommt! Der Moritz hat auf die Terrasse gereihert.«

»Na bravo. Jetzt haben wir den Salat«, knurrte mein Kumpel, der von Lars am Arm gepackt und gezogen wurde.

»Das war bestimmt die viele Wurst!«, diagnostizierte er aufgelöst.

»Ja, Lars. Ganz bestimmt war das die Wurst. Nur gut, dass er so viele Aperitifs getrunken hat. Nicht auszudenken, wie es ihm sonst ginge.«

Wir kamen am Tisch an und begutachteten das Dilemma, das Moritz verursacht hatte. Schlagartig war die Stimmung im Keller und Mike mit einem Lappen zur Stelle.

»Was schleppst mir aber auch so Antialkoholiker hier

herauf!«, schimpfte er, während er sich an die Beseitigung des Unglücks machte.

»Du, sorry, was weiß ich schon, wer was verträgt oder nicht.«

Paul hingegen war stolz auf seinen Kollegen. »Endlich erlebt er mal was!«, rief er und prostete Moritz zu, der kreidebleich in der Ecke kauerte und seine Augendeckel auf halbmast hatte. Wenigstens war das Rot aus seinem Gesicht verschwunden.

»Können wir was tun?« Hans bot sich vorsichtig an in der Hoffnung, dass es nichts zu tun gäbe. Dafür kannte ich ihn zu lange, um zu merken, dass diese Frage nicht wirklich Hilfsbereitschaft verströmte.

»Komm, Hans, schleicht euch! Schaut's lieber, dass ihr den Patienten da heil nach unten bringt.« Er deutete abfällig auf Moritz.

Lars zückte ein Taschentuch und tupfte an Moritz' Mundwinkel herum. Herzzerreißend!

»Machst du uns noch die Rechnung?«, fragte Hans kleinlaut und zückte seine Geldbörse.

»Jetzt geht's schon zu! Ich komm die Tage bei dir vorbei. Das kostet dich aber was. Das weißt schon!«

»Ja, ja.«

»Meister? Machst du uns noch ein paar Enzian auf den Weg?«, rief Paul dem Wirt zu, der gerade auf den Knien das Malheur vom Boden aufwischte, das den Tisch verfehlt hatte.

»Auf geht's, Paul«, forderte Hans in strengem Ton und entschuldigte sich per Handzeichen bei Mike, der giftig unterm Tisch hervorlugte. »Jetzt ist Sperrstunde für uns. Vergiss deine Lederjacke nicht und komm!«

Selbstverständlich hatten wir auch die Gunst der anderen Wanderer auf der Terrasse nicht auf unserer Seite. Ich hatte das Gefühl, dass man froh war, als wir uns wieder auf den Weg machten. Aber … wie eingangs gesagt: Ich hatte keine Verantwortung. Ich war einfach nur dabei.

»Paul? Meinst du, du könntest auf der einen Seite den Moritz stützen, und ich …« Weiter kam Hans nicht.

»Jetzt geht's aber schnurstracks ab nach unten. Auf, auf, das Tal ruft …« Dann rannte er los. Ein wenig wackelig, aber wenigstens auf dem Weg. Lars bot sich an, mit Paul zu gehen. Wie es schien, war er der Einzige von uns, der noch nüchtern war.

Charlotte hakte sich bei Bianca unter und sang *»Er gehört zu mir«*, während Tina und Heidi beschlossen, dass wir das große Los gezogen hatten, Moritz heil nach unten zu bringen.

»Du, Hans, soll ich vorgehen und vielleicht mit nach dem Rechten schauen? Nicht, dass die noch auf dem Weg über die Straße zusammengefahren werden?«

»Besser ist das, liebe Heidi. Dank dir.« Er sah sie ganz verklärt an.

»Ich kann ja ein bisschen was zum Essen machen, bis ihr kommt.«

»Lass gut sein, Heidi. Ich hab ja noch Fleisch. Ich dachte, wir schmeißen schnell was auf den Grill.«

»Dann kümmere ich mich wenigstens um die Beilagen.«

»Du bist echt spitze!«

»Ja, Heidi. Du bist echt spitze!«, rutschte es aus mir heraus.

Hans sah mich verdutzt an.

Heidi auch.

»Geh du schon mal mit vor, Tina. Wir kommen auch gleich nach. Vielleicht rollen wir Moritz den Berg hinunter?«

»Was?«, lallte der und glotzte mich erschrocken an.

»War nur Spaß, mein Held. Wir passen schon auf dich auf!«

Die Mädels marschierten los und versuchten schnellen Schrittes, den Rest der Bande einzuholen.

Wir nahmen Moritz in die Mitte und hofften, dass er mit jedem Schritt nüchterner wurde.

»Du bist echt spitze, Heidi!«, frotzelte Hans. »Was war das denn?«

»Sorry. Ist mir so rausgerutscht. Die ist aber auch spitze. Also die, wenn du die nicht festhältst, dann …«

»STOP! Das Thema wird jetzt nicht besprochen. Die Heidi ist eine gute Freundin und aus!«

Ach, sieh einer an! Da hatte ich wohl einen wunden Punkt getroffen. Ich wäre kein guter Freund gewesen, wenn ich nicht weitergebohrt hätte. Wohl wissend, dass die Möglichkeit bestand, dass mich Hans mitsamt dem Moritz irgendeine Klippe runterstoßen könnte.

»Na, komm schon! Wir sind doch unter uns. Die Heidi ist genau die Richtige für dich. Glaub mir. Vor was hast du denn Angst?«

»Ich? Spinnst du? Ich hab doch keine Angst.«

»Du bist echt blind, wenn du nicht merkst, dass die total auf dich steht. Was glaubst du, warum die einfach so mir nichts dir nichts ihren Laden zusperrt und mit uns zum Wandern geht?«

Hans zögerte. Sofort versuchte er, alles mit seinen Witzen zu überspielen.

»Vielleicht steht sie ja auf dich? Den Finanzbeamten aus der Stadt?«

Moritz meldete sich »Ui, ich glaube, ich …« Wir sprangen einen Schritt zur Seite. »Ach nein. Geht schon wieder!«

Natürlich war es von ihm nicht ernst gemeint, dass Heidi auf mich stand. »Jetzt komm, hör schon auf mit deinem Schmarrn, Hans. Das glaubst …«

»Was willst du denn hören?«, rief er auf einmal so laut, dass man es bestimmt bei Mike auf der Terrasse noch hören konnte. »Dass ich mich in die Heidi verknallt habe?«

»Noch lauter, Hans. Vielleicht hat es die Heidi ja noch nicht gehört.«

»Ist doch auch wahr. Okay, sie gefällt mir. Bist du jetzt zufrieden?«

Ich hielt für eine Weile meine Klappe. Schau einer an! Der Hans. Da lag ich ja goldrichtig mit meiner Vermutung.

»Und jetzt?«

»Was und jetzt?«

»Na, was willst denn jetzt machen?«

»Nix mach ich, verstehst?« Er positionierte Moritz' Arm erneut auf seiner Schulter, um ihn besser stützen zu können. »Das ist das Beste.«

»Jetzt sag aber nicht, dass die Lissi immer noch eine Rolle in deinem Leben spielt.«

Stille. Hatte ich den Nagel etwa auf den Kopf getroffen? Lissi? Wirklich? Seine Jugendliebe, wegen der er kurzzeitig in Deutschland die Zelte abgebrochen hatte? Die Lissi, wegen der er seinen Job gekündigt hatte? Die, von der er sich erst letztes Jahr wieder getrennt hatte, weil sie einfach nicht mehr dieselbe war wie früher? Die Lissi?

»Lass uns einfach nach unten gehen«, versuchte er, mich abzuwürgen.

Doch ich wollte das geklärt haben. Dafür waren Freunde da. Er mischte sich schließlich auch ständig in meine Angelegenheiten ein. Freundschaft geht schließlich nicht nur in eine Richtung.

»Bist du noch verknallt in die Lissi?«

»Ach Quatsch!«

»Nun sag schon und lass dir nicht alles aus der Nase ziehen. Ich bin es. Der Herbert! Jetzt spinn nicht rum, und red mit mir! Ich hör nicht auf zu fragen, ich schwöre es dir!«

»Fuck! Du bist echt 'ne Nervensäge.«

»Ich weiß!«

»Nein, ich will nichts mehr von der Lissi! Bist du jetzt zufrieden? Ich will nur nicht, dass mir so was noch mal passiert.«

»Was genau?«

Wir blieben kurz stehen, weil Moritz erneut Anstalten machte, sich zu übergeben. Glücklicherweise Fehlanzeige.

»Dass ich mich wieder in was verrenne, und dann war es am Ende des Tages doch nichts. Das bremst ungemein, weißt du das?«

»Hans, ich kann es mir zumindest vorstellen. Aber das kann doch nicht die Lösung sein.«

»Es ist aber am einfachsten. *No woman, no cry*, wie der Bayer sagt. Den Stress hab ich lange nicht, wenn ich mir hin und wieder ein Mädel mit nach Hause nehme. Die wollen meistens auch nicht mehr.«

»Woher willst du das denn wissen? Egal. Ich kann dir nur eins sagen, mein Freund. Mach nicht den Fehler und verpass eine Riesenchance! Dann fällst du vielleicht noch mal auf die Nase. Na und? Immer noch besser, als eines Tages aufzuwachen und dir die Frage zu stellen: Was wäre gewesen, wenn …!«

Er beließ es dabei.

Ich aber merkte, wie es in ihm ratterte. Es brauchte schon einiges, um ihn mundtot zu kriegen. Außerdem waren wir kurz vor seinem Hof. Wie es schien, waren alle unbeschadet angekommen. Zumindest hatten wir keinen am Wegrand liegen sehen. Nun galt es nur noch, Moritz heil über die Straße und ins Bett zu kriegen. Das sollte nach diesem Abstieg aber auch kein Problem mehr sein.

Fleischfressende Vegetarier

»Nein! Nein! Das darf nicht sein.« Lars stampfte auf und schüttelte seinen Kopf hin und her.

»Jetzt ist es passiert, Lars. Ich habe dich extra noch gefragt. Du wolltest unbedingt. Du hast mir sogar gedroht«, meinte Hans fürsorglich in ruhigem Ton und tätschelte dessen Schulter, als ich aus dem Haus kam.

Vorsichtshalber hatte ich noch mal nach Moritz gesehen. Der hatte sich überhaupt nicht mehr blicken lassen, nachdem wir ihn ins Bett geschafft hatten.

Außerdem suchte ich mein Handy, das ich zum Laden im Gruppenraum angesteckt hatte.

»Aber …, aber …, ui, ist mir schlecht.« Lars würgte.

»Magst dich übergeben? Soll ich dir einen Eimer holen? Vielleicht geht es dir dann besser?«

Lars saß geknickt auf dem Treppenabsatz vor dem Haus und überlegte, ob sein Leben überhaupt noch einen Sinn hatte. Am liebsten wollte er wohl sterben. Oder wenigstens erst einmal ins Bett gehen.

»Was hat er denn?«, wollte ich wissen und war besorgt.

»Da bist du ja. Wo warst denn schon wieder? Ich dachte schon, du bist ins Bett gegangen. Die Tina sucht dich schon seit geraumer Zeit.«

»Ich war duschen.«

»So lange? Was duscht denn du alles an dir, wenn du duscht?«

»Na, alles. Jetzt sag, was hat er denn?«

Hans richtete sich auf und versuchte, ernst zu bleiben. »Unser Hardcore-Vegetarier hier hat …«

»Nein! Nicht sagen. Das darf niemand erfahren!« Lars sprang aufgelöst auf, setzte sich aber umgehend wieder, weil sich alles um ihn herum drehte.

»Lars, ganz ruhig. Der Herbert ist verschwiegen!«, versuchte er, ihn erneut zu beruhigen.

»Hat er getrunken?«, wollte ich wissen und beugte mich hinunter, um Lars in die Augen zu sehen. Dies war leider nicht möglich, weil der sich vor Scham die Hände vors Gesicht hielt.

»Gesoffen trifft es wohl eher.« Hans kam etwas näher an mich heran und flüsterte mit vorgehaltener Hand zu mir herüber. »Er hat Fleisch gegessen.«

»Ohne Schmarrn!«, schoss es aus mir heraus.

Ungewollt hörte ich mich scheinbar etwas empört an, weil Lars umgehend erneut zu schluchzen begann. »Siehst du, Hans, er findet es auch schlimm!«

»Aber nicht doch, Lars. Der Herbert kann es bloß nicht glauben, gell, Herbert?«

»Äh ja, ich meine, nein.« Ich beugte mich wieder zu ihm hinunter. »Aber so schlimm ist das doch nicht. Das bisserl Fleisch.«

»Na ja«, schluchzte er weiter, »so wenig war das nicht!«

Ich sah zum Grillmeister. »Von wie viel reden wir?«

»Zwei Steaks, drei Grillwürstel und eine Bratwurstschnecke!«, haute Hans wie aus der Pistole geschossen raus.

»Echt jetzt? Beachtlich. Das wäre selbst mir zu viel.«

Mein Kumpel setzte sich neben Lars. »Wir sind doch unter uns. Jetzt sag! War schon gut, oder?«

»Hans, nun lass ihn doch.«

»Was denn? Das interessiert mich«, verteidigte er sich.

Lars war am Boden zerstört. »Das ist ja noch nicht das Schlimmste!«

»Was denn noch?«

»Daheim bin ich zweiter Vorsitzender im vegetarischen Verein: *Eine Kuh hat auch Gefühle*! Ich bin sogar Gründungsmitglied! Buhuu!«

»Aber schau, daheim ist ja ganz schön weit weg. Und überhaupt ..., du bist ja zweiter Vorsitzender. Wärst jetzt der erste, dann würde ich mir Sorgen machen. Stimmt doch, Herbie?«

»Ganz genau. Da stimme ich dir hundertprozentig zu.«

»Was soll ich jetzt machen?«, stöhnte er verzweifelt und sah uns an, als könnten nur wir ihm Absolution erteilen. »Mein Gott, ich habe bestimmt eine Vergiftung! Vielleicht stößt es mein Körper aber auch ab?«

»Du hast keine Vergiftung. Jetzt gehst auf dein Zimmer und betest vier Vaterunser und zweimal den Rosenkranz, dann wird das schon wieder.«

»Hans! Echt jetzt?« Nicht zu fassen, was mein Kumpel diesem armen Kerl vorschlug.

»Buhuu!«, heulte er erneut los.

»Was ist denn jetzt schon wieder?«

»Ich bin doch aus der Kirche ausgetreten!«, rief er schluchzend und bekam zu allem Übel vor lauter Aufregung auch noch einen kleinen Schluckauf. Mit jedem Hickser bedachte er uns mit einer kleinen Bierfahne.

»Das ist natürlich schlecht«, quittierte Hans und rieb sich nachdenklich sein Kinn. Ich war mir nicht mehr sicher, ob er den Kerl nun veräppelte oder ob auch er es ernst meinte. Wie viel hatte Hans eigentlich schon intus?

»Gell, Hans, jetzt gehen dir die Ideen aus.«

»Da kennst mich aber schlecht, Herbie. Weißt du, was du machst?«

Lars wischte sich die Nase an seinem Hemdsärmel. »Was denn?«

»Du gehst einfach den Jakobsweg. Das funktioniert immer. Hat ein Spezl von mir auch schon getan.«

»Und was hatte der angestellt?«

»Der hat eine Weißwurst mit Ketchup gegessen. Nach zwölf Uhr!«

»Nein!«

»Doch. Der war danach wie ausgewechselt. Jetzt gehst erst einmal nach oben zum Moritz und erzählst ihm die Geschichte. Wirst sehen, der ist derselben Meinung.«

Er stand auf, nickte uns betrübt zu und verschwand im Haus. Als er die Türe hinter sich geschlossen hatte, hätte es uns fast zerrissen vor Lachen. Trotzdem tat mir der arme Kerl leid, weil er es sich so zu Herzen nahm.

»Hans, du kannst doch den Lars nicht zum Moritz hochschicken. Was soll denn dabei herauskommen, wenn die beiden in diesem Zustand diese Sache ausdiskutieren?«

»Das läuft schon, keine Sorge! Somit sind beide sehr gut aufgehoben. Außerdem passt auf diese Weise jemand auf den Moritz auf. Ich hab mir nämlich gedacht, dass wir die letzte Nacht doch noch im Heu übernachten könnten. Wäre doch schade, wenn wir uns schon die Mühe gemacht haben, den Heuspeicher zu füllen, oder?«

»Gute Idee. Hast du den anderen schon Bescheid gegeben?«

»Klar. Sind alle dafür. Auch deine Tina.«

»Wenn du nicht aufhörst, können wir uns gerne noch mal über dich und deine Heidi unterhalten.«

»Lass gut sein!«

»Aber sie bleibt doch hier, oder?«

»Notgedrungen. Bei Prosecco wird sie schwach.«

»Sie könnte ja ein Taxi nehmen.«

»Ein Taxi? Hier? In der Nacht? Du, wir sind hier nicht in Schwabing, wo du fünf Sekunden deine käsigen Waden auf die Straße hältst und schon bremst einer. Hilf mir lieber, die Decken und Lampen auf die Scheune zu schaffen. Wo warst denn nun eigentlich so lange?«

»Duschen. Hab ich doch schon gesagt.«

»Wer duscht denn bitte so lange? Hast wieder an dir herumgespielt, gell. Vielleicht hätte ich dir ja die Tina nach oben …«

»HANS! Aus! Außerdem habe ich mein Handy gesucht. Das habe ich vorhin im Gruppenraum angesteckt, weil der Akku leer war, und jetzt ist es weg. Vielleicht habe ich es aber auch mit nach oben genommen …«

Mein Kumpel fasste an seine Gesäßtasche. »Ach ja, da war was.«

»Wie, da war was?«

»Ich hab aus dem Schrank im Gruppenraum die Lampen geholt, da hat was gerappelt. Hier, dein Handy.«

Er drückte mir mein Smartphone in die Hand und druckste herum.

»Was meinst du mit *gerappelt*? Hat jemand angerufen?«

»Bingo! Die Anja war dran. Du, die hat es schon ganz oft bei dir probiert. Warum rufst du sie denn nicht zurück? Die war vielleicht sauer. Ich musste ihr aber wirklich recht geben. Das tut man doch nicht.«

»Spinnst du? Ich sagte doch gerade, dass mein Akku leer war. Und, was hat sie gesagt?«

»Zuerst, dass du zurückrufen sollst.«

»Und dann?«

»Dass du nicht mehr zurückzurufen brauchst.«

Ich verstand nicht, was er mir sagen wollte. »Warum meint

sie denn, ich soll zurückrufen und dann plötzlich nicht mehr?«

»Na ja, da war noch was dazwischen. Frauen! Du kennst das ja. Hilfst mir jetzt mit dem Zeug da?«

»Hans! Raus mit der Sprache!«

Er druckste weiter herum. »Na, wir haben halt so gequatscht, und ich wollte dich bei ihr gut dastehen lassen.«

»Aber das ist doch super. Danke, mein Freund.«

»Wie man es nimmt! Ich hab ihr nur geraten, dass sie ganz schön aufpassen muss auf dich, weil dir hier die Hasen nur so hinterherlaufen. Besonders die Tina. Warum sagst du denn, dass die pummelig ist? Ich finde, die hat eine geile Figur. Wie dem auch sei, das hat sie irgendwie in den falschen Hals bekommen und hat dann ganz beleidigt …«

»Hans, du Spinner! Hast du sie noch alle? Wie kannst du so etwas zu Anja sagen? Du weißt doch, dass es gerade nicht so entspannt läuft.«

»Ach, da schau her! Woher soll ich das denn wissen? Erzählst ja nix. Ist doch alles Friede, Freude, Eierkuchen bei euch.«

»Trotzdem! So viel Feingefühl musst doch selbst du haben, um zu merken, dass solche Aussagen auf diese Entfernung eher suboptimal sind.«

»Mei, ich dachte mir einfach, dass solche Sachen Pfeffer in jede Beziehung bringen. Ein bisserl Eifersucht hat noch niemandem geschadet. Hab's nur gut gemeint.«

»Aber gut gemeint ist nicht immer gut gemacht. Eifersucht? Wer erzählt denn so einen Schmarrn? Du, das ist das Letzte, was ich derzeit gebrauchen kann.« Ich fasste es nicht und wählte umgehend Anjas Nummer. Das musste schleunigst wieder bereinigt werden. War ja wieder typisch. Sonst legte sie keinen Wert darauf, was Hans von sich gab. Doch bei solchen Dingen nahm sie es gleich für bare Münze? »Verdammt. Mailbox!«

»Dann sprich ihr einfach was Nettes drauf, schon freut sie sich.«

Der hatte gut reden. Wo nahm er nur diese Coolness her?

»Ja, hallo, Anja. Ich bin es.«

»Du, das war bloß Spaß vorhin. Ist alles gut. Der Herbert ist eine treue Seele!«, rief mir Hans dazwischen.

Ich gab ihm einen Renner und wandte mich von ihm ab.

»Du, Schatzerl, hör nicht auf das, was der Spinner dir erzählt! Ruf mich doch bitte zurück. Mein Akku war leer, und wir waren auf dem Berg wandern. Da konnte ich dich nicht gleich anrufen. Dann war ich alleine duschen, also, ich dusche immer allein, ich …, äh, also hier. Danach hab ich mein Handy wieder gesucht, dann hat der Hans es gehabt und … den Rest kennst du ja.«

Hans stand mir erneut gegenüber und schüttelte mit dem Kopf.

»Also, ruf mich bitte zurück, es ist alles in Ordnung. Wie geht es denn dem Oskar Herbert? Ich vermisse euch schon ganz arg!«

»Übernachtest du auch in der Scheune mit uns, Herbert?«, rief Tina überschwänglich, als sie plötzlich neben mir stand. War das denn die Möglichkeit? Ich dachte, ich wäre im falschen Film.

»Psst, Tina!«, zischte Hans von der anderen Seite übertrieben. »Seine Anja ist dran. Das ist gerade sehr ungünstig.«

»Oh, sorry!«, kicherte sie.

Toll, das war nun alles auf Anjas Mailbox. »Du, die drehen hier alle gerade durch. Alkohol, du weißt ja, wie das ist. Ich meine, vom Café her, nicht, dass du selbst mit dem Alkohol …, wie auch immer, ruf einfach zurück. Hab dich ganz doll lieb, mein Spatzl. Ich vermisse dich, also euch. Auch den Oskar, den Oskar Herbert …«, atemlos legte ich auf.

Das war mit Abstand der beschissenste Text, den ich jemals auf eine Mailbox gesprochen hatte. Ach, was sage ich? Den überhaupt weltweit irgendjemand von sich gegeben hatte.

»Und?«, forschte Hans besorgt. »Alles wieder paletti?«

»Ja! Die Mailbox von Anja hat mir soeben bestätigt, dass alles wieder paletti ist.«

Die etwas angetrunkene Tina schmiss sich an mich heran. »Warum? Was ist denn? Ist was mit deiner Frau?«

Am liebsten wäre ich einfach gegangen. Aber sie konnte ja nichts dafür. Außerdem war sie Gast. »Nein, Tina. Passt alles. Nur ein kleines Missverständnis.«

»Geht es jetzt ab ins Heu? Ich freue mich schon so. Wo schläfst du denn? Neben mir?« Tina wirkte aufgeregt und freudig zugleich. »Paul und Charlotte sind bereits im Heu abgetaucht.«

»Wen wundert's!«, grummelte Hans trocken und drückte mir einen Schwung Decken in die Hände. »Wir sollten übrigens doch den Lars und den Moritz zu uns holen. Mir ist nicht wohl bei dem Gedanken, dass die beiden alleine im Haus herumgeistern. So habe ich die zwei im Blick.«

Mir war alles recht. Hauptsache, ich konnte schleunigst mit Anja sprechen. Das fehlte noch, dass wir in eine Krise stolperten.

Reaktionen

»Hier ist es doch viel schöner, findest du nicht?« Tina breitete die Decke auf dem Heu aus.

»Ja, schon. Dein Kollege schnarcht ziemlich laut.«

Sie meinte, sie könne nicht so dicht neben ihren Kollegen einschlafen. Daher wollte sie in die andere Ecke der Scheune umziehen. Als Gentleman zog ich natürlich mit um, weil sie sich bestimmt gefürchtet hätte. Was sollte ich machen? Immerhin hatte ich für die Gäste auch ein wenig Verantwortung.

»Nach dem, was der getrunken hat, würdest du auch schnarchen.«

Wir flüsterten, um die anderen nicht zu wecken.

Hans war natürlich als Erster im Land der Träume. Da war er schmerzfrei. Den könnte man mitten am Hauptbahnhof zur Rushhour auf eine Bank setzen. Wenn Hans müde ist, dann schläft er. Egal, wo.

Auch von Heidi und den anderen war nichts mehr zu hören.

Lars benötigte auf dem Weg ins Nachtlager noch ein wenig Zuspruch und mein Versprechen, gleich am nächsten Morgen zu googeln, wie man am besten zum Jakobsweg käme.

Charlotte und Paul hatten ebenfalls ein abseits gelegenes Plätzchen ergattert. Die Gründe lagen auf der Hand.

Unter meiner Decke blinzelte ich nochmals auf mein Handydisplay. Nichts. Verflucht! Hätte ich vielleicht umgehend nach Hause fahren sollen? Quatsch. Außerdem hatte ich ebenfalls ein paar Bierchen intus.

»Hast du deine Frau erreicht?«

»Nein. Morgen ist auch noch ein Tag. Das passt schon.« Mehr wollte ich zu diesem Thema nicht preisgeben.

»War sie sauer?«

»Warum denn?«

»Ach, ich dachte. Ist schön hier, nicht wahr?«

»Ja, ganz schön.«

»Ein bisschen frisch vielleicht.« Sie rieb sich die Oberarme.

»Findest du?«, fragte ich leise nach, während ich nach oben zum Scheunendachstuhl starrte.

»Ein bisschen schon.«

»Ich hab es warm.«

»Du Glücklicher!«

Wo lag nun die Grenze, die über die Tat eines Gentlemans hinausging?

Meine Decke wollte ich ihr nicht geben, weil es wirklich ein wenig frisch war. Das durfte ich als echter Naturbursche natürlich nicht zugeben. Bei einem Spaziergang wäre es kein Problem gewesen. Da hängt man der Dame die Jacke um die Schultern und gut. Doch hier steckte ich in einer völlig anderen Situation. Ich konnte doch nicht …

»Darf ich mit unter deine Decke?« Klar, dass sie das fragte. Hätte mich auch gewundert, wenn nicht. Ich hatte es wirklich nicht gehofft. Ich schwöre.

»Dann wird's aber eng«, versuchte ich etwas unglücklich, mich aus der Affäre zu ziehen.

»Och, ich brauche nicht viel Platz.«

Zu dumm aber auch! Auf der anderen Seite … wir waren ja angezogen. Was sollte daran schlimm sein? Wir waren erwachsene Leute, und Hans schlief. Somit blieben mir dumme Sprüche erspart. Und Anja …, sie würde es bestimmt verstehen. Sie fror auch schnell. Außerdem hatte sie ihren Ex getroffen. Pah!

»Na, meinetwegen, dann …« Schon war sie unter meiner Decke und drückte sich an mich heran.

»Ui, schön warm bei dir. Du riechst gut. Was ist denn das?«

»Ich hab vorhin geduscht. Weiß nicht genau. Irgendwas mit *Blue* und *Fresh* oder so.« Das war ja wie in meiner Teeniezeit. Fehlte nur noch, dass wir uns übers Wetter unterhielten.

»Wollen wir Löffelchen liegen?« Sie hatte diesen Satz kaum ausgesprochen, da drehte sie sich um und drückte mir ihren Hintern in meine Lenden. Anschließend packte sie meinen Arm und legte ihn um ihren Bauch.

Ich spürte den Rhythmus ihres Atems. Mir blieb nichts anderes übrig, als mein Gesicht in ihren Haaren zu vergraben.

»Schön, oder?«, flüsterte sie.

»Jetzt wird's warm, ja.«

Moritz schnarchte am anderen Ende der Scheune mit Lars um die Wette.

Hans drehte sich schmatzend um.

Romantisch ging anders. Zu allem Übel vernahm ich wenig später leises Stöhnen. Vielleicht ging es Moritz nicht gut, und er hatte Krämpfe? Mit so viel Alkohol war schließlich nicht zu spaßen, wenn jemand nichts gewöhnt war. Doch schnell wurde klar, dass Moritz weiterhin im Land der Träume war. Das Gestöhne stammte aus einer ganz anderen Richtung.

»Hörst du das auch?« Tina drehte ihren Kopf ein wenig zu mir.

»Ja. Ich glaube, ich weiß, wer das ist.« Das Stöhnen wurde lauter; knarzendes Holz war zu hören. Zum Stöhnen kam nun noch ein Brummen dazu, das man auch als Grunzen deuten konnte.

»Das sind Charlotte und Paul«, mutmaßte sie.

Da lag sie richtig. Ich muss zugeben, dass diese Geräuschkulisse und die Stellung, die Tina und ich eingenommen hatten, nicht gerade förderlich waren. Zumindest, was die Treue zu Anja anging.

Tina griff meine Hand, die sie zuvor auf ihrem Bauch geparkt hatte. Voller Duldungsstarre hatte ich sie keinen Millimeter von dort bewegt. Dann drückte sie sich näher an mich heran.

Ich dachte an alles Schreckliche, das mir in den Sinn kam: erster Arbeitstag nach dem Urlaub, Bahnhofstoiletten, Handkäs mit Musik, sommerlicher Gulligeruch in Venedig, Porzellanpuppen, Oskar Herberts Windeln … Es half alles nichts. Ich verspürte Bewegung in meiner Hose, die nicht vom Handy kam. Das fehlte noch, dass gerade in diesem Moment Anja angerufen hätte. *Du, Anja, ist gerade schlecht, die Tina drückt sich an mich, ich habe eine Erektion, und ein paar Meter von mir entfernt treiben es gerade zwei Fremdgänger miteinander. Kann ich dich zurückrufen?* Das wär vielleicht peinlich. Und würde vermutlich dazu führen, dass ich Oskar Herbert nur noch jedes zweite Wochenende zu sehen bekäme. Ich entschied, das Handy auszuschalten. Ich löste meine Hand von Tinas Bauch und kramte in meiner Hosentasche.

»Was machst du da?« Sie hörte sich sehr nasal an und atmete schwer. Auch das noch. Scheinbar war sie angespannt.

»Ich such nach meinem Handy.«

»Oh ja. Mach ein Foto von den beiden.« Sie nieste.

»Ich mach doch jetzt kein Foto. Ich wollte es bloß ausschalten«, flüsterte ich. »Brauchst du ein Tempo?«

»Nein. Geht schon.« Wieder nieste sie und atmete noch schwerer.

»Ja, schalte es aus, dann sind wir ungestört.«

»Äh, Tina, du verstehst da was falsch.«

»Ach ja? Deine Hose sagt was anderes.«

»Ach, da darfst du nicht zu viel hineininterpretieren«, meinte ich lapidar.

Im Hintergrund neigte sich das Hörspiel von Charlotte und der Lederjacke dem Höhepunkt zu.

Von Tina war, außer schwerem Atmen, nichts mehr zu hören.

»Sag, Tina, hast du dich verkühlt? Soll ich eine zweite Decke holen?«

Stille.

Charlotte stieß einen Schrei in die Nacht, gefolgt von einem langen »Jaaa« von Paul.

Hans grunzte und drehte sich um, während Lars etwas vom *Jakobsweg* murmelte.

»Tina? Schläfst du?«

Ich aktivierte die Lampe in meinem Handy und beugte mich über sie. Als der Lichtkegel ihr Gesicht erfasste, stieß auch ich einen Schrei aus. Allerdings nicht auf die Art und Weise, wie Charlotte dies getan hatte.

»Tina? Was ist los mit dir?«

»Ich weiß auch nicht. Ich bekomme ganz schlecht Luft.« Ihre Augen waren verquollen und blutrot, überhaupt war ihr komplettes Gesicht angeschwollen. Am Hals bildeten sich Pusteln. Sie atmete komplett über den Mund. »Mir ist auch so schummrig.«

»Sag, hast du etwa eine Allergie?«

»Ich weiß auch nicht«, stammelte sie etwas apathisch.

»Heidi!«, rief ich quer durch die Scheune.

»Was ist denn los?«, fragte Charlotte aus ihrer Ecke.

»Nichts, macht ihr nur weiter. Heidi!« Ich stand auf und machte eine der großen, batteriebetriebenen Lampen an, die Hans an verschiedenen Stellen platziert hatte. Ich rüttelte Heidi wach.

Auch Hans öffnete seine Augen.

»Heidi, kommst du mal? Ich glaube, der Tina geht's nicht so gut.«

»Was hast du denn nun schon wieder angestellt«, pflaumte mich Hans an und stand auf.

»Depp. Natürlich nichts. Aber schaut euch die Tina mal an! Ich glaube, die ist gegen irgendwas allergisch.«

Heidi beugte sich über die Patientin.

Hans holte zwei weitere Lampen.

Charlotte stand mit einer Decke über den Schultern vor uns, Paul daneben in Lederjacke und Unterhose.

»Tina? Was ist los?«, fragte Heidi.

»Irgendwie glaube ich, bin ich …«

»Du hast einen Allergieschock. Kommt, lasst sie uns nach unten ins Freie schaffen«, wies Heidi an.

Hans und ich hievten Tina die Leiter hinunter ins Freie. Dort parkten wir sie am Biertisch.

Bianca stand hinter uns und wischte wild auf ihrem Handydisplay umher. »Hier steht, wie ein Luftröhrenschnitt geht«, meinte sie und griff sich an den Hals.

»Ich glaube nicht, dass das nötig sein wird«, mutmaßte ich und lächelte Tina beruhigend an.

Charlotte kam hinzu und legte ihre Decke über Tinas Schultern. Somit stand sie ausschließlich mit roter Reizwäsche bekleidet vor uns. Dies erkannte Paul natürlich sofort und bedeckte sie ganz Gentleman mit seiner Lederjacke. Der Anblick von Paul in seiner Unterhose hingegen war leider nicht so schön.

»Und Tina, geht es dir ein bisschen besser?«, fragte Heidi besorgt.

»Ja, ein bisschen. Langsam bekomme ich wieder Luft.«

»Hattest du das denn noch nie?«

»Vielleicht, dass mal die Nase gelaufen ist. Aber so?« Sie klang immer noch sehr nasal.

»Mei, das Heu in der Stadt ist halt nix gegen unseres hier in den Bergen, gell? Das ist halt was Gescheites.« Hans kratzte sich am Bauch, während er uns mit dieser Erkenntnis beglückte.

»Hans, das hilft überhaupt nicht. Tina, du solltest zu einem Arzt.«

»Ich weiß auch nicht, vielleicht hört es ja von selbst …«

»Nichts da. Kein Risiko eingehen. Hans, kannst du sie fahren?«

»Können schon, aber die Polizei wird da anderer Meinung sein, wenn die uns aufhalten. Ich befürchte, dass noch die eine oder andere Halbe durch meine Adern fließt.«

Auch ich fand, dass sich Tina vorsichtshalber untersuchen lassen sollte. Mein Alkoholkonsum hielt sich in Grenzen, daher lag es nahe, dass ich mich anbot. Auf mich konnte man sich eben verlassen.

»Wo ist denn hier das nächste Krankenhaus?«, fragte ich und streckte Tina meine Hand entgegen, um ihr aufzuhelfen.

»In Berchtesgaden. Ein wenig außerhalb. Ist gut beschildert. Kannst du nicht verfehlen.«

Ich parkte Tina auf meinem Beifahrersitz.

»Soll ich mitfahren?«, bot sich Hans an.

»Nein, lass nur. Bleib du bei deinen Gästen. Wir sind bestimmt gleich wieder da.« Bevor ich einstieg, erhaschte ich noch einen flüchtigen Blick auf Charlottes rotes Spitzenhöschen.

»Ah, verstehe. Alles klar!« Hans zwinkerte mir zu. Klar, dass er wieder dachte, ich würde die Situation ausnutzen, um mich an Tina ranzuschmeißen. Doch wer sollte Tina ins Krankenhaus fahren, wenn nicht ich?

***

»Ist wirklich lieb von dir, wie du dich um mich sorgst.«

»Ach, das ist doch gar nichts. Das würde doch jeder tun«,

versuchte ich, meine Heldentat abzuschwächen. Ehrlich gesagt, war ich nicht so ganz unglücklich über diese Entwicklung. Was wäre wohl passiert, wenn es nicht zu Tinas Allergie gekommen wäre? Natürlich war ich Anja bisher stets treu. Doch ich war auch bloß ein Mann. Einzig Lars hätte in dieser Situation, in der ich mich befand, dankend abgelehnt. Diese Gedanken behielt ich besser für mich. Immerhin war nichts passiert. Ich blieb standhaft. Da soll noch einer sagen, man könne mich nicht ohne Frau und Kind auf die Reise schicken. Pah!

Wir waren die Einzigen weit und breit, die um diese Zeit auf der Straße waren. Es war fast zwei Uhr nachts. Ich musste mich stark konzentrieren. Mir war unwohl bei dem Gedanken, womöglich in eine Polizeikontrolle zu geraten. So ganz nüchtern war ich sicher nicht. Ich malte mir aus, wie die Beamten meinen Kofferraum untersuchen und im Beisein von Tina auf meine *Playboys* stoßen würden. Das hätte noch gefehlt.

»Ich hätte mich viel früher ins Heu gelegt, wenn ich geahnt hätte, dass ich dich dadurch für mich alleine habe.«

»Aber du wusstest doch überhaupt nichts von deiner Allergie, oder?«

»War doch nur Spaß.«

»Du, Tina, ich glaube, ich muss hier mal was klarstellen. Du bist wirklich eine tolle Frau, aber …«

»Aber du willst nichts von mir wissen, stimmt's?«

»So hart würde ich das nicht ausdrücken. Du weißt ja, ich habe Familie. Du bist wirklich sehr attraktiv, aber ich bin nun mal vergeben.«

Als ich zu Tina hinübersah, lächelte sie mich an. Ihre Augen waren durch die Schwellung immer noch schwer zu erkennen.

Ich bog nach links ab, nachdem ich im Scheinwerferlicht ein Schild mit der Aufschrift *Kreisklinik* erspäht hatte.

»Vergeben oder nicht. Das hat doch nichts zu sagen«, meinte Tina trocken. »Ein kleiner Ausflug in Nachbars Garten darf doch wohl noch erlaubt sein.«

»Dafür ist mein Zaun leider zu hoch.«

Ich war erstaunt über so viel Gleichgültigkeit ihrerseits. Plötzlich war ich froh, dass ich mich zu nichts hinreißen lassen hatte. Hoffentlich dachte Anja nicht auch so wie Tina. Was das anging, war ich scheinbar ziemlich altmodisch.

»Schon verstanden. Alte Schule, oder? Beneidenswert.«

In der Ferne erspähte ich die Klinik. »Schau, Tina, da vorne ist es schon. Jetzt kriegst bestimmt eine Spritze, dann wird das wieder.«

»Ui, Spritzen. Überhaupt nicht mein Ding. Kommst du mit rein zum Arzt?«

»Mach ich!«

Überraschung

»Ich weiß überhaupt nicht, wann ich das letzte Mal live einen Sonnenaufgang erlebt habe. Eigentlich schlafe ich um die Zeit noch.«

»Ich bin auch nicht gerade ein Frühaufsteher. Und? Geht es dir wieder besser? Wirkt die Spritze?«

»Ja. Danke übrigens, dass du meine Hand gehalten hast. Ich habe es nicht so mit Spritzen.«

»Du, kein Thema.«

»An den Armen juckt es noch. Aber wenn wir auf dem Hof sind, schmiere ich etwas von der Salbe drauf, die mir die Schwester gegeben hat.«

Ein Milchwagen einer hiesigen Molkerei kam uns auf dem Rückweg vom Krankenhaus entgegen. »Schau, Tina, der ist auch schon auf.«

»Kein Wunder. Wir sind ja auch mit den Kühen aufgestanden. Oder besser gesagt: Wir haben noch überhaupt nicht geschlafen. Das kann ich ja zu Hause nachholen.«

»Wann reist ihr denn ab?«

»Ich würde sagen, nach dem Frühstück.«

»Bleibt doch noch einen Tag! Also, nicht meinetwegen, ich meine …, es würde euch bestimmt guttun.«

»Lass nur! Außerdem müssen wir alle noch unsere Kündigung schreiben. Jetzt geht der Stress erst richtig los. Was uns da geritten hat! Hoffentlich geht das gut.« Tina kratzte sich an den Unterarmen. »Verdammt! Das juckt aber auch!«

»Ihr packt das schon!« Gerade ich sprach diese weisen Worte. Ich, der noch nicht einmal den Mut besaß, samstagmorgens eine Mohnsemmel statt einer Kaisersemmel zu wählen. »Wirst schon sehen, in ein paar Wochen könnt ihr euch vor lauter Aufträgen überhaupt nicht mehr retten.«

»Na, hoffentlich hast du recht. Vorausgesetzt natürlich, dass uns der Reger in der Branche nicht schlechtmacht.«

»I wo. Der wird sich hüten. Ganz ruhig wird der sich verhalten. Spricht ja nicht sonderlich für ihn, wenn die gesamte Belegschaft in einem Rutsch kündigt. Und wenn es Ärger gibt, dann ruft ihr einfach den Hans und mich an, dann kommen wir.«

»Versprochen?«

»Ehrensache! Schau, da vorne sind wir schon.«

Ich verlangsamte die Geschwindigkeit, setzte den Blinker und bog in den Hof ein.

»Was steht denn da für ein Auto?«

Ich trat ruckartig auf die Bremse, dass die Räder blockierten und den Kies vor sich herschoben. Mit allem hätte ich gerechnet, nur damit nicht. Sie hätte sich keinen schlechteren Augenblick aussuchen können. Solch eine Situation kannte ich normalerweise lediglich aus Filmen. Da ärgert man sich mit dem Hauptdarsteller, dass ihm gerade das passieren musste. Wo er doch so kurz vor dem Happy End stand. Nun spielte ich die Hauptrolle. In dem Film: *Wie in Teufels Namen soll ich das nun wieder erklären!*

Auf dem Hof parkte vor der Haustür quer ein kleiner Lieferwagen mit Münchner Nummer. An den Seiten stand ganz groß *ZUCKERRÜBE.*

»Wer ist das? Und warum hast du so scharf gebremst?« Tina kramte im Fußraum nach der Salbe, die bei meiner Vollbremsung von ihren Schenkeln gerutscht war.

»Das ist niemand Geringeres als meine Frau.«

»Oh!«

»Genau. *Oh!* Du sagst es.«

Ich rollte weiter und blieb neben dem Lieferwagen stehen.

»Ist doch schön, dass sie dich besuchen kommt.« Tina glaubte wohl selbst nicht, was sie da sagte, da sie ihre Stirn in Falten legte.

»Normalerweise schon. Wenn man nicht gerade am frühen Morgen mit einer fremden Frau auf den Hof kommt, ist das sicherlich eine nette Überraschung.«

»Das ist es doch immer noch. Ist ja nichts passiert. Das lässt sich alles erklären. Soll ich …«

»Nein! Bitte nicht. Ich mach das schon. Sieh du lieber zu, dass du dich vielleicht noch ein Stündchen aufs Ohr legst.«

Wir stiegen gleichzeitig aus und schlossen die Wagentüren. Im Fenster des Speisesaals, wie Hans seinen Frühstücksraum nannte, bewegte sich der Vorhang. Scheinbar hatte man im Haus vernommen, dass ich eingetroffen war.

»Ich bin dann mal oben. Obwohl ich die Frau, die so einen tollen Mann hat, gerne kennengelernt hätte.«

Ich fühlte mich geschmeichelt, konnte aber zu diesem Zeitpunkt dieses Kompliment nicht so ganz genießen. Es gab nämlich eine Frau in der Nähe, die sicherlich anderer Meinung war.

»Gute Besserung«, wünschte ich Tina, während ich ihr die Haustüre aufhielt. Kaum drinnen, verschwand sie die Treppe hoch auf ihr Zimmer.

Ich bog ab zum Speisezimmer. Ich fühlte mich wie auf dem Gang zum Schafott. Meine Schritte wurden langsamer, ich setzte mein gewinnendstes Lächeln auf, das ich in diesem Moment zusammenbrachte, und blieb vor der Tür stehen.

Anja und Hans saßen am Tisch und tranken Kaffee.

Hans blickte mich als Erster an. »Hey, da ist er ja, unser Held und Retter in der Not! Was meinst, wer dich besuchen kommt?« Hans wurde überschwänglich. »Die Anja ist da! Ist das nicht toll? So eine Überraschung!« Er redete, als ob er einem Kleinkind Spinat schmackhaft machen wollte. *Hm, lecker Anja. Du magst doch Anja. Komm, probier doch mal! Ja, fein!*

»Mensch, Anja!« Ich trat ins Zimmer und ging auf sie zu.

Sie saß mit dem Rücken zu mir und drehte sich nicht um.

»Das ist ja eine Überraschung. Was machst du denn hier? Ich habe gestern noch versucht, dich zu erreichen. So eine schlechte Verbindung hier. Hast du eine entspannte Fahrt gehabt? Bist du gut durchgekommen? Bist bestimmt hintenrum gefahren, oder? Oder bist du auf der Autobahn geblieben?«

Anja blieb cool. Sie stand auf, drehte sich um, atmete tief durch und guckte mir tief in die Augen.

Ich muss gestehen, ich zitterte.

»Wo – warst – du?«

»Du, dumme Geschichte …!«, fing ich an, wurde aber von Hans unterbrochen.

»Ich hab schon alles erzählt. Wie du dich geopfert hast und die Notsituation fest im Griff hattest. Wir hatten ja alle viel zu viel getrunken, um noch fahren zu können. Aber du …!« Hans kam zu mir herüber, legte den Arm um mich. »Ist schon ein echter Held, der Herbert. Findest du nicht auch, Anja?«

Ich wusste nicht, ob ich froh war, dass Hans schon Vorarbeit geleistet hatte, oder ob mich diese Tatsache nervös machen sollte. Die Lage war angespannt.

Anja blickte mich weiterhin mit strengem Blick an und wiederholte ihre Worte. »Wo – warst – du?«

»Ich …, äh …, ich lass euch mal allein. Ihr könnt ja rufen, wenn ihr mich braucht. Noch jemand einen Kaffee? Soll ich schnell ein kleines Frühstück …?«

Anja und ich sahen Hans wortlos an.

»Schon verstanden, bin schon weg.« Er schloss die Tür hinter sich.

»Also?«

»Warum hattest du denn deine Mailbox an?«

»Ich habe zuerst gefragt. Außerdem liegt es auf der Hand, warum ich die Mailbox anhatte. Nach dem, was mir dein Freund alles erzählt hat. So kenne ich dich ja überhaupt nicht.«

»Du kennst ja den Hans. Der übertreibt doch immer.«

Anja schlenderte zum Fenster. »Das dachte ich auch. Davon wollte ich mich aber selbst überzeugen. Deshalb bin ich heute Morgen um drei Uhr losgefahren, weil es mich die ganze Nacht beschäftigt hat. Und siehe da: Kein Herbert weit und breit. Dafür lauter angetrunkene Personen in Unterhosen und Slips, die in der Scheune herumliegen, als wäre es im Swingerklub ein bisschen spät geworden.«

Anja redete sich in Rage.

Hans ging draußen am Fenster vorbei und winkte herein, als ob nichts wäre.

Ich winkte zurück. »Anja, das war aber auch der denkbar schlechteste Zeitpunkt, dass du hier …«

»Quatsch! Das war der beste Zeitpunkt. So konnte ich nämlich einmal sehen, was für ein Schwerenöter du in Wirklichkeit bist.«

»Jetzt mach aber mal einen Punkt, ja?« Das war mir nun zu viel. Immerhin hätte ich leicht mit Tina etwas anfangen können und hatte es nicht getan. Dieses Argument behielt ich aber besser für mich. »Ich und ein Schwerenöter! Dass ich nicht lache!«

»Ach ja? Wer ist denn als Einziger nicht da gewesen?«

»Das hatte aber seinen Grund. Außerdem war die Tina auch nicht da.« Au, das war ungünstig.

»Und das macht es nun besser oder was? Soll ich etwa froh sein, dass du mitten in der Nacht nicht alleine weg warst, sondern in Begleitung einer fremden Frau?«

»Sie ist keine Fremde.«

»Für mich aber schon. Wie würde es dir gehen, wenn ich mit Bekannten aus dem Café abends wegginge, die du nicht kennst?«

»Du hast, während ich weg war, mit deinem Ex einen Kaffee getrunken.«

»Klar, dass du mir das schon wieder aufs Brot schmierst. Ständig die alte Leier. Wenn gar nichts mehr geht, kommst du immer mit Jens.«

»Nur weil er mal mit dir verheiratet war, macht es das für mich nicht besser. Ein Ausflug in alte Zeiten kann schneller passieren, als man denkt.«

»Außerdem«, wetterte Anja weiter, »du scheinst dich hier ja vollkommen zu verausgaben. Zu Hause muss ich um alles betteln, aber hier bist du der Aktivitätsjunkie schlechthin.«

»Zu Hause bin ich doch nur noch die Nanny!« Das musste aber auch einmal gesagt werden. »Wickeln, Füttern, Spazierengehen, Fensterputzen, Saugen, Einkaufen …, mehr erlebe ich doch nicht.«

»Ich dachte, es gefällt dir, dass du auch mal daheimbleiben kannst.«

»Anfangs ja. Da dachte ich aber auch noch nicht, dass ich nur noch Papa bin. Du bist ja den ganzen Tag im Café und erlebst was. Führst Erwachsenengespräche. Und wenn du nach Hause kommst, schläfst du auf dem Sofa ein. Aber ist ja nicht schlimm. Wir sind ja Eltern. Da gibt es so etwas wie abendliche Zweisamkeit scheinbar nicht mehr. Da trifft man sich einmal die Woche mit Freunden, die auch Kinder haben und unterhält sich darüber, ob der Stuhlgang ihres Kleinen auch schon fest ist oder nicht. Entschuldige, wenn ich mir das alles ein bisschen anders vorgestellt habe!«

»Ach, und wie hat sich der Herr das vorgestellt?«

»Das weiß der Herr nicht! Jedenfalls nicht so!« Das tat gut.

»Trotzdem kann man hier scheinbar mit dir sogar wandern gehen oder biken. Zuhause schiebst du nach hundert Metern dein Rad, lange, bevor wir überhaupt im Grünen sind.«

»Das ist hier doch etwas völlig anderes.«

»Hör auf! Auf Knien muss ich rutschen, damit du mit mir in den Englischen Garten gehst.«

»Das kannst du doch nicht miteinander vergleichen. Das wäre ja fast so, als würdest du sagen: Warum gehst du mit mir heute nicht in eine Frittenbude? Sonst isst du ja auch beim Schuhbeck. Das hier sind die Berge, Anja. Das ist ein völlig anderes Lebensgefühl. Im Englischen Garten erwarten mich höchstens ein paar faltige Brüste oder pinkelnde Hunde. Hier aber in den Bergen, da bist du frei. Da gehst du abends glücklich ins Bett.«

Anja tigerte durch den Raum.

Das machte mich wahnsinnig. Warum konnte sie nicht einfach sitzenbleiben?

»Es kommt nicht nur darauf an, wo man sich aufhält, sondern auch, mit wem. Aber du scheinst hier ja das volle Paket zu haben. Was läuft denn da mit dieser Tina? Oder ist das hier in Hans' Tempel der Lüste egal? Wahrscheinlich spielt ihr hier alle miteinander Reise nach Jerusalem, und du bist der letzte Stuhl.«

»Jetzt beruhige dich wieder. Magst dich nicht einmal hinsetzen? Das ständige Herumgelaufe macht mich ganz kirre.«

»Ich will mich aber nicht beruhigen. Also? Hast du was mit dieser Tina?«

»Blödsinn! Die gehört nur zu den Gästen, die beim Hans übernachten. Die hatte heute Nacht eine Allergie auf das Heu, da habe ich sie ins Krankenhaus gefahren. Das war alles!« Wir drehten uns im Kreis. Mit gegenseitigen Anschuldigungen kamen wir an dieser Stelle sicher nicht auf einen grünen Zweig. Außerdem war ich saumüde und hatte Hunger.

Ich ging auf Anja zu und zog sie an den Hüften zu mir her.

Sie drehte ihren Kopf beiseite, weil sie mich nicht ansehen wollte.

Ich jedoch wollte, dass dieses Affentheater endlich ein Ende hatte. »Jetzt schau mich doch mal an!«

»Nein, ich will nicht.«

»Na komm schon. Können diese Augen lügen?«

Ihre Mundwinkel bewegten sich. Sie bemühte sich, nicht zu grinsen.

»Was macht eigentlich unser Kleiner? Geht es ihm gut, oder hat ihn deine Mutter schon in ein Internat für Hochbegabte gesteckt?«

»Oskar Herbert geht es gut«, entgegnete sie knapp, sah mich an und sofort wieder weg.

»Hat er nach mir gefragt?«

»Im Rahmen seiner Möglichkeiten.« Anja ließ sich nun doch dazu hinreißen, mich anzulächeln.

»Siehst du, das hat unser Kleiner von mir. Der kann sich auch nicht so gut ausdrücken. Der wird ewig missverstanden.«

»Ja, nur hoffe ich, dass sich das bei Oskar Herbert noch verwächst. Bei dir ist ja Hopfen und Malz verloren.«

»Und? Hat er schon festen Stuhl?«

»Du bist ein Quatschkopf.« Sie lachte.

Yes! In Gedanken zog ich meine rechte Faust zu mir heran und ging in Siegerpose. »Sind wir dann wieder gut? Ist doch schade um die Lebenszeit, sich hier zu streiten. Immerhin befinden wir uns dort, wo andere Urlaub machen. Streiten können wir auch daheim.«

Sie legte ihren Kopf auf die Seite und fixierte mich mit zusammengekniffenen Augen.

Das mochte ich nicht. Denn auch wenn man nichts angestellt hat, irgendwann schaut man nervös drein. Und das wirkt immer schuldig.

»Na gut. Aber nur, wenn du mir versprichst, dass du mit mir irgendwann mal wandern gehst. Mit irgendwann meine ich bald!«

»Versprochen. Ich kenne da sogar schon eine nette Route.«

Wir küssten uns auf eine Weise, wie ich es nur aus der Zeit vor Oskar Herbert kannte. Ich presste meine Lippen sanft auf ihre. Dann berührte ich ihren Nacken und fuhr mit meinen Fingern durch ihr wunderbar duftendes Haar.

»Mach nur so weiter. Dann zieht es mir die Beine weg«, unterbrach sie kurz.

»Oh, entschuldigt. Ich wollte nicht stören.«

Ich ließ von Anja ab und drehte mich um.

Tina stand in der Tür. Das war doch Absicht. Diese Aktion schrie förmlich nach gewollter Störung.

»Das tust du aber«, verteidigte Anja ihr Revier mit einem bestimmenden Ton.

Ich enthielt mich der Stimme und fühlte mich geschmeichelt.

»Dann gehe ich besser wieder.«

»Ja, mach das.« So kannte ich meine Frau gar nicht. Ich ließ den Zwischenfall unkommentiert und heuchelte auf diese Weise Gleichgültigkeit. Obwohl mir Tina schon ein bisschen leid tat.

»Wo waren wir stehengeblieben?«, fragte ich Anja und näherte mich wieder ihren Lippen.

Sie küsste mich, sprang an mir hoch und umklammerte mit ihren Beinen meine Hüften.

»Hoppla! Nicht so stürmisch. Das mag zwar Hans' Tempel der Lust sein, aber hier sollten wir nicht weitermachen.«

Hans ging draußen erneut am Fenster vorbei. Er verlangsamte seine Schritte, um zu erspähen, wie die Lage war. Als er uns sah, grinste er frech und hob seinen Daumen.

Ich hob außer Anja nichts, da sie mir sonst auf den Boden gerutscht wäre.

»Übrigens geht mir auch so einiges ab, seit Oskar Herbert auf der Welt ist. Vielleicht sollten wir uns hin und wieder Zeit für uns nehmen. Meine Mutter freut sich, wenn der Kleine zu Besuch kommt.«

»Er kann ja auch zur Abwechslung zu meinen Eltern. Die würden sich auch freuen. Und unser Bub würde dann auch das normale, bayrische Leben kennen und schätzen lernen. Nur immer Maximilianstraße setzt ihn für später unter Druck.« Ich küsste Anja am Hals.

»Wir könnten Oskar Herbert nachher anrufen? Da freut er sich bestimmt.«

»Au ja, dürfte eine angeregte Unterhaltung werden. Du? Anja? Könnten wir uns vielleicht noch mal über den Namen unseres Sohnes unterhalten?«

»Gott sei Dank. Ich dachte schon, dieses Thema käme nie auf den Tisch.«

»Weißt du, je öfter ich den Namen sage, desto komischer kommt mir das vor. So ein Doppelname fördert nur, dass er spätestens im Kindergarten gehänselt wird. Weißt du, was uns das kosten würde?«

»Wie? Kosten?«

»Na, die Therapiestunden beim Psychiater. Weißt du, was die verlangen?«

»Ich bin so froh, dass wir da einer Meinung sind. Oskar klingt so viel schöner.«

Ich schluckte und setzte Anja ab. »Warum Oskar? Ich dachte da eher an Herbert.«

»Nur über meine Leiche! Dann rufe ich ihn und ihr steht beide in der Tür und umgekehrt. Wirklich nicht. Ein Herbert reicht mir in der Familie.« Sie schlang ihre Arme um meinen Hals und tänzelte an mich heran. »Komm schon. Gib dir einen Ruck!«

Wie hätte ich da NEIN sagen können! Bei dem Blick!

Außerdem war ich froh, dass die Wogen wieder geglättet waren. In diesem Moment hätte ich auch einen Ehevertrag unterschrieben. Wenn wir verheiratet wären.

»Äh, entschuldigt bitte die Störung, ihr zwei Turteltauben. Aber … könntet ihr vielleicht woanders weiterschmusen? Ich müsste langsam aber sicher das Frühstück herrichten.«

»Sicher, Hans. Sind schon weg. Du entschuldigst mich bestimmt. Du siehst ja, ich habe Besuch. Kriegst du das Frühstück alleine hin?«

»Schon wieder dumm daherreden. Haut nur ab, die Heidi hilft mir.«

Natürlich! Wer sonst?

Ich schlug vor, spazieren zu gehen. Die Wogen hatten sich gerade erst geglättet. Da wollte ich einen Rückfall durch die Anwesenheit von Tina nicht riskieren.

Anja war einverstanden. Schließlich war sie diejenige in unserer Beziehung, die stets nach Frischluft dürstete. Und die gab es hier reichlich. Hunger hatte ich immer noch.

Abfahrt

Als ich mit Anja zurück auf den Hof kam, schien das Frühstück bereits beendet zu sein, da die ersten eifrig ihre Sachen im Kofferraum verstauten.

Moritz hatte eine Sonnenbrille auf, stand neben der Haustür und kaute auf einer trockenen Semmel herum.

»Moritz, alles fit im Schritt?«

»Geht so. Das war was.«

»Kannst du laut sagen. Darf ich dir meine Frau vorstellen?«

»Ach, du bist verheiratet?«

»Nein, aber wir leben zusammen und haben ein Kind. Das ist Anja.«

Moritz wechselte die Semmel auf die andere Seite, putzte sich seine Hand an seiner Hose ab und streckte sie Anja entgegen. »Das freut mich aber. Ich bin Moritz. Herbert und Hans haben uns prima unterstützt. Wir kündigen alle.«

»Ach was. Das …, das ist doch super.« Anja sah mich verunsichert an.

»Da ist er ja, unser Held«, haute Paul raus, als er samt Koffer und Charlotte im Schlepptau aus dem Haus kam. »Nett von dir, dass du dich um Tina gekümmert hast. Wir anderen hatten ja so tief geschlafen.«

»Ja?«, fragte ich. »Geschlafen? Dann hast du aber sehr laut geträumt«, witzelte ich.

Paul ging nicht darauf ein und wechselte das Thema. »Wer ist denn das?«

»Das ist Anja. Meine Frau. Anja – Paul. Paul – Anja. Und das ist die Charlotte.« Sie begrüßten sich.

»Wusste nicht, dass du verheiratet bist.«

»Das sind wir auch nicht, Paul.«

»Ah.«

»Hallo Anja, ich bin Charlotte. Wir haben uns ja schon kurz gesehen. Entschuldige, dass ich nicht mehr anhatte.«

»Kein Thema. Tolle Wäsche übrigens.«

»Oh, danke. *Passionata*!«, verkündete Charlotte voller Stolz auf eine Art, wie ich sie nur von Kumpels kannte, wenn sie prahlten: *Das ist er. Acht Zylinder, dreihundertzehn PS. Von null auf hundert in fünf Komma drei Sekunden.*

Lars hüpfte uns von seinem Auto aus entgegen. »Hallöchen!«, grüßte er Anja und gab ihr einen angedeuteten Handkuss.

»Lars, das ist meine Frau, und nein, wir sind nicht verheiratet. Hast dich wieder erholt von deinem Vorfall gestern?«

»Was für ein Vorfall«, fragte Lars verwundert?

»Na, beim Grillen!«

»Ich weiß nicht, was du meinst. Ich schau mal, wo Bianca bleibt.« Er schlängelte sich an uns vorbei. »Bianca!«, rief er die Treppe nach oben und nahm zwei Stufen auf einmal.

»Muss ich das verstehen?«, fragte ich in die Runde.

»Er tut so, als wüsste er von nichts. Er behauptet, dass er gestern Abend überhaupt nichts mehr gegessen hätte, sondern nur getrunken. Deshalb wäre ihm auch so schlecht gewesen«, erklärte mir Paul. »Wir haben beschlossen, dass es das Beste für alle Beteiligten ist, wenn wir es dabei belassen.«

»Um was geht's denn?«, wollte Anja wissen.

»Lange Geschichte. Erzähl ich dir später.«

Tina kam aus dem Haus. Die Spritze schien zu wirken, da man, wenn man es nicht wusste, ihr kaum ansah, dass ihr Gesicht noch vor ein paar Stunden stark angeschwollen war. Sie trug Jeans, Sneakers und ein graues Kapuzensweatshirt. Ihren pinkfarbenen Trolley zog sie hinter sich her.

»Hallo, ich bin Tina.« Sie streckte Anja ihre Hand entgegen.

Anja erwiderte diese Begrüßungsgeste nicht.

»Hallo.« Das war alles, was sie von sich gab. Dann legte sie ihren Arm um meine Hüfte und strich sich die Haare nach hinten. Alle Achtung. Anja verstand es, ihr Revier zu markieren.

»Tja, dann lege ich mal meinen Koffer in meinen Mini.«

Ich nickte nur, das schien mir das Beste zu sein. Das Einfachste war es allemal. Als auch Bianca alles im Fahrzeug verstaut hatte, kamen Hans und Heidi dazu.

Dieses Bild, wie die beiden so in der Türe standen, gefiel mir. Sie sahen aus wie Wirtsleute.

»So, jetzt ist es so weit. Schön war es mit euch. Ihr wart meine ersten Gäste. Hat es euch denn bei mir gefallen?«

Einstimmiges JA.

»Und, zieht ihr das wirklich durch, das mit der eigenen Agentur?«, wollte Hans wissen.

»Klar! Bleibt uns schließlich nichts anderes übrig. Wir sind da guter Dinge, nicht wahr?« Charlotte bekam von allen Zustimmung. Einzig Moritz hielt sich mit seinem Enthusiasmus ein wenig zurück.

»Respekt. Das packt ihr schon. Lasst euch nix gefallen, und legt sofort los, wenn ihr wieder daheim seid. Und wenn ihr Lust habt, kommt wieder vorbei. Dann machen wir noch den Hochseilgarten, den wir leider nicht mehr geschafft haben. Oder kommt einfach so vorbei. Aber ohne einen Chef. Das müsst ihr mir versprechen. Und wenn euch der Reger Probleme macht, meldet euch. Dann komm ich. Oder ich schick den Herbert.«

Hans erntete dicken Applaus, gefolgt von einer Abschiedszeremonie, die es in dieser Art wohl bei den wenigsten Pensionen zu sehen gab. Hans wurde von allen gedrückt. Damit wurde auch vor mir nicht Halt gemacht. Obwohl: Hans hatte ja überhaupt keine Pension. Das war doch ein Funpark! Vielleicht war es da ja so üblich. Wer weiß!

»Stört es dich, wenn ich deinem Herbert ein kleines Abschiedsbussi auf die Wange gebe?«, erkundigte sich Tina devot bei Anja.

Ich machte schon Anstalten, mich in Position zu bringen.

»Ehrlich gesagt, ja.«

Das fand ich ein bisschen hart. Andererseits ehrte es mich, dass Anja Krallen zeigte. *Immerhin bin ich es wert. Ich sehe gut aus, habe eine annehmbare Figur, einen Blu-ray-Player, noch alle Haare auf dem Kopf und … ich kann prima Verschlusskappen auf Fahrradventile aufschrauben.*

Tina verabschiedete sich unter Anjas prüfendem Blick, der genau beobachtete, dass der von ihr geforderte Abstand gewahrt blieb. Wie ein Bodyguard. Fehlte nur noch eine verspiegelte Sonnenbrille und ein Knopf im Ohr. Wir gaben uns artig die Hände. Ein bisschen wenig, wenn man bedenkt, dass ich noch vor ein paar Stunden Tinas Hintern … Lassen wir das! Ich war in diesem Moment so scharf auf Anja, man glaubte es nicht.

»Also, war schön, dich kennengelernt zu haben.«

»Ganz meinerseits, Tina. Gute Besserung und mach vielleicht einen Allergietest.«

»Mach ich.« Sie sah Anja an. »Du hast echt Glück.«

»Ich weiß«, erwiderte Anja trocken. »Herbert auch.«

»Ja, das scheint so. Also dann, tschüss!«, verabschiedete sich Tina von mir und ließ zaghaft meine Hand los. Ob ich ihr ein kleines Bussi auf die Wange gegeben hätte, wenn Anja nicht da gewesen wäre? Niemals!

Wir standen im Hof und winkten dem Autokorso hinterher, der hupend das Gelände verließ und eine ungewisse Zukunft ansteuerte.

»Na, das lief doch ganz erfolgreich.«

»Hans, meinst du wirklich? Gut, es wurde niemand schlimmer verletzt, du bekommst dein Geld … so Gott will …«

»Was heißt da: so Gott will? Ich dreh dem Typ den Hintern auf links, wenn der nicht zahlt. Aber alles in allem kann man sagen, wir waren erfolgreich.«

Heidi und Anja lauschten unseren Ausführungen.

»Lass uns doch mal ein Resümee ziehen.« Ich blinzelte mit zusammengekniffenen Augen in die Sonne und begann aufzuzählen. »Was hätten wir denn da? Zwei deiner Gäste haben ihre Bikes zerlegt, und du hast sie vom Hof gejagt. Auch noch die, die dich bezahlen. Ich war mit einer Allergikerin im Krankenhaus, fast jeden Abend war jemand betrunken … Soll ich weitermachen?«

»Ich bitte darum«, drängte Anja. Obwohl die Frage Hans galt.

»Dann hast du dafür gesorgt, dass eine komplette Belegschaft ihre Jobs kündigt, was mein ganz persönliches Highlight ist. Ach ja, du hast einen Vegetarier mit Fleisch vergiftet. Dafür konntest du allerdings nichts. Ich glaube, das war's.«

Hans grinste zufrieden, als ob ich ihn gerade gelobt hätte. »Das hast du schön aufgezählt. Wenn du fertig bist, wollen wir dann in Ruhe zusammen frühstücken? Ich habe ehrlich gesagt einen mördermäßigen Hunger.«

Das war die beste Idee, die er an diesem Vormittag gehabt hatte. Auch ich war noch nüchtern, Anja erging es nicht anders.

»Wann haut ihr eigentlich ab?«

»Gleich nach dem Frühstück«, forderte Anja in einem bestimmten Ton.

»Echt?«, hakte ich nach.

»Oskar war nun lange genug bei meiner Mutter. Wir sollten

ihn abholen, bevor er zu meiner Mutter *Mama* sagt.«

Ich packte Anja an den Hüften und zog sie an mich heran. »Und … wie wäre es, wenn wir zwei Hübschen noch einen Tag dranhängen? Ich mein, jetzt, wo du schon mal hier bist?«

Anja blinzelte mich an. »Ach, ich weiß nicht, ich hab doch …«

»Stopp!«, rief ich. »Du sagst mir nicht, dass du nichts zum Anziehen dabeihast. Ich kenn dich doch. Soll ich deine Tasche holen? Soll ich?«

Anja lenkte ein. »Kann sein, dass ich Ersatzunterwäsche dabeihabe.«

»Und?«

»Und ein T-Shirt«, kam zögerlich hinterher.

Ich blickte sie weiter stumm an.

»Ja, okay, im Auto sind noch ein Pulli und eine Jacke.«

»Na bitte. Der Hans hat sicherlich noch eine Zahnbürste für dich.«

»Fast neu«, meinte Hans. »Ich hab nur einmal die Fahrradkette damit … Ich mach nur Spaß. Ist noch originalverpackt.«

»Und? Was sagst du?«

Anja zierte sich.

Dafür stand mir Heidi zur Seite. »Mich würde es auch freuen. Wie ich gehört habe, hast du ein Catering und ein Café. Du musst mir unbedingt davon erzählen. Ich plane nämlich zu expandieren. Vielleicht ein kleines Bistro oder auch ein Café. Ich spiele auch mit dem Gedanken, einen Lieferdienst mit frischem Obst und Gemüse hier auf die Beine zu stellen. Mit Produkten aus der Region …«

Es sprudelte nur so aus Heidi heraus. Sie packte Anja an der Hand und zog sie ins Haus, während sie ohne Unterbrechung weitere Ideen offenbarte. Das war Leidenschaft, die mir noch ein bisschen fehlte.

»Und? Wieder alles heile im Auenland?«

»Kennst mich doch.« Ich steckte mir eine Zigarillo an und entfernte mich ein paar Schritte vom Haus.

Anja musste das nicht unbedingt sehen. Sie mochte nicht, wenn ich rauchte.

Hans schloss sich an. »Hast du ihr schon gesagt, dass du nicht mehr ins Finanzamt willst?«

»Hans, was glaubst du eigentlich, was wir in den letzten zwei Stunden alles aufgearbeitet haben? Du, ich musste erst einmal glaubhaft versichern, dass ich ihr treu war.«

»Ach so. Aber zu sagen: *Da war nix, Anja!*, das kann doch nicht so lang dauern.«

»Da kennst du meine Anja aber schlecht. Die riecht das, wenn ein anderes Weibchen näher als eine Armlänge an mir dran war.«

»Und dann bellt sie, oder?«

»Nein. Sie beißt! Ich weiß einfach nicht, wie ich ihr das sagen soll.«

»Genau so, wie du es jetzt gerade gesagt hast. Und dann überlegt ihr gemeinsam, wie es weitergeht. So ist sie mit im Boot und hat nicht das Gefühl, dass sie vor vollendete Tatsachen gestellt wird.«

Das klang schlüssig. »Mensch, Hans, das ist aber mal weise.«

»Tja, Herbie, ich hab so meine hellen Momente.«

»Und du und die Heidi?«

»Komm, wir gehen rein. Mach die Fluppe aus!«

Bettenwechsel

»Sagt mal, was haltet ihr davon, wenn wir ein bisserl zum Hintersee fahren.«

»Und was gibt es da?«, fragte mich Anja, während sie die Gläser aus dem Spülwasser nahm.

Hans reichte Anja ein Geschirrtuch und antwortete für mich. »Ich hab da ein paar Yachten stehen.«

»Wirklich? Gleich ein paar! Hans, du hast schon immer maßlos übertrieben.«

»Ruderboote hat er, Anja. Wir könnten ein bisserl auf dem See umherrudern. Na? Was sagt ihr?«

»Ich würde gerne«, meinte Heidi. »Aber ich muss mich irgendwann wieder einmal um meinen Hofladen kümmern.«

»Aber dafür hast du doch die Rosi, wenn du nicht da bist«, meinte Hans und wirkte fast ein bisschen enttäuscht. Aber laut meinem Freund bildete ich mir das alles natürlich nur ein.

»Die Rosi ist super, aber eigentlich kommt sie nur rüber, wenn Not am Mann ist. Ich möchte sie nicht überstrapazieren. Um die Viecher muss sie sich ja auch kümmern. Aber am Abend könnte ich wiederkommen.«

»Au ja«, meinte Hans. »Dann grillen wir!«

»Wirklich nicht!«, protestierte Heidi. »Sonst werde ich

noch zum Vegetarier. So viel Fleisch habe ich seit Jahren nicht in so kurzer Zeit gegessen.«

»Dann schlagt ihr was vor.«

»Gerne, oder, Anja? Hilfst du mir nachher in der Küche?«

»Klar.«

»Ich bring ein paar Sachen von meinem Laden mit, dann zaubern wir was.« Heidi legte den Arm um Anjas Schulter. Die beiden sahen uns Männer an. »Und die beiden da, die können ja ..., ach, uns einfach aus dem Weg gehen.«

Das gefiel mir. Anja sollte ruhig einmal auf andere Gedanken kommen.

»Weißt was, Herbert? Dann fahrt ihr beide alleine, ich hab hier ja auch einiges zu tun. Die Zimmer machen sich ja nicht von alleine sauber, gell?« Hans wischte den Tisch mit einem feuchten Lappen ab und wirkte dabei wie ein Saloonbesitzer, der seinen Tresen sauber hält.

»Wir können ja zum Mittag nach Berchtesgaden ins Wirtshaus gehen. Was meinst, Hans?«

»Von mir aus. Wenn du fährst. Dann gönn ich mir ein Blondes.«

Anja wollte noch schnell im Café Bescheid geben, dass sie erst Samstag wieder da sein würde.

»Meinst, die kommen ohne dich klar?«

»Machst du Witze? Die freuen sich, wenn die Chefin mal nicht im Haus ist.« Sie wählte die Nummer, während sie nach draußen verschwand.

»Dein Mädel scheint ja richtig aufzublühen, hier auf dem Land. Und? Sagst du es ihr jetzt?«

»Hans, immer mit der Ruhe! Es wird sich schon eine Möglichkeit ergeben. Ich will da nichts übers Knie brechen. Schließlich kann ich mit ihr nicht auf den See rausfahren, die Ruder einholen und dann loslegen.«

»Freilich. So, wie du es gerade gesagt hast, machst du es.«

»Was soll er machen? Heckt ihr beiden schon wieder was aus?«, bohrte Heidi neugierig und schnappte sich ihre Handtasche.

»Nein!«, wiegelten wir gleichzeitig ab.

»Euch zwei darf man keine Sekunde aus den Augen lassen! Ich komm dann am späten Nachmittag wieder und bring was zum Kochen mit. Ist dir das überhaupt recht? Nicht, dass ich dir hier zu oft bin.«

»Schmarrn, Heidi. *My castle is your castle*. Das passt schon. Bis später.«

Heidi kramte ihre Autoschlüssel aus der Tasche und verabschiedete sich. Selbstverständlich, dass es vor dem Haus noch zu einem kleinen Plausch zwischen ihr und Anja kam. Frauen eben.

»Also Hans, du bist echt ein so uncharmanter Hund, das glaubt man nicht.«

»Was ist denn jetzt schon wieder?«

»*My castle is your castle*«, äffte ich ihn nach und wedelte mit meinen Armen in der Luft herum.

»Stimmt doch auch. Ich find es nett, wenn man einem Menschen sagt, dass er willkommen ist.«

»Ja, schon! Aber auf eine andere Weise.«

»Und was schlägt der Herr vor?«

»Zum Beispiel hättest du sagen können, dass du dich freust, wenn sie wiederkommt. Dass es immer schön ist, wenn sie da ist. Du aber haust ein gleichgültiges *Das passt schon* raus.«

»Herbie, alles andere führt bloß zu Missverständnissen. Wenn ich sage, dass ich mich freue, wenn sie da ist, ist schneller eine fremde Zahnbürste in meinem Spiegelschrank, als du *Langzeitbeziehung* sagen kannst.«

»Langzeitbeziehung. Und? Siehst du? Nichts passiert.«

»Eben, weil ich das auf meine Weise mache und nicht auf deine. Sieh du nur zu, dass du deiner Anja verklickerst, was du vorhast.«

Der hatte leicht reden. Wenn ich das doch wüsste! Mir ging regelrecht die Düse. Was, wenn ich bei Anja auf taube Ohren stoßen würde? Wenn sie mich auslachte oder noch schlimmer, mir eine Szene machte? Für sie war klar, dass ich nach meiner Auszeit wieder ins Finanzamt zurückkehre. Was, wenn sie plötzlich das Gefühl hatte, dass sie sich nicht auf mich verlassen könnte? Vielleicht hielt sie mich von nun an für einen Hallodri, der jeden Tag mit einer anderen Hiobsbotschaft aufwartete und irgendwann als Tagelöhner endete. Ich sah mich schon in München in der Fußgängerzone sitzen, während Anja mit Jens an mir vorbeiflanierte. In jeder Hand drei Tüten von *Fendi*, *Gucci* und Co. Verdammt, hätte ich doch einen Plan!

***

»Mei, ist das aber schön hier!« Anja strahlte über das ganze Gesicht, als wir auf den Parkplatz des Hintersees rollten.

»Warte erst, wenn wir am Ufer entlangspazieren.«

»Und was hat Hans da noch mal? Ich hab das irgendwie nicht so richtig verstanden.«

»Zwei Tret- und drei Ruderboote hat er. Die kann man mieten. Wir natürlich nicht. Der Hans hat seinen Mitarbeiter schon angerufen, dass wir kommen. Wir fahren damit selbstverständlich für lau.«

»Hans hat Mitarbeiter?«

»Nein. Ich mein den Burschen, der für ihn ein bisserl nebenher die Boote vermietet. Der ist Schnitzer und schnitzt Marienfiguren und sowas.«

»Der Hans hat aber auch überall seine Leute.«

Ich sprintete zum Parkscheinautomaten, um ein Ticket zu ziehen.

Anja machte mit ihrem Handy Fotos. Das war schon mal ein gutes Zeichen. Sagen kann man ja schnell, dass es schön ist. Aber niemand auf der Welt verschwendet kostbaren Speicherplatz für ein Foto, das man sich nie mehr ansehen will, oder? Obwohl, ich hab schon mal eine leere Chipstüte fotografiert und auf *Facebook* gestellt. Habe knapp vierzig Likes dafür bekommen. Mehr gibt es nur noch für eine Katze, die von der Anrichte fällt oder für einen Hund, der 'nen Frisbee fängt.

Anja nahm meine Hand und legte ihren Kopf an meine Schulter. Wir schlenderten los.

Ich konnte mich nicht erinnern, wann wir zuletzt so innig miteinander gewesen waren. Seit Oskar auf der Welt war, überhaupt nicht mehr. Ich hätte mich an den Gedanken gewöhnen können, hier mit Anja ein paar Tage alleine zu verbringen. Doch der Kleine fehlte mir schon sehr.

»Was hat eigentlich deine Mutter gesagt, dass wir Oskar erst morgen bei ihr abholen?«

»Die hat sich gefreut. Kannst dir ja vorstellen.«

»Wollten wir nicht beide mit ihm telefonieren?«

»Ja, ging aber nicht. Mein Vater war gerade mit ihm auf Tour.«

»Um Gottes willen! Hoffentlich nicht im Golfclub.«

»Nein. Ich glaube, er wollte auf den Spielplatz bei ihnen um die Ecke.«

Klar, der Schwerenöter! Als eingefleischter Profi wusste ich natürlich, was er dort wollte. Die volle Aufmerksamkeit der jungen Mütter. Ich hoffte in dem Moment sehr, dass er nicht behauptete, Oskar wäre sein Kind und er ein alleinerziehender Vater.

»Sind das die Boote dort?«

»Ja, die hinteren kleinen Stege, da sind Hans' Schätzchen.«

»Chic! Er überrascht doch immer wieder. Trotzdem wäre es schön, wenn er mal ein wenig sesshaft werden würde und nicht jede Nacht herumhurt.«

»Tut er doch überhaupt nicht. Du, der nimmt die Sache hier wirklich ernst.«

»Was ist denn das mit der Heidi? Ist da was zwischen den beiden?«

»Ich meine Ja, der Hans sagt Nein. Kennst ihn ja.«

»Das ist aber eine Nette. Die gefällt mir.«

»Das dachte ich sofort, als ich sie kennengelernt habe, dass du dich mit ihr verstehen würdest.«

»Wusstest du, dass die einen eigenen Biohof hat? Die ist seit einem Jahr geschieden. Und einen kleinen Hofladen hat sie auch.«

»Natürlich. Bin ja schon eine Weile hier.«

»Also, wenn der Hans gescheit ist, dann schnappt er sie sich.«

»Anja, nur weil wir hier auf dem Land sind, ist das doch kein Bazar. Vielleicht steht die Heidi überhaupt nicht auf unseren langen Blonden.«

»Ich kann ja mal vorsichtig ...«

»Anja, bloß nicht! Fange bitte nicht wieder zu kuppeln an. Du weißt, wie das damals mit der Franzi war. Die hast du dem Hans auch aufs Auge gedrückt. Der soll mal schön selbst sehen, wo er bleibt. Wenn sie ihm wichtig ist, wird er seinen Arsch schon hochkriegen.«

Anja war fast bockig, weil sie nicht Amor spielen durfte. Als wenn das ein Projekt wäre. Viel wichtiger war, dass sie sich auf mich konzentrierte. Für mich war es nun an der Zeit, die Hosen runterzulassen. Bildlich! Hier war für ein Gespräch dieser Art definitiv die bessere Umgebung als in unserer Wohnung neben Oskars Windeln.

»Servus. Wir kommen vom Hans. Das ist die Anja, ich bin der Herbert. Hans hat gesagt, wir sollen uns einfach ein Ruderboot nehmen.«

»Grüß euch. Ich bin der Berni! Ja, er hat angerufen. Sucht euch einfach eins aus. Welches ist egal. Schwimmen tun sie alle.«

Ich geleitete Anja auf den kleinen Steg und ging voraus in eines der kleinen Boote. Berni hielt es am Bug fest.

»Komm, gib mir deine Hand.«

Anja trat etwas unsicher ins Boot. So, als ob sie diesem Gefährt nicht trauen würde.

»Keine Angst. Ich bin ja da. Der See ist nicht so tief«, versuchte ich, sie zu beruhigen.

»Ui, sag das nicht«, mischte sich Berni völlig unpassend ein. »Da ist bisher bestimmt nicht nur einer ertrunken. Man findet so Leut' ja oft erst viel später. Vorwiegend da hinten im Schilf.«

»Danke, Berni. Sehr hilfreich!« Ich hielt Anjas Hand, bis sie sich am Heck hinsetzte.

»Ist doch Ehrensache. Bleibt, so lange ihr wollt. Heute ist eh nicht viel los. Mei, die Leute packen heute vielleicht schon in den umliegenden Hotels. Morgen ist doch Bettenwechsel, gell!«

»So wird es sein, Berni.« Ich vermutete, dass der Schnitzer sehr einsam war, hier am See. Und, dass er sich sehr viel unterhielt – mit seinen geschnitzten Figuren.

Das Ruder in der Hand

»Gar nicht schlecht, wie du das machst.«

»Ja mei, Anja, gelernt ist halt einfach gelernt, gell?«

»Du ruderst, als ob du noch nie etwas anderes getan hättest. Wie ein Wikinger.«

Nett von ihr. Was so ein bisschen Bergluft doch bewirkte.

»Versuchen Sie, mich anzubaggern, gnädiges Fräulein?«

»Wer weiß! Wann hat man schon einmal einen attraktiven Gondoliere für sich allein?«

»Das hat aber nichts mit Wikinger zu tun. Da schippern Sie in einem ganz anderen Gewässer, Mylady. Soll ich aufstehen? Warte …«

Das Boot wackelte hin und her, und Anja jauchzte.

»Bist du verrückt? Setz dich bitte wieder.« Sie krallte sich an der Bordkante ein und spreizte die Beine auseinander. Ich hatte Angst, dass sie den Bootsrumpf mit ihren Sportschuhen durchdrückte. Ich setzte mich wieder.

»Vielleicht möchte die Dame, dass ich wenigstens singe. Kostet aber einen Zehner extra. O SOLE MIO …«

Sie entspannte sich wieder. »So kenne ich dich ja überhaupt nicht«, lachte sie.

»Ich mich auch nicht, ehrlich gesagt.« Ich wartete, bis sich das Boot wieder austariert hatte und ruderte gemächlich weiter. Richtung Schilf, zu den Toten. Zumindest laut Berni. »Du, Anja, ich muss mal mit dir reden.«

»Schon gut, ich weiß ja, dass ich heute Morgen etwas überreagiert habe. Vielleicht bin ich auch ein wenig überarbeitet.«

»Das mein ich nicht.« Verdammt, das war zu schnell. Anja hatte sich gerade für etwas entschuldigt, und ich Dödel hatte es nicht ausgekostet. Nun war es zu spät. »Es geht um etwas ganz anderes.«

»Oje, du willst wirklich als Gondoliere arbeiten. Ich wusste es!«

»Anja, können wir bitte ernst sein, es ist mir wirklich wichtig.«

»Entschuldigung.«

Ich ging in mich, um mir meinen ersten Satz zurechtzulegen, mit dem ich das Gespräch einleiten wollte. Der erste Satz ist unwahrscheinlich wichtig bei solchen Gesprächen. Er will wohlüberlegt sein und benötigt eine gehörige Portion Feingefühl.

»Anja, ich will nicht mehr arbeiten!«

»Was?«

Verdammt! Nicht optimal gelaufen. »Äh, ich …, ich wollte eigentlich etwas ganz anderes damit ausdrücken.«

»Jetzt bin ich aber gespannt.« Sie nahm ihre Sonnenbrille ab.

»Ich meinte, ich will nicht mehr im Finanzamt arbeiten.«

Stille. Anja setzte ihre Sonnenbrille wieder auf.

Ich ruderte ein wenig, da wir sonst wirklich mitten ins Schilf gesteuert wären. Ich hielt es für besser, vorerst nichts weiter zu äußern. Ich wollte erst einmal Anjas Reaktion abwarten.

»Das kam jetzt ein bisschen überraschend. Da wäre mir die Sache mit dem Gondoliere fast lieber gewesen. Venedig, du verstehst?«

»Absolut!« Ich kapierte nur Bahnhof.

»Wie lange weißt du das schon?«

»Keine Ahnung! Wahrscheinlich weiß ich es insgeheim schon länger. Aber wissen, dass ich es wusste, das weiß ich eigentlich erst, seitdem ich hier bin.«

Anja stierte mich mit offenem Mund verständnislos an.

»Was ich damit sagen wollte: Wahrscheinlich weiß ich es schon länger, aber erst hier ist es mir klar geworden.«

»Das hat dir aber nicht der Hans eingeredet, oder?«

»Du, ich bin erwachsen und ein mündiger Bürger. Ich kann gut Dinge für mich alleine herausfinden.«

Sie nahm die Sonnenbrille wieder ab. »Weißt du, irgendwie habe ich mir so etwas schon gedacht. Ich meine, welcher Mann bleibt freiwillig bei seinem Kind zu Hause?«

»Das stimmt so nicht. Ich bin gerne den ganzen Tag bei Oskar. Wir haben viel Spaß miteinander.«

»Aber?«

»Mich kotzt das Finanzamt an. So, jetzt ist es raus. Die Kollegen, das Getratsche, tagein, tagaus immer dieselbe Leier. Ich kann das nicht mehr.«

»So ist Büro nun einmal.«

»Schon, ich bin das aber nicht.«

Eine Familie mit einem kleinen Mädchen fuhr mit einem Tretboot an uns vorbei. Alle drei winkten.

Anja winkte zurück.

Mein Blick blieb an dem kleinen Mädchen hängen, das eine übergroße, rote Sonnenbrille trug. Niemals würde ich Oskar so ein Teil erlauben. Ich blieb dabei. Sonnenbrillen bei Kindern sehen scheiße aus.

»Ich weiß ja, wovon du sprichst.«

»Du hast dir deinen Traum verwirklicht und hast alles hingeschmissen. Obwohl dir alle davon abgeraten haben. Und nun? Du führst erfolgreich ein Café und hast nebenbei sogar noch das Catering hochgezogen.«

Anja atmete tief durch. »Glaub mir, Herbert, manchmal habe ich es trotzdem bereut. Weißt du, als ich noch in der Bank war, da bin ich abends einfach heimgegangen und hatte Feierabend. Und heute?«

»Trotzdem. Du hast dich verwirklicht. Das will ich auch.«

Anja lächelte mich an. »Ich dachte, ich habe mir einen konservativen Mann geangelt, und nun? Jetzt muss ich dich aus den Fängen fremder Frauen retten, und du willst deinen sicheren Job kündigen.«

»Bis auf das mit der Frau …, ja, genau. Und? Was sagst du?«

»Ich steh voll hinter dir.«

Ich stand mit einem Ruck auf und vergaß, dass wir uns in einem kleinen Ruderboot befanden. Meine Absicht, Anja in den Arm zu nehmen und sie niederzuschmusen wurde durch die abrupte Seitenneigung des Bootes und ihr Gekreische im Keim erstickt. Ich setzte mich vorsichtig und griff mir erneut die Ruder. Unser Kahn beruhigte sich.

»Und? Was hast du vor?«

»Wie? Vor?«

»Du hast doch bestimmt einen Plan.«

»Äh, das ist so, ich weiß das ja erst seit Kurzem, dass ich das …«

»Sag bloß, du hast keinen Plan B!«

Verflixt! Ich benötigte eigentlich noch etwas Bedenkzeit.

»Anja, für mich ist es erst einmal wichtig zu wissen, was ich nicht mehr will. Das ist doch schon was, oder?«

Sie stand vorsichtig in gebückter Haltung auf und tippelte zur Mitte des Ruderbootes, um neben mir Platz zu nehmen. Sie legte den Arm um mich und steckte ihre Sonnenbrille dorthin, wo sie für Schwabinger Verhältnisse hingehört. In die Haare. Dann sah sie mir tief in die Augen.

»Da habe ich mir echt einen Spinner geangelt.«

»Aber … einen gut aussehenden.«

Sie streichelte über meinen Kopf. »Ja, ich glaube, das habe ich in letzter Zeit etwas übersehen.«

»Männer sehen aber auch in Kochschürzen nicht sonderlich sexy aus.«

»Ach, wenn ich mir überlege, dass die Schürze nur vorne etwas bedeckt und hinten nicht?«, flüsterte sie.

»Wie bei der Darmspiegelung. Du weißt doch, diese Hemdchen, die man im Krankenhaus bekommt. Die sind hinten auch …«

»Nun mach doch den Moment nicht kaputt. Darmspiegelung! Ist das dein Versuch, mich in die Horizontale zu bekommen?«

»Sorry. Vielleicht bin ich ein bisschen aus der Übung. Weißt du, bei vollen Windeln und Fensterputzen komme ich nicht sonderlich in Stimmung.«

»Das gibt es hier doch alles nicht.« Sie knabberte an meinem Ohr. »Hier gibt es nur den See und uns.«

Wir küssten uns. »Weißt du, Anja, ich will, dass du eines weißt: Du kannst dich jederzeit auf mich verlassen.«

Ich hatte diesen Satz kaum zu Ende gesprochen, als unter uns ein kratzendes Geräusch zu hören war. Das Boot wurde langsamer, das Geräusch lauter, dann kamen wir zum Stehen. Um uns herum Schilf.

»Was war das?«

»Ich weiß nicht. Wir stehen!«, meinte sie und guckte hektisch um sich.

»Ich glaube, wir sind auf Grund gelaufen.«

»Hier?«, fragte Anja bestürzt und fast panisch. »Mitten auf dem See?«

»Mei, vielleicht gibt es eine Strömung, die den Untergrund zusammengeschoben hat.«

Was wusste ich, was auf solch einem See für Kräfte herrschten. Dumm nur, dass wir mitten im Schilf parkten. Direkt bei den Wasserleichen.

»Und jetzt?«

»Du kannst dich voll auf mich verlassen. Ich hole uns hier schon wieder raus. Ganz wichtig: Ruhe bewahren. Wir werden nicht sterben.«

»Verarschen kann ich mich selbst.«

Ich zog meine Schuhe aus und krempelte meine Hose hoch. »Ich will doch nur die Lage entspannen und für dich so angenehm wie möglich gestalten. Das ist wie bei einem Aufzug, der stecken bleibt. Ist es da nicht schön, wenn jemand Witze erzählt, bis das Rettungsteam eintrifft?«

»Ich würde dich erschlagen. Außerdem ist dein Versuch, mich mit einem stecken gebliebenen Aufzug beruhigen zu wollen, etwas kontraproduktiv.«

Ich verließ vorsichtig das Boot und stand in morastigem Glibber, der sich alles andere als angenehm zwischen meinen Zehen anfühlte. Natürlich ließ ich mir nichts anmerken. Auch nicht, dass der See saukalt war. Ich wollte nicht weinerlich wirken. Immerhin konnte sich Anja auf mich verlassen. Selbst in dieser Extremsituation.

»Ich schiebe, und du machst dich vielleicht ein bisschen leichter.«

»Wie soll das denn gehen? Soll ich tief Luft holen?«

»Vielleicht schiebst du ein bisschen mit dem Hintern mit. Weißt schon. Wie mit dem Schlitten, wenn man sich so nach vorne ruckelt!«

»Nach vorne ruckelt?« Sie starrte mich fragend an.

»Komm, ich schieb einfach. Wäre doch gelacht …« Ich stemmte mich mit aller Kraft gegen das Boot, und siehe da, es bewegte sich. Für meine Begriffe etwas zu schnell, da es mit einem Mal nur so flutschte und ich es nicht mehr halten konnte. Ich stand im Schilf, und Anja entfernte sich mit hängenden Rudern langsam von mir weg. »Scheiße. Das ist jetzt ungünstig.«

»Was machst du denn mit mir?«

»Ich habe dich befreit. Jetzt rudere einfach zurück.«

»Und wie?«

»Na, mit den Rudern. Hast du denn noch nie …«

»Ich habe das noch nie gemacht!«, rief sie mir dazwischen. Sie hatte es noch nie gemacht. Was sonst?

»Nimm beide Ruder in die Hand, drücke die Griffe nach vorne, tauche diese Paddeldinger ins Wasser ein, und zieh kräftig an!«

»Was?« Sie verstand mich schlecht, weil sie sich stetig weiter von mir entfernte.

Ich wiederholte meine Anleitung, und Anja tat ihr Bestes.

»Ich dreh mich nur im Kreis!«

»Du musst gleichmäßig rudern, mein Schatz.« Dieses *Schatz* wendete ich an, wenn auf keinen Fall Stress oder Panik entstehen durfte. *Schatz* war in etwa so wie bei einer *WhatsApp* ein Smiley. Sie können schreiben, was Sie wollen. Hauptsache, am Ende pappt ein Smiley.

»Hey!«, freute sie sich. »Es funktioniert.«

»Du bist ein Naturtalent.«

»Was?«

»Ich sagte, du bist ein Naturtalent!«

Sie drehte das Boot gekonnt mit den Rudern und war kurz darauf bei mir. »Sie haben ein Taxi bestellt?«

Ich hievte mich ins Boot und rieb mit meinen Händen die Zehen warm. »Oha, ist das kalt da drin.«

»Komm, wir rudern zurück! Nicht, dass du dir noch einen Schnupfen holst.«

»Ach was! Ich war doch nur bis zu den Waden drin. Aber ja, lass uns zurückrudern. Ich höre Hans' Magen bis hierher knurren.«

»Und, du meinst wirklich nicht, ich sollte heute Abend ein bisschen der Heidi auf den Zahn fühlen?«

»Untersteh dich! Das ist allein seine Sache.«

Ich ruderte zum Steg, wo Berni bereits auf uns wartete.

»Alles klar, Berni. Ich habe nachgesehen. Keine Toten im Schilf.«

»Echt, oder? Pfundig. Und ich dachte schon, ihr seid stecken geblieben. Ist sauflach da im Schilf. Soll ich helfen?«, bot sich Berni an.

»Nein, lass mal. Vielen Dank. Das schaff ich alleine.«

Ich legte gekonnt das Boot seitlich an den Steg an und griff mir eine Planke, damit wir nicht wieder abtrieben.

»Komm, meine Schöne! Steig du zuerst aus. Ich helfe dir. Nimm meine Hand.«

»Also, daran könnte ich mich gewöhnen. Du bist ein wahrer Gentleman.«

»Tja, alte Schule.«

Ich gab ihr Halt, bis sie das Boot verlassen hatte. Dann stand auch ich auf und ergriff mit der zweiten Hand den Steg. Mit einem Ruck wollte ich lässig aus dem Boot hüpfen. Dummerweise bewegte sich das Boot mit meinen Füßen darin weg vom Steg, an dem ich mich aber immer noch krampfhaft festhielt.

»Was machst du denn?« Meine Süße wirkte besorgt.

»Du, kein Thema. Ich zieh mich schnell wieder heran.« Leichter gesagt als getan. Mit aller Kraft versuchte ich, mich an den Steg zurückzuziehen. Vergeblich. Mit gestrecktem Körper bildete ich eine perfekte Gerade zwischen Boot und Steg.

»Verdammt! Ich kann mich nicht mehr länger halten!«, rief ich und hörte mich letztendlich doch weinerlich an.

»Nun zieh dich doch endlich zurück. Soll ich vielleicht …« Anja holte blitzschnell ein Ruder aus dem Boot, das auf der anderen Seite des Stegs angebunden war und kam wieder zurück. »Warte, halte durch! Ich versuche, das Boot mit dem Paddel zu erreichen.«

Versuchen war der richtige Ausdruck dafür. Da mein Astralkörper länger war als Anjas Paddel, erreichte sie damit zuerst meinen Hintern, danach meine Waden. Etwas unbeholfen klopfte sie darauf herum.

»Anja, das macht es nicht unbedingt leichter! Du musst ein bisschen näher heran, sonst wird das nichts!«

Sie folgte aufs Wort und ging bis an die Kante des Stegs. Leider krallten sich dort immer noch meine Finger ein.

»Au, du stehst auf …«

Anja sah nach unten, erschrak, machte einen Satz zurück und ließ das Ruder fallen. Danach ging alles ganz schnell. Das Ruder landete auf meinem Kopf, ich löste meine Hände vom Steg und fiel wie ein Brett in voller Montur in den Hintersee. Das Boot bekam von meinen Füßen einen kräftigen Ruck und trieb einsam auf den See hinaus.

Anja kreischte.

Ich tauchte auf und prustete einen kräftigen Schluck Seewasser aus meinem Mund.

»So macht man das aber nicht«, rügte mich Berni, kniete sich hin und streckte mir seine Hand entgegen.

»Ach so«, meinte ich lapidar. »Ja, dann!«

Er half mir aus dem Wasser.

Ich tropfte wie ein begossener Pudel aufs Holz.

Anja kriegte sich nicht mehr ein vor Lachen.

»Bitte entschuldige, dass ich … Sorry, Herbert. Aber das sah zu komisch aus. Wo ist ein Handy, wenn man eines braucht. Das wär der Knaller auf *YouTube*.«

»Handy? Damit kann ich dienen.« Ich kramte in meiner Hosentasche und holte ein tropfnasses Smartphone heraus. »Reicht dir das?«

Sie versuchte, sich zu beherrschen. Vergeblich. Als ich mich von meinem ersten Schock erholt hatte, konnte auch ich nicht anders, als mich ihr anzuschließen.

»Lachst du mich aus?«

»Nein, Herbert. Ich lache mit dir!« Wir gingen zum Auto. Es war Zeit, aus den nassen Sachen zu kommen. »Hast du eine Decke im Kofferraum?«

»Ja, ich glaube schon.« Verdammt. Auto, Kofferraum, da war was! »Ach, habe ich ganz vergessen. Die hat total gemuffelt. Hab sie weggeworfen. Komm, die paar Meter zum Hof schaffe ich auch so. Wir haben schließlich nicht Winter.« Klar hatte ich eine Decke im Kofferraum. Und *Playboy*-Hefterl.

***

»Sag mal, Herbie, schwitzt du so stark, oder warst du baden?« Hans öffnete meine Fahrertür, nachdem ich den Motor abgestellt hatte.

»Baden«, meinte ich knapp.

Anja war da etwas ausführlicher.

»In voller Montur war er im Wasser! Das hättest du sehen müssen. Es war herrlich!«

Er ging einen Schritt zurück und begutachtete mich von oben bis unten. »Du, sag doch was, wenn du eine Badehose brauchst. Hättest eine von mir bekommen.«

»Witzig!« Ich zog mein Shirt aus und wrang es auf dem Kies aus.

»Wolltest dich nicht nackig machen, ich versteh schon. Aber da gab es schon schlimmere Zeiten. Langsam wird das bei dir. Für den Hintersee reicht es schon. Jetzt isst ein bisserl weniger von deiner Trauben-Nuss, dann beglückst du uns vielleicht bald mit einem Hauch von einem Bauchmuskel. Nur einer, verstehst?«

Ich sah ihn an. »Jetzt sag schon! Wer hat es dir erzählt?«

Hans lachte. »Der Berni hat mich angerufen. Mensch, ich bin ja fast stolz auf dich. Das war ja ein regelrechter Stunt. Ins Schilf hast dich auch barfuß getraut. Respekt!« Er legte den Arm um meine Schultern. »Ich hätte mich das nicht getraut. Weißt, der Berni meint, dass da mindestens eine Leiche herumschwimmt.«

»Der Berni hat dich angerufen? Mit was? Hat sich der Hinterwäldler ein Handy geschnitzt oder was?«

»Stuss! Der hat immer das allerneuste Handy. Wir leben doch hier nicht hinter dem Mond. Außerdem …, unterschätz mir du den Berni nicht. Der hat der Heidi das WLAN eingerichtet. Gell, da schaust!«

»Ja, Wahnsinn. Ich bin begeistert. Ich geh dann mal nach oben. Duschen. Mir den Seeschnodder runterwaschen. Du, der fischelt fei gewaltig.«

»Klar. Sind schließlich Fische drin. Beim *McDonald's* riecht es nach Hamburger, der Hintersee riecht nach Fisch.«

Schön, dass ich wieder einmal in den Genuss einer seiner Weisheiten des Tages kam.

»Beeil dich aber. Langsam bekomm ich Hunger.«

Anja folgte mir. Immer noch in sich hinein kichernd.

Kissenschlacht

»Um Himmels willen! Was ist denn das?« Anja schlug die Hände überm Kopf zusammen, als sie meine Luxussuite betrat.

»Mein Zimmer. Gefällt's dir?«

»Gefallen? Das ist gar kein Ausdruck. Ich finde es gruselig!«

»Jetzt sei nicht so hart! Hans hat sich mit der Einrichtung solche Mühe gegeben. Schau, ich bin sogar im Besitz einer eigenen Dusche. Das hat hier nicht jeder.« Ich öffnete die Tür zum Bad und zeigte den Stolz des Hauses.

»Eine Dusche ist hier das Highlight?«

»Klar. Und ich hab ein eigenes Klo.«

»Und was ist das da?« Sie zeigte aufs Bett und ging langsam darauf zu.

»FC-Bayern-Bettwäsche. Super, oder?«

Sie setzte sich auf die Bettkante und fuhr mit ihrer Hand über das Kopfkissen, auf dem die Meisterschale abgebildet war. Diese Geste hätte etwas Ehrfürchtiges gehabt, wenn Anja ein Bayernfan gewesen wäre. War sie aber nicht. Vielmehr war es der verzweifelte Versuch zu begreifen, ob sie träumte oder ob diese Bettwäsche Wirklichkeit war.

»Hat er das in allen Zimmern gemacht?«

»Kennst ihn doch.«

»Und? Was haben die Gäste gesagt? Ich meine, einmal abgesehen davon, dass dies hier unterstes Niveau an Ausstattung ist, das selbst von jeder Jugendherberge übertroffen wird. Nicht jeder Gast ist ein Bayernfan!«

Ich streifte die nasse Hose von meinen Beinen und setzte mich ebenfalls aufs Bett. »Hans ist der Ansicht, dass man jeden Gast bekehren könne.«

»Wer zahlt denn für so etwas?«

»Die, die heute Morgen gefahren sind. Also, deren Chef. Ex-Chef, um genau zu sein. Bei denen ist irgendwas mit einem Hotel hier in der Gegend schiefgelaufen, glaube ich. Hans war der Einzige, der etwas frei hatte.«

»Das glaube ich gerne. Aber das musst du ihm sagen.«

»Was?«

»Dass das hier schrecklich ist. Hier will doch niemand freiwillig auch nur eine Nacht verbringen, geschweige denn, auch noch dafür bezahlen.«

»Das kann ich ihm nicht sagen. Er ist so stolz, weil er alles selbst gemacht hat.«

»Freundschaft tut manchmal weh. Wenn du es ihm nicht sagst, dann tut das keiner, und er wundert sich, dass keine Gäste kommen.«

Natürlich hatte sie recht. Und ja, ich hatte bereits mit dem Gedanken gespielt, Hans nochmals ins Gebet zu nehmen. Trotzdem war ich der Ansicht, dass dieses Konzept vielleicht doch etwas Außergewöhnliches hatte. Warum nicht einmal einen anderen Weg gehen? Im Strom mitschwimmen kann jeder. Als ich damals auf Rhodos mein Hotelzimmer betrat, hätte es auch in der Eifel oder Andalusien sein können. Sieht doch alles gleich aus. Mein Kumpel machte einfach sein Ding. Er würde schon was verändern, wenn die Gäste ausblieben. Da war ich mir sicher.

»Willst du eigentlich nicht mal die nasse Unterhose ausziehen?«

»Du, die ist schon fast wieder trocken. Weil ich doch so heißblütig bin!«

»Ach ja?« Anja rutschte näher an mich heran. »Und wie wirkt sich das bei dir aus?«

Ich streifte ihr ein Haar aus dem Gesicht. »Ich sehe eine Frau an, sage mit tiefer Stimme *Hallo*, und schon liegt sie auf dem Rücken.«

»Meinst du, das funktioniert bei mir auch?«

»Ich weiß nicht«, flüsterte ich. »Käme auf einen Versuch an.«

»Bin bereit.«

Ich räusperte mich. Dann sah ich ihr tief in die Augen und musste mich beherrschen, um nicht zu lachen. »Hallo!«

Sie ließ sich zurückfallen und lag quer über der bayrischen Elf. Einzig Manuel Neuer sah ihr über die Schulter und mich an.

»Meinst du, wir könnten ein bisserl …«, fragte ich vorsichtig.

»Ich denke, es gibt einiges nachzuholen.« Sie zog mich zu sich herunter und küsste mich.

»Ich glaube, ich weiß schon überhaupt nicht mehr, wie das geht.«

»Nun übertreib mal nicht.« Sie drückte mich weg, setzte sich auf und zog ihr Shirt aus. Dann setzte sie sich auf mich. »Außerdem ist das wie Fahrradfahren.«

»Dann lass uns kein Downhill-Rennen veranstalten. Ich möchte jeden Moment auskosten.« Ich öffnete mit einer Hand gekonnt den Verschluss ihres BHs.

»Hey! Du kannst es noch!«

»Gelernt ist gelernt.« Hatte ich mit einem ihrer BHs und einem Stuhl geübt, als ich mal krankgeschrieben war. »Und? Lust auf eine ausgiebige Fahrradtour an der Isar entlang?«

»Von mir aus auch eine Alpenüberquerung.«

Es klopfte an der Tür. »Hey, ihr zwei! Wie lange braucht ihr denn noch? Ich hab Hunger.« Wir reagierten nicht, waren zu sehr mit uns beschäftigt. Hans klopfte erneut. »Hey, Herbert! Wann fahren wir denn? Anja?« Dann hörten wir kurze Zeit später bis zu uns ins Zimmer den Groschen in Hans' Hirn fallen. »Ui! Ihr seid wohl …, ich meine, ihr macht …, ich bin unten, wenn ihr was braucht!«

***

»Brauchst überhaupt nicht so blöd zu grinsen!«

»Ich sag ja nichts.« Hans grinste weiter.

»Aber grinsen tust du.« Er stand hinter dem Haus vor seiner Wäschespinne und hing die frisch gewaschene Bettwäsche seiner Gäste auf. Die ganze Spinne in Rot-Weiß. »Kann ich dir helfen? Die Anja duscht gerade.«

»Ah. Hat sie geschwitzt? Ist aber auch warm heute.«

»Jetzt rede nicht dumm daher! Soll ich dir nun helfen oder nicht?«

»Du kannst mir die Wäscheklammern reichen. Farbe ist egal.«

»Meinst, ich gebe dir die sortiert?«

»Mei, bei einem Finanzbeamten weiß man nie, gell.«

Ich reichte ihm den Behälter, damit er sich selbst für eine Farbe entscheiden konnte. Zugegeben hätte ich ihm pro Kissenbezug ein gleichfarbiges Klammerpärchen gereicht. Soll ja alles seine Ordnung haben. Was sagen denn sonst die Leut'!

»Hast schon was gegessen?«

»Nachdem ich gemerkt habe, dass ihr da drinnen am Knattern seid, habe ich mir ein Brot geschmiert. Was man eben so macht, wenn andere Sex haben. Dann verzupft man sich, schmiert sich ein Salamibrot und kümmert sich um die Wäsche.«

»Jetzt tu nicht so! Du hast schon so viel Sex gehabt, das reicht für zwei Leben.«

»Aber verhütet habt ihr schon, oder? Ich meine, man muss es ja nicht übertreiben.«

»Nein. Wir verhüten nie. Wir haben es uns zum Ziel gesetzt, dass Anja nur noch schwanger durch die Gegend läuft. Und ich wickle die Bagage den ganzen Tag und fahr sie mit dem Bollerwagen durch die Gegend. Weißt, wir sind so sozial, dass wir beschlossen haben, von nun an nur noch für die Rente anderer zu vögeln. Für so Leute wie dich.«

»Was heißt denn da *wie mich*? Was weißt du denn, ob ich in ein oder zwei Jahren nicht auch so einen kleinen Racker hier unter der Wäschespinne sitzen habe. Apropos Wäschespinne: Ich brauche noch so ein Ding. Die Bezüge bekomme ich doch da niemals alle drauf.«

»Für so einen Racker brauchst du aber erst einmal eine Frau. Ist dir schon klar, oder?«

»Da hast aber gut aufgepasst in Bio.«

Ich reichte ihm ein Bettlaken.

Etwas unbeholfen befestigte er es an einer der Leinen.

»Könntest du dir das überhaupt vorstellen? Ein Kind?«

»Klar. Außerdem wäre es doch schade, wenn ich meine guten Gene nicht weitergeben würde.«

»Was für Gene genau? Deine Triebe oder das dumme Daherreden?«

»Depp! Seid ihr jetzt wiederhergestellt, deine Anja und du?«

»Denke schon.«

»War recht wild da oben, oder?«

»Ein Gentleman genießt und schweigt.«

»Ich seh schon, die Anja hat dich wieder auf die Spur gebracht. Du hast auch nicht mehr so einen dicken Hals.«

»Wer sagt denn, dass die Anja mich auf die Spur gebracht hat? Vielleicht habe ich die Führung im Bett übernommen.«

»Macht ihr da einen Wettkampf oder was? Aber gut, jedem das Seine! Da möchte ich mich nicht einmischen. Und? Wie hat sie reagiert, als du ihr gesagt hast, dass du von nun an unter der Brücke schlafen willst?«

»Wenn du es wirklich wissen willst: Die Anja unterstützt mich bei allem, was ich vorhabe.«

»Aha! Respekt. Das hätte ich nicht gedacht. Und was genau hast du nun vor?«

»Das weiß ich immer noch nicht.«

»Na, dann ist es ja leicht. Könntest auch zu mir kommen. Dabei würde ich dich auch unterstützen.«

»Mir fällt schon noch was ein. Ich werde euch alle überraschen. Wirst schon sehen.«

»Ganz ehrlich: Ich wünsche es dir. Und nun lass uns das Thema wechseln. Schau, die Heidi ist wieder da.« Sie steuerte geradewegs mit einer Klappbox voller Grünzeug auf uns zu.

»Freust dich, gell, Hans?«

»Ich warne dich.« Er stellte den Wäschekorb ab und ging ihr entgegen. »Servus Heidi. Was hast du uns denn Feines mitgebracht?«

»Alles aus meinem Garten. Ich dachte mir, dass ihr mal ein paar Vitamine vertragen könntet. Wo ist denn Anja? Ich habe nämlich ein paar meiner Pläne mitgebracht, die ich ihr unbedingt zeigen möchte.«

»Anja duscht noch«, verriet ich. »Was denn für Pläne?«

»Was ganz Tolles. Ich würde gerne meinen Hofladen ausbauen und vielleicht ein kleines Café integrieren. Oder ich mache wie Anja auch so ein Catering. Ach, ich bin ganz aufgeregt. Ich bringe die Sachen hier mal rein. Schickt ihr die Anja gleich zu mir in die Küche, wenn sie fertig ist? Ich fange schon mal an.«

»Machen wir!«

»Du, kein Thema.«

Wir sahen ihr nach. »Da haben wir uns aber zwei Kaliber ausgesucht, was? Die beiden legen in ihrem Leben ja ein Tempo vor, da müssen wir erst einmal hinterherkommen.«

Hans guckte ihr immer noch nach. »Was heißt denn da *wir*? Ich bin vogelfrei.«

»Noch!« Auch ich sah Heidi weiter nach, bis sie im Haus verschwunden war.

Ein Stockwerk höher öffnete sich ein Fenster. Anja schaute auf uns herunter. »Hans? Wo gibt es denn hier einen Fön?«

»Die Bergluft könnte ich dir anbieten!«, rief er hoch.

»Also gibt es keinen?«

»Nein! Mach doch einen Pferdeschwanz. Oder einen Dutt.«

Ich haute Hans meinen Ellenbogen in die Seite. »Du weißt genau, wie ich Dutt hasse!«, flüsterte ich.

Er grinste.

»Mal sehen!«, rief Anja und wollte gerade das Fenster schließen.

»Anja?«

»Ja?«

»Die Heidi ist wieder da. Ob du dann in die Küche kommen könntest, hat sie gefragt.«

»Ich beeile mich.«

Hans ging zu seiner Wäschespinne zurück und schüttelte den Kopf.

Ich schlenderte hinterher.

»Was ist denn?«

»Also, unten kommt eine mit lauter Gemüse rein, oben geht das Fenster auf, und ich werde nach einem Fön gefragt, dann freuen sich alle, weil jetzt gekocht wird … Das ist ja wie in einem schlechten Heimatfilm!« Er nahm seinen halbvollen Wäschekorb vom Boden.

»Ist doch nett. Dein Hof lebt.«

»Eigentlich dachte ich dabei eher an Wanderer oder harte Mountainbiker, die abends um ein Lagerfeuer sitzen, während einer Gitarre spielt. Das hier ist eher Kelly Family.«

»Du, die haben gar nicht so schlechte Musik gemacht.«

»Jetzt fehlt nur noch, dass jemand auf einem Pferd vom Ausritt kommt, und hinten auf der Wiese ein paar Hunde herumtollen. Dann bin ich aber weg.«

»Hauptsache, es rührt sich was. Oder würdest du lieber in diesem Augenblick alleine vor deiner Hütte sitzen, den Grill anstarren und ein paar Halbe trinken?«

Er überlegte. Ganz schön lange, für meine Begriffe. »Das mit dem Bier ist eine gute Idee. Komm, wir hängen den Rest im Keller auf und zischen ein Blondes, bis die Mädels was gezaubert haben.«

»Hans, vielleicht trinkst du vorsorglich vor dem Essen zwei Halbe. Ich befürchte nämlich, dass es heute für dich kein Fleisch gibt. Dann hat dein Magen wenigstens eine gescheite Unterlage.«

»Manchmal sind deine Tipps wirklich brauchbar, mein fast arbeitsloser Freund.«

»Tja, ich habe so meine Momente!«

Voller Tatendrang

»Irgendwas musst du aber wirklich anders machen, Hans. Ich will ja nichts gesagt haben, aber noch mal geht das nicht gut. Weißt, die Leute sind einfach einen gewissen Standard gewöhnt, wenn die wegfahren. Vielleicht haben es manche daheim scheiße? Dann soll es wenigstens bei dir einigermaßen schön sein.«

Wir lagen auf zwei Liegestühlen und betrachteten Hans' Anwesen. Wenn man es so nennen konnte. Vielmehr wirkte es bei Dämmerung eher so, als käme am nächsten Tag um Punkt acht Uhr die Abrissbirne.

»Ein bisserl Farbe, dann wird das schon.«

»Hans, ich befürchte, ein bisserl Farbe wird nicht reichen.« Ich trank aus meiner Flasche. »Ich glaube, du musst von Grund auf was machen und investieren.«

»Du bist gut. Investieren. In was denn? Teelichter, Servietten?«

»Nein. Oder doch, auch.« Wir prosteten uns nochmals zu und nahmen einen weiteren kräftigen Schluck. »Ich sag jetzt einfach, wie es ist. Geradeheraus. Die Zimmer sind nicht optimal.«

Hans drehte sich zu mir, setzte an, etwas zu erwidern, beließ es aber bei der Stille, trank erneut vom Bier und starrte wieder auf das Haus.

»Du meinst jetzt aber nicht, dass jedes Zimmer ein eigenes Klo braucht, oder?«

»Mei, wenn du einem Gefangenentransport bei der Durchreise eine Unterkunft bieten willst, dann reicht die Ausstattung. Sei mir nicht böse, aber wenn ich mit der Anja hierherkomme und eine schöne Zeit verbringen möchte …«

»Euch beide darf man ja nicht als Maßstab nehmen. Ich bitte dich! Ihr kommt aus Schwabing. Das ist doch eine ganz andere Liga. Da wird natürlich die Schoki auf dem Kopfkissen erwartet. Ist doch klar.« Er leerte seine Flasche.

»Hans, verarschen kann ich mich selbst.«

Anja kam aus dem Haus. »Also, aus der Heidi sprudeln ja nur so die Ideen heraus. Die hätte ich damals brauchen können, als ich das Café geplant habe. Die steckt voller Energie. Mensch, Hans, die wäre doch was für dich.«

Hans verdrehte die Augen.

»Anja, wir haben das besprochen. Lass deine Pfeile in deinem Köcher, und sei ein braver Engel.«

Sie küsste mich und setzte sich auf meinen Schoß. »Ihr zwei seid schon so eine Marke.«

»Tja, Anja, uns zwei gibt es nicht noch einmal. Und, gefällt es dir hier bei mir?«, wollte Hans wissen.

»Landschaftlich toll. Aber über deine Zimmer, da müssten wir uns noch mal unterhalten.«

Er stellte die leere Bierflasche neben sich ab. »Ah, daher weht der Wind. Jetzt weiß ich auch, woher dein Mann das hat.«

»Du, ich geh wieder zu Heidi. Stell dir vor, die will hier ein Café eröffnen. Ist das nicht toll? Und einen Lieferservice mit Bioprodukten. Ach, ich hätte so Lust, ebenfalls zu expandieren. Sie hat schon alles bis ins letzte Detail zu Ende gedacht. Übrigens hat sie uns eingeladen, dass wir mal mit Oskar vorbeikommen. Dem würde es hier bestimmt gefallen. Dann sieht er mal eine echte Kuh.« Sie gab mir noch einen flüchtigen Kuss und verschwand wieder im Haus.

»Herbert?«

»Ja?«

»Niemals, nicht in meinem ganzen Leben lasse ich die Anja hier herumwursteln. N i e m a l s nicht! Herbert, bitte versprich mir, dass du alles unternehmen wirst, damit das nicht passiert. Ich sehe schon überall die Deckchen und kleine Teelichter. Stoffservietten und Blumen und … Herbert, ich hab Angst.«

Er stierte mich mit zusammengezogenen Augenbrauen an, als ob er darum betteln würde, dass ihn jemand ganz fest in den Arm nahm.

»Du brauchst keine Angst zu haben. Die Anja ist ab morgen wieder ganz weit weg in ihrem Schwabing.«

»Das glaubst aber nur du!«

»Wie meinst du das?«

»Sag mal, bist du wirklich so blind? Die zwei Mädels hecken da drin mördermäßig was aus. Kriegst du denn überhaupt nix mit?«

»Ach was! Die Anja bringst du doch nicht aus ihrem geliebten Schwabing raus. Never ever!«

»Tja, denk an meine Worte! Übrigens ist hier für dich immer ein Platzerl frei. Wenn du also mal einsteigen willst …«

»Lass mal, Hans! Das würde nie gut gehen, wenn wir beide hier herumwursteln.«

»Natürlich bräuchte jeder seinen eigenen Bereich, für den er zuständig ist. Aber dich als Kompagnon, so dumm hast du dich wirklich nicht angestellt.«

»Ich glaube, wir kämen da auf keinen grünen Zweig.«

Hans stand auf, schnappte sich das Leergut und ging ein paar Schritte, bevor er nochmals stehen blieb.

»Na, komm schon! Gleich gibt es was zu essen. Du lässt

mich jetzt nicht hängen. Ein Essen ohne Fleisch, da brauche ich seelischen Beistand.«

»Ich komm gleich nach.«

»Herbie?«

»Ja?«

»Schön, dass du hier bist.«

»Ja, ich finde es auch schön.«

Er ging ins Haus und schloss die Tür hinter sich. Ich lehnte mich in meinem Liegestuhl zufrieden zurück und sah zum Himmel. Die eintretende Dunkelheit brachte die ersten hellen Sterne zum Vorschein. So fühlte sich das also an. Der nächste Abschnitt meines Lebens. Was die Zukunft bringen würde? Ich wusste es nicht. Aber was sollte schon schiefgehen? Irgendetwas würde sich finden. Zum ersten Mal seit langer Zeit fühlte ich mich frei, obwohl ich mächtig die Hosen voll hatte. Ich war voller Tatendrang und ängstlich zugleich. Es fühlte sich gut an. Ich atmete tief durch und stellte mir vor, wie ich in ein paar Jahren mit Oskar irgendwo sitzen und gemeinsam mit ihm zum Himmel schauen würde. Dann würde ich ihm von dem Tag erzählen, an dem ich die Weichen neu gestellt hatte. Und er würde stolz auf seinen Papa sein.

Ich stand auf, steckte meine Hände in die Hosentaschen, kickte einen Stein quer über den Hof und spazierte zur Haustür. Im Fenster daneben sah ich, wie Hans, Anja und Heidi den Tisch deckten. Ich blieb stehen und genoss den Anblick.

Anja stellte die Gläser auf den Tisch und entdeckte mich. Sie hielt inne und sah mich an. Dann lächelte sie und zwinkerte mir zu. Sie bedeutete mir, endlich ins Haus zu kommen.

Ich betrachtete sie noch ein bisschen, dann steuerte ich die Haustür an.

Alles richtig gemacht, Herbert. Alles richtig gemacht!

Lesen Sie auch von diesem Autor:

Die »Herbert«-Reihe:

Ich bin Single, Kalimera

Wie Champagner

Männerferien

und

Das Leben ist kein Zweizeiler

9208314R00206

Printed in Germany
by Amazon Distribution
GmbH, Leipzig